後唐宋体詩話

王尚文・著

序：二十世紀舊體詩史的建構

西渡

如何評價新文學運動以後或泛而言之二十世紀以來的舊體詩詞，是一個學術上極為重要而又充滿爭議的問題。據說新文學史家唐弢先生在主編《中國現代文學史》時，曾力拒有關方面把舊體詩詞納入編寫範圍的要求。我們當然知道有關方面在這表面的要求下所未言明的醉翁之意。唐弢先生的態度既體現了史家嚴謹的治學態度，也體現了一個現代知識分子的獨立人格，令人欽敬。當然，作出這種回應首先要基於學術上的獨立判斷。事實上，唐弢先生的拒絕隱含了一個嚴正的學術命題：在新文學運動發生以後，舊體詩詞的寫作已經游離於現代歷史和文學進程之外，因而不再具有歷史的意義。這可以說是一種基於現代性的文學視野，在這樣一個「現代」文學和歷史的敘述結構內，自然只有新詩才有資格作為現代詩的代表進入現代文學史的萬神殿。

與之針鋒相對的另一種觀點是，新詩的實踐一直沒有成功，因為它既背離民族的審美傳統和審美趣味，又沒有抑揚頓挫的音樂性，不易記誦，不能吸引讀者，將來必在淘汰之列；而舊體詩詞擁有源遠流長的歷史和無數眾口相傳的不朽名篇，以其強大的生命力和永恆的藝術魅力，必可取新詩而代之，重新奪回被新詩僭分侵占的領地。兩種觀點水火不容，也把人們分成兩個敵對的陣營。新詩人、新文學史家屬於前一陣營，古典詩歌研究者和舊體詩的寫作者大致屬於後一陣營。一般讀者也是不屬彼，便屬此。兩個陣營的成員幾乎不相往來，無法交流，以至連表面的和氣都難以維持。而尤以舊詩愛好者對新詩的攻擊為甚。在某些人看來，新詩無疑是怎麼也看不順眼的怪物，僭號詩歌簡直是侮辱了詩。

我自己寫新詩，自然屬於前一陣營。我一向認為，詩的本質是歷史性的——它既是歷史地形成的，又歷史地參與人性的與文學的構建，所謂永恆的藝術魅力說到底也是一個歷史的現象。藝術魅力也是有所依附的，這個依附的對象就是人心或者說人性。我們所謂永恆者，是就其人性中所未變者而言，人性一旦變化，則藝術魅力必然隨之而變，原先的魅力可能變成厭物，而原先棄如敝屣的在新的歷史條件下倒可能煥發出無窮的魅力。前者如「一飯不忘君」，「致君堯舜上，再使風俗淳」之類，後者如以往被斥為淫詩的情愛的表現等等。將來歷史條件變了，對藝術魅力的評價一定還會發生我們所不知的變化。

據此，我一直以來堅定主張現代文學史應該摒落舊體詩詞。我所持的理由與所謂「永恆的藝術魅力」正相反對。可略括為三點：其一，舊詩是一種與歷史失去摩擦而相脫離的文學體裁。中國現代史是一部中華民族和中國知識分子不斷追求自新、追求「現代」的歷史。以此觀之，在新文學運動之後，舊詩實際並未參與這一歷史的構建。作為一種前現代的文學體裁，在這一「現代」歷史進程中，舊詩是「革命」對象，而不是「革命」同路人，更不是「革命」建設者。也就是說，在現代歷史的坐標中，舊詩只有作為「現代」對立面才能獲得有限的現身。其二，舊詩與文學自身的進程實際上也是相脫離的。魯迅說，好詩到唐已經做完固然絕對，但是最晚到宋，舊詩的各種可能性大體已經開發淨盡，此後的詩人在舊詩的園地裡大體只能做些修修補補的碎活兒，由煉字、煉句、煉意一變而為偷字、偷句、偷意，無非在前人現成的模本上加減塗飾，開疆拓土的創造性工作卻早已完結。也就是說，舊詩已經無力在自身範圍內開拓出新的文學可能。新詩出現以後，這種情形更甚。這也就意味著舊詩不再有發展、變化和創新，已無力構建自身的歷史，說得更直截一點，它不再有歷史。其三，舊詩因為使用文言，它與我們今日人生的實際經驗也是脫離的。它不但不能表現歷史的經驗，也難表現個人的日常經驗，就是在抒發個人情志上，它也不再是一種適用的工具。合以上三點而言之，就是舊詩在二十世紀已經不再是一種嚴肅的文學形式。它雖然仍然擁有大量的讀者，也有不少作者為之付出心血，寫作了數量龐大的作品，但在實質上，它已經淪為一種個人消愁遣興、交際應酬的工具。與其說它是詩，是藝術創造，不如說它是一種應用的韻文。在這種情形下，寫一首詩與寫一幅字並沒有多少區別，它只是個人修養、技藝的一種展示，而與人的生命、心靈失去了肉體性的、痛切的聯繫。因此，非歷史性的舊詩，被歷史性的文學史所摒棄自然正當不過。

王尚文先生這本《後唐宋體詩話》另申一說。王先生認為，二十世紀以來的舊體詩詞寫作存在兩派：一派曰唐宋體。所謂唐宋體者，即是用唐宋人的語言，以唐宋人的風格，表現唐宋人的情調。唐宋體詩人最高的自我期許就是「亂真」。這種作品語言是舊的，經驗是舊的，意識也是舊的。王先生謂之「臣之詩」。在我和我的一些同道看來，二十世紀以來的舊體詩詞，都應算作此類。但王先生認為，在二十世紀的舊體詩還另有一派曰後唐宋體。何謂後唐宋體？謂以舊詩體裁用新語言、新意象、新題材表現新思想、新精神者也。也就是說，後唐宋體雖然沿用了古典詩歌的體式和格律（多為五七言近體詩），但表現的卻是現代人的情感、經驗、意識，王先生謂之「人之詩」所謂新語言者，王先生謂之「淺近文言與白話的『化合』」。王先生認為，後唐宋體的語言大量吸收了現代口語和白話的成分，與淺近文言「化合」成了一種新的詩歌語言，並進而在其成熟的創作中鍛煉出一種新的閃光的語言鑽石。後唐宋體語言上的這一變化進而帶來了其詩歌意象的創新、題材的擴大，同時把說理、邏輯和抒情、寫景有機結合起來，大大豐富了詩歌的表現力，從而創造了新的詩境，表現了新的精神。新精神謂何？曰：「獨立之思想，自由之精神」。如此，「後唐宋體雖形似唐宋體，但已脫胎換骨，具有完全不同於唐宋體的氣象，風貌，精神，質地」。後唐宋體的這種追求，用其代表詩人聶紺弩的詩說，就是：「我以我詩行我法，不為人弟不為師」，「新題材更新思想，新語言兼新感情」。在聶紺弩等人手裡，後唐宋體實際上已經成為一場具有自覺追求和歷史使命感的文學革新運動。在王先生看來，這場運動已經取得了巨大成就，而且前途無量。

王先生認為，後唐宋體並非孤立的、突然發生的現象，而是經過了一個漫長的發生、發展和成熟的過程。它的遠源可以上溯黃遵憲、梁啟超。黃有「改革詩體之志」，以「我手寫我口」自期，在其詩作中開始嘗試吸收新詞語、流俗語。這可說是舊詩人有意識地突破唐宋體藩籬的最早努力。但其所作仍未衝破唐宋體限制，因其意識未有根本變遷故也——王先生所謂「兵敗千年唐宋體，只緣身在此山中」。梁啟超力倡「詩界革命」，提出「以舊風格含新意境」「熔鑄新理想以入舊風格」「獨闢新界而淵含古聲」。這也是不滿唐宋體而欲有所革新的表現。但是因為梁不知詩的內容即是詩的形式，舊風格和新理想、新意境，新界和古聲本不相容，而同樣歸於失敗。真正為後唐宋體開先河者則是胡適、魯迅、周作人、陳獨秀等人。

胡適、魯迅、陳獨秀都是新文化運動的領袖，其新思想、新意識、新精神自然流露於筆端，雖未有意改造舊詩而自然寫出了不少準「後唐宋體」詩。周作人則自覺以新意識改造舊文體而為「後唐宋體」創始者。他的所謂雜詩，他自己說是文字雜，思想雜。所謂文字雜者，用他自己的話講乃是：「並非白話詩，而仍有隨意說話的自由」，「用韻亦只照語音，上去亦不區分，用語也很隨便，只要在篇中相稱，什麼俚語都不妨事」；所謂思想雜者：「並不一定照古來的幾種軌範，如忠愛，隱逸，風懷，牢騷那樣去做，要說什麼便可以說」，而且「應具有大部分新的分子，……走往向前的方向」。以上兩點合而言之，即是用通俗淺近的語言表現新的意思、新的思想，正是王先生所定義的後唐宋體。王先生對周作人的雜詩給予很高評價。用王先生的話說：「如果說胡適是新詩的倡導者，那麼周作人就是舊體詩的改革者。」確實，在改造舊詩使它適於表現新內容方面，周的貢獻不容忽視。聶紺弩的詩則在文字和內容兩方面推進了周作人開創的事業，而使這一詩體得以成熟。就內容而言，聶紺弩的詩表現了一個現代人在一個否定人、作踐人的時代的嚴肅思想，好歹給中國知識分子保存了一點顏面，免使陳寅恪所謂「獨立之思想，自由之精神」完全沉淪，大大突破了周作人的個人主義和趣味主義（周的思想較之唐宋體是新，較之聶紺弩，則已覺陳腐）。聶在文字上的變革更是氣魄宏偉，前無古人。王先生說聶「為了自由地表達他獨特的詩情，在唐宋體格律、語言的基礎上，將白話與文言像和麵一樣，像烹調一樣，創造出了一種新的詩歌語言，這就是『後唐宋體』語言。……這是聶紺弩對我國古典詩歌的當代發展所作出的最了不起的偉大貢獻」，並因而「幾乎顛覆了近千年來唐宋體的觀念系統、題材系統、意象系統、語言系統，使我國詩歌的優秀傳統得以在新的時代發揚光大。」（據我看來，聶紺弩對舊詩的貢獻，還可以加上一條：新想像。這是聶紺弩詩所以有新詩意的最根本的原因，也是其區別於唐宋體和周作人的雜詩，並卓然突出於同代其他後唐宋體詩人的內在根據。當然，王先生在具體論述中對聶詩的新想像已多有涉及，只是沒有作為一個單獨元素加以標舉。）王先生因之稱聶為「魯迅所說的齊天大聖孫悟空」，「詩之聖者，是我國現代舊體詩史第一人」，「讓奄奄一息的舊體詩奇跡般地重獲青春」。評價之高，無以復加矣。與聶紺弩同時，胡風、啟功、黃苗子、楊憲益、李銳、何滿子、邵燕祥等「在基本相同的社會環境裡，具有基本相同的歷史使命感和社會責任感，對所謂唐宋體有著基本相同的改革意識，又都致力於突破用舊體詩發表今天的思想感情的侷限」，因而用類似的詩風寫出了很多優秀的詩篇。王先生認為，就是這種不約而同的努力使「後唐宋體」的寫作成為一種重要的文學現象引起文壇矚目。

王先生的弘論完全駁倒了我所謂舊體詩無史的謬論。根據王先生的論述，則以後唐宋體為代表的舊體詩在二十世紀不但參與了歷史的構建，同時也構建了自身的歷史（這歷史還在展開和形成之中）。我這裡所謂參與歷史的構建，並不是簡單地以詩見證歷史，所謂詩史而已，而是以詩創造歷史，構建新的人性、新的歷史靈魂。後唐宋體在這方面確乎與唐宋體迥乎不同。我以為，後唐宋體這一概念的提出，從文學認識論的角度看不但改變了二十世紀舊體詩的格局，同時也改變了新詩和整個現代文學的格局。正如王先生說的，在聶紺弩的詩出現之前，現代文學史無視舊體詩的存在還有理由，在聶之後，現代文學史如還繼續將舊體詩排斥在外，則屬無知和蠻橫了。讀罷王先生這本詩話，回頭再看現代舊體詩史，確有一種一覽眾山小的感覺。同時，它也把現代和當代文學史如何處理舊詩這一課題，推到了學術前臺。文學史家如再採取鴕鳥政策，顯然已不合時宜。

為何王先生能獨具隻眼，在一個歧見紛紜的領域，提出這樣一個洞徹底裡的全新概念？我想這是和王先生自身的特殊條件分不開的。什麼條件？曰：舊（學）修養、新眼光、真詩人。王先生具有今日新詩人和新文學史家很少具備的舊學和古典詩詞修養。王先生年輕時師從一代詞學大師夏承燾先生，打下了深厚的舊學基礎；二十一歲即在《光明日報》以整版篇幅發表論李白詩歌形象的長篇論文，後收入中華書局編輯出版的《李白研究論文集》——這本論文集的作者可都是聞一多、朱光潛、陳寅恪、俞平伯、林庚等鼎鼎大名的名家大家。王先生大學未畢業校方即決定其留校參加古代文學教學工作，後雖因只專不紅，謫放中學，一去二十八年，但他對舊詩詞的愛好、專研，卻不曾一日放下，其舊學修養也日益精深淵博。王先生又是一個有真性情的詩人。其所作舊詩，他自謙為唐宋體，在我看來已達到很高境界，現在作舊體詩的作者中，能相提並論的恐怕不多。王先生有一方閒章曰「知慚愧」，張允和先生讀到他的詩作後評論說：寫詩至此，何愧之有？謂予不信，謹錄先生詩詞集《玉元小草》第一首〈臨江仙詠兔詞〉為證：「乍見猶疑魂夢裡，因何出走蟾宮？人天相隔喜相逢，念茫茫碧落，一路雨兼風。　我欠姮娥詩萬首，當年唱和爭雄。憐君銜命度蒼穹。愧吟懷雪瘦，頭白夕陽中。」此詞情調雖不出唐宋體範圍，但其中的想像卻絕非一般唐宋體作者所能望其項背。王先生的詩作多是此類有真情感、新想像者。詩話或以詩，或以詞為專節論及的每一位詩人作結，而能切當懇妥，體貼入微，尤可見出王先生駕馭舊體詩詞的能力。王先生的詩人性情不止表現在詩作中，尤表現在為人上。王先生性情可以六字概括之，曰：本真、率真、較真。此所以先生以坎坷歷盡、年過古稀之身而保有不老童心，這同時也是其新眼光之內因。先生五十歲後從事語文教育法研究，復認真專研西方現代語言學、教育學、心理學之新學說，一並轉化為自身的學術營養，其眼光自非謹守舊學繩墨者可比。因此，先生以舊詩人而能對新詩有同情的理解，對新、舊詩的分別與內在關聯亦有深刻見解，並因之對舊詩的變革懷有深切期待。這是先生能從聶紺弩及其同人的詩中發現新精神、新力量和新方向的根本原因。

我在一九八四到一九八五年受教於王先生一年——這已是王先生在中學任教的最後階段。王先生短短一年的教誨對我產生了終生的影響。這種影響既包括學業上的——沒有王先生在最後階段的妙手指點，我也許不能考上理想的大學——更有生活和做人的信念上的。中學畢業後，我與王先生仍然聯繫密切。每次假期回家，我不是先回家，而總是先奔先生家。我常對別人說，我與王先生情逾父子，絕非虛語。

王先生《後唐宋體詩話》撰成，命予作序，固辭不獲許。我所以推辭者，老師為學生序，古來成例，學生為先生序，我孤陋寡聞，想不起現成的例子（老師身後的例子自然是有的）。此外，我對舊詩素無研究，實難發表切題中肯之言。而先生友輩中，以舊詩知聞者甚多。但王先生大概就是要打破成例，執意要我作序。我推想，王先生所以要我作序的原因大概有兩個：一是我對此書緣起和寫作過程瞭解多一點，或者有話要說；二是王先生此書也可以看作是先生和我多年詩歌對話的延續。王先生寫舊詩，我寫新詩，我們有機會見面常常徹夜談詩。但我對舊詩成見甚深。我雖然欽佩王先生的舊詩寫得好，但認為終非今日詩歌之正道，曾力勸王先生改弦易轍寫新詩。王先生謙說自己沒有寫新詩的才華。有時我也玩票寫幾句舊詩，王先生常給我修改，但很多時候我並不領情，反指責王先生的修改破壞了我要表達的意思。但我想我對舊詩的成見或許也促使了王先生對舊詩前途進行深入思考。這個也可能是王先生這本書的一個遠因。那麼，王先生要我寫序，也許正是考慮我和先生持見相異，而欲我有所批評。如此，我固不能辭矣。

王先生提出後唐宋體一說，振聾發聵，我極贊成，但仍有兩點疑問，借此機會求教於先生。我認為對詩歌來說，最重要的有兩個東西，一曰想像，二曰音樂。一種新的詩歌體裁要成立，一須要新想像，二須要新音樂。新想像在聶紺弩詩中，我們已經見到，但聶詩在後唐宋體中終是比較特殊的例子，就是說這種新想像在後唐宋體中並非普遍現象。至於新音樂，則後唐宋體限於舊詩格律和規範，幾乎不可能產生。由是，後唐宋體作為一種「新體裁」是否也還是「三腳貓」？——因有缺腿也。此是我對後唐宋體的疑問之一。王先生認為後唐宋體恢復了舊詩的青春，主要以聶紺弩詩為證。但聶紺弩的詩究竟具有普遍的意義，還是一種特殊的天才現象？聶詩究竟有無可能挽舊詩於末路？這是我對後唐宋體的疑問之二。一般而言，後來者的舊學修養恐怕只能越來越走下坡，以此越來越下坡的舊學修養駕馭五七言體裁固已困難重重，再要在詩上別出新路，恐難上加難。另外，後唐宋體的生命力實由於其對白話、口語成分的吸收，然以五七言體的限制，其對白話、口語的吸收實際上還有重重障礙，造成許多題材、經驗、情感和意識在後唐宋體中難以得到有效表現。我個人認為，即以聶紺弩之才，其詩歌世界比起同時期的新詩人來，也還是侷促狹窄的。以此看，後唐宋體恐怕還只是一種過渡性的現象，它可能適用於一些舊學修養較高而審美習慣尤其是對詩歌音樂性的理解、欣賞還拘囿於舊詩的知識分子。無論周作人還是聶紺弩，在談到寫舊詩的緣起時，都流露出某種對新詩的懷疑和偏見，雖然他們都謙稱自己沒有寫新詩的能力。周作人說：「說到自由，自然無過於白話詩了，但是沒有了韻腳的限制，這便與散文很容易相混至少也總相近，結果是形式說是詩而效力仍等於散文，這是我個人的經驗，固然由於無能力之故，但總之白話詩之寫不好在自己是確實明白的了。」這實際上是說新詩等於散文。推其究竟，還是對新詩的音樂性缺乏理解，而發出的散文（家）的抱怨。聶紺弩說：「大概因為越是在文壇之外，越是只認為舊詩是詩，其中有傳統、習慣甚至與民族形式，舊瓶新酒之類有關。」聶在此處也供出了自己「只認為舊詩是詩」的審美意識和習慣。也許從精神上說，周、聶與真正的詩人還有距離。事實上，周、聶兩位都是雜文家，從他們的這個身份我們大概也可以看出一些消息。周、聶二位為舊詩帶來了現代散文的自由思想，但並沒有帶來現代詩的節奏和充分的自由想像。廢名說舊詩形式上是詩，內容則是散文；新詩形式上是散文，內容則是詩。他對詩的理解要遠遠高出周、聶二位。周的雜詩實際上多為協律散文，聶詩有一些新想像，也有新詩意，但是究竟還是散文的意思居多。也就是說，周、聶的創新，比之唐宋體固然是新，比之新詩則仍然是舊。所以，我們固然要看到後唐宋體對唐宋體的超越和發展，但也不能忽略五七言固有的侷限。

我相信後唐宋體在一定時期內有其存在的必要和理由，但遽而斷定其前途無量，甚至以為詩歌的發展方向，似嫌倉促。王先生多處以偉大評聶詩，我也覺得估價過高。體念先生要我作序的本意，對疑惑之處不敢有所隱瞞，直陳如上。望先生有以教我。

是為序。

二〇一〇年十月二日

緒言

這本小小的詩話，所談論的主要是新詩興起以來的所謂舊詩，管窺筐舉，難免淺薄，甚至還有謬誤。所以寫者，全為興趣；所以付梓者，只為求教於讀者。否定了淺薄，深刻就出來了；橫掃了謬誤，真理就出來了，我願意當這個靶子。

魯迅曾說「一切好詩，到唐已被做完，此後倘非能翻出如來掌心之『齊天大聖』，大可不必動手」[1]，說得似乎並不確，因為宋人走出了新路，取得了幾可與唐比肩的巨大成就。聞一多的見解就和魯迅略有區別，把下限定在北宋。他在〈文學的歷史動向〉一文中說：「……詩的發展到北宋實際也就完了，南宋的詞已經是強弩之末。就詩本身說，連尤楊范陸和稍後的元遺山似乎都是多餘的，重複的，以後的更不必提了。我只覺得明清兩代關於詩的那許多運動和爭論，都是無謂的掙扎。每一度掙扎的失敗，無非重新證實一遍那掙扎的徒勞無益而已。」[2] 這段話關於南宋詞的評價我們姑置勿論，關於明清兩代詩的論斷，我以為是基本正確的。

如果說詩到「唐宋」已被做完，則大體近於事實。於此，清初葉燮在其《原詩》中就曾指出：「譬諸地之生木然：三百篇則其根，蘇李詩則其萌芽由蘖，建安詩則生長至於拱把，六朝詩則有枝葉，

1 魯迅一九三四年十二月二十日〈致楊霽雲信〉，《魯迅全集》十二卷，頁六一二，人民文學出版社一九八一年版。

2 《聞一多全集》第一卷，頁二〇三，三聯書店用上海開明書店一九四八年紙型重印本。

唐詩則枝葉垂蔭，宋詩則能開花，而木之能事方畢。自宋以後之詩，不過花開而謝，花謝而復開。」[3]啟功也說：「唐以前的詩是長出來的；唐人詩是嚷出來的，宋人詩是想出來的，宋以後詩是仿出來的。」[4]仿者，我想就是模仿的意思吧。初學寫詩，難免模仿，也可以模仿，甚至應該模仿；但詩人寫詩，模仿就沒出息了。所謂嚷、想、仿，只是就其大端而言，自然不能總括唐、宋、元明清詩風的全部，他自己也說「不可理解得太絕對」。比如就唐詩而言，稱得上「嚷」的主要是盛唐李白和邊塞詩派。老杜「語不驚人死不休」，他作詩是深思熟慮的，他是唐人，但已開宋詩之先河。就宋人而言，兩宋之交規模最大歷時最長的江西詩派提倡點鐵成金，使事用典，「想」著作詩，但也有不遑「想」、不屑「想」的，如楊萬里的性靈詩、陸游的時事詩等。啟功想必不會以為宋以後的詩全是出自模仿，只是就其基本傾向而言；宋以後詩肯定也有長出來、嚷出來、想出來的，只是少數而已；即使是長、嚷、想出來的，其中也難免有仿的成分。好比生物的基因沒變，其生長的形態就也基本不變。宋以後詩，唐音宋調已經為它提供了基因，「不過花開而謝，花謝而復開」罷了。

「唐」「宋」兩詞，既是朝代名稱，從詩看，也是風格的標誌。唐人有宋調，宋人有唐音，但唐音宋調作為舊詩又有更多共同的特質，形成了完備、豐富、精緻且有極強自我繁衍能力的題材系統、意象系統、語言系統、格律系統、技法系統、風格系統等。宋後之元、明、清不是沒有拓展，不是沒有創新，更不是沒有優秀的詩人詩作；但其創新、拓展基本上是局部的、個人的；也就是說，唐宋所形成的整體特質，並沒有在整體上、群體中被突破、被超越，大體上走的還是唐宋的路子，即沒能翻出如來的掌心。元詩、明詩甚至成就更高的清詩，元、明、清只有朝代的意義，而沒有風格的標誌含義。從整體

3 《原詩・一瓢詩話・說詩晬語》，頁三四，人民文學出版社一九七九年版。

4 《啟功講學錄》，頁六，北京師範大學出版社二〇〇五年版。

看，元、明、清和民國及以後的詩人只是豐富了唐宋，未能真正走出唐宋的樊籬，突破唐宋的窠臼。我稱之為「唐宋體」。這裡我特別要強調「唐宋詩」與「唐宋體」是兩個不同的概念，「唐宋體」並不覆蓋「唐宋詩」，而專指唐宋之後模仿唐宋的一種詩體。

新詩興起之後，一直在活躍著的唐宋體似乎出現了難以逆轉的頹勢，儘管仍有不少可讀甚至堪稱優秀的作品，但終究沒能形成氣候。葉聖陶曾經慨嘆說：「舊詩精神上的壞處在於模仿，在於酸腐，在於虛假，少數的真詩人固然能跳出這個範圍，但是屈指算來，真是少了。」[5]可喜的是，以聶紺弩為代表，包括胡風、啟功、李銳、楊憲益、邵燕祥、何滿子、黃苗子等詩人，在胡適、周作人、陳獨秀、魯迅、陳寅恪等前輩長期探索的基礎上，於唐宋體之外另闢新境，另創新風，形成了一個氣質、風格幾乎全新的流派，「唐宋體」的基因才發生了變異。我稱之為「後唐宋體」。唐音宋調庶幾已經覆蓋了封建社會知識分子精神生活的方方面面，幾乎無境不到，創新為難，無怪唐宋之後的唐宋體詩往往只有量的增加，而少有質的突破。如前所說，元明尤其是清，詩人還在掙扎，不時寫出一些好詩來，兩三百年之間畢竟有那麼多的詩作者。但更多的是偷境、偷格、偷句的克隆之作，充其量是改頭換面得比較巧妙而已。在清之後，由於唐宋體經過了元明清的加固、修補、完善工程，詩作者往往只要一張口、一下筆，幾乎就是唐宋體。縱有許許多多新的內容，也只能裝進唐宋體的舊瓶。這不是說清以後的舊體詩作者沒有才華，不想衝出圍城，實乃歷史的宿命。聶紺弩等詩人之所以重要，就是他們敢於抓住歷史的機遇，挑戰歷史的宿命，創造了嶄新的後唐宋體。由詩經而楚辭而漢樂府詩而魏晉南北朝詩而唐詩、宋詩而唐宋體詩，再到後唐宋體詩，我以為這是歷史發展的必然。

5 朱成蓉《葉聖陶散文・甲集》，頁三〇，四川人民出版社一九八三年版。

如果說在後唐宋體出現之前，現代文學史尚有理由將舊體詩拒之門外，那麼在後唐宋體出現之後的現代文學史再採取鴕鳥政策，無視其作為「現代文學」的存在，就只能目之為無知或蠻橫了。

做人要寬容，讀詩亦復如此。在白話文運動中，胡適和章士釗立場對立，最後卻握手言歡，胡送了一首舊體詩給章，而章也送了一首新詩給胡。他們的態度值得學習。新詩和舊體詩之間，舊體詩宗唐者和宗宋者之間，唐宋體和後唐宋體之間，不要相互否定、相互攻擊，而要相互尊重、相互學習進而相互切磋、相互吸取。只要是真詩人、真讀者，都會在它們中間發現詩，真正的好詩。當然應當提倡、尊重個人愛好的空間，你可以不喜歡舊詩，但不要一概視同垃圾；你也許不喜歡新詩，但不要全都看成兒戲。不過，本詩話的主旨在於為「後唐宋體」鼓與呼。

全書共分總說、唐宋體例談、後唐宋體源流、後唐宋體舉要等四個部分。所談及的近三十位詩人，有關部分並不是想要對他們的詩歌創作作出全面評價和論述，往往只是取一瓢飲，寫的是一得之見，點點滴滴，既無系統，更不全面。這是我特別要鄭重加以說明的。

目次

一

總說

（一）關於詩

1

如果說是語言把人與動物區別開來，那麼，詩就把人與人區別開來。詩生成於人心中的詩意，心中沒有詩意的人是不完全的人，他作為人的生活也是不完全的。

佛說，人人都有佛性。其實，人人也都有詩性，只是它常常沉睡在人們的心靈裡。詩性源自人們心靈深處追求美好、嚮往提升的渴望，詩人把它變成一種聲音，讓人覺醒，從而反省自己作為人的生存狀況。人是一個向人生成的過程，詩呼喚人向前走，向上提升。詩喚醒人們心中的詩性，像鐘聲撞碎沉默、召喚黎明一樣。它穿透現實，讓人看到希望，使人間鬼魅不寒而慄。

詩是對它所由生成的時代人性高度的感悟、顯現，詩人因此而幸福，而痛苦，而憤怒。「不該這樣活，而應那樣活」，幾乎是詩的主旋律。詩人因覺悟到的人性高度與現實距離遙遠而不願苟活，自殺者頗多，被目為瘋子者亦復不少。

因在時代人性的最高處，詩人難免孤獨。如果「高處不勝寒」是帝王的孤獨，那麼，「前不見古人，後不見來者。念天地之悠悠，獨愴然而涕下」就是詩人的孤獨。雖然兩者都是自作自受，但前者是絕望的孤獨，而後者是自信的孤獨。

因有「偽人」，而有「偽詩」，偽詩有時足以亂真。

詩人有時是預言家。他常常冒天下之大不韙，而且往往是自然而然，不知不覺的，就像〈皇帝的新衣〉中那個小孩。

詩人寫詩，並不是為了好玩。為自娛自樂而寫者，往往難有好詩；為表態、為應酬、為佈道而寫者更絕難入流。為好玩尚有可能偶得佳句，等而下之者與詩相距又何止十萬八千里！

2

藝術的真實緣於生活的真實，但不是生活真實的記錄；它是詩人創造的一個事件、一種境況、一個生活的片斷。網絡世界是一個虛擬世界，詩歌則是詩人用語言創造出來的幻想世界。

詩是一種聲音，一種聲音的藝術。它以一種具有意味的聲音直擊人心，使靈魂新生。

「言為心聲」，未必！甚至常常不是！詩為心聲，則是詩之為詩的前提。

若說音樂是抽象的藝術，詩就是具體的音樂。具體者，具意義之體也。詩的意味是聲音與意義水乳交融的結晶。它總是自出機杼，不落窠臼，不落言詮，新穎而獨特，讓人感動，讓人震顫，以至終生難忘。

數千年來的封建統治者立教總以愚民為本，所謂立教即立愚；而詩歌卻讓我們心靈、目明、耳聰。但詩歌本身有時也成了愚民的手段，不過，真正的詩歌總是一直伴隨著歷史的發展不斷促使人們覺醒。統治者甚至想用火燒掉它，但它是普羅米修斯從天庭盜來的天火，永遠綿延不絕，而且光徹雲霄。

3

《世說新語・言語》：「謝太傅寒雪日內集，與兒女講論文義。俄而雪驟，公欣然曰：『白雪紛紛何所似？』兄子曰：『撒鹽空中差可擬。』兄女曰：『未若柳絮因風起。』公大笑樂。」[1]「撒鹽空中」與「柳絮因風起」，可以比喻詩與非詩的區別，前者好比生活的實錄，後者才是一種藝術創造，不能把兩種混同起來。如李白的〈靜夜思〉，上海辭書版《唐詩鑒賞辭典》就把它當作詩人生活的實錄來解讀，可見兩者之間的界限是多麼容易被忽略。〈靜夜思〉不是生活的實錄，而是詩人的創造，詩人創造了一個虛構的生活場景，每一字每一句都服務於此一場景的創造。

不能僅憑生活真實來解讀詩歌。劉禹錫的〈烏衣巷〉：「朱雀橋邊野草花，烏衣巷口夕陽斜。舊時王謝堂前燕，飛入尋常百姓家。」施蟄存在《唐詩百話》中列舉了古今各家的解說之後寫道：「覺得大家把問題集中在『王謝堂』和『百姓家』，未免找錯了重點。應當注意的是『舊時』二字。上句既用『舊時』來形容『王謝堂前燕』，那末『飛入尋常百姓家』應當是『現今』的燕子了。詩人想到南京的燕子，在六朝時代，常飛入王、謝家高堂大廈中去做窩，而現在呢，南京的燕子卻只能『飛入尋常百姓家了』了。『舊時王謝堂前燕』不能理解為就是今天的燕子。舊時和現今，相差五百年，一群燕子，沒有如此長的壽命。在詩的藝術方法上，『舊時王謝堂前燕』是虛句，是詩人想像。『飛入尋常百姓家』是實句，詩人寫當今的現實。如果我們從這一角度去思考，那末『王謝堂』和『百姓家』的關係就可以獲得正確的解釋了。」[2]按施老的意思，似乎是說舊時之燕飛入王謝堂，現今之燕飛入百姓家。果真

---

1 徐震堮《世說新語校箋》，頁七二，中華書局一九八四年版。

2 施蟄存《唐詩百話》，頁四三七，上海古籍出版社一九八七年版。

如是，那末王謝堂和百姓家的關係仍又兜回舊注所爭論不休的圈子中去了：究竟是王謝堂現今已「百無一存」，其廢墟已變作百姓家了呢；還是今日之百姓家即從前之王謝堂呢？問題並未得到真正的解釋。從生活常識看，現今「飛入尋常百姓家」的燕子當然不可能是「舊時王謝堂前燕」；但循此常規，著眼於現今之燕並非「舊時」之燕，也就大大削弱了舊時王謝堂與現今百姓家這兩極對立的鮮明性尖銳性，一種歷史的滄桑感悲涼感也就因此而消蝕大半。為了強化舊時王謝堂與現今百姓家這兩極之間的對立，詩人或竟是有意違背生活之常情常理，以「燕子」這一概括性極強的詞來模糊舊時之燕與現今之燕的區別，從而使讀者的注意集中於王謝堂與百姓家的滄桑巨變，正是這一群燕子巧妙地把對立的兩極連成一體。雖然「相差五百年，一群燕子，沒有如此長的壽命」；但既然都是燕子，雖「相差五百年」，終究也沒有什麼不同。我以為倒是致力於區分舊時之燕是否為現今之燕「未免找錯了重點」，至於讀者以為舊時王謝堂這群建築物如今在與不在也都無關宏旨，這些在「王謝堂」與「百姓家」這兩極對立所營造的巨大審美空間中都是允許存在的。

4

我想在這世上生活過的任何一個人，都曾經歷過富有詩意的場景，至少曾經看到或聽見過。例如譚嗣同之死。梁啟超《譚嗣同傳》記曰：「……以八月十三日斬於市，春秋三十有三。就義之日，觀者萬人；君慷慨，神氣不少變。時軍機大臣剛毅監斬，君呼剛前曰：『吾有一言！』剛去不聽，乃從容就戮。嗚呼烈矣！」[3] 檢三聯版《譚嗣同全集》收有〈臨終語〉：「有心殺賊，無力回天。死得

[3] 《譚嗣同全集》，頁五二四—五二五，三聯書店一九五四年版。

其所，快哉快哉！」[4]當作於「從容就戮」之際。對此，我想任何一位讀者都會為之動容。就戮時的「從容」就是人生的一種詩意狀態。我們為之感動，源自這段文字所記載的事實，但這些文字本身並不是詩。「臨終語」，《全集》列入「韻語」而非詩歌。這自有它的道理，因為它只是告知我們詩人處於這種狀態，卻沒能讓我們感覺、體驗到這種「狀態」。如果它感動了我們，主要是由於和它聯繫在一起的情景。當然也有韻語本身的因素——從「有心殺賊」與「無力回天」的強烈對比中，讓我們多少體驗到了他的無奈，因而也就多少有了詩意。如果我們認為它有詩歌價值，那也遠遠不如它的「文物」價值。詩歌一定會讓它的讀者進入體驗、感動的狀態。因此，雖然人人都有詩意的經驗，但並非因此人人都是詩人。

「昔我往兮，楊柳依依。今我來思，雨雪霏霏」就不同了，它讓我們進入從而感受、體驗到了詩人的感情狀態，即引起了共鳴。詩人創作這首詩時的背景、場合，詩人的遭際生平等等，我們幾乎一無所知，但這不要緊，因為感動我們的是這首詩本身，是它特殊的語言組合，儘管我們難以用語言具體、準確地描述我們這種共鳴的狀態本身。或問：「難以用語言……」云云的「語言」和詩歌語言不都是語言嗎？是的，前一「語言」是告知、說明、提問、回答等等所用的日常語言、普通語言，詩歌語言則與此不同，它不是用來交際和交流思想的，它「生產」感動、體驗。走筆至此，我想起「文革」後期，一次我去看望夏瞿禪老師。晚飯後，他說，你詩裡寫到黃龍洞，我們就去黃龍洞走走。在走進山坡一片竹林時，他說前人曾有這樣的好句子：「直將一身穿萬竹，忽然四面立群山。」後來我翻閱《天風閣詩集》，〈登長城〉首聯是：「不知淩絕頂，四顧忽茫然。」譚嗣同也有類似的句子：〈晨登衡岳祝融峰二篇〉之一首聯「身高殊不覺，四顧乃無峰」。詩訴諸人們的感性，「直將一身穿萬竹，忽然四面立群

4 同上書，頁五一二。

山」彷彿能讓我們身臨其境，「有感覺」；「直將」一聯於「忽然」之間把訴諸知性的「不知」「不覺」變成了我們的感覺，此其所以為高也。（其實夏老也是寫景的聖手，如他描寫莫干山的句子：「雲氣黑沉千嶂雨，夕陽紅漏數州山。」比前人實有過而無不及。）

又或問：你上文不是用「從容」告知我們譚嗣同就義時的情感了嗎？但「從容」只是對情感的抽象概括，與譚嗣同就義時具體、生動的情感狀態距離非常遙遠，甚至要用「光年」來計算。然而，詩人卻能運用詩歌的語言把它真切地呈現於我們的視覺、聽覺，震撼我們的心靈，從而使我們進入新的生命狀態。詩的神奇在於此，詩人的高妙也在於此。

詩人的本領不在於記錄、敘述，而在於點燃讀者的心靈。他不但在生活中發現了詩意，生活中的詩意也點燃了他。詩歌作品永遠是詩人心靈的火花，他只能表現自己，並且只能在詩歌語言的創造中表現自己。詩歌創作當然需要技藝，但它只是助燃劑、賦形劑。詩人燃燒自己的心，就像高爾基筆下的唐珂，當人們的精神生命困在幽暗、深密的原始森林中疲於跋涉、深感絕望之時，它照亮了前進的道路。

5

人是向人的生成過程，前一個「人」即具有現實的人性的人，後一個「人」即具有高貴人性的人。這一生成過程由高貴的人性所主導，詩就是使人變得更像人的力量。高貴的人性生成於現實的人性之中，又是對現實的人性的超越。任何一個人都是現實社會的人，如果他處於向人的生成過程之中，那麼他的「含人量」——即「高貴的人性」的含量就會不斷提高；假若提高到對人的真實生存狀態能有深刻的洞察、真切的體驗，特別是有敏銳的直覺，他就有可能成為一個詩人。魯迅小說〈藥〉中的華大媽雖然具有高貴人性的某些元素，但其內涵還比較淺薄，遠未達到那個時代所已經達到的高度，再說她也沒有把自己的愛恨通過詩的語言形式引起別人共鳴的才能。詩基於人，人性——高貴的人性；它是以人性為燃料的語言的火焰，直接點燃人的心靈。拈出「直接」一詞，是想藉以說明詩和小說、散文、戲劇的差異，後者往往是間接的，中間隔著人物、故事、場景等等；而詩卻直接就是人性的噴薄，所謂意象也無非是為了加強噴薄的力量而已。而且，「直接」又不可跟「告知」或「說明」等同，它訴諸感性——溶解了高度理性與智慧的感性；如北島：「卑鄙是卑鄙者的通行證／高尚是高尚者的墓志銘」。

6

古人云：詩言志；又云：詩緣情。看似兩種理念、兩個傳統，其實，志與情相互滲透，相關相連。〈毛詩序〉：「詩者，志之所之也，在心為志，發言為詩，情動於中而形於言。」「志之所之」與「情動於中」難解難分。古代詩論中就有「情志」一詞。「情志」略同於我們所常說的「思想感情」。但在後者，思想和感情是互有區別、互相區分的兩個概念；然而在詩歌創作中，它既不是單純的思想觀念，也不是模糊的感情衝動。如果要說它是一種思想，那是得自詩人自己的生活經驗、溶進了自身的血肉、植根於他的心田、燃燒著他的感情的思想；如果要說它是一種感情，那是濃縮著藝術家的人格、個性，氣質，滲透著他的思想的感情。一句話，它是詩人心靈的火與光。

詩歌「必以情志為神明」（《文心雕龍‧附會》），情志是詩歌的靈魂，也僅僅是它的靈魂；沒有驅殼、肉體，再美的靈魂也是無從依托、無法存在的。沒有霧狀雨珠，即使有燦爛的陽光也不可能出現彩虹。情志本身並不是藝術，它必須滲透於詩的語言形式之中，就像神經、血管附麗於肌肉一樣。在獨特的語言形式之中，詩歌「畫成了停匀完整而具有意蘊的圖」[5]。情志本身並不是詩，詩人因情志的推動用語言畫出的那個圓才是詩。詩不是情志的直接宣洩，嚴格地說，「致君堯舜上，再使風俗淳」就不是詩。情志人人能有，而詩人卻不多見，常人有時也會有詩的語言，但往往只是「偶爾露崢嶸」而已。情志不是藝術，詩歌才是藝術；詩人得有詩的天分。

托爾斯泰說：「在任何藝術中間，脫離正道的危險之點有兩個：庸俗和做作。兩點之間只有一條狹小的通道。」[6] 庸俗和做作源於情志之虛假或膚淺、薄弱，是詩歌的天敵。詩人跋涉於這條小道上，歷盡艱辛；即使歷盡艱辛，真正的好詩也往往只為妙手偶得而已。

（二）新詩與舊體詩

1

新詩何以興起？乃歷史之必然！這又不得不從廣義的詩說起。詩是人寫出來的，而人則是向人的生成過程，是人性不斷提升、不斷解放的歷史長河。中國在幾千年封建專制制度行將崩潰之際，人性開始了又一次新的覺醒。在詩歌領域裡，一些最敏感的人深切感受到了舊詩體——舊格律、舊語言、舊意

5 歌德語，轉引自朱光潛《西方美學史》下冊，頁四二七，人民文學出版社一九七九年版。

6 戴啟篁譯《列夫·托爾斯泰論創作》，頁九二，灕江出版社一九八二年版。

境、舊風格等的束縛，終於沖決羅網，嚷出了新詩。在新時代、新思潮面前，新詩把舊體詩撇在一邊，勇敢地迎上前去，開創了一個全新的境界。與此同時，舊體──唐宋體，有的仍一東二冬地固守原來的陣地；有的也想趕上前進的時代，卻往往顯得力不從心，踉踉蹌蹌，難以形成氣候。打個比方，新詩像個充滿青春活力一往無前的年輕人，舊體詩有的像老態龍鍾的老人，有的則像原來纏腳現在放了的女子，少數也能平平仄仄地跟上時代的旋律──雖然常有勉強、吃力之感。而後唐宋體卻像原有深厚國學根底中得舉人進士後來又出洋遊學接受了世界先進文明特別是人類普適價值洗禮的中年人，比一般的青少年多了些閱歷，顯得更加成熟甚至老辣。它為舊體詩開闢了一條新的道路，在舊體詩的歷史上打開了新的一頁。

魯迅曾經指出：「早就應該有一片嶄新的文場，早就應該有幾個凶猛的闖將！」[7]。新詩詩人固然是詩壇凶猛的闖將，後唐宋體的作者也是這樣的凶猛闖將。前者是從舊詩壇之外開闢一片嶄新的天地，固然勇不可擋；後者雖是從舊詩壇裡面闖出來的，實也完全當得起「凶猛」二字。前者之新幾乎是從無到有的新，後者之新是推陳出新的新，兩者之難易未可簡單地下一判斷，前者固然不易，後者也許更為艱辛。

2

胡適的偉大之處，在於緊緊抓住「形式」──「文體」這一關鍵，登高一呼，號召「創造一種『國語的文學』──活的文學」。他深刻地指出：「形式上的束縛，使精神不能自由發展，使良好的內容不能充

7 《魯迅全集》第一卷，頁二四一。

分表現。若想有一種新內容和新精神，不能不先打破那些束縛精神的枷鎖鐐銬。因此，中國近年的新詩運動可算得是一種『詩體的大解放』。因為有了這一層詩體的解放，所以豐富的材料，精密的觀察，高深的理想，複雜的感情，方才能跑到詩裡去。五七言八句的律詩決不能容豐富的材料，二十八字的絕句決不能寫精密的觀察，長短一定的七言五言決不能委婉達出高深的理想和複雜的感情。」[8] 幾乎一腳把舊的詩體踩到了地下。所以青年詩人西渡說「新詩是對舊詩的否定」，一針見血。

不過，我得添上蛇足。胡適的三個「決不能」未免說得絕對了一些。他所說的「豐富的材料，精密的觀察，高深的理想，複雜的感情」，其實舊體詩並非一定不能表現，甚至可以舉出若干成功之作；倒是他上文說的「新精神」，舊體確實難以接納，因為舊體是和舊的語言——文言一體的，新精神和舊文言幾乎方枘圓鑿，難相貼合；而新的精神是和胡適說的「國語」互為表裡或說是相互匹配的，因此我以為關鍵在於新精神和新語言這兩個基本元素。黃遵憲、梁啟超等「詩界革命」之難以成功，就是因為闖不過語言這一關，區區幾個新名詞、新術語是頂不了事的。不過，歸根到底，還是由於他們的精神還新得不夠，覺得還能在舊語言中生存下去，缺乏沖決文言羅網的決心，於是先就在革命綱領中收起了「新語句」這面本是最富革命色彩的旗幟。西渡說的舊詩，當指新詩興起前後的舊詩，並非全部舊詩；或是就舊詩這種詩體而言。

3

「白話」才是文學革命制勝的法寶，也是新詩之為新詩的命根；也因此才惹得舊派文人恨得咬牙

---

8 《胡適文集》第二卷，頁一三四，北京大學出版社一九九八年版。

切齒，不共戴天。「人從自身中造出語言，而通過同一種行為，他也把自己束縛在語言之中」[9]，真要從中走出來，又談何容易。嚴復翻譯《天演論》，很多術語是從先秦、宋代借來的，所以他慨嘆說：「新理踵出，名目紛繁，索之中文，渺不可得，即有牽合，終嫌參差。」[10]張君勱批評道：「嚴氏譯文，好以中國舊觀念，譯西洋新思想，故失科學家字義明確之精神了。」[11]其咎實不在嚴氏，而在文言，讓張氏自己也用文言來譯，未見得就一定比嚴氏高明。新詩對於舊詩的勝利，就是白話對於文言的勝利。這是歷史的必然，中國的曙光！——文白之爭看來還要爭下去，這也無可奈何。嘆嘆！

文言是古代漢語的書面語，和當時的現實生活已經隔了一層，遑論今天早已發生了翻天覆地變化的當代生活！馬克思曾經明確指出，語言是一種現實的意識。文言和封建時代人們的思想意識有著千絲萬縷的聯繫，難怪朱光潛要說「讀文言文……總不免像看舊戲，須把自己在想像中搬到另一種世界裡去，與現實世界隔著一層。」[12]以唐宋體表現當代的現實生活和人們的思想情感，困難重重。瞿髯師〈笻邊和周、蘇兩教授〉：「快意乍聞收雉雊，論功豈但勒燕然。」[13]以「收雉雊」「勒燕然」為喻，總覺沒有完全到位；但要在文言中另覓新詞，連夏老都已卻步，何況我等？——這也是現代詩人對唐宋體的遷就。或將當代語言縮略之以就格律，也覺彆扭，如葉聖陶「德隆歌自起，踐驗理斯真。」[14]之「踐驗」就是一例。

9 洪堡特《論人類語言結構的差異及其對人類精神發展的影響》，頁七十，商務印書館一九九七年版。
10 《嚴復集》第五卷，頁一三二二，中華書局一九八六年版。
11 轉引自賀麟〈嚴復的翻譯〉，《東方雜誌》第二二卷第二一號（一九二五年十一月）。
12 朱光潛《論文學》，頁八九，安徽教育出版社一九九六年版。
13 夏承燾《天風閣詩集》，頁一六三，浙江人民出版社一九八二年版。
14 《葉聖陶集》第八卷，頁四三三，〈臨江仙·建國三十周年致祝，《人民日報》囑作〉；江蘇教育出版社一九八八年版。

當然，現在不少人的思想情感和古人還有交集重合之處，唐宋體仍有用武之地；但地盤畢竟越來越小，這也是歷史發展的必然。

4

新內容未必就一定體現新精神。前蘇聯的一些文學作品，其內容不可謂不新，然其精神卻和沙俄時代的御用文人一脈相承，甚至有過之而無不及。內容和精神當然不能說沒有聯繫，然而畢竟不是骨肉之親，甚至有如穿衣，脫下長袍穿上西裝或脫下西裝穿上長袍，都並不太難。

新精神不能和新時代的人劃上等號。新時代的人，其精神有可能完全是舊的，也可能有新有舊，或先新後舊、先舊後新，不能一概而論。郭沫若的《女神》表現的是新精神，〈獻給在座的江青同志〉，其精神卻是舊的，而且舊得很。很有幾位新詩壇的老將，年輕時在新精神的鼓舞下，驍勇無比；後來年歲大了，加上其它原因，新精神幾已枯竭，寫作新詩，往往左支右絀，而又不甘寂寞，只好遁入舊體，以所謂新內容勉強支撐門面。當然，他們於舊體本有基礎，再者，精神上也還有舊體可用的資源，來點新內容自然不太費力，但到底詩味無多，若認起真來，大多是算不了數的。

5

或謂新詩易寫，舊詩難作；有的則持相反看法。我以為，只要是詩，不論是新體還是舊體要寫都難，其難並不會因是新詩還是舊體而有程度的差異。但由於舊體有格律可憑，只要格律中規中矩，就有可能

「像」詩；而新詩一般沒有通用的格律，像詩而非詩者往往容易現出非詩的原形。從這一角度看，舊體似乎較新詩為易。詩和非詩本來就沒有絕對的標準嚴格區分，只是舊體因有格律可以遮醜，而新詩則無，必須全憑詩意。當然，新詩也有分行這一屏障，但分行畢竟比舊體的格律容易做到，新詩因之較舊體更難忽悠讀者。大躍進年代全民寫詩運動湧現（！）出來的作品實非舊體的格律詩，但在句數、每行字數和押韻上卻討得了便宜，好比一個人本不會演戲，但鼻子上抹上了白粉，就容易讓人看成小丑；而小丑在舊戲演員班子裡地位卻是最高的，據傳是因為唐明皇作為票友演過小丑的緣故。

值得注意的是，在寫詩運動中湧現出來的作品，罕有新詩，絕大部分是有一點點像唐宋體的五言、七言順口溜。

舊體詩是格律詩，不管是近體還是古體——當然古體的格律要寬泛得多。有的只重格律而不問詩意之有無，似乎只要在格律上中規中矩就是詩。等而下之的是連格律也不甚講究，認為只要每句字數五個或七個再押上韻就是詩了。究竟是不是詩，要看具體的作品。有的雖不符格律，卻也可能是好詩；但不必按上「五絕」「七律」之類的義角。當然詞也一樣，明明和「江城子」的格律相去十萬八千里，硬要說成是「江城子」，又何必呢？至於格律符合「江城子」，內容是否具有詩意，誠然是更本質的問題，我想多少總得有那麼一點意思吧。底線是不和惡俗沾邊，或讓人們去體驗死亡的幸福等等就可以。

6

廢名對郭沫若〈夕暮〉推崇備至，以為其內容為舊詩所不能表現者：「一群白色的綿羊，／團團睡在天上，／四圍蒼老的荒山，／好像瘦獅一樣。／／昂頭望著天，／我替羊兒危險。／牧羊的人喲，

／你為什麼不見？」[15] 其實，這一內容並非「為舊詩所不能表現者」，因據以戲作一絕：

山如饑虎後爭先，
羊群依天自在眠。
牧者不知何處去？
舉頭四望一心懸。

郭沫若〈夕暮〉的內容處於新舊兩體之間的灰色區域，也即新精神的邊緣地帶，就新詩而言，並不值得特別推崇。真正好的新詩是無論如何不可能被順暢、貼切地譯為舊體的。

承友人以一則網上資料見示：聞一多新詩〈死水〉之舊體詩版[16]

一溝死水鋪絕望，清風無力起漪淪。
忍看青銅成翡翠，可憐鐵罐鏽桃花。
一層油膩織綢緞，無數黴菌蒸雲霞。
珍珠浮沫酵綠酒，花蚊竊酒嚙珠輪。
死水鮮明絕望處，寂寞青蛙叫幾聲。
斷然不是美所在，且叫醜惡去開墾！

15 參見廢名、朱英誕《新詩講稿》頁一二九，北京大學出版社二〇〇八年版。
16 本文引用地址：http://www.sciencenet.cn/m/user_content.aspx?id=16959

作者李遇春說是「此乃去年閑暇中戲改之作，不足為訓」。以舊體譯新詩，本就不易，往往吃力而難討好；〈死水〉能夠譯到這個水平，足見譯者的功力，如「一溝死水鋪絕望」，就頗為傳神。但我還是要說，儘管如此，譯作除首尾四句外，意思、味道幾乎全都走樣了，簡直成了另外一首詩。為省大家翻檢之勞，茲引出原作[17]：

這是一溝絕望的死水，
清風吹不起半點漪淪。
不如多扔些破銅爛鐵，
爽性潑你的剩菜殘羹。

也許銅的要綠成翡翠，
鐵罐上鏽出幾瓣桃花；
再讓油膩織一層羅綺，
黴菌給他蒸出些雲霞。

讓死水酵成一溝綠酒，
漂滿了珍珠似的白沫；
小珠們笑聲變成大珠，

17 藍棣之編選《新月派詩選》，頁一一五—一一六，人民文學出版社一九八九年版。

又被偷酒的花蚊咬破。

那麼一溝絕望的死水，
也就誇得上幾分鮮明。
如果青蛙耐不住寂寞，
又算死水叫出了歌聲。

這是一溝絕望的死水，
這裡斷不是美的所在，
不如讓給醜惡來開墾，
看它造出個什麼世界。

十分明顯，它寫的是「絕望」，「死水」已經沒救了。第一節「不如」「爽性」云云，只是破罐子破摔，告訴大家即使是變，變出來的也只能是「破銅爛鐵」的鏽斑之類，不止令人討厭，簡直讓人噁心，於是才有了結尾的兩行。它寫的不是美，而是醜；不是希望，而是絕望；不是亮色，而是漆黑一團！譯作中「忍看」「可憐」已經背離原來的語意語氣，「忍看」，不忍心看到之謂也；「可憐」，其對象應為令人感到憐惜者，而且這兩個詞起碼一直管領至「花蚊竊酒嚙珠輪」：這顯然和詩人對「死水」的態度大相徑庭。「死水鮮明絕望處，寂寞青蛙叫幾聲」，更是讓人覺得「絕望處」似乎還有那麼一點生機。其實原作「如果青蛙耐不住寂寞，又算死水叫出了歌聲」，哪是什麼「歌聲」，明明就是

「惡聲」！是詩人所寫「醜境」中濃重的一筆，「又算」兩字可見消息。原作最後兩行，「絕望」已經到了極點，由於「清風吹不起半點漪淪」，即使改造也看不到一絲一毫的希望，所以只能說「不如讓給醜惡來開墾，看它造出個什麼世界」。對醜的展示與絕望，這是聞一多為中國詩歌帶來的新質。一進入舊體所常用的「忍看」「可憐」的套子，〈死水〉的新質也就變味了。

7

聞一多青少年時代寫過不少舊體詩文，後來成為新詩的大詩人。他的新詩，我至今仍然喜歡。一九二五年詩人忽然說要「勒馬回繮作舊詩」了，〈廢舊詩六年矣。復理鉛槧，紀以絕句〉[18]云：

> 六載觀摩傍九夷，吟成鴃舌總猜疑。
> 唐賢讀破三千紙，勒馬回繮作舊詩。

於是我始終對他此後的舊詩懷著極大的期待，卻一直沒有機會認真檢閱。最近一查，不禁大失所望，找到的如〈蜜月著《律詩底研究》稿脫賦感〉〈廢舊詩六年矣。復理鉛槧，紀以絕句〉〈釋疑〉〈天涯〉〈實秋飾《琵琶記》戲作柬之〉等，恕我只能說「量少質次」——所謂「次」當然是相對於唐宋體的大家名家而言。他並沒有兌現他的諾言，反而在一九二五年後寫出了大量非常好的新詩，包括兩部詩集《大江》大部和《死水》全部。

18 張燁主編《聞一多詩歌散文全集》，頁二一一，中國致公出版社二〇〇一年版。

何以故？我猜測，根本的原因只能是，他的詩情更適宜於以新詩表現；舊體，對他來說，只是死路一條。依他的古典詩詞修養，寫作舊體應當說只是小菜一碟，「勒馬回繮」，本應游刃有餘，卻竟然自食其言；因為寫作，尤其是詩歌，只能信馬由繮。這一事實，也從一個側面證明瞭新詩發展的必然性，證明了舊體——其實就是唐宋體在新時代的侷限性。於此，我有一小詩慨嘆之：「新詩壇上見雄姿，已勒燕然樹大旗。何必回繮仄平仄，於公青史有深期。」——本人孤陋寡聞，可能聞一多一九二五年後寫了不少舊體好詩也未可知，這是我要鄭重申明的。

從上引那首「勒馬回繮作舊詩」的絕句，可以窺見他對新詩缺乏格律的約束規範因而不少作品難以朗朗上口是有不滿和擔心的，新詩一直以來確也存在這個問題；但他對以前的新詩創作認為是「傍九夷」的結果，這未免就是一種偏見。毋庸諱言，新詩的興起與發展確實受到了外國詩歌的影響，但它畢竟用漢語創作，應該說還是植根於中國文化和社會現實的，「傍」字不準確，對外國詩歌的影響估計過高，對新詩詩人的創造評價過低。「九夷」之「夷」，也明顯有輕蔑的意味，也可能是由於他在文言中找不到更合適的詞彙。好在他還只是「猜疑」而已，沒有讓這種偏見左右自己的創作。

說到「勒馬回繮作舊詩」，我又想起了臧克家，他應該也算一位。不過，他的舊體詩，我只看到《臧克家文筆精華》[19]所選的十一首，起於一九七四年，迄於一九九四年。由此一斑，我只能說，他詩歌創作的真正成就在新詩，舊體只是偶爾玩玩而已，他自己也未必真當回事。

[19] 鄭曼、鄭蘇伊選編，東方出版社二〇〇四年版。

（三）唐宋體概說

1

我提出「唐宋體」這一概念，並非為了標新立異；因為並無新異可言。還是讓我先來作回文抄公吧。當代著名前輩學者程千帆在《唐詩鑒賞辭典‧序言》中指出：唐詩「就詩歌本身而論，經過八代先驅者的努力，五七言古詩已經成熟，律絕詩也基本上跨越了它們的試驗階段，足供唐代詩人自由採用。前輩們積累起來的藝術經驗，充分表現了漢語之美的多種樣式，都使得他們易於借鑒昔賢，馳騁才力，發抒性靈，來擴大詩的反映面，提高詩的表現力」。他認為「唐詩盛況空前，後難為繼」，「到了北宋，五七言古今體詩才又以一種新的面貌出現」。當代詩人西渡指出：「從中國古典詩學的範疇來考察，唐詩確實包羅了詩歌的種種可能性，使得後世很難在它的範圍之外另辟一番天地」。西渡在另一論文中說：「平心而論，宋詩的內容題材和形式表現確實於唐詩有所超軼，形成了自己的特色。繆鉞說，『宋詩雖殊於唐，而善學唐者莫過於宋』，『唐人以種種因緣，既在詩壇上留空前之偉績，宋人欲求樹立，不得不自出機杼，變唐人之所已能，而發唐人之所未盡』[20]。繆鉞認為：「就內容論，宋詩較唐詩更為廣闊。就技巧論，宋詩較唐詩更為精細。然此中實各有利弊，故宋

20 以上引文見西渡編《名家讀唐詩》、《名家讀宋元明清詩》兩書〈編後記〉。

詩非能勝於唐詩，僅異於唐詩而已」，「宋詩運思造境，煉句琢字，皆剝去數層，透過數層」[21]。宋人在唐詩的基礎上有所開拓和發展，成就了自己有別於唐詩的風格。宋詩是承唐詩之流，並沒有拋棄唐詩的基礎而另起爐灶，而是在繼承中前進了一步；他們本來就是你中有我、我中有你。唐音宋調風格雖有不同，但作為五七言古近體詩卻有共同的基質：基本相同的思想情感、創作理念、創作方法、聲律技巧等等，因此可以合稱「唐宋體」。提出「唐宋體」絕對不是無視、更不是要抹殺唐音宋調各自獨特的個性，而是為了突出唐宋詩人的共同貢獻，即把五七言古近體鑄造成了一種嚴謹、完善而表現力極強的古代漢語書面語——文言詩歌體式。

唐詩宋詩的成就是唐宋兩代數以千計的精英（清人編的《全唐詩》共收詩四萬八千九百余首，作者兩千兩百餘人；《宋詩紀事》共收三千八百餘家詩。實際上詩作者的人數當遠超此數），前後約六百多年努力的結晶。我特別要強調的是，它決不僅僅是形成了有關如平仄、押韻、對仗等形式方面的規範，也和唐宋這兩個朝代的社會環境、意識形態、時代精神、生活方式等密切聯繫，難解難分，詩歌作者不可能不被籠罩在封建意識之中，而且詩歌寫作還是他們入世出仕的必備修養。「普天之下莫非王土，率土之濱莫非王臣」，忠君愛國是他們的共同追求，甚至是道德底線。國者，君之國也，君國一體，君為國魂；忠君就是愛國，愛國必須忠君、只有忠君。「達則兼濟天下，窮則獨善其身」，於是爭先恐後地紛紛進入「朕」之「彀中」；即使少數標榜清高的隱士大都也不過待價而沽而已。「居廟堂之高，則憂其民；處江湖之遠，則憂其君」，「愛民」一般也得通過「忠君」來實現。幾乎可以斷言，唐宋詩人都是所謂「忠」字號的書生。忠君的思想情感自然而然地流淌在他們的血液之中。忠君自然不可能是他們所有作品的主題，卻是他們思想情感的底色。宋之後元明清的詩人之所以完全接受唐宋體，搖

21 繆鉞《詩詞散論》，頁三一，陝西師範大學出版社二〇〇八年版。

筆即來，最深層次的原因就是他們和唐宋詩人具有基本相同的思想情感底色。到了二十世紀，人們雖已無君可忠，但不少人往往還是走不出忠君的陰影。當然，唐宋詩人的題材是十分多樣的，思想情感的疆域也是十分廣闊的，你即使不在忠君這一點上步其後塵，其他題材也幾乎沒有不撞車的。

況且，即使有人想從中跳出來，也是難之又難。何以故？因為唐宋體已有一整套話語系統像天羅地網一樣把你包裹其中，教你動彈不得，只能乖乖地在其中施展拳腳，還以為「海闊憑魚躍，天高任鳥飛」呢。所謂「互文性」在唐宋詩人特別是唐宋體作者的作品中表現得最為突出、最為明顯。例證俯拾皆是。就說南宋陸游的〈沈園〉，錢鍾書注就指出，「此身行作稽山土，猶吊遺蹤一泫然」乃用北宋李邦直「病骨未為山下土，尚尋遺墨畫興亡」的意思；至於「驚鴻」，則不待錢注大家也都知道來自曹植的〈洛神賦〉「翩若驚鴻」。唐宋詩人的題材、詞語、意象實在是太全面、太豐富了，即使本領高強如孫悟空者也難跳出如來佛的掌心啊！葉燮《原詩》不無尖刻地指出：「昔李攀龍襲漢魏古詩樂府，易一二字，便居為己作。今有用陸、范（即陸游、范成大）及元詩句，或顛倒一二字，或全竊其面目，以盛誇於世，儼主騷壇，傲睨千古，豈唯風雅道衰，亦可窺其術智矣。」[22] 這種情況後來甚至到了如沈德潛所說的「幾於千篇一律，萬喙雷同」的地步。

2

一本頗有影響的二十世紀詩詞選本收某詩人詩兩首。七絕〈金陵雜感〉：

22 《原詩・一瓢詩話・說詩晬語》，頁十，人民文學出版社一九七九年版。

南朝金粉久飄零，逐鹿中原夢未醒。
千載興亡問翁仲，荒陵無限草青青。

注評者稱：「非為懷古，實乃史鑒也。『問翁仲』一語，用意極見深刻。」只是早有古人深刻在前了，與宋人洪咨夔〈行臨安縣圃〉的「百年翁仲領興亡」有什麼兩樣？「故物陵前惟石馬，遺踪陌上有銅駝」，「想銅駝巷陌，金轂風光。幾處離宮，至今童子牧牛羊。荒沙一片茫茫。」……真是多了去了。

五律〈登焦山枕江閣〉：

登高望平楚，萬里意悠悠。
澤國魚龍怒，長江日月浮。
風塵幾兩屐，天地一扁舟。
到此悲興廢，蒼茫發古愁。

注評者謂：「中二聯語工意永，洵為佳句。」但我讀時卻不免有「似曾相識」甚至非常熟悉的感覺。這四個意象在古詩詞裡太常見了——「魚龍怒」，秦觀〈和游金山〉：「風暗魚龍怒」；戴復古〈滿江紅・赤壁懷古〉：「千艘列炬魚龍怒」等等。「日月浮」，陸游「不盡山河大，無根日月浮」，等等。至於「風塵幾兩屐」，我們馬上就會想起《世說新語》「未知一生當著幾兩屐」的話頭，也許還會想起「劉翁平生幾兩屐」；而「天地一扁舟」則會更多一些，如「何時掛長劍，天地一扁舟」，「腰纏十萬貫，騎鶴上揚州。詩翁那得有此，天地一扁舟」。而且，整首詩的作意也比較常見，可以說幾乎沒有什麼新意。

總之，假若抹去作者的名字，這兩首詩混入古人集中也分辨不出來。我意不在歌頌誰或貶抑誰，只在指出唐宋體作品的一種相當普遍的現象而已。平心而論，「唐宋體」至今仍然有它的生命力，時有佳作杰構出現，然模仿自唐以來直至清末民初之面目、詞句者亦復不少，甚至更多，「幾於千篇一律，萬喙雷同」，如同官員場面上之套話、空話、廢話，毫無真情實感可言，令人不忍卒讀。詩道之衰，可見一斑。

唐宋體既是宋以後詩人的寶貴遺產，也是他們的沉重包袱。對於二十世紀以來的舊體詩詞作者來說也是如此，而且應當說「包袱」的成分更重一點。畢竟時代向前走了，社會生活和人們的思想情感都已經發生巨大變化，起碼懂得「民主是個好東西」了。唐宋體對於我們已經漸行漸遠。雖然它對於我們來說仍然是一筆不能忽視的遺產，只是不能照單全收，必須在改造中繼承，在繼承中改造。

3

廢名論新詩，見解獨到，卓然成家。其中涉及與舊詩的對比，以為舊詩的寫作是一個「情生文文生情」[23]的過程，鞭辟入裡，一語中的。我以為這尤以唐宋體為甚。唐宋大家名家大多因情生文，宋人也有以理生文者。後之唐宋體作者，則往往先有那麼一點「意思」，捕捉到一詞一句，然後由此出發，在起承轉合、聲律、對仗等的推動下，因文生文，終於成篇。等而下之，也有因題生文者。當然不能說其中完全沒有情的成分，但每每是文之情，而非詩人之情；即使看似有點詩意，那也因學問而來，意外得之。唐宋體越往後，情生文者越少，文生情者越多，於是相當一部分唐宋體作品，其實只是「修辭術」的展示，詩藝一變而為「詩術」。「辭」從何來？古文古詩也；「術」從何來？「對韻」「詩韻」

23 廢名、朱英誕《新詩講稿》，頁一一八，北京大學出版社二〇〇八年版。

「詩例」「詩格」也。極而言之，詩變成一種文字遊戲，只要有一定的詩詞知識積累，不是榆木腦袋，一般都可苦吟而成，甚至查閱而得。但它畢竟是一種較為複雜、高級的遊戲，腹中總得有些墨水，不然就只能作薛蟠體。又由於文能生情，「成文」已有一定的創作成分，「生情」也有偶然的成分，妙句佳作不可能搖筆即來，可望而難即。

4

民國時期才子陳蝶仙，號天虛我生，曾發明無敵牌牙粉，風行一時。在我家鄉浙江遂昌任縣政府秘書時，有好事者請以「糞」「也」「父」「毛」依次為四句之首字作一絕句。他沉吟片刻，應聲道：

> 糞除山徑栽黃花，也是淵明處士家。
> 父務農桑子學稼，毛詩一卷作生涯。

一時傳為美談。他當然不是因情生文，實是無病呻吟；但也算得一首可讀之作，瞿禪師還認為末句頗有意思。

唐宋體有不少作品在很大程度上就是這樣的「修辭術」，甚至說它像砌麻將也不算太過分。充其量也不過是逞才使氣，以學問為詩。這一「國粹」，吸引了多少人的興趣，消耗了多少人的心力啊！即便是「唯歌生民病」，也僅僅是「願得天子知」，仍不過是表白臣下、士子的卑微心願；而後唐宋體則是真正的人在另一個全新的天地裡的心靈吶喊！

在唐宋的高峰面前，人們往往有這兩種態度：「僭王稱霸」與「甘作偏裨」。

清趙翼有一首膾炙人口的絕句：「李杜詩篇萬古傳，至今已覺不新鮮。江山代有才人出，各領風騷數百年。」確實，李杜蘇陸的詩篇至今已不新鮮；但它們仍是經典。既是經典，就永遠會有人去讀，也永遠會讓人從中讀出新意。一時一代的才人是會寫出新鮮的詩篇，甚至領一時一代之風騷，但它卻未必是經典，更不能因其「新鮮」而認為已經超越李杜蘇陸。所謂「新鮮」與否，固不能脫離形式、風格，但所指主要還是內容。在這進程中，唐宋體作為體式會有零星的或是局部的發展變化，但始終離不開它的基本規範、基本格局。領一時一代之風騷的作者、作品，可能在歷史發展中早已煙消雲散，而李杜蘇陸的地位卻始終屹立不動，正是所謂「爾曹身與名俱滅，不廢江河萬古流」。在唐宋大家面前因「新鮮」而妄自僭王稱霸，只會貽笑大方。

就以趙翼自己來說，身為「乾隆三大家」之一，他儼然以詩壇領袖自居，他追求新鮮，力主推陳出新，當然有積極意義；但實際創作成就即使在清詩史上也並不突出。張維屏評其「七古才氣奔騰，時見剽滑；五七律多工巧奇警之句，然力求工巧，可稱能品，卻非詩家第一義也」[24]。嚴迪昌《清詩史》謂：「他過多地以史筆寫詩，不免有令人莞爾處，如〈題三元錢湖舲〉簡直是一篇『三元』（解元、會元、狀元）史實的考訂，這樣的『雄才博學』似並不可取。然而他畢竟還是有懂得『鳥語花香孰主張，春來無物不含芳』的另一面，對『天籟』的崇尚，仍能有很動人的作品吟出。」[25] 並舉有詩例，如〈子才書來，驚聞心餘之訃，詩以哭之〉：

24 轉引自錢仲聯、錢學增《清詩精華錄》，頁一二八，齊魯書社一九八七年版。

25 該書頁九三六，浙江古籍出版社二〇〇二年版。

5

斯人雖已隔重泉，腸斷袁安一幅箋。
預乞碑銘如待死，久淹床笫本長眠。
貧官身後唯千卷，名士人間值幾錢？
磨鏡欲尋悲路阻，茫茫煙樹哭江天。

（磨鏡，用徐孺子事：《太平御覽‧海內士品》：「徐孺子嘗事江夏黃公，黃公薨，往會其葬，家貧無以自致，賫磨鏡具自隨，賃磨取資，然後得前。」）又如〈題吟薌所著《蔡文姬歸漢傳奇》〉：

琵琶馬上忍重彈？家國俱催兩淚潸。
經過明妃青冢路，轉憐生入玉門關。

當然都是佳作，但在唐宋大家面前就顯得一般了。

「僭王稱霸」與「甘作偏裨」，語出葉燮《原詩》：「大抵古今作者，卓然自命，必以其才智與古人相衡，不肯稍為依傍，寄人籬下，以竊其餘唾。……故寧甘作偏裨，自領一隊，如皮、陸（即皮日休、陸龜蒙）諸人是也。乃才不及健兒，假他人餘焰，妄自僭王稱霸，實則一土偶耳。生機既無，面目塗飾，洪潦一至，皮骨不存。而猶侈口而談，亦何謂耶？」[26]同樣的話頭也見於薛雪《一瓢詩話》的轉述：「竊古人竊之似，則『優孟衣冠』；不似，則『畫虎不成』。與其假人餘焰，妄自僭王稱霸，孰若

26 《原詩‧一瓢詩話‧說詩晬語》，頁九，人民文學出版社一九七九年版。

甘作偏裨，自領一隊？不然，豈獨風雅掃地，其志術亦可窺矣。」[27]「僭王稱霸」志在和李杜蘇陸一比高低甚至蓋過他們而獨領風騷，而「甘作偏裨，自領一隊」，則實事求是地承認李杜蘇陸的偉大和自己的侷限，強調張揚自己的個性，走出自己的道路。我以為這要比「僭王稱霸」來得務實，甚至更見自信。表面看來氣魄不如趙翼，實則更可欽佩。

不過，既已「甘作偏裨」，「自領一隊」也難走出唐宋體的範圍。嚴迪昌《清詩史》曾概括了清詩的獨特價值，主要是：題材的開拓、充實以及詩體容量的拓展；「閨秀」詩人、八旗詩人等的湧現與崛起，等等。他最後引孫原湘的「老樹挺秀，春情未刪」八個字來總結。清詩，歸根結底還是唐宋體這棵「老樹」上開出的花結出的果。

6

黃山谷關於杜詩韓文有「無一字無來處」的說法，大家耳熟能詳。記得王國維也曾說他讀杜詩韓文時也總有這樣的「感覺」。

關於「無一字無來歷」，似可有幾種理解。一，若是脫離原來的語境，在最寬泛的意義上說，任何人的任何作品都是文本歷史長河裡的一滴水，都是「無一字無來處」。二，就韓、杜而言，又可有兩種理解。或是說，他們在寫作的過程中就自覺地要求自己「無一字無來處」，這看來既無必要，也無可能；因為只會寸步難行，徹底破壞寫作的情趣。或是說，在寫作時，「來處」自然湧向筆端，是不期然

27 同上書，頁九十。

而然。看來應屬後者。三，從黃庭堅的原文看，他讚嘆的似乎是韓杜從不「自作此語」，因而「無一字無來處」。這就值得商榷了：難道韓、杜之遺詞造句沒有他們個人的創造性嗎？事實上只恐未必。「叢菊兩開他日淚，孤舟一繫故園心」，「香稻啄餘鸚鵡粒，碧梧棲老鳳凰枝」，查仇兆鰲《杜詩詳注》，也只是注出「叢菊」「孤舟」「故園」「香稻」「碧梧」「鸚鵡」的出處而已，至於其詞法、句法則未涉一詞，實是詩人匠心獨運的創造。往細裡說，詞，一般不能自己生造，像「神七」「航母」絕無可能出現於杜甫的筆下，讓他生造也造不出來。但也有例外，如王維筆下的「異客」、吳文英筆下的「紅情」就很有可能出自他們的創造。但大於詞的「語」就不一樣了，不但在鼓勵創造之列，而且必須有所創造；至於句，則更是如此。可見黃庭堅所說「無一字無來歷」的字，只是指詞而已。這就又兜回上面說的第一種理解。假若黃庭堅真的反對詩人「自作此語」，則不單不可取，而且把詩帶進了死胡同。「此語」若不好，則縱有來處，也是幫倒忙；好，若非自作，好也是不好，或至少這個「好」要大打折扣。特別要指出的是，黃庭堅把「來處」和讀書連在一起，這就完全否定了經由活生生口語豐富詩歌語言的可能性，這怕只是黃庭堅的一廂情願，未必符合杜、韓的實際情況。將詩歌語言死死地擰定在書本尤其是古書上——古代出版書籍不像如今這麼方便快捷，人們所能讀到的料來只能是古書居多，這決不是什麼好事。可惜不少人將「無一字無來處」奉為金科玉律，不敢越出雷池一步，只怕墜入「庸俗」這一萬世不復的深淵，從而失卻了活潑潑的生活氣息，而多了幾分陳腐迂闊。黃庭堅固不能辭其咎，但後人也難把責任全都推給古人。可以說唐宋體正是深受其害。

　　按現代哲學解釋學的理論，文本雖出自作者之手，作品卻是作者和讀者共同創造的結果。黃庭堅是從作者的角度立論，而王國維則是著眼於讀者的感覺。更準確地說，他其實說的是自己的感覺。他是罕見的大學問家，不知讀了多少書；一般的讀者讀韓文杜詩，我想是不太可能有「無一字無來歷」的感覺的。

說唐宋體難以突破唐宋詩語言的藩籬，所指不是「字」而是「語」甚至是「句」的層面。而後唐宋體則往往「自作此語」，讓人耳目一新。

7.1

唐宋體之難以突破，我們可以對聯的創作為喻。

對聯常常主要是一種智力活動，好的對聯當然也有情的推動，從而得以創造一種境界。試看昆明大觀樓長聯：

> 五百里滇池奔來眼底。披襟岸幘，喜茫茫空闊無邊！看：東驤神駿，西翥靈儀，北走蜿蜒，南翔縞素。高人韻士，何妨選勝登臨。趁蟹嶼螺州，梳裹就風鬟霧鬢；更蘋天葦地，點綴些翠羽丹霞。莫辜負四圍香稻，萬頃晴沙，九夏芙蓉，三春楊柳。
>
> 數千年往事注到心頭。把酒凌虛，嘆滾滾英雄何在？想：漢習樓船，唐標鐵柱，宋揮玉斧，元跨革囊，偉烈豐功，費盡移山心力。盡珠簾畫棟，捲不及暮雨朝雲；便斷碣殘碑，都付與蒼煙落照。只贏得幾杵疏鐘，半江漁火，兩行秋雁，一枕清霜。

此聯曾被譽為「古今第一長聯」。「第一」者，非指其長，而道其好。

面對大觀樓這一題材，作者自有一番感慨，抽象言之，無非是：山河壯麗，人生虛空。這就是寫作此聯的「種子」，或曰「作意」，其中蘊蓄著時、空，縱、橫，虛、實，景、情，動、靜，遠、近，古、今等對比。但我們有理由推測，在實際寫作過程中，作者並非寫好上聯，再對下聯，而是在上、下聯之間往復來回，相互誘導、啟發，相互生成、促進。也許作者首先想到的就是滇池，「滇池」對什麼？難！一時想不好，先擱著。再從「滇池」想，也許立刻想到「五百里」。「五百里」對什麼？這就來了，自然是「三千年」；不過「三」嫌實，還是改為「數」吧……。於是「五百里滇池奔來眼底」、接「數千年」的該是一個與「滇池」對的詞兒，「往事」勉強了一點，但也只得如此了。「眼」怎麼對？「心」、「眼底」、「心頭」頗為工穩。「奔來」與「注到」，就更精神了。上下聯的開頭，奠定了整副對聯的基調，氣勢初步形成。於是兩條河流就開始向前運動，相互平行地奔向各自的終點。上聯寫空間，自然要用東西南北等方位詞；下聯寫時間，也自然就順「數千年往事」的源頭而下，對以「漢唐宋元」。上聯用了「四、萬、九、三」等數詞，下聯也必用數詞或準數詞：幾、半、兩、一。當然數詞與量詞肯定幾乎是同時出現的，問題是如何與合適的名詞搭配。對聯要「對」，這是規範、約束，但同時也是一種提示，一種方便，近體詩之格律也應作如是觀。這就是廢名所說的「情生文文生情」大致狀況。

以上所說的是修辭之術的層面，它與作者的胸襟、修養、境界、情志等也是相互推動、相互促進的。此聯之好，並非僅在其術，也在其道。不過，自然永恆、偉大、壯麗與人生短暫、渺小、虛空的對比，實在是詩歌（包括對聯）的一個永恆母題。此聯既貼近大觀樓的景觀，更把這一母題表現得淋漓盡致。不過，同一母題的作品一多，創新的空間就小，往往只能在「修辭」上兜圈子，在「術」層面作文章，難以跳出前人窠臼。就以遣詞造句來說，「盡珠簾畫棟，捲不及暮雨朝雲」，一望而知，就是從王勃〈滕王閣詩〉「畫棟朝飛南浦雲，珠簾暮捲西山雨」脫胎而來的。總而言之，不少語句都讓人有似曾相識的感覺。題材、作意、語言等都往往胎息（甚至「克隆」）前人，這和唐宋體十分相似。且看另一副黃鶴樓聯：

數千年勝跡，曠世傳來，看鳳凰孤岫，鸚鵡芳洲，黃鶴漁磯，晴川傑閣，好個春花秋月，只落得剩水殘山，極目古今愁，是何時崔顥題詩，青蓮擱筆？

一萬里長江，幾人淘盡，望漢口斜陽，洞庭遠漲，瀟湘夜雨，雲夢朝霞，許多酒興風情，僅留下蒼煙晚照，放懷天地窄，都付與笛聲飄渺，鶴影翩躚。

骨子裡與大觀樓聯實在沒有什麼兩樣。前些年有關方面約我為金華婺江綠化帶寫對聯，勉強應之：秦宮漢殿隨波去；明月青山照影來。毫無新意，也不見婺江的任何特色。

7.2

襄陽隆中諸葛亮故居有一聯：

南華經，相如賦，班固文，馬遷史，薛濤箋，右軍帖，少陵詩，摩詰畫，屈子離騷，古今絕藝；

滄海日，赤城霞，峨眉霧，巫山雲，洞庭月，彭蠡煙，瀟湘雨，廣陵濤，廬山瀑布，宇宙奇觀。

另有題碧山書屋聯云：

滄海日，赤城霞，峨眉雪，巫峽雲，洞庭月，彭蠡煙，瀟湘雨，武夷峰，廬山瀑布，合宇宙奇觀繪吾齋壁；
少陵詩，維摩畫，左傳文，馬遷史，薛濤箋，右軍帖，南華經，相如賦，屈子離騷，收古今絕藝置我軒窗。

以此兩聯喻唐音宋調與唐宋體之間的關係，頗有相通相似之處。

一，假設後聯作者從未見到過前聯，兩聯作者是不謀而合，想到一塊去了。這種可能性似不太大。——設想沒有唐音宋調，唐宋以後的詩人也會寫出類似唐音宋調的作品，只是成就可能不如而已。唐音宋調的出現幾乎是歷史的必然。

二，假設後聯真由前聯脫胎而來，後聯長進雖不大，但畢竟有所突破。前聯只是「奇觀」「絕藝」，後聯卻前進了一步，這也屬不易。——唐宋體從整體看並未超越唐音宋調；但在個別的、局部的地方仍有突破，也值得稱道。

三，假設後聯真由前聯脫胎而來，後聯畢竟沒有什麼實質性的創新。——唐宋體對於唐音宋調確實沒有什麼實質性的創新，足見後唐宋體創新之不易，之可貴！較之唐音宋調，唐宋體只將「峨眉霧，巫山雲」改為「峨眉雪，巫峽雲」、「班固文」改為「左傳文」，並將之「繪吾齋壁」「置我軒窗」而已。此中「吾」「我」很有雅興，但局量、氣象都顯小了；一「繪」一「置」失去了「南華經」、「滄海日」等等自然而然的本來面目，有些走樣了。如果東也「繪」西也「置」，你也「繪」我也「置」，而又還是這些東西，豈不乏味。

四，假設以「南華經……」或「滄海日……」為上聯，不對以「滄海日……」「少陵詩……」而另闢蹊徑，可能大家都會望而擱筆。——不能一味去責怪唐宋體超越乏力，沒本事另起爐灶。超越唐宋體，這是後唐宋體的歷史任務。

8

歷朝歷代都有所謂「應制詩」，一般以歌頌封建專制君王功德為務，是典型的「臣詩」。《飲冰室詩話》記丘倉海一聯云：「黃人尚味合群理；詩界差存自主權。」謂「意境新闢，余亟賞之」。「人詩」源於詩界之「自主權」，「應制詩」之主在君，「人詩」之主在己。

然應制詩亦有高下。如唐之所謂明主聖君自有可歌頌之處，應制尚有可讀之作，及至沒落時代，作詩者以紅腫為桃花，以膿汁為乳酪，不可救藥矣。

應制詩原為應皇帝之命而作，後來一干文人雖無皇帝之命亦樂此不疲，可以名之為「應制體」，在唐宋體中聊備一格。有可歌頌者而歌頌之，為數不多；無可歌頌者而歌頌之，實為無聊或無奈之舉；該鞭笞而歌頌之，可能有兩種情況，一是愚昧；一是無恥，如吮癰舐痔者，甚至成為一種癖好，且無藥可救。茲仿「二奶經濟學家」之名，稱之為「二奶詩人」。將「二奶」與「詩人」連在一起，於心何忍！但現實中確有此類「詩人」，夫復何言！

9

在一些人的詩集裡，我們有時會發現「代人作」之作。錢鍾書就在《槐聚詩存・序》中坦率地承認：「代人捉刀，亦復時有」。儘管其中也有相當不錯的篇什，但「代人作」本身就是詩的異化。「詩言志」，「詩緣情」，詩為「心聲」，豈能由他人代作？他人又豈能代作？「代人作」這一現象的出現，說明所謂作詩有時已經遠離詩道，淪落為交際、應酬的工具。可以成為交際、應酬的工具，這本身就有力地證明了唐宋體的寫作可以「心不在焉」，是唐宋體日漸衰微的徵兆。

我們沒有發現杜甫有「代人作」之作，但可發現已有將詩用於交際、應酬的苗頭。如《杜詩詳注》卷十二〈得房公池鵝〉：

房相西池鵝一群，眠沙泛浦白於雲。
鳳凰池上應回首，為報籠隨王右軍。

詩有答謝之意，尚不失幽默。卷九〈蕭八明府實處覓桃栽〉：

奉乞桃栽一百根，春前為送浣花村。
河陽縣裡雖無數，濯錦江邊未滿園。

〈詣徐卿覓果栽〉：

草堂少花今欲栽，不問綠李與黃梅。
石筍街中卻歸去，果園坊裡為求來。

則簡直和一般的便條沒有什麼實質區別。酒可以代喝，便條可以代寫，如果作為交際、應酬的工具，詩為什麼就一定不能代作呢？

10

古詩按題材一般可分詠懷詩，山水詩，詠物詩，詠史詩（包括懷古詩），述事詩，田園詩，愛情詩，論詩詩等。詠懷包羅甚廣，述志、懷人、感遇、紀行等等。經常出現的主題有：人生短暫，壯志難酬，親情友情，世路艱難，悲憫窮苦，斥責醜惡……實難一一縷陳，一言以蔽之：抒情。

四部叢刊《集注分類東坡先生詩》（署王十朋撰）將蘇詩的題材分為「五十門」。王十朋序云：「雖天地之造化，古今之興替，風俗之消長，與夫山川、草木、禽獸、鱗介、昆蟲之屬，亦皆洞其機而觀其妙，積而為胸中之文」，可謂無所不包。從內容給詩分類，是一件很不容易甚至吃力難討好的事。該書所分的五十門是：紀行，述懷，詠史，懷古，古跡，時事，宮殿，省宇，陵廟，墳塋，居室，堂宇，城郭，壁塢，田圃，宗族，婦女，仙道，釋老，寺觀，塔，節序，夢，月（星河附），雨雪，風雷，山岳，江河，湖，泉石，溪潭，池沼，舟楫，橋梁，樓閣，亭榭，園林，果實，燕飲，試選，書畫，筆墨，硯，音樂，器用，燈燭，食物，酒，茶，禽，獸，蟲，魚，竹，木，花，菜，菌蕈，投贈，戲贈，簡寄，懷舊，尋訪，酬答，惠貺，送別，留別，慶賀，遊賞，射獵，題詠，醫藥，卜相，傷悼，絕句，歌，行，雜賦。分類看來確實有點不倫不類，按類分出的作品多寡也相去甚遠，多者近三百首，少者僅兩首。但藉此可從一個側面（主要是客觀景物）看出蘇詩題材之廣，至於詩人自身的生活卻又沒有得到什麼反映，「述懷」，太籠統了；再者幾乎任何一首詩都可以算是述懷。

其實，著眼於東坡個人的情感世界，那才是真正的大海——「蘇海」，汪洋閎肆，變化萬狀，難窺其涯涘。東坡之所以能成為「海」，正由於他能吸納百川。在古代詩人中，詩作之宏富或有人超過東坡，而題材之廣泛，則罕有其匹。元明清詩人已難以望其項背，更無論後之唐宋體作者了。

11

上引坡集另有趙堯卿序，關於蘇詩的語言，說了一段極其精彩的話，茲引如下：「凡偶用古人兩句，用古人一句，用古人六字、五字、四字、三字、二字，用古人上下句中各四字、三字、一字，相對止用古人意不用字，所用古人字不用古人意，能造古人意，能造古人不到妙處。引一時事，一句中用兩故事，疑不用事而是用事，疑是用事而不用事，使道經僻事、釋經僻事、小說僻事、碑刻中事、州縣圖經事，錯使故事，使古人作用字成一家句法；全類古人詩句，用事有所不盡；引用一時小話不用故事而句法高勝、句法明白而用意深遠，用字或有未穩，無一字無來歷，點化古詩拙言，間用本朝名人詩句，用古人詞中佳句，改古人句中借用故事，有偏受之故事，有參差之語言。詩中自有奇對，自撰古人名字，用古謠言，用經史注中隱事，間俗語俚諺，詩意物理。此其大略也。」然未必皆刻意為之，其胸中之書，汪洋浩博，落筆時往往自然流出也。

東坡之學問才情，後世之詩家僅能望洋興嘆而已。但我們也不必自卑，因我們也有東坡所不及知的新學問、新知識，也有東坡所未曾有的新感受、新體驗。只要不被唐宋體所束縛，我們就還有創新的巨大空間。

12.1

用典，是唐宋體最常見也是最有效的技法。從「典」看，有「事典」，有「語典」之分；從「用」看，有「直用」與「化用」兩種。黃庭堅名作〈寄黃幾復〉首聯「我居北海君南海，寄雁傳書謝不能」，是成功化用事典的典型例子。《漢書‧蘇武傳》本有雁足傳書的典故，但說的是雁足傳書之「能」，黃詩卻說「不能」，用事而能出新——由「能」而「不能」非詩人信口胡說，因為有雁南飛至衡山而回這一傳說作為支撐，正與出句「我居北海君南海」（北海當在衡山之北，南海當在衡山之南）闢合。因此陳衍評此詩曰：「此句語妙，化臭腐為神奇也。」相比之下，同詩頸聯對句「治病不蘄三折肱」，反用《左傳》，因「反」而新，但不自然——「三折肱知為良醫」，常情常理所可知也，何以「不蘄」？頗為費解。此聯與頷聯「桃李春風一杯酒，江湖夜雨十年燈」放在一起，更見遜色。

12.2

黃庭堅〈和答錢穆父詠猩猩毛筆〉，以趣見勝，尤其是尾聯「拔毛能濟世，端為謝楊朱」，令人解頤。前人目為「牽強可笑」（王若虛《滹南詩話》），未必公允。

這也是成功化用典故的顯例。典必存乎語，用典與用語實無明顯界限。雖然，用典側重其事，用語則側重其語，且語或說理或嘆喟，未必全是敘事。黃庭堅此詩「平生幾兩屐，身後五車書」，是成功用語的顯例，尤其是出句。前人謂魯直本用阮孚「人生能著幾兩屐」之句，以下句非人，改「人生」為「平生」。且曰：「若以『人生』『身後』且不佳哉！余謂山谷豈不知『人生』『身後』是佳對，蓋猩猩不可言人，故改之耳。」[28]改「人生」為「平生」確實更為精確貼切，魯直不以辭害意，寧可犧牲「人生」與「身後」對仗之工而改之，改得好！至於「身後五車書」之「五車書」出自《莊子》「惠施多方，其書五車」，正如王若虛所說，此五車書非所讀之書，乃所著之書；因古代著書必用筆，而製筆必用毛，十分切題，妙處橫生。

13

「熟讀唐詩三百首，不會寫詩也會吟」，「吟」也可解作吟誦，此處當是「作」「寫」的意思。難道原未入門者只要熟讀了它，就會寫詩了？細味原意，可能只是說明《唐詩三百首》一書價值之高，同時強調熟讀之必要。

《唐詩三百首》確實是一本值得熟讀的入門書，但真正要會作詩，三百之數可能少了一點，還是林黛玉給香菱開出的書單較為可靠，她對香菱保證說，讀了這些，「就不愁不是個詩翁了」。藥方不同，思路卻是一致的：只要熟讀了一定的篇目，就一定會寫詩。

其實不然。常識告訴我們，這固然是必要條件，但非充分條件。要寫出真正的詩來，光是熟讀前人或旁人的作品是遠遠不夠的，有的人為此窮畢生之力，可仍然寫不出一首真正的詩來。但對於唐宋體來說，這話又是有道理的。確實，只要具有中等智力的人，熟讀一定數量的作品，是完全可以寫出中規中矩甚至像模像樣的作品來的，只是這些作品未必是真正的詩。也就是說，宋以後約七百年來，一方面唐宋體在不

28 轉引自黃寶華選注《黃庭堅選集》頁一九六，上海古籍出版社一九九一年版。

斷完善、發展，出了一些名家大家，出了許多好作品，有的甚至至今膾炙人口；但另一方面，無甚詩意、新意的所謂作品實在太多太多了。它們模樣極為像詩但又不是真正的詩。這是一個不得不承認的事實。

唐宋體的一套詞彙、一套典故、一套意象、一套句法、一套格律實在太豐富、太完備了，好比搭房子的積木，各種各樣的零部件應有盡有，無所不備；所提供的樣圖無所不包，多得幾乎無法也不能想出新的花色，只要不是弱智，任誰都可搭出房子來。從詩歌創作的角度看，這既是巨大的財富，更是沉重的包袱！從詩歌發展的角度看，越往後越是成了歷史的「惰力」。尤其是經過有清一代「作為中國古代詩史集大成的總結時期」（嚴迪昌《清詩史》），後來者再要有所超越，其難就難於上青天了。——由此所謂「集大成」雖不完全是卻可以說主要是唐宋體之大成。——由此可見，唐宋體在清之後走向式微幾乎是必然的，極大部分幾乎是無可挽回地走向了非詩的歧路。

14

如果詩的創造可以變為僅僅是語言之「術」的操作，電腦作詩也就不是不可能的了。互聯網上現在已經出現了「電腦作詩機」，據知，電腦可作五絕，五律，七絕，七律，排律，古風。起式收式韻部都可以由用戶設置。韻部只限平聲韻（古風除外）。可實現各種方式的次韻，藏頭。可智能分析命題，並含「自助修改」。所作的作品，如五絕〈佇立〉：

獨立藩籬冠，正愁烏雀難。
佳人千澗落，公子雨峰寒。

當然不好，這是由於它的「詞庫」太小——作詩機3.20版詞庫有一三一九組詞組。其中單字一七一組，雙字八二〇組，三字三二八組。所有單詞（包括單字）的來源是：（1）人工選擇約40%的《聲律啟蒙》。（2）老杜約一百首律詩中的頷聯和頸聯經電腦自動斷詞產生。

如果詞庫擴大，選擇、組合的程序進一步改進，相信定能寫出相當像樣的作品。

15

在封建社會裡，人與人自有一套稱謂系統，君臣、父子、兄弟等等，不得含糊。《三國志》記曹操稱讚孫權說「生子當如孫仲謀」，也還是把自己擺在「父」的位置，因而在「子」面前具有絕對的權威，當然也可能帶有對自己兒子的不滿，似乎多少有點酸味。他連漢朝皇帝也不放在眼裡，稱孫權為子又有何妨。但柳亞子稱毛澤東為「兒」可就不一樣了。柳有兩枚印章的印文頗為狂妄，一枚為「兄事斯大林，弟畜毛澤東」，另一枚為：「前身禰正平，後身王爾德；大兒斯大林，小兒毛澤東。」詩裡又說「除卻毛公即柳公，紛紜餘子虎龍從」，「一代文豪應屬我，千秋歷史定稱翁」。毛古書讀得不少，當然知道「大兒」「小兒」的出典，沒有聽說為此生氣；但若在「文革」中紅衛兵那兒可就不得了了。

現代的人與人的關係硬要塞進文言的套子，有時會讓人哭笑不得。不過，也不能全怪文言，也許是柳亞子自己的腦袋裡還有封建意識的殘餘也未可知。據知，解放初安排他住在頤和園時，他深為不滿，牢騷頗多。一天，當管理員恭敬地請示晚餐食譜時，柳亞子突然怒吼：「我不吃乾菜，給我買鮮黃瓜！」居然還打了管理員一個耳光！這「含人量」就不敢恭維了。

16

人生虛空和懷才不遇，兩者都是根源於個體生命自覺的缺失。

懷才不遇——把自己個體生命的價值交付給環境與他人來判定，實際上是一種奴性。不把個體生命抓在自己的手裡，由自我賦予它以價值，那麼你就永遠不會有「遇」的時候。

人生虛空——仍然是沒有找到自我人生價值的無奈的自我解嘲。本來是可以不虛不空的，因而你事實上的虛空應當而且只能由你自己負責，而你卻不去負這個責，卻以「本來虛空」自我安慰。

兩者都是唐宋體的母題之一。

17

友人董文明告知有關二〇〇八年由香港中文大學、澳門大學、廣州中山大學、台南成功大學的中文系聯合主辦第三屆粵港澳臺大學生詩詞大賽的信息。大賽分詩組與詞組，詩限五律或七律，韻依平水韻上平四支韻或下平十二侵韻；詞限「青玉案」，韻以《詞林正韻》為準，不限韻部。廣東惠州經濟職業技術學院計算機系二〇〇六級詹居靈同學囊括了詩組及詞組的冠軍。

詩組冠軍作品〈感懷〉：

去日堂堂何所適，春愁如海況秋深。
一枝猶向鷦鷯借，高廟每為狐鬼侵。

誠不吾欺長裕者，偏無人識飲冰心。
胸中沸血兼奇氣，噴作江天萬里吟。

詞組冠軍作品〈青玉案〉：

平蕪暗減行雲陌。但看取、青眉薄。夢裡精魂紅灼灼。開無人賞，謝無人愕。夢醒無人覺。
前生許盡今生諾。未到今生已斑駁。院冷衾寒煙漠漠。雨教輕聽，酒教輕酌。淚眼教輕閣。

評委黃坤堯教授說：評選「大抵以合律、本色及意境為主，更希望有些創意。初選時本來也選入一些現實的題材，可是後來由於格律失誤而一一淘汰了，結果決賽時只留下了這批作品，可能情韻比較狹隘，但清詞麗句，情景交融，亦屬佳制。可是很多同學都無法擺脫仿古的痕跡，說來未免有些遺憾，希望將來能夠有所改善，有所提高。」[29]

黃先生說得極是，我尤其贊同他說的「仿古」是「學習的必經階段」。[30]我想補充的是，「仿古」不僅僅表現在形式上，詩作的思想感情也有「古」的烙印。這是走唐宋體的路子所難以避免的結果。由詹居靈〈感懷〉，可以斷言：一，唐宋體至今仍有相當的生命力，今後一定還有好作品不斷出來；二，走唐宋體的路子而要寫出真正表現當代人的思想感情的作品，尤其是能夠表現時代精神的作品，難乎其難！

29 出自大公網，網址，頁http://www.takungpao.com.hk/news/09/02/01/WX—1025672.htm
30 出處同上。

（四）「後唐宋體」概說

1

後唐宋體具有區別於唐宋體的基本特徵，茲先略舉，再分條說明。

後唐宋體仍基本沿用唐宋體的平仄、押韻、對仗等的聲律規範，唯多為五七言近體詩，其中七律占大部分，少有五古七古。

唐宋體為典雅文言，而後唐宋體則是淺近文言與白話的「化合」。

唐宋體多為臣民之詩、士子之詩，而後唐宋體則為現代的人之詩，以現代思想意識為基礎、基調，特別強調「獨立之思想，自由之精神」。

唐宋體多沿用唐宋詩人的意象體系，後唐宋體雖不拒絕前人常用的意象，但常自創新。

後唐宋體緊貼現實，為時而作，以情生文；不同於唐宋體常有的無病呻吟或炫博逞才，以學問為詩。

總之，後唐宋體雖形似唐宋體，但已脫胎換骨，具有完全不同於唐宋體的氣象，風貌，精神，質地。近人所作之唐宋體作品往往可以混入古人集中而亂真，後唐宋體則決無此種現象。

2

後唐宋體的聲律規範，類同於唐宋體。如聶紺弩《散宜生詩・北荒草・搓草繩》：

冷水浸盤搗杵歌，掌心膝上正翻搓。
一雙兩好纏綿久，萬轉千迴繾綣多。
縛得蒼龍歸北面，綰教紅日莫西斜。
能將此草繩搓緊，泥裡機車定可拖。

押的是平水韻下平歌韻，平仄、對仗也完全符合七律仄起式的規範，中規中矩，嚴絲合縫；但與唐宋體僅形似而已，其神卻是全新的。這新，來自搓草繩這一題材，更來自詩人對搓草繩這一極其平凡平常的勞動詩意的發現，頷聯傳神之至，頸聯聯想古今，從平凡平常中發現偉大壯觀，不愧為後唐宋體的里程碑式作品。

不過，後唐宋體也決不會死於唐宋體的格律之下。邵燕祥〈感事・山西黑窰場〉：

誰云多難便興邦？邑有流民嘆小康。
遍野盡哀高玉寶，豈因一個世仁黃。
紅包續得紅旗譜，白骨堆高白玉堂。
五十八年誇解放，黑窰奴在黑窰場。

其中，康、黃、堂、場均屬七陽韻，而「邦」則屬三江韻。首句之韻舊時早有「孤雁入群」之說（指首句押相鄰的韻部，亦有人稱為「孤雁出群」。與「孤雁入群」相對，尾句如押相鄰的韻則稱「飛鳥出林」。）。韻者，韻也；我們現在讀來，它們都是ang韻，順暢得很！完全不必死死抱住古韻不放，冬烘到誓不承認「邦」「康」是可押的。況且，「江」「陽」可通，古已有之。我倒是要說，古如無通，邵燕祥先生更值得佩服！

韻和平仄至今應該並且也可能作出調整。理由非常簡單：今人何必學著用古人的語音、腔調說話、寫作？一，既無可能，古人的語音、腔調實難復原，任誰都無法準確地掌握，一般只能根據古代的字書、韻書得知它大概的讀音，到底是平是仄，屬於那個韻部而已；二，也無必要，好比我們今天已用電燈照明，何必棄而不用而非用蠟燭、油燈不可？照明才是目的，為了守舊而放棄電燈的便利，牢牢捧住蠟燭、油燈，何苦？詩是語言聲音的藝術，詩詞必講聲律，這一點沒有任何價錢可講，問題在於到底是講古代漢語的還是講現代漢語的聲律。我以為堅持「斜」屬麻韻、硬記入聲字（尤其是北方人）等等，除了增加年輕人的麻煩和他們的反感之外，別的並沒有任何好處可言。

一九九八年我曾出過一本《對韻新編》，以大中學生為對象。「由於古今漢語平仄不盡相同，所收聯語，如係我們自己編撰的，一般避免使用相互矛盾的字，即古今都屬平者為平，古今都屬仄者為仄；如是前人之作，則儘量選用古今平仄一致者，若在聲律的關鍵位置上有個別字眼不相符，則加注說明。」但這終究是權宜之計，不是根本解決之道。對聯教學還是出現了令人尷尬的局面。於是我又在《中國教育報》（2005.6.30）上發表〈走出對聯教學的尷尬〉一文，其中說到：

由於對聯具有巨大的語文教育價值，對聯教學日漸受到重視，對子題甚至進入了高考卷子。據統計，二〇〇四年的十五份語文高考試卷中就有7份命制了對子題，這是可喜的現象。但其中六份都沒有說是否要講平仄，另有一份則明確標出「平仄不論」。這自然有命題者的苦衷在。由於自一九四九年以來，我們的語文教學從未提出過相關要求，教學中從來「平仄不論」，豈能在考試時貿然殺出這麼一個程咬金？但我以為，聲調是我們漢語的一大特色，一大亮點，正如周汝昌先生所指出的：「講我們的詩（按指舊體詩詞——引者），要基本明白四聲平仄之理，這是漢語本身具有的自然規律，不是哪個強加給它的人造的『外鑠』之美。講四聲平仄，在聲律上已然算是最粗略的了，可是令人吃驚的是，時至今日，講詩而不明聲律的大有人在，報章雜志上刊出的詩詞，有的全然不諳格律；弄個標題，一定是平仄全乖。（例如非把『春色滿園關不住』改造成為『滿園春色關不住』不可，其見解是『滿園』在語法上應當居前吧？）人們對於自己祖國語文的音韻美的鈍覺到了這般地步，豈不是令人憂慮的事態之一嗎？」周先生講的雖然是詩，對聯自然也不能例外。如果一旦「平仄不論」成了我們對聯教學（包括試卷中的對子題）的慣例，則很有可能會被人恥笑了去。

然而，對聯教學真要論起平仄，似乎也確有難處。王力先生說：「平仄是詩詞格律中的一個術語：詩人們把四聲分為平仄兩大類，平就是平聲，仄就是上去入三聲。仄，按字義解釋，就是不平的意思。」可見平仄是古漢語的概念，現代漢語的陰陽上去和古漢語的平上去入不一樣。現在的中小學生要學古漢語的平上去入，當然能夠學會；但我以為無此必要。他們的時間精力太寶貴了，有更要緊的東西要學，何必在這上頭花費心思？有興趣的同學可在課外自學。說到這裡，我就想起我在上個世紀五十年代後期上大學中文系時，夏承燾老師曾嚴肅地對我們說：如果不懂平仄，這畢業證書是不能發給你們的。實際上畢業時我們極大部分同學仍然不會分別平仄聲，但也都拿到畢業證書畢業了。大學中文系畢業生尚且如此，對中小學生提出這樣的要求顯然是不合適的。這是當今對聯教學的尷尬。

怎麼辦？我主張，一、對聯要講聲調相對，不講不行，但開始時可把要求降到最低限度，即《漢語大辭典》所說的「上句末字聲調必仄，下句末字聲調必平」，以後逐步提高要求；二、不講古漢語的平上去入，而講現代漢語的陰陽上去。但如何區分陰陽上去的平仄，要作進一步的討論。有論者認為：「平聲包括現代漢語的陰平和陽平（第一聲和第二聲）」。所說不知有何依據，我以為有可議之處。平者平也；仄者側也，不平也。因有平與不平的差異，才能創造出漢語的音韻美，如「無邊落木蕭蕭下，不盡長江滾滾來」之平平仄仄平平仄，仄仄平平仄仄平。古漢語的「平聲應該是一個中平調」（王力語），所謂「平聲平道莫低昂」是也。而從古漢語的平聲分化出來的陽平，顯然不是「中平調」，《現代漢語詞典》說是陰平「讀高平調」，陽平「讀高升調」，高升調顯然有別於高平調，升者，不平也。據此，陽平應該劃歸仄聲才是，如果不平也「平」，那就亂套了。這樣，從理論上看是合理的穩妥的，但在對聯的寫作實踐中也可能帶來問題。我曾請我的研究生張帆、陳智峰兩位作過如下統計：現代漢語三千五百個常用字、次常用字中陰平字加上可以讀成陰平的字約為一千個；這三千五百個字中，按古漢語的平仄來分，平聲字加上可以讀成平聲的字約為一五一三個。也就是說，若把現代漢語的陽平字劃歸仄聲，平聲字只有一千個，比古漢語的平聲字少五一三個，後者明顯多於前者。這會不會給對聯寫作造成不可克服的困難？這有待於實踐的驗證。七份二〇〇四語文高考試卷對子題所出上聯，末字都屬古漢語的仄聲，其中「掃千年舊習」之「習」古漢語讀為入聲，現代漢語讀為陽平，如果陽平也屬仄，當然也就沒有問題。有一篇文章所附的「考場答卷實例」，答卷末字除一例外均為平聲，說明我們的中學生對漢語的音韻美有自然之感悟，讓人高興。下聯末字是仄的一聯是：「爆竹聲聲舊風俗舊習慣隨舊歲離去；鑼鼓陣陣大軸戲大秧歌在大年演出。」雖詞性、結構對得都很工整，但由於上下兩聯末字都是仄聲，「對」不起來，怎麼讀都覺得彆扭，不像對聯。

對聯寫作可否以現代漢語的聲調替代古漢語的聲調？能否把現代漢語的陰陽上去分為平仄兩類？如果可以，陽平究竟應該歸為平聲還是仄聲？這些都是大問題，希望能夠引起語言學家、對聯愛好者和廣大語文教學工作者的重視，大家共同努力，通過認真深入的討論求得共識。真能如此，謂之功德無量，也決不為過。鑒於目前對聯已經走進語文課堂和試卷，對上述問題在學界形成共識之前的過渡階段，能否寬鬆一點，來個「三可政策」：按古漢語的平仄當然可以；以現代漢語陰平作平聲，陽平、上聲、去聲作仄聲，或把陰平、陽平都作平聲也都可以。但有一條必須堅持，對聯和對聯教學不能完全不講我們漢語的聲調。

說的雖是對聯，但觀點也適用於詩詞。

我在這裡鄭重推薦王留芳先生編選的《今四聲十家詩詞選》一書。其序、跋所說的道理令人折服，所選霍松林等十位詩人富於建設性的勇敢實踐令人欽佩，值得在當代詩詞史上大書一筆！

目前，後唐宋體的創作在聲律方面似乎還比較拘謹，腳步還可以邁得更大一些。

3

唐宋體為典雅文言，而後唐宋體則是淺近文言與白話的「化合」。化合不是混雜，更不是拼盤，而是基於兩種語言而創造出來的新的藝術語言，好比作為化合物的玉石，你分不清玉石的哪一部分是什麼成分，但它確實是由這些成分化合而成，相對於其中任何一種化學成分，它都是全新的東西。後唐宋體的語言，就是這樣的玉石，晶瑩剔透，美妙無比。所不同的是，通過化學分析，我們能夠精確地知道化合成玉石的某種化學成分占多少比例，但這種新的詩歌語言卻不一樣，我們無法「審計」出其中文言占多少，白話占多少，因為文言和白話本來就沒有明確的界限；由兩者化合而成的新的語言在作品中創造出了一種統一的新的語言風格，新的精神氛圍，它具有自己獨特的新的生命。是的，它是生命體，新的生命體，詞語與詞語的組合，相互呼應，相互映襯，相互照亮，相互點燃，你中有我，我中有你，生成一個新的旋律，一幅新的圖畫，哪怕只是改動了一小點，也會造成致命的破壞。

對它的任何描述，都不如讓它自己「說話」。請看啟功的〈自撰墓志銘〉：

> 中學生，副教授。博不精，專不透。名雖揚，實不夠。高不成，低不就。癱趨左，派曾右。面雖圓，皮欠厚。妻已亡，並無後。喪猶新，病照舊。六十六，非不壽。八寶山，漸相湊。計平生，謚曰陋。身與名，一齊臭。[31]

31 《啟功韻語》，頁五七，北京師範大學出版社一九八九年版。

這就是一枚無價的玉石！沒有任何的瑕疵，每一個詞都用得恰到好處，詞與詞之間、句與句之間的任何一個組合都完美無缺！是純粹的典雅文言嗎？當然不是！是純粹的白話嗎？當然也不是！它是什麼呢？答曰：後唐宋體的語言。它是漢語表現力的最佳證明。尤其是「癱趨左，派曾右。面雖圓，皮欠厚。」四句不能不讓人拍案叫絕！這首詩的藝術概括力和藝術感染力都達到了巔峰狀態，是後唐宋體的典範作品之一。

有一點需要強調的是，後唐宋體的語言雖化合進了白話，卻依然在平平仄仄中自在舞蹈。如聶紺弩〈鋤草〉[32]：

何處有苗無有草，每回鋤草總傷苗。
培苗常恨草相混，鋤草又憐苗太嬌。
未見新苗高一尺，來鋤雜草已三遭。
停鋤不覺手揮汗，物理難通心自焦。

聲韻格律，中規中矩。或曰，用字多有重複，「鋤」凡四見，「苗」「草」更有五次之多，這總不合七律的規矩吧？其實，用字重複在傳統律絕中也並不罕見。問題的關鍵不在重複與否，而是效果好壞。〈鋤草〉之重複實有一唱三嘆之妙，且非僅嘆「物理」，實嘆人間「傷苗」的災難！頷聯頸聯都是流水對，頷聯又妙在只見流水般的流暢，而不覺其為對；頸聯明見其對，則又不覺其為「流水」。

32 侯井天《聶紺弩舊體詩全編》，山西出版集團山西人民出版社二〇〇九年版。本書所引聶詩均出此書。

4

唐宋體多沿用唐宋詩人的意象體系，後唐宋體雖不拒絕前人常用的意象，但常自創新。當然，意象是由語言創作出來的。聶紺弩〈周婆來探後回京〉：

行李一肩強自挑，日光如水水如刀。
請看天上九頭鳥，化作田間三腳貓。
此後定難窗再鐵，何時重以鵲為橋。
攜將冰雪回京去，老了十年為探牢。

中間兩聯都是流水對，尤以頷聯為典型。作者是湖北人（諺云：天上九頭鳥，地上湖北佬），現在又確實在田間勞作，總是半路出家吧，自然是三腳貓了。詩歌語言具有工具性，更具有本體性。「請」誰「看」？自然是「周婆」了。但主要是自嘲。由「天上」到「田間」，由「九頭鳥」而「三腳貓」，對比強烈，九頭鳥在天上是何等自在逍遙，而三腳貓在田間又是多麼尷尬狼狽！一個「化」字，蘊含多少曲折，多少辛酸，多少無奈，多少悲憤！然而所有這一切一時都化作自我解嘲的笑聲！身處那種境況而能夠自嘲，能夠笑得出來，是一種很高的境界。命運何以有此突變？當然有個人的原因，更有時代、社會的原因；更準確地說，全是時代、社會的荒誕！即使你鳥有九頭，也能教你變成三腳之貓，況且當時又有多少人認為確實是你自己活該，罪有應得，非天作孽，而是你自作孽。面對這種荒誕，有人不以為荒誕，而確實以為自己有罪，「天子聖明兮，臣罪當誅！」；也會有人因此而消沉，被辛酸、痛苦、悲憤所掩埋；他卻報以幽默，報以笑聲，是何等清醒，又何等強項！如果說頷聯是自嘲，頸聯則是慰妻，說說自己想像中的美好願望，「此後定難窗再鐵」，話音剛落，又不免生疑：「何時重以鵲為橋？」套用一句常見的術語：上句是浪漫主義，下句是現實主義，兩句是浪漫主義與現實主義的結合。說得實在一點，上句是虛擬假設，下句是實話實說，但又吞吞吐吐，出以問句，在渺茫的希望中讓妻子有「不知何時」的思想準備，兩句十四個字，欲說還休，卻又不能不說，委婉曲折，字裡行間又有多少深情的體貼，清醒的無奈，是滴滴含在眼裡又有意不讓它流下來的眼淚，是強忍著的有意不說清楚也說不清楚的哽咽。

「窗再鐵」，是典型的後唐宋體語言。再鐵窗？鐵窗再？似乎都不成話；只有三個字的空間，怎麼辦？「再坐牢」？語言不僅僅是敘事的工具，再說「牢」是平聲。天才也可能是被逼出來的，終於蹦出來「窗再鐵」三個字！現代口語中本來就有「鐵了心了」的說法，舊語生新，點鐵成金，與下聯「鵲為橋」巧妙成對。「此後定難窗再鐵」也是把「鐵」當作動詞來用，是家居之窗變成鐵窗的意思，這是對漢語表現力的創新與開拓。「日光如水水如刀」，有論者以為「這是描寫北大荒特有的警句！」明月如水，月光如水，是詩詞傳統常見的意象，他引唐人「月光如水水如天」來說明與聶句的淵源關係，非常精到。我要補充的是，「日光如水水如刀」既是北大荒特有情景的出色描繪，更是當時社會環境的貼切隱喻，兩者天衣無縫地密合在一起。「月光如水」云云是「順著說」，是唐宋體的語言和意象；「日光如水水如刀」是反著說，可謂詩膽如天。可光有膽還不行，更要有識有才與之匹配。這是典型的後唐宋體的語言與意象。「順」與「反」固然是一重要因素，關鍵還在是否「反」得合情合理。聶句反得出乎意料之外，又在更深一層的情理之中，雖為一些人心中所有，卻為所有人口中筆下所無。——有的人已經麻木，有的人不敢，有更多的人無此才情。此其為後唐宋體之典型也。尾聯既有勸勉（「冰雪」顯然也是隱喻），也有憐惜和感激，言有盡而意無窮。

寫詩，必著力於意象的經營，它是詩人的「語言」；論詩，也必說意象，它是詩歌的門戶。這似乎放之古今中外而皆準，唐宋詩如此，後唐宋體也不例外；但對於後唐宋體來說，幾乎可以與意象並列的是說理，邏輯。這是後唐宋體的一大特色，一大優勢。舒蕪曾稱讚「聶老開創了以雜文入詩，或者說詩體的雜文」[33]。這也是聶紺弩自覺的美學追求。以雜感入詩，並非一味說理，也需意象。且看他的創作實踐，如上引〈鋤草〉就是一例，不過，還有更多更好的。請看〈頤和園〉：

倘以舳艫資赤壁，何如郊藪起雕欄。
吾民易有觀音土，太后難無萬壽山。
開得一池春水閣，呈教八國聯軍看。
此園撤盡千關鎖，今義和團血尚斑。

只是義和團在詩中是正面的，有關注釋也稱之為「愛國者」。而我卻以為未必，只是一夥受蒙蔽、被利用的愚民，當然，其愚也是專制統治者愚民的結果。如日後地下有幸見面，我將陳述我的理由，並建議改成「百姓堪憐血尚斑」。且先擱下不表。再看〈挽雪峰（二首）〉之一：

狂熱浩歌中中寒，復於天上見深淵。
文章信口雌黃易，思想錐心坦白難。
一夕尊前變尾酒，千年局外爛柯山。
從今不買筒筒菜，免憶朝歌老比干。

33 前引侯著，頁八九八。

「錐心」原作「交心」，有人以為作者改壞了，實不敢苟同。其理由是：「『交心』是現成的詞，有現實的意義，用在這上面顯得深刻有力，不知道紺弩為什麼要去改它?」[34]案「坦白」「思想」已有「交心」的含意，改「交」「錐」，其心之痛就全都出來了；不改，語意前後有重複之嫌。吳祖光認為上聯「卻是個陪襯」；其實「文章」是指批判他的文章，也可泛指當時及前後所有的狗屁文章，意義深遠，似非陪襯。又，「一夕」，因有人認為晦，作者易之為「君擲君情陳上帝，我以我血薦軒轅」。改稿確實更好，不但好在曉暢，且有悲憫朋友「糊塗」之意，「上帝」全知全能，一貫正確，你一介書生「陳情」不是多此一舉、自找麻煩嗎?對句之「我」，倒確實是詩人為朋友「陳情」，且與比干呼應。「文章」聯已成名句，膾炙人口。蘇珊・朗格指出：「詩人為自認確實而重大的觀念所打動時，通常也會圍繞著它寫哲理詩，不過寫詩的目的不在於辯論。他先予以認可，然後表現出它的情感價值以及種種可能產生的想像。」[35]這幾首都不能說是典型的哲理詩，但確實富含哲理，更值得珍貴的是「它的情感價值以及種種可能產生的想像」。「狂熱浩歌中中寒，復於天上見深淵」（這是改寫魯迅《野草》中的話），似乎只是指出事實而已，卻是振聾發聵的深刻洞見，使人恍然大悟，豁然開朗，欣然誠服，且具有普遍性。此詩字裡行間全是眼淚!這是不見火花、火焰的火。

5

意象，乃意中之象，有意之象，和題材有著千絲萬縷的聯繫。後唐宋體新的意象體系源於其新的

34 轉引自上引侯著，頁三七〇。

35 蘇珊・朗格《情感與形式》，頁二五〇，劉大基等譯，中國社會科學出版社一九八六年版。

題材。例如勞動，前人不是沒有寫過，但那只是士大夫生活的一種「配料」，或詩意地看人勞動，即使自身參與，也是多寫自己的心情，勞動本身並未真正成為他的詩歌題材。聶紺弩卻完全不同，這只要看看他的詩題就一清二楚。如：搓草繩，鋤草，刨凍菜，挑水，推磨，放牛，伐木，清廁，等等。新題材，就得有新意象去表現它。伐木，已見《詩經》，後幾成絕響；而清廁，或為古今中外詩歌所僅見，值得特別重視。

不過，先得說說勞動這一題材。不少人都讚美聶紺弩對勞動的態度，讚美詩人有關詩篇對勞動的歌頌，如陳明強就說它們「創出完整的美好的勞動境界，表現了歡快的心情」[36]；梁羽生說「他苦難中仍不減其豪情」[37]；孔汝煌認為其「主旨是歌頌勞動生活」[38]；等等。凡勞動就一定值得歌頌嗎？未必！勞動，有人性化和非人化的分野。人性化的勞動是人性的發露，是人的生活的需要，即使艱苦，人們仍有愉悅，從而熱愛它，歌頌它；而非人化的勞動，是強迫的，是統治者壓榨、懲罰、折磨被統治者的手段。難道山西黑磚窰裡童工的勞動也值得讚美和歌頌嗎？至於聶紺弩詩中勞動這一題材又呈現出極為複雜的情況，需作細緻分析，不能一概而論。〈清廁同枚子〉之一是這樣寫的：

君自舀來僕自挑，燕昭台畔雨瀟瀟。
高低深淺兩雙手，香臭稠稀一把瓢。
白雪陽春同掩鼻，蒼蠅盛夏共彎腰。
澄清天下吾曹事，污穢成坑便肯饒？

36 上引侯著，頁十六。
37 同上書，頁十七。
38 同上書，頁二十。

他們當時所從事的當然是懲罰性勞動，何熱愛之有？但他卻寫得這般瀟灑，這般風趣，甚至這般高尚，這般偉大，這本身就是最憤怒、最強烈的抗議！只有被徹底異化了的人才會從中感到幸福。「白雪陽春同掩鼻，蒼蠅盛夏共彎腰」，他並不掩飾自己的厭惡感和屈辱感。「蒼蠅盛夏共彎腰」，既可理解為與難友共彎腰，也可理解作與蒼蠅共彎腰，「蒼蠅」在此處畢竟處於主語的位置。杜甫詩云：「飄飄何所似，天地一沙鷗」，以天地之大與沙鷗之小對比，聶紺弩則以天涯與茅廁成對，指不僅身在天涯，而且還在茅廁！但詩人想到的卻是古代燕昭王以黃金招聘人才的事。聶是老作家、老學者，而且還是老革命者，怎麼說都是個難得的人才，可現今卻在「天涯」、「茅廁」遭罪，古之黃金台與今之茅廁邊形成了極其強烈的對比。若只是順著這條思路寫，還不夠「味道」。詩人的高明或說詩作的詩意就在直接把茅廁寫成黃金台！這不是太牽強附會了嗎？「藝術就是克服困難」，這是對詩人才能的考驗。詩人發現糞便與黃金其色之近，而且漢語中本來就已經把兩者聯繫在一起了，不是有視黃金如糞土一說嗎？於是，「燕昭台畔雨瀟瀟」；於是，「手散黃金成糞土」！真是神來之筆！啊，今日之黃金台原來就是茅廁台！詩意就此不斷地分泌出來，讓人拍案叫絕。走筆至此，詩人還不願停下來。茅廁台既然已是黃金台，那就繼續瀟灑地望前走吧：「澄清天下吾曹事」！不過，這又不能完全看成諧謔之詞，他本來早就是這樣想、這樣做的呀！為了這一理想、理念，從青少年時代開始，走著走著他居然走到這裡來了。但他沒有眼淚，只有笑聲。這就是聶紺弩！這就是聶紺弩的詩！詩之詩意往往不在詩之言中，而在其下、其外，或如杜夫海納所說，「它不再是通過詞讓人理解的東西，而是在詞上形成的東西」[39]。所謂「不著一字盡得風流」，其實詩中只有字，不著一字，何來風

39 杜夫海納《美學與哲學》，頁一六三，孫非譯，中國社會科學出版社一九八五年版。

流？它的意思顯然是說：由於字與字的巧妙結合，即意象及意象與意象的創造性組合，產生了字本身所無的風流。若只盯牢字面，其風流也就無影無踪了。

後唐宋體的題材，以新居多，但也有與唐宋體重合者；後唐宋體之新，更新在作意。如嚴子陵釣台，唐宋以來詩作無數，茲略舉一二。溫庭筠：「三台位缺嚴陵臥，百戰功高範蠡歸。」黃庭堅：「能令漢家重九鼎，桐江波上一絲風。」楊萬里：「斷崖初未有人踪，只合先生著此中。漢室已無一抔土，釣台今是幾春風。」陸游：「嚴光釣瀨雖亡恙，除卻江山萬事新。」思路均或相近或相同。且看聶紺弩〈釣台〉：

五月羊裘一釣竿，扁舟容與下江灘。
昔時朋友今時帝，你占朝廷我占山。
有客才眠天象動，無人不羨御床寬。
台前學釣先生柳，卻以纖腰傲世間。

「昔時朋友今時帝，你占朝廷我占山」，數千年來未經人道，情調一反前人，此其為後唐宋體也。尾聯亦別出心裁，更為可喜——纖腰，明一己之弱小無力，更見人品傲岸之可貴可佩。前人或說嚴光之清高，或重兩人的互補與和諧，而聶紺弩卻強調君臣的對立，重在嚴光——或許就是詩人自己的決絕。

6

後唐宋體是在現代意識的土壤中長出來的「人之詩」，以現代思想意識為基礎、基調，決非臣子之詩、士人之詩可望其項背者也。後唐宋體是舊詩中的新生命，新詩中的舊體裁。

這不是「舊瓶裝新酒」嗎？非也。此一說法的錯誤在於將內容與形式看成是兩個可以相互分離的東西。實際上，內容是由形式生成的，內容不可能先於形式而存在於形式之外；形式是內容的形式，內容必由形式而實現。說「實現」而不說「表現」，就是因為「表現」一詞容易讓人產生這樣的誤會：先有一個已然存在的內容等著與它原不相干的形式來「表現」，「實現」是說形式與內容是共生共滅的。這裡不擬對有關術語作過多的辨析，只想指出：後唐宋體基本上沿用了唐宋以來五七言古近體詩有關平仄、押韻、對仗的規範，故而用了「體裁」一詞而不用「形式」，蓋「形式」所指更為寬泛，尤其是它必然包括語言這一對文學來說最為重要的因素。唐宋體用的是典雅的文言，而後唐宋體的語言則是白話與文言的化合。用唐宋體的體裁表現新生命——新題材、新思想、新感情、新意境，是後唐宋體詩人們所創造的奇跡。聶紺弩詩云：「新題材更新思想，新語言兼新感情」。以四新對一舊，似乎四新占絕對優勢，區區一舊必定乖乖投降；其實並非如此！這首先是出於體裁必然只是一種束縛的誤會。漢字有聲調、可對仗，是漢字固有的特徵，運用得好，盡顯美感；反之，有關規範只覺礙事，苦不堪言。對於能詩者來說，有關規範還是詩情、詩美的催生者，不但游刃有餘，而且不可須臾或離，好比沒有伴奏，舞就跳不起來了。平仄規範和唐宋詩與唐宋體成婚已久，如膠似漆，對於後唐宋體的「新語言」來說，運用自有難度，再加上押韻、對仗，其難度自然更大。克而服之，既需艱苦的掙扎，還得看你的造化。上引「白雪陽春同掩鼻，蒼蠅盛夏共彎腰」；仄仄平平平仄仄，平平仄仄仄平平，無一不合規矩，一點都不含糊。腰，和挑、瀟、瓢、饒同屬平水韻下平二簫韻。而對仗則更見精彩，堪稱絕妙，特別是「蒼蠅」之「蒼」與「白雪」之「白」相對，你不能不佩服詩人的才情。

後唐宋體之難，不是難在入舊體裁之格，而是難在語言、題材、思想、感情之新。現在五十以上的人，幾乎無不從小在極左思潮的浸淫中長大，「文革」結束之後，覺悟雖然不斷提高，甚至對極左的東西切齒痛恨，但由於它早已深入於骨髓裡，融化在血液中，時有流露而不自覺，竟至視是為非，以醜為美。後唐宋體是人之詩，其人是人中之詩，其詩是詩中之人。我所謂含人量，其意在此。

後唐宋體的詩歌創作有另走新路、另辟新境、另開新面的自覺追求；對自己的創作成就也頗有自信。且看聶紺弩七律〈題《宋詩選注》並贈作者錢鍾書〉：

> 詩史詩箋豈易分，奇思妙喻玉繽紛。
> 倒翻陸海潘江水，淹死一窮二白文。
> 真陌真阡真道路，不衫不履不頭巾。
> 吾詩未選知何故，晚近千年非宋人。

前半緊扣詩題，但我以為除首句外的其餘三句也可用以評價他自己。後半夫子自道——無論是作詩為人，他都走在「真道路」上，因為他寫的是「真」的詩，做的是「真」的人，真者，正也，也即人類文明的正道上；這在一般世人眼裡，由於其與眾不同的獨特個性，他卻成了一個怪人甚至瘋人，當然他自己對此毫不在乎。尾聯，有人著眼於他的詩「像宋體詩」，我不以為然；誠然它具有宋詩的許多優點，但從整體看，卻是全新的題材、語言、思想、情感，呈現出全新的質地、面貌、氣象、風格。這裡他不是說他的詩像宋人，而是說他詩的成就並不亞於宋人，而且他知道錢鍾書是知音，完全相信他一定明白自己詩作的價值，只是由於自己非宋代之人而未能入選你的《宋詩選注》。關於他的詩的獨特成就和影響，聶紺弩自己充滿了自信，這一點〈答鍾書〉寫得更加明顯：

五十便死誰高適，七十行吟亦及時。
氣質與詩競粗獷，遭逢於我未離奇。
老懷一刻如能遣，生面六經匪所思。
我以我詩行我法，不為人弟不為師。

錢鍾書曾以王夫之「六經責我開新面，七尺從天乞活埋」之句贊聶紺弩，他卻認為：是否開出六經之新面並不在他考慮的範圍之內，比「六經責我開新面」又了進一步，真正可以當得起「狂狷」二字！「真陌真阡真道路，不衫不履不頭巾」，「我以我詩行我法，不為人弟不為師」，我以為可以看成聶紺弩和以他為代表的後唐宋體的宣言！

7

後唐宋體非打油詩。

首先，我認為打油詩嚴格地說根本不是詩。這就牽涉到打油詩的界說。《漢語大辭典》「打油詩」條的釋義是：「舊體詩的一種。內容和詞句通俗詼諧。不拘於平仄韻律。相傳為唐代張打油所創。」但有人卻持不同的看法，例如胡適，據說他晚年就把自己的詩歌作品劃分為「新詩、舊詩、打油詩」三大部分，把「打油詩」從「舊詩」中獨立出來。再來看看打油詩的「經典」之作。我們首先想到的就是它的祖師爺張打油的最著名的打油詩，〈雪詩〉：

天地一籠統，井口大窟窿。
黑狗變白狗，白狗身上腫。

還有就是朋友們戲稱之為「榨（油）機」的胡適大作〈致楊大鼻子〉[40]：

鼻子人人有，唯君大得凶。
直懸一寶塔，倒掛兩煙筒。
親嘴全無分，聞香大有功。
江南一噴嚏，江北雨濛濛。

打油詩的「內容和詞句通俗詼諧」，這原不錯，但未涉及它們最本質的特點，即都是遊戲之作，用現在的話來說就是為了搞笑，無關於世情人道。而「內容和詞句通俗詼諧」者，未必就是純粹為了搞笑的遊戲之作。據《唐詩紀事》，唐詩人李涉夜過九江碰到了搶劫的強盜，但當知道對方是著名的大詩人後，強盜當即表態不搶他的錢財，卻要他現場作首詩。李涉當即吟詩一首相贈：

40 王大川、陳嘉祥主編《津沽舊事》，頁六十，上海書店出版社一九九四年版。

春雨瀟瀟江上春，綠林豪客夜知聞。
他時不用逃名姓，世上如今半是君。

也算得上是「通俗詼諧」的了，所說其實非常嚴肅，留給人們的不是笑聲，而是深沉的思考；有人說是打油，實難苟同。再說，舊體詩就得講平仄格律，像方才所引李涉的詩；而打油詩「不拘於平仄韻律」，安得堂而皇之地擠進舊體詩的門檻？問題的複雜性在於，有些真正的詩確實「通俗詼諧」，這一點就和打油沾上了邊，而造成兩者的混淆，一首詩是否打油，只能靠讀者自己去鑒別了。把非打油者看成打油，難免輕薄，是對不起作者的。

那麼，為什麼幾乎所有後唐宋體詩人都稱自己的作品是打油呢？——邵燕祥、何滿子還將「打油」二字嵌進自己詩集之名，楊憲益的《銀翹集》[41]自序題目赫然就是「關於我的打油詩」；但我也分明感覺到他們的矛盾心態。何滿子在他的《一統樓打油詩鈔》[42]的〈小引〉中，關於自己的詩，前稱「只是徒具格律的五字七字日常散文」，後謂「打呃式的打油詩」已經加了「打呃式的」限制語——所謂「打呃式的」大意是指不吐不快的所思所感「有點像詩那樣的東西」，可見所「打」非「油」。邵燕祥在《邵燕祥詩抄‧打油詩》[43]〈自序〉裡說他是在一種特定的環境中「選擇了格律小詩這種體裁」，說是「格律小詩」，這就比較合適。楊憲益在〈關於我的打油詩〉中說：「用舊體詩發表今天的思想感情自然侷限性很大，很不理想。但是自己沒有作詩人的自信心，也只好用舊體來應付了。所以我寫舊體詩只

41 福建教育出版社二〇〇七年版。
42 湖北美術出版社二〇〇一年版。
43 廣西師大出版社二〇〇五年版。

是為了躲懶。利用前人的格律比較省事，這並不是自己喜歡守舊。」也一再說是「舊體」「舊體詩」。我們認為，他們稱自己的詩是打油，確是真誠的自謙，但也反映出了心底裡不知如何為它定位的困惑。他們深信自己的詩決非一般的舊體，格律雖然是舊的，但卻有全新的精神、全新的境界、全新的風貌。因之籠統地歸入舊體詩，顯然並不確切，無奈之下就「打油」吧。現在把它們定位於「後唐宋體」，既鮮明地區別於舊的「唐宋體」，又劃清了它們和「打油詩」的界線，友人何方認為這是為這些「孤魂野鬼」找到了一個合適的歸宿。

如何為自己的詩定位，聶紺弩似乎確曾有此困惑。在《散宜生詩・自序》裡，他說「朋友高旅為《三草》作小序，說我的詩是變體，並引啟元白先生說是『新聲』……舒蕪說是『奇詩』，某詩家說『別開新面』」，他自己「謂之『瞎貓碰到死老鼠』」。究竟該怎麼定位？這確實是個問題，而且是個大問題。「新」是肯定無疑的了，早已是大家的共識；但新在何處？有何內涵？諸家所論似嫌籠統、模糊。也許有更多的人稱之為「聶體」，固然很好，我也贊同；不過，「聶體」只適合用以描述或概括聶紺弩一家之詩的特色，事實上已有不少詩人在這條路上和他同行，雖然他們都有各自不同的個人風格，但基本路數卻是一致的，將他們的詩統統歸為「聶體」，顯然也不合適。何滿子詩集中有一首〈和聶公自壽依原韻〉，詩後作者自注：「聶得詩曰：『打油得法，吾道南矣。』」「吾道南矣」典出程顥，他在家鄉河南穎川送別他的得意門徒學成南歸福建時說：「吾道南矣！」聶紺弩的意思是引何滿子為同道，作詩走的是同一路數。同道者未必有寫所謂「聶體」的自覺，他們是不知不覺、自然而然走到一塊來了，可謂不約而同，不謀而合。我以為，這一現象有其歷史的必然性。上引楊憲益所說，「用舊體詩發表今天的思想感情自然侷限性很大，很不理想」。這樣的感覺，我想是所有試圖這樣做或已經這樣做的人都會有的，聶紺弩和他的同道們於是就努力走上舊體創新之路。此所謂「創新」，就是在唐宋體外「別開新面」。我們進一步要追問的是，他們既沒有向有關方面申報過相關課題，領取過大額或小額的課題經費，也沒有在某風景名勝開會研討，更沒有發表達成什麼共識之類的聲明，何以他們各自之新會有基本共同之處或時髦一點說是基本相同的「基因」呢？——他們天南海北大多原先並不相識，職業、生活道路也不相同，年齡相差大的怕有二十幾歲甚至更多，這豈不太奇怪了嗎？說怪也不怪，在基本相同的社會環境裡，具有基本相同的歷史使命感和社會責任感，對所謂唐宋體有著基本相同的改革意識，又都致力於突破用舊體詩發表今天的思想感情的侷限，其「新」有同，這難道不是太自然、太正常的事嗎？把他們「新」之所同提煉出來，稱之為「後唐宋體」，我以為要比「聶體」合適。

二

「唐宋體」例談

新詩興起以來，寫作唐宋體詩者仍大有人在，並未中斷。一方面，舊體詩作為一種筆墨應酬，已成為一些有較高文化修養的文人的生活方式；另一方面，作為文學創作，也仍有不少有心人在潛心努力，試圖寫出有份量、有價值甚至青史留名的作品。作者之眾、作品之多，洋洋大觀。但筆者涉獵有限，茲僅舉數例略陳心得。「緒言」所說之「管窺筐舉」，誠非自謙虛語，尚祈讀者鑒諒！

（一）柳亞子

1

柳亞子詩近萬首，但好詩不多；又曾領袖南社，但其詩對詩壇創作影響不大。

二〇〇九年十月十九日鳳凰網有專稿報導：〈舊文人柳亞子有骨氣毛澤東稱其「人中麟鳳」〉。他一再聲稱信仰民主自由、馬列主義，稱自己是馬克思、列寧、孫中山的忠實信徒，有時還將自己和他們（還包括毛澤東）並列起來；雖是文人，又何「舊」之有？其實，這「舊文人」三字確實下得有理，其「舊」就舊在他骨子裡還是封建時代的「士」，因此他的詩還是唐宋體，當然有僅僅屬於他個人的特徵。要真正讀懂他的詩，就要把握他這表裡不甚一致的特殊之處。——此所謂「表裡不一」，不是說他的為人言行不一，而是指他的詩刻意趨新而實際的思想感情則常常仍舊。

他有兩枚印章，一枚文曰：「兄事斯大林，弟畜毛澤東」，另一枚有「大兒斯大林，小兒毛澤東」之語。一九四五年有詩云：「三年待縱沖天翼，風起雲揚爾我同」[1]；「瑜亮同時君與我，幾時煮酒論英雄」，所謂「爾」「君」都指毛澤東，好像給人有故作驚人之語的感覺，似乎不能當真。真既失去，也就不成其為詩了。這裡要宕開一筆：此之為真，是指情意之真，而非事實之真。如「君不見黃河之水天上來」，作者自知非事實之真，也深信讀者不會當真；詩人所要表現的是黃河氣勢之真，並能讓讀者從他的詩句感受到這種氣勢，這就是好詩。「無邊落木蕭蕭下，不盡長江滾滾來」，事實之真與情意之真兩者密合無間，當然更是好詩。如果詩人把不符事實之真的語句當做真有的事實說給讀者，則是不好的詩。這裡又有兩種不盡相同的情況：一是作者心裡確以為真，情有可原；一是作者也只是姑且說說而已，讀者心裡自會覺得詩人只是姑且說說而已，這就難以達到作者預期的效果。柳亞子究竟屬於哪一種情況，我們不得而知。我們所僅僅知道的是，當「君」登位之時，「我」立刻又是另一副樣子了，〈擬民謠二首〉其一曰：

太陽出來滿地紅，我們有個毛澤東。
人民受苦三千載，今日翻身樂無窮。

一首〈浣溪沙〉有句云：「不是一人能領導，哪容百族共駢闐！」本來明明是「君與我」兩個的，怎麼一會兒又變成「一人」了呢？由二而一，看起來是突變，其實「士」的心態卻是前後一致的。

他自己也在給毛的詩裡一再或以士自居或乾脆自稱為「士」：「平生管樂襟期在，倘遇桓昭試一

1 引自劉斯翰注徐文烈箋的《柳亞子詩選》，廣東人民出版社一九八一年版，本節所引柳詩，除另注明，均出此書。

匡」，「下士君能資集益，見賢我自愧思齊」，「冠裳玉帛葵丘會，驥尾追隨倘許從」，「昌言吾拜心肝赤，養士君傾醴酒黃」，等等。

他的孫子回憶，柳亞子曾經說：「我的信仰進化論和共產論，與其說是淵源於達爾文和馬克思兩大師，還不如說是淵源於〈公平〉、〈禮運〉吧。」[2]在〈南遊雜詩〉裡，他寫道「天下為公原〈禮運〉，太平三世溯〈公羊〉」，坦誠可愛。他從小接受的就是「士」的教育，十六歲「入學」成為秀才。要真正清除少年兒童時代就浸淫其中的封建禮教的影響從而信仰進化論、馬克思主義，談何容易！我們不能武斷地說他「彌天獨拜馬克斯」等等一定是為自己頭上裝的「義角」，但幾乎可以肯定的是，雖然他說的並非違心之言，但他對進化論、對三民主義，對民主、平等、自由，對馬克思主義的認知與理解確實也並不太多、太深，而且也沒有上升為他的信仰在他心裡生根。例如，寫於一九〇七年的〈虞美人・題詞稼軒〉說「華夷倒置總堪憂」，看來他是要再「倒置」過來，那麼「夷」又會作何感想？而且在反對專制的同時又歌頌皇帝，可見一斑。可能連他自己也沒有意識到的是，他始終是一個「士」，他的價值觀、人生觀核心是儒家的「用世」，即所謂修齊治平的一套。為了用世他不得不刻意趨新，但並非新在信念。他真正的信念基於修齊治平。他自有他的是非、人格和追求，未可一概而論。處於時代劇變的環境，他的世界觀是複雜的多變的。如一九一八年〈自海上歸梨湖，留別兒子無忌〉：

狂言非孝萬人罵，我獨聞之雙耳聰。
略分自應呼小友，學書休更效而公。

---

2 柳光遼《柳亞子史料札記》序，2008-12-9 9:56:10，來源：易文網 2008-12-9 http://www.ewen.cc/books/bkview.asp?bkid=166411&cid=513685

須知戀愛彌綸者，不知綱常束縛中。
一笑相看關至性，人間名教百無庸。

可見他對「父父子子」封建孝道的否定還是由衷的，言行一致的。

2

數千年來封建社會的「士」，一般都在用世與歸隱之間搖擺著，掙扎著，但也都以用世為主要的和根本的追求，「人人都說休官好，林下何曾見一人」？更有的人甚至把歸隱作為「求售」——進入仕途而被用的手段。至於其真正的內驅力，一般都是治國平天下與個人富貴封妻蔭子光宗耀祖兩者兼而有之，至於以何者為主則因人而異。柳亞子作為「士」基本上也沒有脫離這一軌跡。

這一軌跡，我們也可以在他作品的選本，如劉斯翰注徐文烈箋的《柳亞子詩選》裡分明見到。他說「天生我才那便虛，文章勛業終須有」。一九〇八年〈自題磨劍室詩詞後〉云：

劍態簫心不可羈，已教終古負初期。能為頑石方除恨，便作詞人亦大痴。但覺高歌動鬼神，不妨入世任妍媸。只慚洛下書生詠，淚灑新亭又一時。

「入世」是主旋律。同年〈金縷曲・拔地奇峰起〉說：「塵海茫茫無我席，算此身合向山中死。」歸隱則是變奏曲。該詞緊接著還為此發了這樣的誓願：「負汝者，有如水。」這當然也是當不得真的。一九一〇年〈金縷曲・賓主東南美〉：

大言子敬原非戲。論英雄安知非僕，狂奴未死。鐵騎長驅河朔靖，勒石燕然山裡。算才了，平生素志。長揖功成歸去日，便西湖好作逃名地。重料理，鴟夷計。

這也許是他的真正理想。不過，也不儘然，待下文再詳論。總而言之，在比較順利得意時，我們的英雄就高歌猛進；在遇到挫折時，則低吟「不如歸去分湖好，煙水能容一釣鈎」，或「無分東山理絲竹，釣竿天地一漁蓑」——無奈釣鈎「煙水能容」而詩人心中難容。「一士不得志，憂煩天地同」，樊噲雖猶屠狗，壯志仍在。一九一二年〈歲暮雜感〉之四最能反映他的矛盾心理：

用世非吾事，求田計亦差。桑麻無樂土，荊棘遍天涯。去往深難定，浮沉只自嗟。寒宵不成夢，詩思亂如麻。

一九四九年「毛主席電召北行」參政，頗受禮遇，「歸心慵夢江南好」，這下「去住」總該「定」下來了吧？然而消停了不幾天之後，又開始折騰了。一會兒嚷嚷著要歸隱，聲稱「安得南征馳捷報，分湖便是子陵灘」；一會兒又向毛要頤和園：「昆明湖水清如許，未必嚴光憶富江」，「倘使名園長屬我，躬耕原不戀吳江」——我以為他要的實際上並非頤和園，醉翁之意不在山水之間，而在廟堂之上，是要挾此（毛贈名園）以自重、自慰、自炫，當然也有因覺得自己對革命有大功理應得此回報的因素。他不僅是一個士，而且還是一個狂士。此乃性格使然。——終於碰壁，但總算還有幾分清醒，沒有繼續胡鬧（如打罵身邊的服務員以及我等想像不到的招數）下去，收起狂性，歌頌「一人」之「領導」，得以善終。

3

柳亞子〈消寒一絕〉：

袁安高臥太寒酸，黨尉羊羔未盡歡。
願得健兒三百萬，咸陽一炬作消寒。

此詩氣魄大則大矣，奈何格調未高。杜甫幻想「廣廈千萬間」，是為了「大庇天下寒士俱歡顏」。他呢？讓人聯想起「紅衛兵」來。好意的解讀是：詩人要燒的是袁世凱的反動政府，可惜有牽強附會之嫌，因為它沒有文本本身的依據。燒什麼？咸陽一炬燒掉的是秦皇宮，然則秦皇宮該燒嗎？不該！即使勉強可以把袁世凱的反動政府比作咸陽宮，讀者也要問他為何要燒？原來只是為了不顯寒酸，為了像古代權貴那樣盡歡而已。當然他追求的主要不只是物質享受，他只是要表現他的偉大而已，袁安、陶穀之輩自是不在話下，秦始皇也不過如此。——看來他的個性中確有不同尋常的自大狂因素。他自己也以狂自許，所謂「前身彌正平」是也。

他有才氣，他自己還以為在政治上也有韜略；他站在滿清和蔣介石的對立面，他自己以為還對革命作出過巨大的貢獻。他自比為屈原、謝安；他曾對毛說：「君與我，要上天下地，把握今朝」。又自比為杜甫，在文壇上要和郭沫若平分秋色，一九四三年〈次韻答沫若〉云「雲台他日定相逢，君是星虛我房昴」——二十八宿中，星、虛屬南、北方，房、昴屬東、西方。〈沫若五十壽〉：「學〈易〉無慚孔尼父」，又似乎吹捧過分。〈哭蘇曼殊〉：「文采風流我不如」，總算難得自謙了一回。

4

藝術與非藝術，好作品與壞作品，有時只相差一點點。前人論詞，風格常以「婉約」「豪放」分之。而婉約與纖冶、豪放與叫囂往往形近，因而就有人誤以纖冶為婉約、誤以叫囂為豪放。我們似可借用上面的術語來說柳亞子的詩。他自己曾說「自鑄雄奇瑰麗詞」，又說「裁紅暈碧都無取，要鑄屠鯨剸虎辭」，「雄奇瑰麗」或尚未到，「屠鯨剸虎」，卻是事實。「詞場跋扈懷髫歲」，「跋扈」一詞確有自知之明，不但少年時代，幾乎貫穿始終。「跋扈」可以是豪放的表現，也可以是粗率、淺直、狂怪等等的代詞。柳亞子自有豪放之作，更多的卻是粗率、淺直、狂怪，往往一覽無餘，毫無餘味。情生於意，意生於言，言、意、情三者必須相稱方佳。

先來看看他較為成功的作品。一九四九年〈毛主席電召北行，二月二十八日啟程有作〉：

六十三齡萬里行，前途真喜向光明。
乘風破浪平生意，席捲南溟下北溟。

得意之情溢於言表，言、意、情可謂銖兩悉稱，不得目為淺直而一味貶斥之。這首詩讓我們想起了李白的〈南陵別兒童入京〉：

白酒新熟山中歸，黃雞啄黍秋正肥。
呼童烹雞酌白酒，兒女嬉笑牽人衣。

高歌取醉欲自慰，起舞落日爭光輝。
遊說萬乘苦不早，著鞭跨馬涉遠道。
會稽愚婦輕買臣，餘亦辭家西入秦。
仰天大笑出門去，我輩豈是蓬蒿人。

兩詩言雖不同，意、情又何其相似！長期等待，一旦得售，志滿意得，可想而知。再看〈感事呈毛主席〉：

開天闢地君真健，說項依劉我大難。
奪席談經非五鹿，無車彈鋏怨馮驩。
頭顱早悔平生賤，肝膽寧忘一寸丹！
安得南征馳捷報，分湖便是子陵灘。

格調雖然不高，但決非粗率、淺直、狂怪之作，還頗有曲折騰挪之致。首聯以歌頌起筆，氣魄宏大，恰到好處，對句雖有酸味，但也無可奈何不得不說，令人聯想起劉姥姥一進榮國府初見鳳姐時的心情：「未語先紅了臉，待要不說，今日所為何來？只得勉強說道……」不過，對作者來說，「說項」有何難哉？不是剛剛說過「表揚吾輩責」嗎？若不「依劉」，難道還想另起爐灶、自立門戶？他實際上是要高位實權，但總不能如此實話實說、直話直說吧！應該說這樣表達還是最不壞的選擇。頷聯稍遜，略嫌直露；但作為被養之士也是不得不然。妙是妙在後半篇，頸聯一退一進，尾聯一進一退，發牢騷與表忠心，相互交替，相映成趣。他這畢竟是真情流露，但分寸還算是拿捏得比較恰當的。

我有一個總體感覺，他的詩作早年勝過中晚年。如一九〇四年寫的〈吊鑒湖秋女士〉就是豪放的佳作，共四首，現錄其三：

飲刃匆匆別鑒湖，秋風秋雨血模糊。
填平滄海憐精衛，魂斷空山泣鷓鴣。
馬革裹尸原不負，蛾眉短命竟何如！
憑君莫把沉冤說，十日揚州抵得無？

起筆寫秋瑾之死，「秋風秋雨血模糊」，引起讀者無限聯想；中間兩聯述其生平，形象而又概括，極富感染力：是真欽敬，是真悲憤。前六句一氣傾瀉而下，尾聯突然筆鋒一轉，反說「憑君莫把沉冤說」，為下文翻進一層作了鋪墊，結句由秋瑾一人推及歷史上的無數人，一收一放之間，大大拓寬、加深了憑吊的內涵和分量。一九〇四年的〈題《張蒼水集》〉，由張蒼水其人而張蒼水其集，由晚明而晚清，縱橫捭闔，如盤走珠，而又感慨深沉。〈題《夏內史集》〉六首與之異曲而同工，第六首又寫到作為此集讀者的「我」：

悲歌慷慨千秋血，文采風流一世風。
我亦年華垂二九，頭顱如許負英雄！

感人尤深。「亦」者，呼應第一首「國恨家仇忘不得，髫年十五便從軍」也。〈元旦感懷〉[3]云：

希望前途竟若何？天荒地老感情多。
三河俠少誰相識，一掬雄心總不磨。
理想飛騰新世界，年華孤負好頭顱。
椒花柏酒無情緒，自唱巴黎革命歌。

其它如一九〇三年的〈放歌〉、〈哭周實丹烈士〉、〈有懷章太炎、鄒威丹兩先生獄中〉、一九一五年〈孤憤〉等，也都是少年血氣方剛時的言志之作，都可當得起豪放兩字。

5

〈長歌一首，贈步陶莅樓伉儷〉有一段寫道：

吾言未終聽者休疑訝，政治問題豈異文學問題亦應後起前者僵。小康大同見〈禮運〉，據亂升平太平三世稱〈公羊〉。頑強封建當殲滅，社會主義放光芒。聰明天亶國父孫，微言大義直與馬列相頡頏。三民主義新中國，民族獨立民權平等民生幸福終無疆。

3 《柳亞子詩詞集》上，頁二六，上海人民出版社一九八五年版。

一九四七年〈為上海勸工大樓血案作〉：

> 賣國者榮愛國死，國仇民賊太披猖。
> 謊言無恥成何用，血債終當以血償。

唐宋體後期以標語口號為詩、入詩，雖不能斷定柳亞子是始作俑者，但至少也是推波助瀾者，影響惡劣。

6

柳亞子〈夏五社集愚園雲起樓，即事分韻〉：「傷心雲起樓頭事，何處招魂宋玉祠」，僅僅姓宋，就以宋玉比宋教仁，不倫不類。酬贈之作，必得拉扯上與對方同姓的名人說事，也是唐宋體的陋習之一。〈五月五日紀事〉：「白宮北美推華盛，西俄赤幟擁列寧」，「華盛」，削足適履；「西俄」，搭配生硬。這又是舊體難唱新腔的例證。

有的篇什，姓名太多，或像錄鬼簿、點名冊。如「華、拿、盧、孟敢言才」，又如〈即席呈衡老、夷老，兩君皆南社舊人也〉：

> 開山南社陳、高、柳，異地能欣沈、馬逢。
> 草昧宋、黃憐早世，末流張、戴附元凶。

泣麟悲鳳嗟何及？剸鰐屠鯨意未窮！
要為河山壯鐃吹，扶餘一集蕩心胸。

一九五一年〈贈姜長林老友一首〉：

朱、張、侯、宛、李、黃、劉，火盡薪傳意未休。
驢背陳摶同一笑，懸門絕勝伍胥眸。

詩曰：

少年壯志氣如山，出仕休官似等閑。
一士煩憂詩萬首，夢魂從未到嚴灘。

（二）郭沫若

1

郭沫若於一九〇七年作〈夜泊嘉州〉[4]：

乘風剪浪下嘉州，暮鼓聲聲出雉樓。
隱約雲痕峨嶺暗，浮沉天影沫江流。
兩三漁火疑星落，千百帆檣戴月收。
借此扁舟宜載酒，明朝當作凌雲遊。

我不禁聯想起近九百年前川中另一位大才子蘇東坡〈初發嘉州〉：

朝發鼓闐闐，西風獵畫旃。
故鄉飄已遠，往意浩無邊。
錦水細不見，蠻江清可憐。

4 王繼權、姚國華、徐培均《郭沫若舊體詩詞繫年注釋》頁八，黑龍江人民出版社一九八二年版。

奔騰過佛腳，曠蕩造平川。
野市有禪客，釣台尋暮煙。
相期定先到，久立水潺潺。

蘇東坡曾經聽過的鼓聲，又在郭沫若的詩裡響起。兩位年輕詩人當時都對自己的前途充滿期待，蘇東坡說「往意浩無邊」，似乎比較朦朧，也不太急切；而郭沫若「明朝當作凌雲遊」一句，不可將「凌雲」鎖定為山名，起碼語含雙關：要做一番驚天動地的大事業，而且就在「明朝」。就詩而言，似乎兩首詩也具有相類甚至是相同的「基因」。「借此扁舟宜載酒，明朝當作凌雲遊」，又使我們聯想起蘇東坡〈送張嘉州〉中「頗願身為漢嘉守，載酒時作凌雲遊」兩句。雖然時間已經過去八百多年了，但詩歌好像仍在原地踏步。——我以為，這就是唐宋體的一個縮影。

2

〈隨筆〉二〇〇九年第六期馮錫剛〈郭沫若「文革」期間的輓詩〉一文披露，毛澤東死時，郭曾有輓詩七律二首，其一：

偉哉領袖萬民親，改天換地絕等倫。
三座大山齊掃地，五星紅旗高如雲。
反抗霸修防復辟，發揚馬列育新人。
旰食宵衣躬盡瘁，英雄兒女淚盈巾。

馮文說：「毛逝世後，《詩刊》即向郭約稿。很快郭讓秘書將〈毛主席永在〉（即上文所指輓詩——引者）送去編輯部。編輯見『其一』首句為『偉哉領袖比爺親』，遂直言相告，此首不宜用，並說明原委：此處的『爺』不會是北京人所說的『爺們』的爺，郭老比毛主席還大一歲，似乎不太適合。」於是只發了「其二」一首。後來「其一」發於《人民文學》，首句郭已改為「偉哉領袖萬民親」。

馮文對此已作中肯的評論，我想說的是由此引起的聯想。認比自己年歲小的人作乾父親，可謂古已有之，並非郭首創。《紅樓夢》裡的賈芸就比他認的乾父親賈寶玉「大四五歲」。史載，嚴嵩以子嚴世蕃為爪牙，聚類養惡，朋好比黨，僅乾兒子就有三十餘人。這三十餘人中就一定沒有比他年歲大的？難說。這不稀奇。據友人見告，他所在的單位，「文革」期間就有一位「牛鬼蛇神」，所有寫給紅衛兵的材料中，一律自稱「本狗」，這並非出於強迫，而是出於自己的獨創。

平心而論，上文「認比自己年歲小的人作乾父親」云云，實在有望文生義之嫌。絕對不能由「偉哉領袖比爺親」而論定詩人以毛為爺，因為當時幾乎人人都在唱「天大地大不如黨的恩情大，爹親娘親不如毛主席親」，詩人說的不是自己，至少不完全是自己，他是代表「萬民」說的。問題關鍵就在於此。我以為他早已失去了《女神》中的那個「我」，而異化為「我們」的代言人。對此，顏煉軍來信說，「按照我的感受，其實在《女神》時代，郭沫若的『我』，也是一個『大我』，新詩中，一直有一個『大我』的聲音。郭沫若、聞一多（他對郭沫若非常推崇，但是他的部分詩中有小我和大我之間爭扎矛盾的痕跡）、艾青、後期的穆旦（比如他的〈讚美〉那樣的詩），他們的作品中，都有一個代表民族聲音的『大我』，這個聲音在民族危機的時代，成了一種集體傷痛和反抗的聲音，也成了新詩崇高性的一個聲音來源。」我覺得他說得有道理。也就是說，《女神》中的「我」仍是「大我」，或則說《女神》中那個從自我的聲音中綻放出的是代表民族精神解放的「大我」，在此已被異化為「我們」——被個人崇拜思想束縛的「萬民」代言人；而「我們」的意志卻是由毛賦予或代表的。〈詩刊〉編輯以為郭詩此句，「似乎不太適合」，感覺敏銳，詩作的抒情主人公畢竟是郭沫若自己，白紙黑字，讀者往「此處的『爺』不會是北京人所說的『爺們』的爺，郭老比毛主席還大一歲」這條路上去想，確也無可非議。這位編輯實在是個厚道人，願意並且敢於說出「似乎不太適合」這樣的大實話，而且，我還以為他是個大功臣，為郭沫若，為中國科學院，為當時的中國文學界掙回了一點點臉面——沒有公開把自己作踐到「本狗」的地步，如果還有所謂臉面的話。

本節寫就後，承友人周林東兄以周國平《歲月與性情》[5]所引郭沫若於一九六九年一月六日致作者信見示，其中寫道：

> 我這個老兵非常羨慕你，你現在走的路才是真正的路。可惜我「老」了，成為了一個一輩子言行不一致的人。

深感我此前對他的看法有片面、過激之處，原來他當年在臺上作丑角表演時，內心有自責、痛苦和無奈，更多的時候他也是「身不由己」；讓人感慨不已。特別是他願意在一個下鄉知青面前說出自己的心裡話，坦率承認自己「成為了一個一輩子言行不一致的人」，這也不容易。一個個具體的人實際上只是一個巨大社會鏈條中的一環而已，光譴責一個人而不去追尋這個鏈條是如何形成的，雖然方便、輕鬆甚至顯得似乎高尚，但遠遠不夠。其實任何一個人都有成為其中一環的可能，「獨立之精神，自由之思想」，又談何容易！

5 長江文藝出版社二〇〇四年版，頁一五五。

3

馮文把郭沫若寫於「文革」時期的輓詩都展示出來了，共有四首。我覺得它們為區別詩與非詩提供了頗有說服力的例證。只得又做文抄公了，四詩除上引〈毛澤東永在〉兩首之一，照錄如下。

一首是輓康生的：

第五衛星同上天，光昭九有和大千。
多才多藝多能事，反帝反修反霸權。
生為人民謀福利，永揚赤幟壯山川。
神州八億遵遺範，革命忠貞萬代傳。

一首是〈悼念周總理〉：

革命前驅輔弼才，巨星隱翳五洲哀。
奔騰淚浪滔滔湧，吊唁人濤滾滾來。
盛德在民長不沒，豐功垂世久彌恢。
忠誠與日同輝耀，天不能死地難埋。

還有是〈毛澤東永在〉兩首，其二：

革命風雲蒸海岳，光芒四射永生時。
工農熱淚如潮湧，中外唁章逐電飛。
悲痛化為新力量，繼承競作大驅馳。
天安門上音容在，強勁東風日夕吹。

讀者定會一望而知，四首中只有〈悼念周總理〉一首是詩，其它三首全都不是。道理何在？真是知易說難，一說就只能說些常識性的套話，讓人聽了心煩。不過，這一事實本身就似乎證明詩之為詩具有說不清道不明的神秘性。區別詩與非詩靠的是感覺而非理性。詩，總是讓人心動；而讓人心動的，並非所寫的對象——歷史將會對周作出自己的評價，而是寫作者滲透於字裡行間的感情。詩不是光靠技藝就寫得出來的，靠的是感情與語言的博弈，是感情對於語言在博弈中的勝利。感情的個人性、具體性與語言的全民性、抽象性幾乎不共戴天，只有詩人能夠制服它，讓它乖乖地帶著詩人的脈動與心跳作用於讀者的感覺，也讓讀者感受到詩人的脈動與心跳。「奔騰淚浪滔滔湧，吊唁人濤滾滾來」，已經有那麼一點點意思，儘管「奔騰」與「吊唁」對得不工；但兩句十四個字卻有一種讓人可以感受得到的氣勢或者說氛圍；尤其是「天不能死地難埋」一句，詩人的敬仰之情已經向讀者撲面而來。由於是在腥風血雨中奮力肉搏而得來的戰利品，感情就在字裡行間耀武揚威，驕傲地大放光彩。它確實未經人道而新穎無比，來之不易啊。而其它三首語言輕鬆地就戰勝了感情，帶著對感情的輕蔑和多少有些勝利來得過於容易的無聊，衣冠不整隨隨便便地上場了，一臉「跑跑龍套嘛何必認真」的神氣。原因多半是本來就沒有什麼感情，或只有幾個老弱殘兵，在語言的堅固堡壘面前早就失去自信而舉手投降了，渾身沒有一點氣力想裝強大也裝不像。乾嚎是沒有真眼淚的，又騙得了誰？

在上個世紀新詩興起以來，可以說，越往後唐宋體作品中的真詩就越來越少，同時非詩越來越多。郭沫若這四首的比例是，詩占四分之一，非詩或說是贗品占四分之三，比例不小了。就唐宋體整體而言，恐怕遠不到四分之一。這倒不是說作詩者沒有感情，很可能是，一，感情是真的，但一拿起筆來寫，感情就先落了套。有大套小套，如哀悼是大套，悼亡就是小套，等等。這些大小套子作唐宋體詩的前輩早就已經為後人準備好了，品種齊全，各種型號的應有盡有，幾乎沒有留下一點縫隙。具有個人性、具體性的感情在與語言交戰之前就已經敗給了套子，落了套了。二，有的作者當然還不甘心，困獸猶鬥，但語言要有所創獲，一個字，難！呂溫（唐）的〈贈友人〉[6]云：

南山雙喬松，擢本皆千尋。
夕流膏露津，朝被青雲陰。
負雪出深澗，搖風倚高岑。
明堂久不構，雲幹何森森。
匠意方雕巧，時情正誇淫。
生材會有用，天地豈無心。

「生材」一詞想必是這位呂溫在這首詩裡首創，他生於李白之後，我們似乎有理由相信「生材」由李白的「天生我材必有用」濃縮而來。由於整首詩以松為喻，又用在「生材會有用」一句裡，讀者一看就會

[6] 《全唐詩》卷二十，頁三七〇。

明白。夏瞿禪師〈和雲雷翁九日詩〉[7]中「蒲團佛火負生材」一句用「生材」一詞，讀者可能就要費點思量。順便又翻到《謝吳江金松岑先生寄詩集》[8]一詩，「淮海髯曹舊往還」，「髯曹」就非加注不可，否則是讀不懂的。我舉夏師為例，並非為了證明我「我愛我師，我更愛真理」，不，我是要說的是，如夏瞿禪師這樣的大家大手筆尚且不易，何況一般的作者。馮文所引的第一首詩是郭沫若的題畫詩：

突破寒流與歲新，梅花萬朵見精神。
香如洋海枝如鐵，亙古長留一片真。

「洋海」何義？當然就是「海洋」，相當於「海拔」和「拔海」。但現在一些年輕人就未必知道了，就是知道了，也總覺彆扭。——這無法可想，時代越往前，人們就越會覺得「洋海」彆扭。想必作者也僅僅是第四字須仄這才將「海洋」倒了過來。連已有的詞現在的人有時都難以接受，可見詞語創新的餘地是非常有限的。鑄造新詞難，那麼新的句式呢？可能更難。誰又有杜甫這樣的勇氣和力量去寫「叢菊兩開他日淚，孤舟一繫故園心」「香稻啄餘鸚鵡粒，碧梧棲老鳳凰枝」這樣奇僻的句子呢？這樣一想，我們就會體諒前人出新之難而不是一味責備他們的「無能」了。

但前人也並不是全無可議之處，這就是有的作者似乎安於已有的感情之套、語言之套，進而還沾沾自喜。這樣的作者愈到後來就愈多，上文所說的不到「四分之一」的估計可能還是過高了一點。

7　《天風閣詩集》，頁九一一。
8　同上書，頁二十。

詩曰：

折桂夢圓誇少年，彩虹一道女神篇。

呼風喚雨從龍後，可憐空有筆如椽。

（三）郁達夫

1

詹亞園《郁達夫詩詞箋注》[9]引述了數位名家關於郁達夫詩詞創作成就的評價，一致認為郁的散文、小說不及詩詞。劉海粟說郁「詩詞第一，散文第二，小說第三，評論文章第四」；孫百剛曾對郁說：「你將來可傳的，不是你全部的小說，而是你的詩。」郭沫若說：「他的舊詩詞比他的小說更好。他的小說筆調是條暢通達的，而每每一瀉無餘，他的舊體詩詞卻頗耐人尋味。」文學欣賞與評價，見仁見智，難以劃一，也不宜、不必劃一。我則以為，在五四以來的新文學的坐標中，郁的成就與影響不可

[9] 上海古籍出版社二〇〇六年版，本節所引郁詩均出自此書。

低估；在五四以來的舊體詩詞的坐標裡，郁也達到了很高的水平。但兩者相比，詩詞的成就與影響不及其小說、散文。

郁的散文，尤其是小說，是現代作家的作品，具有現代性，也有其個人的風格與魅力。在現代文學史上，萬萬不可忽視郁的作品，不可低估他的地位；否則，就是一部殘缺的不完整的文學史。而在現代詩詞史上，缺了他，固然也是缺憾，但問題並不太大，他不過是諸多唐宋體作者中的一位。現代文學史可以不提他的被譽為詩詞代表作的〈亂離雜詩〉〈毀家詩紀〉，卻不能不說他的〈沉淪〉〈春風沉醉的晚上〉〈薄奠〉〈遲桂花〉等。我們今天之所以重視他的詩詞，一個重要的原因，就是由於他新文學史上的大名；否則，他的舊體詩詞大概未必會引起如此這般的關注。樂齊主編的《郁達夫小說全集》尊郁為「現代小說一代宗師」，似乎大家也都通得過；至於詩詞，若尊之為「宗師」，那就難說了，有不同看法的人肯定不少。他的詩詞始終沒能走出唐宋體的藩籬，其中部分作品若抹去他的名字，混入前人的集子，足可亂真；但他的小說散文卻決無此虞。

作為小說散文作家，郁無疑是一個現代作家，但作為詩詞作者，卻不是，起碼不完全是。其〈題寫真答荃君三首〉之三「儒生無份上凌煙，出水清姿頗自憐。他日倘求遺逸像，江南莫忘李龜年。」就明確自認是個「儒生」；〈丙辰元日感賦〉也說：「百年原是客，半世悔為儒」。有時自說是「士」，如「士生季世實可憐」，「貧士生涯總可憐」。無論是作為「儒生」還是「士」，他的精神世界和封建社會的知識分子就會有重合的部分，他的詩詞就會自而然融入唐宋體。最能表現這一點的，莫過於作者於一九一九年從日本回國參加外交官與文官考試前後的詩作，參考前的期許、被斥後的落寞與激憤幾與封建科舉時代的舉子毫無二致。〈題春江第一樓壁〉「匆匆臨別更登樓，打疊行裝打疊愁。江上青峰江下水，不應齊向夜郎流。」用錢起「江上數峰青」句，又反用李白流放夜郎事，以表志在必得的心情。

被斥後作〈巳未秋，應外交官試被斥，倉猝東行，返國不知當在何日〉：「江上芙蓉慘遭霜，有人蘭佩祝東皇。獄中鈍劍光千丈，垓下雄歌泣數行。燕雀豈知鴻鵠志，鳳凰終惜羽毛傷。明朝掛席扶桑去，回首中原事渺茫。」又〈靜思身世，懊惱有加，成詩一首，以別養吾〉：「匆匆半月春明住，心事蒼茫不可量。父老今應羞項羽，諸生誰肯薦劉蕡？秋風江上芙蓉落，舊壘巢邊燕子分。失意到頭還自悔，奉迎怕問北山雲。」和封建科舉時代的落第書生有何兩樣？

被譽為代表作之一的〈毀家詩紀〉，其中以「紫雲」「紅兒」「樊素」等指稱王映霞，與第八首中稱王為「下堂妾」一樣，確有「洩憤」之嫌，只覺彆扭。郁、王畢竟曾是正經的正式夫妻，貶之為歌伎、侍妾，其實同時也是一種自貶。如果勉強解釋為這些詞語意指夫妻之妻，那也典型地反映了用已死的文言表現活生生的現實的尷尬。我以為，不能不承認郁的心靈深處確實還有不少舊文人意識以至封建意識。

有趣的是，小說〈沉淪〉主人公「我」，也寫過兩首七律：「峨眉月上柳梢初，又向天涯別故居。四壁旗亭爭賭酒，六街燈火遠隨車。亂離少年無多淚，行李家貧只舊書。夜夜蘆根秋水長，憑君南浦覓雙魚。」「醉拍欄杆酒意寒，江湖牢落又冬殘。劇憐鸚鵡中州骨，未拜長沙太傅官。一飯千金圖報易，五噫幾輩出關難。茫茫煙水回頭望，也為神州淚暗彈。」其實這兩首詩本是郁的舊作，小說僅是借用而已。原詩標題分別是：〈八月初三夜發東京，車窗口占別張、楊二子〉〈席間口占〉（又作〈冬殘一首題酒家壁〉）。兩首詩正是夫子自道，與曹雪芹代香菱學詩、代寶玉作詩不同。小說不過是將前一首的面別口占，改為「用鉛筆寫了一首寄他東京的朋友」。兩詩與小說中「我」當時的心情頗為合拍。不過，小說中「我」為現代青年，而郁所借用的詩卻可編入清甚至清以前詩人的集子而不顯突兀、另類，不會產生「不像」的感覺。我謂之有趣者在是。這也足證郁身上殘留了頗為濃厚的舊文人氣息。

（四）田漢

田漢是著名劇作家，也寫過不少新詩和舊體詩詞。新詩佳作以歌詞居多，如〈義勇軍進行曲〉〈畢業歌〉〈熱血〉〈黃河之戀〉〈夜半歌聲〉等，傳唱數十年，至今不衰。筆者在青年學生時期，常常為之熱血沸騰，對詞、曲作者懷有一份深深的敬意。其舊體詩詞，內容雖是「革命」的（最典型的莫過於一些歌頌所謂「大躍進」的篇什），但多數較為淺率，真有詩意者少，整體成就遠不如郁達夫。

他的舊體詩詞也常常遇到舊瓶裝新酒的尷尬。如作於一九四四年的〈贈四維劇社兒童訓練班女學員瑾玲〉：「西南劇展獻江漢，漁歌喚起眾志堅。抗日報國齊協力，能歌善舞鼓動員。」[10] 多不協律，末句「鼓動員」亦覺彆扭。一九五七年寫的〈看《搜書院》贈馬師曾〉尾聯：「香山佳句師曾劇，一樣能抓大眾心。」可惜詩句不能「抓大眾心」。〈謁湯顯祖墓〉之三「杜麗何如朱麗葉」，杜麗娘縮寫為「杜麗」；〈浣溪沙・紀念柳亞子逝世一周年〉「創造十年追不島」，注云「不島」「指不列顛島」，均是削足適履的顯例。〈訪新絳中學〉：「教育結生產」，實是「教育與生產勞動相結合」的壓縮。但此一「結」，從詩的角度看，只結出了酸澀之果。〈過水東並遊博賀〉之一：「最白最窮亦最通，沙琅農工擅天工；從來治國先治本，四害惶惶避水東。」不惟語有不通，且理也不通，除四害真是治國之本嗎？

最耐人尋味的還是文集中詩詞集的最後一首〈國慶十八周年有作〉：

10 《田漢文集》第十三卷，中國戲劇出版社一九八三年版。本節所引田漢作品出處同此。

締造艱難十八年，神州真見堯舜天。
吉金祥鼓豐收報，錦字紅書火炬傳。
海外鬥爭雄似虎，宮前戲舞妙如仙。
美蔣狂自相驕殄，七億吾民莫比肩。

此詩作於一九六七年九月二十五日，時「作者正被陷於縲紲之中」。田漢算是「老革命」了，但於實是「浩劫」的「文革」，全無反思，一味頌聖，不是巧滑，定是昏亂。以此收場，不亦悲乎？

詩曰：

歌詞悲壯仰先賢，時代強音萬口傳。
「杜麗何如朱麗葉」？不知所對笑翻天。

（五）蘇淵雷及其詩友

這裡要寫的原本是一個永遠的歷史秘密：一群詩人如何向一位劃為「右派」、橫遭貶謫的詩友伸出援手、相濡以沫的真實故事。這個故事，讓人聯想起梁漱溟、馬寅初、陳寅恪的風骨，聯想起俄國的十二月黨人。「一封朝奏九重天，夕貶潮陽路八千」，或曰，這樣的事情在我們的歷史上多了去了，即使真有，也不過在長長的單子上加了一條而已。事情決不如此簡單！我是一九五六年上的大學，算是反右鬥爭的過來人。在當日，右派分子，就是反黨反社會主義的「人民公敵」，就是「不可接觸者」。顧准臨死想與子女見上一面也不可得，因為子女們早已喝足了狼奶，堅定地要和父親劃清界限；何況朋友，自是避之唯恐不及，不來落井下石（當然有的是被迫的），已經是高風亮節了，哪有像韓愈侄子去看他的福分？走筆至此，我不禁想起了雍正年間的「名教罪人」錢名世，他因事得罪了雍正——接下來還是讓我引用江曉原〈《名教罪人》：雍正發動中國第一場大批判〉[11]一文的有關文字來說明吧：

因為錢名世是著名文人，雍正想出了前所未有的新花樣來懲罰他——除了「革去職銜，發回原籍」之外，他下令採取兩項措施懲罰錢名世：

第一項，他親書「名教罪人」四字，讓人製成匾額，令錢名世懸掛在自己家中。

第二項，他下令在京官員中凡舉人、進士出身者，每人都要寫詩，批判錢名世。而且這些詩要「一並彙齊繕寫進呈，俟朕覽過，給付錢名世」。

於是在京官員中符合雍正所言上述條件者，真的人人寫一首詩，對錢名世進行批判討伐諷刺謾罵。這是中國歷史上第一場「大批判」運動，雍正在此事上的創新專利，無人可以動搖。這些官員奉旨寫的「大批判詩」後來彙集成書，就是《名教罪人》。

《名教罪人》中共收有三八五位當時在京官員的詩。不過當時寫「大批判詩」的官員不止此數，因為雍正竟有功夫將上交的「大批判詩」逐一閱覽，分為三類：絕大部分為第一類，合

11 《博覽群書》二〇一〇年第三期。

格；有六人不甚合格，「浮泛不切」，令其重做（重做後合格了）；有四人不合格，雍正說他們的詩「謬妄」或「文理不通」，已經沒有重做的機會，受到懲罰。這四人都是錢名世在翰林院時的同事，其中陳邦彥、陳邦直、項維聰受到與錢名世一樣的懲罰，革職回籍；另一個是吳孝登，對他的懲罰居然比錢名世的「革去職銜，發回原籍」還要重得多——「發寧古塔，給披甲人為奴」。陳、吳等人究竟做了怎樣「謬妄」的詩，沒有流傳下來，無法得知。不過可以從中知道的是，雍正此人喜怒無常，「天威莫測」，在他手下當臣子，那真是「伴君如伴虎」。

右派分子的待遇類同於「名教罪人」，任何人都無法拒絕參與批判，而且如果批判不到位，「同情、包庇」也是不輕的罪名，更有因此而劃為右派者。華東師大教授蘇淵雷是一九五八年反右補課時被劃為右派的。所謂「反右補課」就是在已經大大「擴大化」了的基礎上再進一步「擴大化」。蘇淵雷，「文史哲兼擅，詩書畫三絕」。一九二六年加入中國共產黨，積極投身革命，後被捕入獄。解放後，在華東師範大學歷史系任教。戴上右派帽子後，北貶哈爾濱，直至一九六二年摘帽。但千萬別以為「摘帽」就是萬事大吉，仍然是所謂「摘帽右派」，好像林沖臉上的「金印」。他是著名詩人，寫詩幾已成癖，即使在流放中仍有《霜茄集》多卷。其中僅一九五八至一九六二年的四卷就收有友人所贈或所和的詩詞近九十首之多，作者是：朱大可，陳季鳴，徐天風，周然，許石楠，謝無量，瞿宣穎（兌之），徐雲賞，張志岳，陳士緘，趙德樹，何遂，張宗祥，錢鍾書，陸維釗，陳登原，向迪琮，黃雲眉，游壽（介眉），穆藕齋，冒效魯等。此後還有馬浮，高二適，周景紹，吳仲康等。其中寫得最多的朱大可還將兩人唱和之作編為《友蘇集》。而這些詩作當時如被發現，幾乎每一首都可成為懲罰、迫害的「罪證」。蘇淵雷及其詩友的思想和道德是中國傳統最優秀部分的最後閃光，和當時的極左思潮格格不入。

可以毫不誇張地說：這是現代舊體詩史上一道最獨特、最動人、最美好的景觀，也是唐宋體在當代的最高成就之一。下面選出幾首與大家分享。

先看蘇淵雷寫於一九六一年十二月三十一日三首自題《霜笳集》的七絕[12]：

菊影移扉夢不溫，雲安一盞話秋魂。
卻憐萬里尋詩客，滿紙酸辛雜淚痕。

世論難從折角新，閉門等是費精神。
天涯豈必知心少，也寫吳箋寄故人。

驚看流水翻詩帳，權當除書讀楚辭。
贏得平生風骨在，雪花如掌鬢如絲。

第一首似乎比較消沉，但一個一九二六年入黨的革命者面對如此遭遇，焉能沒有「酸辛」！何況他並不僅僅為自己，更是為了自己為之奮鬥終生的事業而黯然淚下。第二首首句就開宗明義寫出了自己對所謂批判、聲討、戴帽決不屈服的鮮明態度和堅定意志，他堅信自己的清白，也堅信故人的人品。第三首「權當除書讀楚辭」，當本蘇轍「吾讀楚詞以為除書」[13]。蘇淵雷此處《楚辭》可以看成〈離騷〉

12 本節所引蘇淵雷及其詩友之作品全出自《蘇淵雷全集‧詩詞卷》，華東師大出版社二〇〇八年版。
13 見宋蘇籀《欒城遺言》。

的代詞。除書者，任命書也。在人人為當權者的除書而奔走如犬馬之時，蘇淵雷卻以〈離騷〉為除書，這正是他對自己別有所命。所命者何？一國文化精神命脈之流傳廣遠不使消亡滅絕也。司馬遷說，〈離騷〉「明道德之廣崇，治亂之條貫，靡不畢見。其文約，其辭微，其志潔，其行廉，其稱文小而其指極大，舉類邇而見義遠。其志潔，故其稱物芳。其行廉，故死而不容。自疏濯淖污泥之中，蟬蛻於濁穢，以浮游塵埃之外，不獲世之滋垢，皭然泥而不滓者也。推此志也，雖與日月爭光可也。」詩人從中讀出了屈原之志，同時也就發現了自己的使命，這難道不也就是「除書」最充分的理由嗎？「驚看流水翻詩帳」，詩人自有「其文約，其辭微，其志潔，其行廉，其稱文小而其指極大，舉類邇而見義遠」的自信，因而當然也就以「贏得平生風骨在」自許自勵。「風骨」兩字易寫而難有，而這三首詩本身就是「風骨」的最佳註腳。——這幾年裡，詩人難免也有個別應景之作，甚至或有違心之語，實乃時代環境使然，因為當時誰也沒有保持沉默的權利。

在流放的歲月裡，他和朱大可酬唱最多。其中之一是，蘇首作〈北遷匝月適蓮坨天風海上詩柬踵至卻寄〉：

> 停雲詩就首初回，失喜孤鴻海上來。
> 想見掀髯飄好句，獨憐對影共深杯。
> 明明如月天心在，咄咄書空世運催。
> 老我依違無一可，故亦跡近動疑猜。

朱大可的和作是〈次韻寄和淵雷哈爾濱見懷〉：

故人北去雁南回，帶得窮邊好句來。
白也投荒仍縱筆，微之憶遠正停杯。
夢魂猶恐關山隔，須鬢還愁歲月催。
一笑鵷雛已高舉，鴟鵂何苦尚相猜。

原唱頷聯寫對方，「飄」字，緊接「掀髯」，極其傳神，吟詩狀態之自然，所吟詩句之高妙，盡在其中，即王國維所說的「境界全出」。而「憐」妙在不是顧影自憐，是憐友人，高出尋常多多。頸聯寫自己，「咄咄書空」者，也不是一己之牢騷，而是「世運」——果不其然，反右把敢於直言的知識分子幾乎一網打盡之後，接踵而來的就是「大躍進」、三年困難時期、「文化大革命」等等。尾聯又進一步從迫害者著想，由於自己的獨立特行，從來不是不投反對票而且也不投棄權票的人，受到猜疑也就是自然而然的了。朱的和作運用歷史上兩位和他一樣愛詩喜酒的貶臣故事來鼓勵、勸慰他，特別是把他北貶看成鵷雛高舉，斥迫害者為鴟鵂，讀者當為之莞爾一笑；倘若迫害者見了，定當惱羞成怒也。又如朱大可七絕組詩〈戲贈淵雷〉之四：

坡老詩常說子卿，北征未遂卻南行。
後生能補前賢憾，躍馬冰天不計程。

把淵雷的北貶看成是補東坡之遺憾，也是在古今兩蘇之間的奇妙聯想，令人解頤。其它如〈次韻寄和淵雷塞上清明〉：

榾柮爐空酒盞乾，敝裘何以禦春寒。
詩人出塞高吟易，遷客逢辰下筆難。
老去短檠還屬對，愁來長鋏莫重彈。
滿庭風雪桃花發，倘作梅花索笑看。

高二適〈中秋寄淵雷〉：

幾年披拂斷知聞，今及中秋影尚分。
天上闕圓圓轉闕，人間群獨獨思群。
明時翻作投荒者，妙手虛傳壽世文。
誰信鍾山腸胃繞，頻添愁思倍為君。

原注：君能三誦吾詩，便可釋懷。

張志岳的〈贈仲翔〉：

少日量才思賈傅，中年造論比君山。
劇憐季世更憂患，自有高吟鏤肺肝。

長夜已隨流水逝，豪情應共酒杯寬。
相期老至詩懷健，春在龍江粟末間。

也都十分耐讀。
特別讓我讚嘆不已的是張宗祥的〈和淵雷九日見懷韻〉：

忽忽經過八十秋，追懷往事動閒愁。
無災可避山空好，有恨難消水自流。
司馬典裘長物盡，寧生扣角短歌遒。
榆關一出音書少，何日歸來理釣鈎。

大椿不復記春秋，況是人間瑣碎愁。
千古史書半誑語，一江春水自東流。
上湖山色霜容淨，斗室談鋒劍氣遒。
萬里寄君惟一語，隨時拋卻竊來鈎。

幾乎每一句都可開拓出來極其巨大的解釋空間，例如「無災可避山空好」，「無災可避」當然是好事，但本可避災的山林，如無仁者、知者相伴，縱「好」也會感到寂寞——暗含了雖遭災遠貶但卻就此可以與山為友，「相看兩不厭」之意。「我」與青山本來就是「我見青山多嫵媚，料青山見我應如是。情與貌，略相似」，只是以前卻無此時間與閒情罷了。對句直擊痛處，和一般勸慰的思路——詩路不同或者說相反，但卻正是這肺腑之言讓人感到天下自有知心者在！頸聯很可能是對對方豪放不羈性格的告誡，「短歌」此處想來應指孔夫子「寧武子，邦有道，則知；邦無道，則愚。」吧！第二首頷聯出句所說大概並不僅僅止於「千古史書」，對句「一江春水」則決不是像李後主那樣以喻一己之愁情，整句可能是說歷史的發展定會按照它自己的規律不斷向前，儘管有時會有曲折。我最欣賞的是末句七個字：「隨時拋卻竊來鈎」，意在勸諭友人應準備隨時拋卻名利地位等等，它原本並不必然屬於你，有如莊子所說的儻來之物；否則，可能帶來嚴重後果，甚至是殺身之禍，不是自古就有「竊鈎者誅」的話頭麼。「竊來鈎」，意味無窮。這七個字可謂筆力千鈞，讓人有醍醐灌頂之感。

《蘇淵雷全集・詩詞卷》是華東師大終身教授劉永翔「窮數月之力，纂輯謄鈔，搜求排比」而成，劉曾見知於蘇，不負其哲嗣之託，風誼可敬。

詩曰：

君與長髯欲比肩，獄中貺所好詩篇。
竹林風誼淘難盡，縱筆唱酬冰雪天。

（六）牟宜之

1

也許有不少讀者不太瞭解這位詩人，先作簡略介紹。牟宜之（一九〇九—一九七五）山東日照市人。一九二五年在中學讀書期間，積極參加反帝反封建的愛國學生運動，並加入中國共產主義青年團。後為躲避敵人追捕，曾東渡日本求學。抗日戰爭爆發後，受黨組織指派到淪陷區開展抗日工作。一九三八年初，擔任國民黨樂陵縣縣長。期間傾其縣政府財糧積蓄支援八路軍，並將縣武裝改編為八路軍泰山支隊。同年，他被吸收為中共特別黨員。在抗日戰爭戰場上，身先士卒，領導軍民頑強地反掃蕩。解放戰爭時期，在東北參與許多重要戰役。新中國成立後，先後在林業部、城市建設部工作。一九五七年被錯劃為「右派分子」。一九七五年四月二十九日因「悲憤成疾，客死濟南」（李銳語）。二〇〇九年一月《牟宜之詩》[14]由人民出版社出版，前有李銳長文〈一座鮮為人知的人文富礦——讀牟宜之詩〉，後附劉方煒〈一位詩人和一個民族——牟宜之詩編注瑣記〉。

捧讀《牟宜之詩》，常常為其忠肝義膽、英雄氣概所深深感動，又屢屢為其坎坷遭際、悲憤情懷而廢書嘆息。李銳說他「同顧准、聶紺弩這些老學者、老專家多麼相似，是在階級鬥爭、政治運動年代少有的保持自由思想、獨立精神的大知識分子」。讀完他的詩集，我腦海裡首先挑出來的一個詞是「仁

14 本節所引牟詩、李文、劉文均出自此書。

人志士」，還聯想到屈原以及司馬遷對屈原的評價。他在詩作中所表現出來的自我形象和顧准、聶紺弩這樣保持自由思想、獨立精神的「大知識分子」似乎並不完全重合。這絲毫也不意味著我不同意李銳老的評價，他的評價全面、中肯，不僅僅依據他的詩作，還包括他一生的思想、作為。如何解釋兩者之間並不完全重合這一現象呢？詩言志也好，詩緣情也好，詩所表現的「志」燃燒著情，「情」滲透著志，深深植根於詩人的心田，是詩歌創作的原動力。它和詩作者思想的深度與廣度當然有聯繫，但卻不等同。劉方煒認為，「在詩人內心起到強大的支撐作用的，是幾千年來綿延不絕的孔子所開創的『士』與『君子』的精神」。他是「東林後人，世家子弟」，他少年兒童時代就浸淫其中的孔孟關於「士」與「君子」的精神，是他生命的根，而他作為「大知識分子」的思想資源則當然遠遠超出於此。如此，表現他的生命脈動的詩更多地滲透著「士」與「君子」的精神也就不足為怪了。

2

詩人少年意氣風發，熱血沸騰，詩集第一首就是一九二九年的〈少年行〉：

少年頗負倜儻名，略觸談鋒舉座驚。
足涉八荒志在遠，胸填五岳意難平。
王侯將相了無意，農工商學各有情。
踏平坎坷成坦途，大道青天任我行。

尾聯畢竟太樂觀了，與一九五七年以後的遭遇形成鮮明對比。以他的心志、性格在那特定的年代，悲劇幾乎是必然的。詩風於一九五七年後陡然一變：「太息韓彭俎醢事，逝川空對哭秋波。」於是他想起了「難得糊塗」的鄭板橋，「義不帝強秦」而最終「樂道又安貧」的魯仲連，先憂後樂的范仲淹，「富貴視浮雲，林泉樂徜徉」的張良，還說「我生頗似介子推」，咒罵「縱火焚山德太虧」。一九五八年〈解嘲〉云：

狂悖一生妄自高，心怡管樂與蕭曹。
莫怕曾參遭誹謗，退居桃源自解嘲。

他特別讚賞屈原，反覆吟詠，其實已分不清是詠屈原還是寫自己，如一九六一年〈端陽節悼屈原之二〉：

汨羅江畔草離離，遙望荊天寄相思。
形容枯槁侶漁夫，慷慨悲歌詠吾師。
殷懷危亡憂秦寇，巨著光芒留楚辭。
把酒臨風長灑淚，千秋怨憤有誰知！

司馬遷評論屈原時寫道：「屈平正道直行，竭忠盡智以事其君，讒人間之，可謂窮矣。信而見疑，忠而被謗，能無怨乎？屈平之作〈離騷〉，蓋自怨生也。」[15]「其存君興國而欲反覆之，一篇之中，三致志焉。」[16] 這些話用以描述他的人和詩，其實也很切合。他不能沒有怨憤，同時又時時在自我寬慰；他渴望能被重新起用，但也意識到這只是一廂情願的幻想。因此會讀到下面這樣一些看似相互矛盾的詩句：「寂寞殘生亦自得，歲深不復憶京華」，「猶懷少壯拿雲志，南望京華意若何」，「拮拘難以圖溫飽，歲久不復憶京華」，「百萬雄兵一支筆，莫道廉頗已老矣！」，「精神矍鑠體尚健，吾輩甘為蓬蒿人！」，「心繫社稷不能拔，老來還要請長纓」。他在矛盾中苦苦掙扎，有時顯得瀟灑曠達，但仍沒有放棄追求；有時筆端流出豪言壯語，但字裡行間又洋溢著悲涼無奈。如寫於一九七一年的〈邊陲夏日〉：

棲遲邊地賦離居，冰雪才消已夏初。
夢裡喜逢昔日友，病中常憶故鄉魚。
靜觀青史猶慷慨，閑看白雲自捲舒。
大漠孤芳偏自賞，老夫不樂復何如？

意蘊曲折深厚，感情複雜微妙，頸聯尤其可圈可點，一「猶」一「自」，心事心境，曲曲傳出，言有盡而意無窮。尾聯奇峰突起，雖落魄而仍強項，雖失路而仍英雄，讓人回味不盡。是他寫得最好的詩篇之一。其它如一九五八年〈任憑風雨〉：

15 司馬遷《史記》，頁六二六，岳麓書社一九八八年版。
16 同上書，頁六二八。

如何戚戚帶愁顏，濁酒一杯聊自寬。
世事紛紜多變幻，人情翻複似波瀾。
九秋楓葉經霜豔，臘月松枝帶雪寒。
心懷高潔誰與信，雨驟風疾若等閒。

以及〈朝暮風吟〉：「三字迫人貧病老，四時惠我夏秋冬」；〈詠史之一〉：「權貴廝殺如豺虎，百姓躬耕似馬牛」，等等，也都警策可誦。

難能可貴的是，他終於能夠自覺跳出以往「士」與「君子」的侷限，站在一個全新的思想高度，反省自己，寫於一九七二年的〈冬晨〉說：「遺世滯邊地，自問我何人？」，可謂千古一問；同時穿透歷史的迷霧。在一九七四年七律〈故友重逢〉中他寫道：

安邦濟世思有道，禍國殃民罪無窮。
冷眼旁觀桀紂事，宴客高樓瞬時傾。

一九七五年又寫道：「不是江郎才盡也，我於困頓已無詞。」顯然他已進入更深層次的思考。令人嘆惋不已的是，他於當年就離開了這個世界，這個他曾為了使之變得美好而縱橫馳騁其中卻始終壯志未酬的世界。

他的詩直抒胸臆，用他自己在〈論作詩〉中的話來說，「其平有如砥，其直有如矢」，幾乎不用典故，明白如話，但字立人到，句成情溢。他寫的不是學者之詩，文人之詩，而是志士仁人之詩。從內容看，他已非常接近後唐宋體。

附帶要說的是，從《牟宜之詩》所附黃萬里的三首來看，黃萬里也是一位高潔的詩人，可惜未能見到他的詩集。

詩曰：

壯志未酬風雨加，行吟澤畔望京華。
一腔熱血付忠義，噴作長天萬里霞。

（七）錢鍾書

1

錢鍾書是當代唐宋體詩人中的翹楚之一，詩作的藝術水平達到很高的境界，尤其是典雅文言的運用，別開新面，幾已爐火純青。他以學問為詩而見性情，以性情為詩而見學問，渾然一體，殊屬不易。

讀他的詩集《槐聚詩存》[17]，我聯想起了李白〈古風〉（其十九）：

17 三聯書店一九九五年版，本節所引錢詩均出於此書。

西上蓮花山，迢迢見明星。
素手把芙蓉，虛步躡太清。
霓裳曳廣帶，飄拂升天行。
邀我登雲台，高揖衛叔卿。
恍恍與之去，駕鴻凌紫冥。
俯視洛陽川，茫茫走胡兵。
流血塗野草，豺狼盡冠纓。

此詩可分「西上」「俯視」兩個部分，這兩個部分是兩個完全不同的世界，前一個是超現實的游仙境界；後一個是詩人俯視所見的現實世界。錢鍾書的詩似也有兩個世界，一個是他精心營造的象牙塔——或可以他在〈還鄉雜詩〉中所說的「裝成七寶炫樓臺」為喻，「爭如歌嘯亂書中」（〈答叔子〉），「且容獨立世如遺」（〈再示叔子〉）可作注解；一個是他在象牙塔往外看到的世界。而且，寫塔中生活的居多，寫塔外現實的較少。當然，無論塔裡塔外，其詩都有它們各自的獨特價值；但不能不說，他並沒有在他的詩裡充分地寫出作為一個具有歷史使命感與社會責任感的知識分子的大愛大悲。在現代唐宋體作者群中，這一點頗具典型性。柯靈〈促膝閒話中書君〉謂：「錢氏的兩大精神支柱是淵博與睿智，二者互相滲透，互為羽翼，渾然一體，如影隨形。他博覽群書，古今中外，文史哲無所不窺，無所不精。睿智使他進得去，出得來，提得起，放得下，升堂入室，攬天下之珍奇入我懷中。」是為知言；然以淵博與睿智為「精神支柱」，就詩人、詩歌而言，終有不足，不管於傳統的還是現代的詩道，都不能吻合無間。柯靈是從正面看，若從另一面看，說得苛刻一點，是有欠深刻與博大。他評自己的〈中書君詩〉為「才子詩，全憑才華為之」，可謂有自知之明者，光憑這一點，也就非常難得。

2

作於一九三八年的〈哀望〉就是李白「俯視」式的作品：

白骨堆山滿白城，敗亡鬼哭亦吞聲。
熟知重死勝輕死，縱卜他生惜此生。
身即化灰尚賫恨，天為積氣本無情。
艾芝玉石歸同盡，哀望江南賦不成。

首聯對句既承出句寫敗亡的慘狀，更寫出心靈的屈辱、無奈、無助，的是警句！頷聯出句之「重」「輕」非動詞，系狀語，即重於泰山之重、輕於鴻毛之輕。兩句謂民族危亡之際，即使是死也應為國而死；縱然相信有所謂「他生」，也會珍惜「此生」：曲盡當時國人生死兩難之處境。此聯不同於一般號召慷慨赴死的口號，因敗亡之鬼固有抗敵而死者，也有敵人屠城而死者，後者甚至更多，更深一層寫出了當時民族的災難。頸聯一實一虛，渲染出了國人的悲憤、悲涼。又如〈將歸〉之一：

將歸遠客已三年，難學王尼到處便。
染血真憂成赤縣，返魂空與闞黃泉。

蜉蝣身世桑田變，螻蟻朝廷槐國全。
聞道輿圖新換稿，向人青只舊時天。

「螻蟻朝廷」有人說是指國民黨政府，當然可通；但我卻覺得更可能是指汪精衛漢奸政權。末句「向人青只舊時天」（「青」雙關青天之青與青眼之青），似非親歷者不能到，作者於想像中得之，不是「淵博與睿智」所能完全解釋的，實深於情也。

3

塔內是精神貴族的生活，讀書、賞月、作詩、飲酒、訪友、清談……當然還有愛情。試舉數例，以見一斑。如寫於一九三九年的〈午睡〉：

攤飯蕭然晝掩扉，任教庭院滅芳菲。
一聲燕語人無語，萬點花飛夢逐飛。
春似醇醪醒不解，身如槁木朽還非。
何心量取愁深淺，栩栩蘧蘧已息機。

同年〈寓夜〉：

夾衣負手獨巡廊，待旦漫漫夜故長。
盛夢一城如斗大，掐天片月未庭方。
才慳胸竹難成節，春好心花尚勒芳。
沉醉溫柔商略遍，黑甜可老是吾鄉。

同年〈對月同絳〉：

分輝殊喜得窗寬，徹骨凝魂未可乾。
隘巷如妨天遠大，繁燈不顧月高寒。
借誰亭館相攜賞，勝我舟車獨對看。
一嘆夜闌寧秉燭，免因圓缺惹愁歡。

塔內真是別有洞天，安謐，寧靜，閒適，幾欲令人流連忘返。但象牙塔畢竟在塵世之內，不是「不知有漢無論魏晉」的桃花源，由於不能不食人間煙火，當然會有塔外現實世界的干擾，塔內人也並非真能、真已忘情於世，自然也會有牢騷。有一九三八年〈陳式圭郭晴湖徐燕謀熙載諸君招集有懷張挺生〉可以為證：

蒼生化冢海揚塵，尚喜樽前聚故人。
暫藉群居慰孤憤，猶依破國得全身。

> 解憂醇酒難為力，遭亂文章倘有神。
> 張儉望門憔悴甚，並無錐卓是真貧。

一九三九年的〈苦雨〉也說「石破端為天漏想，河傾彌切陸沉憂」；一九四〇年的〈夜坐〉更說「便說酣眠容鼠嚙，獨醒自古最難任」。同年〈筆硯〉：「憂患遍均安得外，歡娛分減已為奢。」

4

值得注意的是，《槐聚詩存》所收之詩起於一九三四年，迄於一九九一年；一九三四年至一九四八年的十四年收詩約一三四題共約一九五首，一九四九年至一九九一年的四十二年收詩約三十八題共約七十八首。我們幾乎可以大膽斷定詩人實際所作數目必定大大超出詩集之所收。詩集序說到「自定詩集，俾免俗本傳訛」，在此過程中他在楊絳的幫助下「選定推敲」。由「選定推敲」四字可見一定有所刪汰，可能量還不少。前人編輯出版自己的詩集，一般都很慎重，有的還特地請師友代為刪定，因為常因敝帚自珍而難以割愛，下不了手。看來錢鍾書也不例外。但一九四九年前後詩作數量實在不成比例，一九四九年後的太少了。可能的原因也許有二，一是本來就寫得少；一是選擇較嚴，刪汰甚多。不管出自哪一原因還是兩者兼而有之，這一現象本身值得我們深思和反省。

而且，一九四九年後的詩風也有微妙的變化，塔外之詩難得一見；塔內之詩也有衰疲之氣。一九五〇年〈答叔子〉：「病馬漫勞追十駕，沉舟猶恐觸千帆。」「座中變色休談虎，眾裡呼名且應牛」。一九五二年〈劉大杰自滬寄詩問訊和韻〉：「心事流螢光自照，才華殘蠟淚將乾。」若非白紙黑字地擺在面前，我怎麼也難以相信錢鍾書會寫出這樣的句子！同年〈生日〉：

身心著處且安便，局趣容窺井上天。
拂拭本來無一物，推擠不去亦三年。
昔人梵志在猶未，今是莊生疑豈然。
聊借令辰招近局，那知許事蛤蜊前。

「三年」，豈不正是從一九四九年算起？王梵志白首而歸，答鄰人「昔人尚存乎」之問，說「吾猶昔人，非昔人也」。我讀錢鍾書四九年後詩，也有昔人尚存乎之問；從詩看，的「非昔人」矣。看來，象牙塔已嚴重損毀，難以為繼。他曾經「高歌青眼」，現在只能滿足於「隨分齏鹽」（一九五九年〈龍楡生寄示端午漫成絕句即追和其去年秋夕見懷韻〉）。一九五四年〈大杰來京夜過有詩即餞其南還〉：「欲話初心同負負，已看新鬢各斑斑。」

一九八九年〈閱世〉：

閱世遷流兩鬢摧，塊然孤喟發群哀。
星星未息焚餘火，寸寸難燃溺後灰。
對症亦知須換藥，出新何術得陳推。
不圖剩長支離叟，留命桑田又一回。

「不圖」句原注曰：「放翁〈雜詠〉：『幽幽剩長身。』〈寓嘆〉：『人中剩長身。』『長』同『長物』之『長』，去聲。」由於詩集最後是「代擬」之作，這首〈閱世〉可以看成是詩人的自我小結，意味深長。我的感覺是，詩人已然完全走出象牙塔，站在一個全新的高度來看自己和自己所處的時代。此詩雖不免消沉，但他寫出了消沉，以「孤喟」唱出「群哀」，改變了他年輕時「氣猶埋劍出，身自善刀藏」（一九四三年〈斯世〉）的態度，有力地證明了他並沒有真正消沉，而是走到了一個新的起點！可惜的是此後的詩作在集中只留下了上面所提到的〈代擬無題七首〉。

5

錢鍾書曾自謂「或者病吾詩一『緊』字，是亦知言」。如何理解這一「緊」字？還頗難說清。或指意象密集，不夠疏朗；或竟是氣偏急促，不夠從容。孟子說「吾知言，吾善養吾浩然之氣」，可見「言」與「氣」有關。什麼關係？韓愈解釋道：「氣，水也；言，浮物也。水大而物之浮者大小畢浮。氣之與言猶是也，氣盛則言之短長與聲之高下者皆宜。」氣短氣衰可能是「緊」的根源。詩人有時過於講究「字字有出處」而於氣則不免難以顧及，或許有之。如〈此心〉：

傷春傷別昔曾經，木石吳兒漸懺情。
七孔塞茅且混沌，三星鉤月不分明。
聞吹夜笛魂猶警，看動風幡意自平。
漫說此中難測地，好憑心畫驗心聲。

可以說確實做到了「字字有出處」，句句用典故，說的也都與心相關，但其氣卻不太一貫，其意也不太分明，在集中算不得是上乘之作，庶幾可為「緊」之一例。

不過，我重點要說的是並無此病的佳作，茲以〈淵雷書來告事解方治南華經〉為例：

塞雪邊塵積鬢斑，居然樂府唱刀環。
心游秋水無窮境，夢越春風不度關。
引咎敢尤人下石，加恩何幸案移山。
五年逋欠江南睡，瓶鉢行看得得還。

蘇淵雷被錯劃為右派後北貶哈爾濱，一九六二年摘帽放還，錢氏故有此作。《蘇淵雷文集》詩詞卷亦收此詩，繫於一九六二年，詩中所說「五年」，恰自一九五七算至一九六二年。據此可以斷定錢詩作於一九六二年，《槐聚詩存》繫於一九五九年，恐誤。此詩也是字有出處，也用典故，但幾乎人人耳熟能詳。首聯對句「居然」，一指「事解」出乎意料，二寓喜出望外的驚異之情。頷聯出句既照應詩題「方治南華經」，更寫淵雷心胸開闊博大；對句承之，而又進一步臆想淵雷對友人思念之深切。頸聯勸誡淵雷切勿記恨落井下石的小人，更要為「事解」而感到慶幸；「引咎」「加恩」當時在政治上正確得很，但極富弦外之音，讓人只有苦笑而已。尾聯記實，但情趣盎然：五年來在塞雪邊塵中煎熬，回來該好好休整一下了；據知淵雷信佛，一瓶一鉢得得而還，喜悅瀟灑躍然紙上。此作誠摯得體，一氣呵成，收放自如，既是詩人集中的佳構，也是《蘇淵雷文集》詩詞卷所收友人同類作品中之佼佼者。

由這首詩，我聯想起有些唐宋體作者或多或少都有歌頌反右、歌頌大躍進、歌頌文化大革命的作品，即使後來時過境遷，仍然保留在自己的詩集裡，毫無反省之意，令人不解。錢鍾書沒有寫過這樣的作品，他守住了自己的底線。

6

和他的小說一樣，錢鍾書特別善於用喻。如〈雜書一〉：「初涼似貴人，招請不肯致。及來不待招，又似故人至。」〈遊雪竇山四〉：「新月似小女，一彎向人低。」〈驟雨〉「大暑陵人酷吏尊」；〈示燕謀〉：「地似麻披攢石皺，路如香篆向天彎。」都很傳神，一讀之下便讓人難忘。

〈山齋涼夜〉：「相看不厭無多月，且住為佳豈有鄉」，將前人兩個對立的意象、兩層相反的意思組接在一起，形成巨大的張力，別具風味。但也不是沒有瑕疵。如〈哀若渠二〉「十九人最少」一句，造語勉強，難明所以；虧了有如下原注：「君贈余詩云：『十九人中君最少，二三子外我誰親。』」但十九人中，作者與若渠究竟誰最年少，尚是問題。

詩曰：

學富五車才八斗，解詩高妙亦吟詩。
不凍港中風浪靜，難見怒濤如碧池。

（八）何其芳

人民文學出版社一九八二年出版了六卷本《何其芳文集》，第一卷為詩，扉頁上寫「詩　附：舊體詩」，第一個「詩」比後面四個字字體要大好幾號。這一「附」，「附」出了編者的一個觀念：舊體詩不是「詩」，只是由於作者寫過舊體詩，不忍終棄而已；好比正妻之外的妾，讓其「附」於正妻之後，大慈大悲也。舊體詩，可憐可憐！

何其芳是學者，更是一位詩人。詩以新詩為主，舊體詩量既不多，質亦較次。作者自云「餘年六十五，始學作舊體七言律詩」。他讀李義山非常認真，幾已爛熟於心，〈有人索書因戲集李商隱詩為七絕句〉可證。這組詩，雖是集句，但首首天衣無縫，亦不易也。如第二首：

初聞征雁已無蟬，露欲為霜月墜煙。
何處哀箏隨急管，一弦一柱思華年。

似已無愧於李商隱矣。

所作七律時露「始學」的痕跡，大多平平而已。所可稱道者，有〈錦瑟（二首）〉，副題為「戲效玉溪生體」，第二首云：

奏樂終思陳九變，教人長望董雙成。

敢誇奇響同焦尾，唯幸冰心同玉瑩。
詞客有靈應識我，文君無目不憐卿。
繫絲何似絕言語，惆悵人間萬古情。

據知詩人年輕時曾失戀，痛苦刻骨銘心，但於年輕時的文學創作卻頗自信。頷聯、頸聯，出句寫後者，對句寫前者，頗為感人。唯「無目」似太狠了一點，白璧之瑕也。

有趣的是，凡「戲」者均有可觀之處，而刻意為之者卻均較一般。如〈憶昔（十五首）〉之五：

為誰服務最根本，離此終歸次要爭。

之六：

欲繪新人新世界，自當苦學苦鑽研。

等等，真令人不敢相信出自《畫夢錄》作者之手。但這也不能全怪作者，實是時代環境使然。且看〈憶昔〉之三：

海上桃花紅似錦，燕都積雪白於銀。
留連光景不思蜀，惆悵天神猶醉秦。

豈有奇書能避世，行看故國竟蒙塵。
苦求精緻近頹廢，綺麗從來不足珍。

此詩作於一九七五年七月一日，還在文革之中，明顯有自我懺悔的意味，並非泛泛而論。作為詩的一種風格，綺麗自有其不可替代的審美價值，「精緻」與「頹廢」之間也無必然聯繫。他之所以說「苦求精緻近頹廢」，是對自己寫作《畫夢錄》時期思想傾向和美學追求的批判。「綺麗從來不足珍」，當本李白之「綺麗不足珍」，但李白這一論斷是有「自從建安來」這一前提的，並非全盤否定；當然「清水出芙蓉，天然去雕飾」是更高的境界。他在這裡說「綺麗從來不足珍」，「從來」或指解放以來人們對「綺麗」的否定態度，看是自我批判，似乎多少也有一點牢騷的成分。上舉〈錦瑟（二首）〉之二作於文革之後的一九七七年三月三十日，就有「反其意」的味道，開始重新找回原來的自我。令人嘆惋不已的是，距此不到三個月，詩人竟賫志長逝。

詩曰：

當年畫夢星滿天，道路多歧感萬千。
不怕亡羊畏失我，似聞子夜賦招魂。

（九）鄧拓

一九五九年二月，鄧拓被調離人民日報。在歡送會上，他即席吟詩一首〈留別人民日報諸同志〉：

筆走龍蛇二十年，分明非夢亦非煙。
文章滿紙書生累，風雨同舟戰友賢。
屈指當知功與過，關心最是後爭先。
平生贏得豪情在，舉國高潮望接天。

鄧拓念到「文章滿紙書生累」時，順口提起前幾天還有位老同志說他「書生意氣未能無」。很多年後，文藝版編輯袁鷹還記得鄧拓念詩時的神態：「語氣間有點自責，也有點自信，卻一字不提兩三年前那個『書生辦報』的斥責……只是聲調中略帶著一點惆悵情味。」[18]

讀一位詩人的詩集，絕大多數我們往往總是難以判定其中某篇寫得最好，而讀《鄧拓詩詞集》[19]，卻可以毫不猶豫地指出，它就是這首〈留別《人民日報》諸同志〉。福柯認為：「明顯話語只能是它沒有說出的東西的逼迫出場；而這個沒有說出的東西又是從內部消融所有已說出的東西的空

18 祝華新《人民日報，叫一聲同志太沉（一）鄧拓》，（連載一），http://www.chinaelections.org/Newsinfo.asp?NewsID=176042

19 人民文學出版社一九七九年版，本節所引鄧詩均出此書。

洞。」[20]這首詩「沒有說出的東西」太多了，而且這些東西是不能說更不敢說的，但又不甘完全不說；而已經說出的當然有它明顯的意指，但實際上卻是一個巨大的「空洞」，它對讀者是屏蔽，更是指引，似是而非，似非而是，兩者形成張力，吸引、期待或者說「逼迫」讀者去體味、探究、感悟，希望能夠找到知音。

這首詩最初刊登於報社內部小報《編輯部生活》，而沒有發於《人民日報》，與其說是詩人不願，還不如說詩人深知不能公開發表，只能在報社「內部」流傳。十年前的一九四八年，由他負責的《晉察冀日報》終刊，與另一地方黨報合並為《人民日報》，他為此寫過一首〈《晉察冀日報》終刊〉：

毛錐十載寫縱橫，不盡邊疆血火情。
故國當年危累卵，義旗直北控長城。
山林肉滿胡蹄過，子弟刀還空巷迎。
戰史編成三千頁，仰看恆岳共崢嶸。

這一首「登於報端」，即公開發表。兩首詩所寫的事件有相似之處：都是告別親手辦了十年的報紙；但又有本質的區別，前度並非由於個人原因，是形勢和工作的需要。詩中對十年生活的回顧，既有慚愧：「不盡邊疆血火情」；但「邊疆血火情」任誰也難寫盡，因此「不盡」也可看作對它的歌頌；更有自慰自豪，特別洋溢於尾聯十四字。這首詩寫的是當年一位新聞戰線戰士的豪情，「登於報端」有何不可？但〈留別《人民日報》諸同志〉就不同了。它是詩人自己不同於別人的異常深沉複雜

20 《知識考古學》，頁二五，三聯書店二〇〇七年版。

的心情。他由於受到最高當局嚴厲尖刻的訓斥，因而調離《人民日報》，與十年前告別《晉察冀日報》完全不同。我們有理由推斷作者內心並不完全認同甚至完全不認同最高當局的這一批評，詩作就有辯解的意味。與「毛錐十載寫縱橫」不同，「筆走龍蛇二十年」洋溢著自信、自得、自豪之情，鋒芒畢露，無所顧忌。這「二十年」為黨、為毛澤東的革命路線盡心竭力，備嘗艱辛，「分明非夢亦非煙」，確是鐵的事實，不能視而不見，不容一筆勾銷。「屈指當知功與過」，看似功過並提，實際上卻著重於功，「功」字在此情此境中特別顯眼；因為這時在批評者眼裡他只有「過」而已，甚至不只是過，很可能還是罪。「平生贏得豪情在」，對於一個剛剛受到批評處罰的幹部來說，應作的事當為認錯檢討，一臉悔恨才是，而他卻強項如此，不是明擺著不服嗎？尤其值得玩味的是「文章滿紙書生累」，作為書生，「風聲雨聲讀書聲聲聲入耳；家事國事天下事事事關心」，書生往往是只認事理之是非曲直而不計個人利害得失，這樣「累」字就有了著落，因「文章滿紙」而受「累」，並非如批判者所說的「過」。他為此後悔了嗎？看來沒有！因為「豪情」仍「在」，文章還是要繼續寫下去的，也就是說不會回頭！事實上調離之後他似乎寫得更多了，幾乎就是這一篇篇文章鋪就了他走向最後結局的道路。

此詩畢竟不只是寫給自己看的，是為了留別報社諸同志，「風雨同舟戰友賢」「關心最是後爭先」，贊揚、鼓勵、勖勉均為詩中應有之義，何況兩個對句多少還可沖淡兩個出句的「挑戰」意味。「舉國高潮望接天」，曲終奏「雅」，似乎是另一個人說的另一類話，似乎是對前七句的「否定」，如此，報社內部小報才可以發表。——實際上一九五九年二月以後迎來的是全民大饑餓的高潮。

每讀這首詩，常常總是不由自主地想起韓愈的〈左遷至藍關示侄孫湘〉。據知當年《人民日報》社與他新調的單位只有「一箭之遙」，但卻讓人感到與「路八千」並無二致，因其為「貶」一也。而且，書生的滿紙文章不正是「欲為聖朝除弊政」嗎？不過，此時的鄧拓畢竟不是當年的韓愈，他仍有豪情，他還要繼續戰鬥。聯繫當時的環境、作者的身份以及發表的可能等因素，特別是從藝術性上看，此詩遠遠超過了十年前的〈《晉察冀日報》終刊〉，甚至可與上引韓愈之詩比肩。

近幾十年來的唐宋體詩，不少作品往往只具共性，不見個性，內容往往失之淺直，甚至沒有什麼真情實感，滿篇套語空話。像鄧拓這首富於個性、風格獨特的作品並不太多，說是鳳毛麟角也不為過。最後，我想作點揣測。一九四九年前，鄧拓坐過一次牢，有〈獄中詩〉，其一云：「大千梟獍絕，一士死何妨！」，他心靈深處作為「士」的情結可能始終沒有完全解開。

詩曰：

勇擲頭顱浩劫時，詩魂踽踽欲何之？
書生難得遇明主，熱血斑斑莫笑痴。

（十）釋敬安

1

唐宋以來，僧人能詩者不少，詩作亦夥，已自形成一個僧詩傳統，以宣揚佛理、表現禪境為主，在藝術上是唐宋體的一個分支。王梵志、寒山子等以白話入詩，影響極大，然終為「異數」。清末民初有「八指頭陀」釋敬安者，繼承僧詩傳統，堪稱獨步，為一著名詩僧，有《八指頭陀詩文集》[21]。我以為他是「儒僧」，心靈的底色仍是儒家的思想意識。釋敬安字寄禪，其殆以儒寄於禪者乎？

釋敬安的死，非常值得同情。他為要求政府下令禁止各地侵奪寺產而會見內務部官員；然請願未果，反受其辱，憤而退出，遂於當晚圓寂。看來六根並未清靜，他自己也說「我雖學佛未忘世」，平生仍熱心於修齊治平，屢屢見於其詩。如〈謁岳武穆祠有感〉：

南渡偏安國已亡，宮祠墓木尚蒼蒼。
士無奇節名難著，地有忠魂草也香。
風雨湖山猶感恨，往來樵牧亦凄涼。
若教二帝生時返，血淚人誰灑夕陽。

21 梅季點輯，岳麓書社一九八四年版，本節所引他的作品均出於此書。

〈九日過屈子祠〉

野徑斜雲上綠苔，經過此地不勝哀。
千年感慨遺湘水，萬古離騷識楚才。
澤畔行吟還憶昨，庭前諫草已成灰。
我來濁世懷高潔，不奠黃花酒一杯。

〈挽彭剛直詩八首〉〔其八〕：

一代中興將，三朝直諫臣。
哀時心未已，看劍淚沾巾。
忍看長城壞，難留大樹春。
千古遺疏在，猶望靖邊塵。

〈奉寄楊晰子孝廉遠適日本〉：

借問吾鄉楊晰子，一身去國歸何時。
故山猿鶴餘清怨，大海波濤動遠思。

獨抱沉憂向窮發，可堪時局似殘棋。
秋風莫上田橫島，落日中原涕淚垂。

〈辛丑條約〉兩首：

其一

落日青山遠，浮雲白晝昏。
衣冠一時盛，肝膽幾人存？

其二

天上玉樓傳詔夜，人間金幣議和年。
哀時哭友無窮淚，夜雨江南應未眠。

不過，他始終是個詩僧，而非所謂政治和尚。

2

釋敬安獨愛梅花，所寫禪詩亦以梅為題材者著稱，因有「白梅和尚」之雅號。〈白梅詩五首〉為其代表作。茲錄兩首：

其一

了與人境絕，寒山也自榮。
孤煙淡將夕，微月照還明。
空際若無影，香中如有情。
素心正宜此，聊用慰平生。

其二

一覺繁華夢，性留淡泊身。
意中微有雪，花外欲無春。
冷入孤禪境，清如遺世人。
卻從煙水際，獨自養其真。

有人以為古今詠梅名句，均從側面取神，即「如『疏影橫斜』『香中別有韻』諸詩，亦未能超脫。……讀至『意中微有雪，花外欲無春』二語，將梅花全神寫足，驚為絕唱。」[22] 平心而論，他的〈白梅詩〉較之前人確有創新之處，但仍屬於同一意象體系。其它如〈雪後尋梅〉：

積雪皓初晴，探尋策杖行。
寒依古岸發，靜覺暗香生。

22 《八指頭陀詩文集》，頁五三八—五三九，岳麓書社一九八四年版。

瘦影扶煙立，清光背月明。
無人契孤潔，一笑自含情。

〈寒夜對梅〉

久坐寒燈暗不明，林鐘敲盡更無聲。
惟餘一樹梅花月，猶照枯禪午夜清。

亦多因襲，平平而已。

詩曰：

娑婆世界一僧來，火宅丹心綻白梅。
五蘊雖空難棄世，揭諦路上總徘徊。

三

「後唐宋體」源流

求變的嘗試

變，是詩體發展的必然，古人於此早有論說。明胡應麟《詩藪〉云：「四言不能不變而五言，古風不能變而近體，勢也，亦時也。」[1] 清葉燮《原詩》承其說，指出：「蓋自有天地以來，古今世運氣數，遞變遷以相禪。古云：『天道十年而一變。』此理也，亦勢也，無事無物不然；寧獨詩之一道而不變乎？」[2] 葉之「理」「勢」似不如胡之「勢」「時」全面。「理」「勢」僅就詩本身而言，胡則還看到了「時」這一不可或缺的時代環境因素。變，是詩之「理」「勢」對於「時」的感應，「時」是詩體之變的土壤，有此「時」，然後有此「理」此「勢」。蕭子顯《南齊書》說得好：「……習玩為理，事久則瀆，在乎文章，彌患凡舊。若無新變，不能代雄。」[3] 唐宋體至晚清已經不能完全適應時代之變。求變，是時代的呼喚。

後唐宋體可以說源遠而流卻並不太長。從詩歌所體現的時代精神看，和後唐宋體有淵源關係的，起碼可以追溯到龔自珍，他熱情地呼喚社會變革、宣揚個性解放，在當時幾乎死氣沉沉的詩壇上異軍突起，形成一股勃勃生氣撲面而來；至於文人有意以通俗、淺顯的白話入詩，則更可遠溯至唐初的王績。這應該可以當作一個專門的課題進行研究，我們則只是粗線條的勾勒，從黃遵憲開始講起。

1 《詩藪》，頁二一，中華書局上海編輯所一九五八年版。
2 《原詩・一瓢詩話・說詩晬語》，頁四，人民文學出版社一九七九年版。
3 轉引自朱東潤著《中國文學批評史大綱》，頁三七，上海古籍出版社一九五七年版。

（一）黃遵憲

唐宋體發展到晚清，自覺地回應時代的呼喚而欲突破其藩籬並有所成就者，黃遵憲實為第一人。他的這種努力，難能可貴；但終究沒有形成大的氣候，正如他在《人境廬詩草・自序》中所說「余固有志焉而未能逮也」[4]。這話，固有自謙之意，亦與事實相去不遠。

1

《人境廬詩草・自序》云：「士生古人之後，古人之詩號專門名家者，無慮百數十家，欲棄去古人之糟粕，而不為古人之所束縛，誠戛戛乎其難。雖然，僕嘗以為詩之外有事，詩之中有人；今之世異於古，今之人亦何必與古人同。……誠如是，未必遽躋古人，其亦足以自立矣。」雄睨百代，氣勢豪邁！但實際上，他是站在舊體詩的歷史長河裡看待前人期許自己的。它的最高境界是躋於古人的行列之中，成為他們的一員；而非立於其外，另起爐灶。他的所謂「新派詩」之新，主要是指詩的內容而非詩的形式，畢竟仍是隨著唐宋體的節拍跳舞，充其量只是有所改良而已。〈自序〉寫得比較謙虛，在私人信件中就說得爽直多了。他嘗彙抄戊戌到辛丑四年的詩作寄梁啟超，自謂「與杜、李、蘇、陸，足並駕齊驅」。這應該說是唐宋體的最高境界，只是在實際上距離尚遠。

---

4 引自錢仲聯《人境廬詩草箋注》，上海古籍出版社一九八一年版。本節所引黃詩及相關引文除另注明均出此書。

質言之，黃遵憲「新派詩」之新，主要是新在新事物、新名詞，欲由此而形成一種新氣象或說新面貌，而骨子裡還是唐宋體。汪國垣「光宣詩壇點將錄」封之為「天傷星行者武松」，評曰：「公度有改革詩體之志，其成就未能副其所期，然一時鉅手矣」較為公允；但「其成就未能副其所期」一語，似可商榷。其所期之改革，據他在〈自序〉中說不過是：

> 一曰，復古人比興之體；一曰，以單行之神，運排偶之體；一曰，取〈離騷〉樂府之深理而不襲其貌；一曰，用古文家伸縮離合之法以入詩。
>
> 其取材也，自群經三史，逮於周、秦諸子之書，許、鄭諸家之注，凡事名物名切於今者，皆採取而假借之。其述事也，舉今日之官名、會典、方言、俗諺，以及古人未有之物，未闢之境，耳目所歷，皆筆而書之。其煉格也，曹、鮑、陶、謝、李、杜、韓、蘇迄於晚近小家，不名一格，不專一體，要不失乎為我之詩。

僅此數事，實尚不足以「改革」詩體，好比只是將舊房子加以新裝修而已，雖面貌使人有新的感覺，「神理」卻仍然是舊的。在梁啟超所推崇的黃遵憲、蔣觀雲、夏曾佑等三人中，汪氏以為「黃氣體較大，波瀾較宏」，「其實三人皆取法古人，並未能脫然自立」，「風格固規廡前人也」，說得較為中肯。高旭《願無盡廬詩話》還進一步指出：「黃公度詩獨闢異境，不愧中國詩界之哥倫布矣。近世洵無第二人。……然新意境新理想新感情的詞，終不若守國粹的用陳舊語句為愈有味也。」這當然可能有讀者的因素，但其根源終在作者。對於唐宋體來說，新事物新名詞終究是帕來品難以融合無間，好比本是使慣大刀長矛的，忽然間用機槍大炮，實難得心應手，總是隔了一層。胡先驌〈評胡適五十年來中國之文學〉透露，黃在晚年，「亦頗自悔，嘗語陳三立：天假以年，必當斂才就範，更有進益也。」並州雖不在遠，終非故鄉也。黃詩的根還在唐宋體。

2

黃詩裡多有「學問」，非「學問」相當者難以透徹理解，如〈七月十五夜暑甚看月達曉〉：

空庭樹靜悄無鴉，太白光芒北斗斜。
破碎山河猶照影，廣寒宮闕定誰家？
光殘銀燭談偷藥，熱逼金甌看剖瓜。
滿酌清樽聊一醉，漫愁秋盡落黃花。

沒有箋注似乎也能讀懂，尤其是尾聯，看似「通體透明」，其實不然。錢仲聯箋注本引《隋書・五行志》：「武平末，童謠曰：『黃花勢欲落，清樽但滿酌。』時穆后母子淫僻，干預朝政，時人患之。穆后小字黃花，尋逢齊亡，欲落之應也。」指出：「此以諷那拉后」。原來如此！詩人當然不想因「現行反革命」而被割斷喉管，只能如此！但當代一般讀者如筆者，沒有錢注，就會自以為已經讀懂而實未入門，真正對不起詩人。

此處的「黃花」是僻典，因其僻，作者才有安全感；但也因其僻，知音難求！由於時代不斷發展變化，僻往往愈顯其僻，如果多用，讀者往往不知所云而束之高閣；而用典，幾乎是唐宋體常用的手段，由此也可見突破之難。

3

黃遵憲自評五古「凌跨千古，若七古不啻比白香山、吳梅村略高一籌，猶未出杜、韓範圍」。五古，錢仲聯《近代詩鈔》所選〈感懷〉〈雜感〉〈罷美國留學生感賦〉等十一首，似均以敘事為主，間以議論，其視野之寬，「凌跨千古」，確實未遑多讓；但作為詩，其審美價值則遠低於其史料價值，不僅未出杜、韓範圍，比之白香山、吳梅村亦有遜色，常常是少了一點詩意，多了幾句禪語。

他的長篇之作，比較富有詩意的是七古〈以蓮桃菊雜供一瓶作歌〉，以擬人手法描寫同供一瓶眾花各自的神態、心理，想像奇特而又合乎情理。最後一部分寫眾花互變、花我之變，妙處橫生：

即今種花術益工，移枝接葉爭天功，
安知蓮不變桃桃不變為菊，回黃轉綠誰能窮？
化工造物先造質，控摶眾質亦多術，
安知奪胎換骨無金丹，不使此蓮此桃此菊萬億化身合為一。
眾生後果本前因，汝花未必原花身，
動物植物輪迴作生死，安知人不變花花不變為人。
六十四質亦幺麼，我身離合無不可，
質有時壞神永存，安知我不變花花不變為我？
千秋萬歲魂有知，此花此我長相隨。

至此似可結穴，卻突然翻出兩句：「待到汝花將我供瓶時，還願對花一讀今我詩。」可謂神來之筆。錢鍾書《談藝錄》謂：「此詩，不過《淮南子．俶真訓》所謂『槐榆與橘柚，合而為兄弟。有苗與三危，通而為一家。』查初白〈菊瓶插梅詩〉所謂：『高士累朝多合傳，能人絕代少同時。』公度生於海通之世，不曰『有苗三危通一家』而曰『黃白黑種同一國』耳。」[5] 錢鍾書之博，此又一例，指出黃公度此詩與前人之作的繼承關係，讓人嘆服；但於黃詩似有鄙夷之色，對它的創造性發揮、發展評價有所不足。

4

〈今別離〉四章，論者評價趨於兩個極端。褒之者「推為千年絕作」（陳伯嚴），「意境古人所未有，而韻味乃醇古獨絕」（范當世）；貶之者謂「氣象薄俗，失之時髦」（吳芳吉）。平心而論，詩情與古人差別無多，殊少新意；然四首分別聯繫輪船火車、電報、攝影以及東西半球晝夜相背現象，自是古人筆下所無，但只是道具不同，唱的還是舊戲。某黃遵憲詩選編注者謂「第一首詠輪船、第二首詠電報、第三首詠攝影、第四首詠東西半球晝夜相背的自然現象」，喧賓奪主，令人忍俊不禁。不過所謂可觀者，亦唯此四種對於古詩來說是新鮮事物罷了。

5 周振甫、冀勤編注《錢鍾書《談藝錄》讀本》，頁二八九，上海教育出版社一九九二年版。

5

黃遵憲七律多是典型的唐宋體，其中無新事物新名詞而有真性情真詩味者不少。如〈夜飲〉：

> 晨風吹月過江來，照我華堂在手杯。
> 莫管陰晴圓缺事，盡歡三萬六千回。
> 胸中五岳撐空起，眼底浮雲一掃開。
> 玉管銅弦兼鐵板，與君扶醉上高臺。

庶幾可當錢鍾書「奇才大句，自為作手」的評價。

6

陳衍《石遺室詩話》：「公度詩多記事詩，惜自注不詳，閱者未能盡悉。」敘事為詩之一體，但其功能並非以敘事為目的，亦即並非讓讀者瞭解發生了什麼事，而主要以敘事的詩性感動讀者，因而與小說、散文之敘事相區別。公度之記事詩有的重在敘事，詩味淡薄。如〈陸軍官學校開校禮成賦呈有栖川熾仁親王〉：

> 為將不知兵，是謂卒與敵；
> 不教驅之戰，豈能出以律。

桓文節制使，蘇張縱橫策；
制勝非有他，所貴在練習。
日本二千年，本以武立國。
幕府值季世，犬戎迭相逼；
賢豪爭勤王，蔚成中興辟。
……

似與散文區別無多。而須有自注方可盡悉的句子，陳衍舉出不少。讀者依靠「自注」或「他注」才能讀懂的詩作，其審美價值一定不會太高。

梁啟超早在一九〇〇年曾說：「余雖不能詩，然嘗好論詩。以為詩之境界，被千餘年來鸚鵡名士占盡矣，雖有佳章佳句，一讀之似在某集中曾相見者，是最可恨也。故今日不作詩則已，若作詩，必為詩界之哥倫布、瑪賽郎然後可。」作者於「鸚鵡名士」下注云：「余嘗戲名詞章家為鸚鵡名士，自覺過於尖刻。」[6] 話雖尖刻，的是一針見血之論；只是「占盡」一筆抹倒，過於絕對。他確是說出了宋後唐宋體的病根所在。這一毛病就是被他譽為詩界之哥倫布、瑪賽耶如黃遵憲者也難避免。如〈今別離〉第一首，錢仲聯在箋注中說：

此首詠輪船火車，用韻與句意俱是孟郊〈車遙遙〉詩來。「舟車載離別，行止猶自由」，本孟詩「舟車兩無阻，何處不得遊」也。「併力生離愁」，本孟詩「無令生遠愁」也。「送者未及

6 周嵐、常弘編《飲冰室詩話》，頁三三四，北京時代文藝出版社一九九八年版。

返，君在天盡頭」，本孟詩「此夕夢君夢，君在百尺樓」也。「望影倏不見，煙波杳悠悠」，即孟詩「寄淚無因波，寄淚無因輀」意。「所願君歸時，快乘輕氣球」，即孟詩「願為御車手，與郎迴馬頭」意也。

上文已經說過，「今別離」之情實「舊別離」也，今之異於舊者，唯輪船火車與舟、車、馬耳。

7

黃遵憲〈雜感〉之一：

少小誦詩書，開捲動齟齬。古文與今言，曠若設疆固。
竟如置重譯，象胥通蠻語。父師遞流轉，慣習忘其故。
我生千載後，語音雜傖楚。今日六經在，筆削出鄒魯。
欲讀古人書，須識古語古。唐宋諸大儒，紛紛作箋注。
每將後人心，探索到三五。性天古所無，器物目未睹。
妄言足欺人，數典既忘祖。燕相說郢書，越人戴章甫。
多歧道益亡，舉燭乃筆誤。

把古語難表今言的道理說得頗為透徹，他因此提出了「我手寫我口」的主張，可謂石破天驚；但其創作實踐遠未相副，除了引入了一些新名詞、「流俗語」，用的還是古文古語，「欲讀公度詩，須識古語古」。真正「我手寫我口」的時代開始於胡適首倡的五四白話文運動。

今人「性天古所無」，要以古文古語表達今人之心之口，實難合榫。電報、電話、電影、電視等等當然為古文古語所無，古今共用之「中國」「天下」，意義也已發生變化，不可不察。〈大獄四首〉之四云：

休唱攘夷論，東西共一家。疏防司裡館，謝罪使臣槎。
詎我持英簜，容人擊副車。萬方今一概，莫自大中華。

錢注引《禮記》「聖人能以天下為一家」注「東西共一家」。此「東西」係指地球之東方、西方，而《禮記》所謂「天下」乃整個中國之謂也。《論語》「四海之內皆兄弟也」之「四海」義同「天下」。公度此詩中所宗之理念，顯然已超越前人，具有世界眼光。末句，錢又引黃著《日本國志・鄰交志》自注云：「近世對外人稱，每曰中華。東西人頗譏彈之，謂環球萬國，各自居中，且華我夷人，不無自尊鄙人之意。」一時至今日，「中華」一詞自無「華我夷人」「自尊鄙人」之意，「大中華」也自成一名詞，非詩中所指「以中華較環球萬國為大」。但我們某些人的深層意識中，以中華為大的觀念還根深蒂固，難以動搖，一有機會就冒將出來，徒惹人笑。如有論者以為西方文明已經墮落，須中華文明拯救之。他們眼裡根本沒有普世價值的概念和人類共同創造的先進文明的位置，只看見自己的祖傳家寶，把別人的一切全都視同垃圾。這簡直就是阿Q式的夢囈，遠不如一百多年前黃遵憲清醒。不過，詩中也有「從古荊蠻原小丑」這樣的句子。

〈夜起〉尾聯云：「斗室蒼茫人獨立，萬家酣夢幾人醒！」這是改革先驅者的嘆喟，今日讀之，讓人感慨萬千！

8

《飲冰室詩話》錄輓公度詩甚多，其以何姓六絕句為最佳，認為「情文沉鬱，風格遒絕」。如第五首：

> 牖下尋思亦國恩，逋臣況有未招魂。
> 飄零海外無歸日，贏得中原七尺墳。

似可相副。唯第六首云「靈魂不死轉輪去，又作人間新少年。」使人聯想起阿Q上法場時所說「過二十年又是……」。

詩曰：

> 倡言革命亦英雄，新派可憐霸圖空。
> 兵敗千年唐宋體，只緣身在此山中。

（二）康有為、梁啟超

1

黃遵憲的「新派詩」已為「詩界革命」開了先河，而真正高舉「詩界革命」大旗，倡導最力者則是梁啟超。他的「革命」宣言已自表明了它的侷限：「過渡時代，必有革命。然當革命者，當革其精神，非革其形式。吾黨近好言詩界革命，雖然，若以堆積滿紙新名詞為革命，是又滿洲政府變法維新之類也。能以舊風格含新意境，斯可以舉革命之實矣。」「能以舊風格含新意境」，另兩種表述是，「獨辟新界而淵含古聲」「熔鑄新理想以入舊風格」[7]。如此之革命，「猶抱琵琶半遮面」也。舊風格因其具有一定的彈性固可在某種程度上接納某種新精神；然其彈性是有限度的，難以與新精神一一合拍。若不革其形式，革其精神自難全面與徹底。梁氏謂以舊風格含新意境，在不革形式的前提下革其精神，兩者仍可融合無間，只有一個解釋：精神、意境未必全新。他所謂不必改革之「形式」，唐宋體也。所謂「舊風格」，唐宋體之風格也。讀改革派的許多詩作，確有面貌一新的感覺，正如康有為在〈與菽園論詩〉[8]中所說的「新世瑰奇異境生，更搜歐亞造新聲」「意境幾於無李杜，目中何處著元明？」，但主要是新在內容。他們所在的時空畢竟已大大不同於鴉片戰爭之前，原有之事物未入詩者以入詩，是新；

---

7 舒蕪校點《飲冰室詩話》，頁五一、一一三，人民文學出版社一九九八年版。

8 舒蕪等編注《康有為詩文選》，人民文學出版社一九五八年版。本節所引康作，除另注明外，均出自此書。

先前未見之事物以入詩，更是新。但「內容」與「精神」畢竟是兩個概念，雖有聯繫，更有區別，精神屬於眼光、胸襟、理念、思想、情感等層面。改革派的詩有的往往只有新內容而缺新精神。如康有為〈遊微賒喇路易拾四故宮〉：

阿房三百里，彷彿見秦王。跡是瑤台後，花繁上苑旁。
舞鸞猶鏡殿，畫像遍椒房。拂拭金人淚，英雄事可傷。

這就是所謂「以舊風格含新意境」嗎？果是，除標題而外，內容、意境、精神又新在何處？然圖新又何其難也！過了一個多世紀，就同一題材，當代有一大名家寫道[9]：

繁華容易逐春空，今古東西本自同。
路易斯王前狩苑，拿破侖帝舊雄風。
惟瞻殿飾餘金碧，剩見噴泉弄彩虹。
欲問豐功向何處，一尊雕像夕陽中。

兩詩相較，詩意、情調仍一脈相承變化無多，若兩詩互換作者名字，一般讀者可能也很難發現差錯，因為兩者內容、情感甚為近似，時易人異，但其為唐宋體則一也。我不是說他們寫得不好，而是說唐宋體超越之不易。再看康有為〈避島十三詠（在瑞典京南湖）〉中的兩首：

9 《迦陵詩詞稿》，頁一二〇，中華書局二〇〇七年版。

窮髮數萬里，思親上石台。倚松望天末，東海片雲來。（望雲台）
石磴崎嶇登，緣崖草花綠。世路更險巇，休嫌此卻曲。（崎嶇磴）

這樣的詩，我相信任何一位唐宋元明清的詩人都可以寫得出來，根本無需什麼「革命」。

梁啟超〈遊華盛頓紀功碑〉[10]：

瓊樓高處寒如許，俯瞰鴻蒙是帝鄉。
十里歌聲春錦綉，百年更無血玄黃。
華嚴國土天龍靜，金碧山川草樹香。
獨有行人少顏色，撫闌天末望斜陽。

以「帝鄉」指美國首都華盛頓，以「華嚴國」指美國，總覺不倫不類。境雖新而詞仍舊，落唐宋體窠臼中也。

康有為另有一首五古，題為〈丁巳元日賦長篇後意未盡而韻將盡乃再賦此二章，吾平生所得在此也〉。因其「平生所得在此」，不免生出頗高的期待，但讀來卻令人大失所望。其詩云：

行年得六十，壽逾天地老。君試觀蟪蛄，莫度春秋考。相彼蟭螟巢。微生物無數。吾窺顯微鏡，蠕動紛生聚。視虱如車輪，其體骨已具。虱體之血輪，有地球國土。析之萬億千，輾轉

10 汪松濤編注《梁啟超詩詞全注》，廣東高等教育出版社一九九八年版。本節所引梁作均出此書。

孳生譜。累析及至微，須費幾時序。吾人之一瞬，彼已壽千古。精心冥推想，比例難疏舉。然則六十年，豈止憶歲許？以觀我終生，宇宙樂仰俯。

行年已六十，生性不知老。或壽億萬歲，恆河無量數。坐視天人變，生死輪迴苦。國土幾沉滅，星日多隕去。天行運不停，日月舞大宇。時放四光明，化生茲后土。彗星觸之沉，黑暗遂萬古。開闔在所覺，視猶頃刻許。山中千歲者，縮短七日處。視此六十年，豈真比旦暮？而何稱祝為，謬爾稱耆父。

比起前人的唐宋體詩，只不過多了一點科學常識而已。這些科學新知，在康有為這裡，也是按照舊的知識邏輯和詩意形式來抒寫的。更重要的是，詩人所寫之物，都有一個「意」滲透其中，從而形成意象。因此，唐宋體的意象系統，其實也代表著一整套理解事物的方式，對待事物的態度。康有為在此詩中雖然用了新的名詞，新的事物，表達的卻是舊的「意」，也就是舊的情緒，而沒有從新的事物中寫出新的情緒來，因此他只是寫了新的「象」，而沒有新的「意象」。這是許多近代舊體詩人的通病，也可能是唐宋體突破向前的最大侷限吧。且此詩多為議論，無甚詩味，作為詩，並不高明。

當然，康有為並不是只有此類作品，也有清新可讀者。如《飲冰室詩話》所錄其遊羅浮之七絕：

萬紫千紅總是春，升天入地不猶人。
曲徑危橋都歷遍，出來依舊一吟身。

另有書贈梁氏七絕：

華嚴國土時時見，大地光明無語言。
只是眾生同一氣，要將悲憫塞坤乾。

梁氏謂：「先生最嗜杜詩，能誦全杜集，一字不遺，故其詩雖非刻意有所學，然一見殆與杜集亂楮葉。」唐宋體的最高境界不過是能亂唐宋名家大家之楮葉。此固不易，可敬可佩；然終未走出前人藩籬而又以此相高者，又覺可悲。

2

錢仲聯《近代詩鈔．梁啟超》謂「其早期詩歌全憑才情為之」；「後期則摒棄了詩界革命之主張，而所作卻能斂才就範。……故陳聲聰有詩詠道：『新詞新意作離披，梁夏親提革命師。曾幾何時看倒退，紛紛望古樹降旗。』自注云……任公中年後一意學宋人』」。[11] 由此可見唐宋體魅力之強大，超越之困難。

康有為〈巳亥二月由日本乘和泉丸渡太平洋〉：

---

11 《近代詩鈔》，頁一五四四，江蘇古籍出版社一九九三年版。

老龍噓氣破滄溟，雨戒長風萬里程。
巨浪掀天不知遠，但看海月夜中生。

梁啟超亦有〈太平洋遇雨〉：

一雨縱橫亙兩洲，浪淘天地入東流。
劫餘人物難淘盡，又挾風雷作遠遊。

兩詩題材有相似之處，然梁作「元氣淋漓」，氣勢磅礴，而康作意象陳舊，老氣橫秋。置於一處，高下立見，勝藍多多矣。

梁啟超〈次韻星洲寓公見懷二首，並示遁翁〉第二首尾聯：「來者未來古人往，非君誰矣喻余悲。」意思近於「前不見來者，後不見古人。念天地之悠悠，獨愴然而涕下」，而優劣相去實不可以道裡計。原因固在於梁詩內容之雷同，更在於梁詩之格律化抹平了陳子昂詩之感覺的衝擊力。此可謂以「律」害意之典型一例。

蘇東坡〈定風波・莫聽穿林打葉聲〉〈江城子・鳳凰山下雨初晴〉，甚至〈臨江仙・夜飲東坡醒復醉〉等，後半闋都是蛇足，刪去更好。作為詩的感覺，前闋都已完足，下闋只依律衍生，遂落入說教的套路。當然，蘇詞更有上下珠聯璧合者，如〈卜算子・缺月掛疏桐〉〈江城子・十年生死兩茫茫〉等。

3

唐宋體極大部分都是「臣之詩」，非「人之詩」。

梁啟超於一九一一年作〈十六日志慟〉云：「遺臣未敢修私祭，血淚桑田海不知」。梁啟超確曾為光緒皇帝之臣，他有這種「臣」的心結，無可非議。但後來一些人明明從未是臣，卻在心靈深處有著解不開的「臣」的身份認同，甚至纏綿一生，屢教不改，至死不變，真正讓人啼笑皆非。唐宋體之綿延不絕，實與這種「臣」的心結難解難分，甚至可以說就是源於這種心結。

4

康有為之於梁啟超的詩，多有過當甚至離譜的獎譽之詞。如〈既雨〉，康評曰「沉鬱舒捲，飛行絕跡，此為極軌」；〈朝鮮哀詞五律二十四首〉，康評曰「沉鬱雄蒼，合少陵〈諸將〉〈洞房〉〈秦州〉而冶之，義正詞嚴，上承小雅，豈愧詩史，其詳贍亦前無古人。詩至此觀止矣！」[12]

5

梁啟超《飲冰室詩話》常以「元氣淋漓」一語贊人詩作。所謂「元氣淋漓」，或可理解為以生命燃燒之大愛，唐宋體雖多為「臣之詩」，然亦有仁人志士的作品或已具有人的自覺，殆即梁氏所謂「元

12 上引汪注本，頁二四七。

氣淋漓」之作也。見於其詩話者如：

石達開七律[13]：

揚鞭慷慨莅中原，不為仇讎不為恩。
只覺蒼天方憒憒，莫憑赤手拯元元。
三年攬轡悲贏馬，萬眾梯山似病猿。
我志未酬人亦苦，東南到處有啼痕。

在我的印象中，石達開和其他「欲取而代之」的造反者似不能完全一概而論，他贏得了後人更多的欽佩和同情。

韓孔厂〈熱心〉[14]：

熱心直欲爐天地，落魄依然一國民。
病裡觀人原幻境，夢中化蝶是前身。
交論血肉天應淚，相到皮毛馬不真。
我亦三千年睡足，東方雄辯已驚神。

13 同前引《飲冰室詩話》舒蕪校點本，頁十八。據羅爾綱考證，《飲冰室詩話》所引石達開五詩為他人偽托。見羅爾綱《師門五年記・胡適瑣記》（增補本）頁三一，北京三聯書店一九九八年。

14 同前引《飲冰室詩話》舒蕪校點本，頁二四。

見到「國民」一詞，如見歷史的曙光。

袖東〈東京除夕感事贈叔香〉之二[15]：

旅居何事最關情？一角紅旗萬喙鳴。
燈下談兵掩長涕，樓頭望月怨今生。
豈因我輩多痴骨，無奈他家有笑聲。
夜半黃龍作人語，年年風雨太縱橫。

梁以為「宋人風格中之最高尚者，俊偉激越，芳馨悱惻，三復之不忍去也」。

潘鏡涵七律[16]：

沉沉心事著無邊，半壁寒燈照巨川。
壯歲始參人我相，現身聊作水雲緣。
無多別業能容世，只有靈光欲接天。
海鳥忽驚漁鼓落，空中還自俯坤乾。

我以為佛緣即人情也。

15 同上書，頁一百。
16 同上書，頁七六。

以上詩作足可證明唐宋體仍有繼續存在的空間。但要達到這樣的水平，非深於情語於詩者莫辦。

詩曰：

人臣難可作新人，萬紫千紅不是春。
一抹斜陽戀宮闕，大江東去向朝暾。

（三）譚嗣同

1

在我心目中，戊戌變法運動中之核心人物，譚嗣同實為最偉大者。年輕時讀他的傳記、詩作，往往激動不能自已。他的一生其實就是一首悲壯的詩，其詩則是詩中之詩，唐宋體中難得的「人之詩」。茲略舉數首。

〈和友人除夕感懷〉[17]之一：

17 本節所引用譚氏詩文均出自《譚嗣同全集》，三聯書店編輯兼出版，一九五四年版。

斷送古今惟歲月，昏昏臘酒又迎年。
誰知羲仲寅賓日，已是共工缺陷天。
桐待鳳鳴心不死，澤因龍起腹難堅。
寒灰自分終銷歇，賴有詩兵鬥火田。

羲仲寅賓，傳說唐虞時居治東方之官，「敬導出日」。

〈感舊〉之三：

無端過去生中事，兜上朦朧業眼來。
燈下髑髏誰一劍，尊前尸冢夢三槐。
金裘噴血和天鬥，雲竹聞歌匝地哀。
徐甲儻容心懺悔，願身成骨骨成灰。

徐甲，傳說中道家人物，謂老子雇用徐甲，甲將死，老子授太玄清生符生之。

五律如〈題程子大橫覽圖詩〉：

家國兩愁絕，人天一粲然。只餘心獨在，看汝更千年。
世界幾夢痕，微塵萬座蓮。後來憑吊意，分付此山川。

七絕如〈有感〉：

世間無物抵春愁，合向蒼冥一哭休。
四萬萬人齊下淚，天涯何處是神州！

〈畫蘭〉：

雁聲吹夢下江皋，楚竹湘舲起暮濤。
帝子不來山鬼哭，一天風雨寫〈離騷〉。

〈獄中題壁〉：

望門投止思張儉，忍死須臾待杜根。
我自橫刀向天笑，去留肝膽兩崑崙。

至於他的臨終語：「有心殺賊，無力回天。死得其所，快哉快哉！」，更是為他詩的一生畫上了完美的句號。

2

詩與詩作者，往往有如下三種情況。一是真正的詩人，讀其詩如讀其人，「詩」「人」平行，如陶淵明，如李、杜、蘇、陸。一是「詩」高「人」低，如元好問所諷刺的潘岳：「心畫心聲總失真，文章寧復見為人！高情千古〈閒居賦〉，爭信安仁拜路塵。」又如，當年日寇侵略我國時，如果讀到〈舟夜〉這樣的詩：「臥聽鐘聲報夜深，海天殘夢杳難尋。桅樓欹側風正惡，燈塔微茫月半陰。良友漸隨千劫逝，神州又見百年沉。凄然不做零丁嘆，檢點平生未盡心。」[18] 人們極有可能認為是愛國志士的述懷之作，為之感動不已；哪裡想得到這是汪精衛在決心下水投敵時寫的呢？（我要附帶說一句的是，汪精衛當時的心路歷程是值得深入探究的另一課題）極而言之，詩作或冰清玉潔，或赤膽忠心；為人卻卑鄙無恥，惡濁下流。一是「人」高「詩」低，譚嗣同可以作為例子。相對於許許多多詩人的詩，其詩並非不高；所謂「低」者，是相對於其人而言。其「人」太高，人人目之為英雄，幾乎沒有人說「詩人譚嗣同」的。要真正對他的詩有所感悟，光讀其詩是萬萬不夠的，必須先有兩個方面的準備，即瞭解他的思想、精神和他的生平、事跡。他是一位面臨晚清「三千年未有之大變局」而敢於「沖決羅網」的偉大思想者、踐行者。請看他《仁學・自序》中的一段文字：

> 吾自少至壯，徧遭綱倫之厄，涵泳其苦，殆非生人所能任受，瀕死累矣而卒不死；由是益輕其生命，以為塊然軀殼，除利人之外，復何足惜。深念高望，私懷墨子摩頂放踵之志矣。……以吾之遭，置之婆娑世界中，猶海之一涓滴耳，其苦何可勝道？竊揣歷劫之下，度盡諸苦厄，或

18 轉引自聞少華著《汪精衛傳》，頁一三三，團結出版社二〇〇七年版。

更語以今日此土之愚之弱之貧之一切苦，將笑為誑語而不復信，則何可不千一述之，為流涕哀號，強聒不捨，以速其沖決網羅，留作券劑耶？網羅重重，與虛空而無極；初當沖決利祿之網羅，次沖決俗學若考據、若詞章之網羅，次沖決全球群學之網羅，次沖決君主之網羅，次沖決倫常之網羅，次沖決天之網羅，次沖決全球群教之網羅，終將沖決佛法之網羅。

一百十餘年過去了，它仍有振聾發聵的醒世之效，我不知這是表徵譚嗣同的偉大，還是我們的渺小。他沖決了利祿的羅網，沖決了生死的羅網，也開始沖決君主之網羅、倫常（即所謂「三綱五常」）之網羅；發人深省的是，他以他的思想、精神，更以他的生命吹響了倡自由、倡平等、倡博愛，反專制、反綱常、反奴性的號角，但卻並沒有在他的詩作中嘹亮地響起，質言之，他並沒有沖決傳統詞章的羅網。我們在他的詩裡，看見的只是若干火星，而看不見他已經燃起的熊熊火焰，沸騰的岩漿沒有完全穿透厚厚的地表暢快地噴發出來，因而他的詩有時不免顯得怪誕晦澀。這難以穿透的厚厚地表就是唐宋體。譚嗣同的心靈已經洋溢著後唐宋體的精神，他正站在詩體轉型的門檻上，向我們後人頻頻招手！

〈滿江紅〉詞曰：

死抑生耶？無須問，戴頭屹立。刀斧下，一星升起，曙光初熠。十六字詩星漢動，五千年史豐碑赤。叱風雷，讀血寫篇章，山河泣。

英雄路，多鬼蜮；風雨驟，燈明滅；有千層羅網，萬重荊棘。天降斯才為草薙，人生此世供饑溺。燃犀看，深處現光芒，魚龍蟄。

前輩的探索

黃遵憲等雖然敏感到了傳統的唐宋體已經難以適應急劇發展變化的時代需要，提出了改革的動議，但在理論與創作兩個方面都沒有獲得真正的突破，在他們的作品裡，我們還看不見「後唐宋體」的身影。詩歌創作自身的規律決定了「後唐宋體」的形成將是一個漫長的過程。

「五四」時期，胡適、魯迅、周作人、陳獨秀等人為後唐宋體開了先河，不少前輩也自覺不自覺地進行了長期的探索，為後唐宋體逐步走向成熟作出了各自不同的貢獻。

（一）胡適

1

胡適倡導白話新詩，可以說是掀開了我國詩歌史嶄新的一頁，貢獻巨大，影響深遠，厥功甚偉。所謂「倡導」，表現在創作實踐和理論建設兩個方面。就其詩歌作品本身而言，往往陽剛之氣不足，時代氣息不濃，或失之平易淺白，價值主要在新詩詩史上的開拓地位。其詩歌理論，除了歷史影響，有的至今仍有現實意義；當然也有矯枉過正之處。

2

詩有文言舊體與白話新詩，文言舊體要變革，實乃歷史必然。這一點，胡適的論述頗為透徹。他說：「吾輩既以『歷史的』眼光論文，則亦不可不以歷史的眼光論古文家。〈記〉曰：『生乎今之世，反古之道，災必及乎身。』（朱熹曰：反，覆也。）此言復古者之謬，雖孔聖人亦不贊成也。古文家之罪，正坐『生乎今之世，反古之道。』」[19]說到明代文學，他指出：「及白話之文體既興，語錄用於講壇，而小說傳於窮巷。當此之時，而明七子之徒乃必欲反之於漢魏以上，則罪不容辭矣。」[20]

但按他的邏輯，文言舊體必當也必定演變為白話新詩。而在我看來，卻是未必，白話新詩固是康莊大道，但白話也可以化入舊體而成新的舊體，也就是我所說的由唐宋體變而為後唐宋體，質言之，舊體並不在完全掃蕩、打倒之列。

而且，必欲堅守唐宋體者，我也決不以之為罪，還相信並期待能夠寫出好作品來；只是認為「堅守」越來越難，富於時代氣息的好作品也將越來越少。據知，當前從事舊體詩詞創作者數以百萬計，希望能夠大膽嘗試後唐宋體的寫作，以迎接舊體詩復興之真正的春天。

19 引自吳奔星、李興華選編《胡適詩話》，頁一七一，四川文藝出版社一九九一年版。下引此書，只注頁碼。

20 頁一七三。

3

柳亞子曾「謂文學革命所革在理想，不在形式。形式宜舊，理想宜新。」對此，胡適反駁道：「理想宜新，是也。形式宜舊，則不成理論。若果如此說，則南社諸君何不作〈清廟〉、〈生民〉之詩，而乃作『近體』之詩與更『近體』之詞乎？」[21]胡適此問，也是一味排斥後唐宋體者所應思考的。

胡適斷言：「用死了的文言決不能做出有生命有價值的文學來。這一千多年的文學，凡是有真正文學價值的，沒有一種不帶有白話的性質，沒有一種不靠這個『白話性質』的幫助。」[22]，對此，我們似乎沒有不信的理由。

胡適下面一番話，也說出了唐宋體的病症：

今之學者，胸中記得幾個文學的套語，便稱詩人。其所為詩文處處是陳言爛調，「蹉跎」，「身世」，「寥落」，「飄零」，「蟲沙」，「寒窗」，「斜陽」，「芳草」，「春閨」，「愁魂」，「歸夢」，「鵑啼」，「孤影」，「雁字」，「玉樓」，「錦字」，「殘更」，……之類，累累不絕，最可憎厭。其流弊所至，遂令國中生出許多似是而非，貌似而實非之詩文。今試舉吾友胡先驌先生一詞以證之：

熒熒夜燈如豆，映幢幢孤影，凌亂無據。翡翠衾寒，鴛鴦瓦冷，禁得秋宵幾度？麼弦漫語，早丁字簾前，繁霜飛舞。裊裊餘音，片時猶繞柱。

21 頁一七六。
22 頁一八七。

此詞驟觀之，覺字字句句皆詞也，其實僅一大堆陳套語耳。「翡翠衾」，「鴛鴦瓦」，用之白香山〈長恨歌〉則可，以其所言乃帝王之衾之瓦也。「丁字簾」「幺弦」皆套語也。此詞在美國所作，其夜燈決不「熒熒如豆」，其居室尤無「柱」可繞也。至於「繁霜飛舞」，則更不成話矣。誰曾見繁霜之「飛舞」耶？[23]

唐宋體詩未必每首都有此病，尤其未必都有如此嚴重，但許多作品都難逃「陳言套語」的羈絆，則是不爭的事實。

4

胡適的文學革命，最明顯的標誌就是「白話」。他曾有專文解釋這一關鍵詞：〈白話解〉，說白話之義約有三端[24]：

白話的「白」，是戲臺上「說白」的白，是俗語「土白」的白。故白話即是俗語。

白話的「白」，是「清白」的白，是「明白」的白。白話但須要「明白如話」，不妨夾幾個文言字眼。

23 頁一五三—一五四。

24 頁一八〇。

白話的「白」是「黑白」的白。白話便是乾乾淨淨沒有堆砌塗飾的話，也不妨夾入幾個明白易曉的文言字眼。

其實，在文學的範疇內，白話就是與文言相對的書面語體，並非「俗語『土白』的白」，不能把它和「俗語」完全等同起來。再者，由於現代白話乃從近代白話發展演變而來，而近代白話與所謂淺近文言之間並沒有一條明確的漢界楚河，彼此並不涇渭分明，因而現代白話自然會有文言成分摻雜其中，用白話寫作，所追求的是「自然」（這也是胡適所一再提倡的），所謂自然，就不必提出「夾入」一說。夾入者，是從另外一實體中取出而有意夾入其中也，難免就不自然。只要不礙白話之大體，能把語言的表現力發揮出來，做到「明白易曉」，夾入多幾個、少幾個，原可以在所不計。

唐宋體用的就是典雅的文言，以與其所表現的精神相匹配，若夾入白話，難免不被譏笑。後唐宋體追求的就是文言與白話的化合，並非在文言中「夾」入白話，或在白話中「夾」入文言。所謂「化合」，就是追求自然，追求把語言的表現力發揮到極致。後唐宋體不是白話詩，用的基本上是淺近文言，由於白話的化入，就使它的整個精神風貌發生了根本變化，從而和時代精神相吻合，因此唐音宋調具有了現代意味，即既繼承了唐宋古近體詩的獨特魅力，又使讀者感到親切自然。語言既非一仍唐宋體之舊，又非全是白話詩之新。這是艱難的創造，這是使中華詩歌傳統生命力得以重新煥發的異卉奇葩。

5

胡適對某些律詩（包括杜甫的名作在內）遣詞造句勉強拼湊的指責，頗有見地，如說「『見愁汗馬西戎逼，曾閃朱旗北斗殷』實在不通。『擬絕天驕拔漢旌』，也不通。」[25]但說「白首（應作「日」——筆者）放歌須縱酒，青春作伴好還鄉」「有點做作，不自然」，未免就委屈了杜甫。這是詩人喜極時的想像之辭，即使有點「過」，也十分自然；依我體會，此「過」正是老杜天真可愛處。他又說「『一去紫台連朔漠，獨留青冢向黃昏』，是律詩中極壞的句子。上句無意思，下句是湊的。『青冢向黃昏』，難道不向白日嗎？一笑。」[26]這回胡博士是真正鬧了笑話！他為了打倒律詩，連詩起碼的常識都不要了。照他這樣說來，他所推崇的「每恨陶彭澤，無錢對菊花」也是「極壞」的句子了：一定要有錢才能「對菊花」嗎？難道無錢就不行嗎？正是豈有此理！

胡適對律詩似乎深有偏見，一再說「律詩總不是好詩體，做不出完全好詩」，「不配發議論」等等，甚至還說「律詩是條死路」。貶得如此之低，終失公允。他自己所讚賞的楊杏佛〈再送適之〉就是一首律詩，而這首詩真正值得稱道的又恰恰是夾帶議論的中間兩聯：

共和已三死，造化獨何心？
腐鼠持旌節，饑鳥滿樹林。

---

25 頁一九二。

26 頁一九二—一九三。

佳構。

他與周作人一九三四年相互唱和的「打油詩」，實為後唐宋體的開先河之作，也都是難得的律詩

6

胡適關於新文學的八點主張，是他倡導「文學革命」的綱領。其中關於精神（內容）的三點：「不作無病之呻吟」，「不摹仿古人」「須言之有物」，可以說正是為後唐宋體量身定做的；從反面看，唐宋體最易犯這三種毛病。形式方面的五點中之「不用陳套語」，後唐宋體當然也無異議。至於「不用典」「不講對仗」，後唐宋體萬難從命，只是力求不用僻典，用典而能出新，決不為用典而用典——唐宋體往往為炫博而用典，用典因此而成為目的，以用典多而僻相高；「對仗」，該用處一定用，而且可以說這是後唐宋體體現漢語特有魅力的主要平臺之一。「不避俗字俗語」，當然舉雙手贊成。所可討論者是他緊跟著的括弧裡的說明：「不嫌以白話作詩詞」。後唐宋體不是提倡以白話作詩詞，當然也不反對。問題在「不嫌」兩字所表露出來的語氣，似乎用文言是正道，以白話為之不應嫌棄而已。其實，「以白話作詩詞」是有很大難度的，因為詩詞本是文言的產品，用白話來作，就好像用牛奶代替水來煮稀飯一樣，相互對不上號。

後唐宋體所追求的是白話與文言的有機化合，而與所表現的精神、內容融為一體。他自己曾「戲以白話作律詩」，〈江上秋晨〉[27]：

27 《胡適文集》第九卷，北京大學出版社一九九八年版。本節所引其詩除另注明者均出此書。

眼前風景好，何必夢江南？
雲影渡山黑，江波破水藍。
漸多黃葉下，頗怪白鷗貪。
小小秋蝴蝶，隨風來兩三。

這怎麼算得上是白話詩詞？他的朋友當時就「不認此為白話詩」。首聯（還有「小小秋蝴蝶」）和王熙鳳她們的「一夜北風緊，開門雪尚飄」一樣，只是比較接近白話而已；但整首詩仍是十足的文言味。而且，我還要說，這首詩還是典型的唐宋體。何以故？其精神格調是舊的，用他自己的話來說是「陳套語」、「死文學」，一點新意也沒有。他辯解說：「古人皆言鷗閒。以吾所見，則鷗終日迴旋水上捉魚為食，其忙可憐，何閒之有乎？」這有強詞奪理之嫌，難道內容與古人所見不同就是白話詩？

關於新文學的八點主張，他在日記中說：「能有這八事的五六，便與『死文學』不同，正不必全用白話。」[28] 這話，我以為反映出了胡適早期不很成熟的地方。我們當然不能也不應苛責前人，他在那個時代提出這樣的主張，了不起！但就事論事，也不能不指出它的問題。——五十年代後期我在大學課堂上聽到了「現代文學史」老師批判他的有關新文學「八事」的主張是形式主義，當時覺得挺有道理；後來發現這帽子並不合適。他由此反對舊文學、死文學，極有見地，他的「文學革命」也因此比黃遵憲他們的「詩界革命」高明多了，成效也顯著多了；但於形式和內容的關係所見卻是仍有所謂時代的侷限性。

28 《胡適詩話》，頁一一六。

7

打油詩本來只是形式有點像詩的遊戲之作，原不是詩，只是由於以前的一些文人借打油詩之名以自謙，逐漸就模糊了詩與非詩的界限。唐宋體一般與打油詩的區別比較明顯，而後唐宋體多諷刺之作，有時很像打油，其實它們是含淚的笑，是極其嚴肅的幽默，是好詩。胡適關於詩的言論也涉及打油詩，我們正好借此進行鑒別。

《胡適詩話》有〈湖南相傳之打油詩〉一節，錄大家熟知的「張打油」的開山之作（與前文引用的文字有異）：

上天老懵懂，打破石灰桶。
黑狗身上白，白狗身上腫。

由於流傳甚廣，因此出現了許多不盡相同的版本。〈白話打油詩一束〉，胡適說：「打油詩何足記乎？曰，以記友朋之樂，一也。以寫吾輩性情之輕率一方面，二也。人生哪能日日作壯語？其日日作壯語者，非大奸，則至愚耳。」[29] 且錄其最短者以為例：

紐約城裡，有個胡適。
白話連篇，成啥樣式？

[29] 頁一三一。

所謂「記友朋之樂」者，乃友朋相互取樂之樂，如他的〈戲題楊杏佛的大鼻子〉，故謂「性情之輕率一方面」，非「壯語」也。與「壯語」相對的是「諧語」，即詼諧風趣之語，是用來玩笑的戲言。足見打油詩和我們通常說的詩，確實是兩碼事。

但「諧語」又和「幽默」相關相連，因此打油詩和詩的邊界就模糊起來了，極大部分的打油詩一望而知其為打油，有的看似打油，實則詩也，而且是好詩。蘇東坡詩：「人皆養子望聰明，我被聰明誤一生。惟願孩兒愚且魯，無災無難到公卿。」雖「輕率」，亦深刻，非打油也。

8

胡適一九一六年有一段話「從舊體詩詞看清末民初文學之腐敗」：

> 嘗謂今日文學之腐敗極矣：其下焉者，能押韻而已矣。稍進，如南社諸人，誇而無實，濫而不精，浮誇淫瑣，幾無足稱者。（南社中間亦有佳作。此所譏評，就其大概言之耳）。更進，如樊樊山、陳伯嚴、鄭蘇龕之流，視南社為高矣，然其詩皆規摹古人，以能神似某人某人為至高目的，極其所至，亦不過為文學界添幾件贋鼎耳，文學云乎哉！[30]

在此不擬對其所涉及的人進行評論，只想指出「誇而無實，濫而不精」八個字今天仍未失去它的時效，雖然時間已過去將近一百年了，我們沒有理由不驚醒起來，推陳出新，更上層樓。

30 頁一三五。

還是要當文抄公，為此，心裡不免感慨萬千，怎麼胡適近一百年前的批評仍然適用於今天呢？他說：

9

適嘗謂凡人用典或用陳套語者，大抵皆因自己無才力，不能自鑄新辭，故用古典套語，轉一彎子，含糊過去。其避難趨易，最可鄙薄！在古大家集中，其最可傳之作，皆其最不用典者也。[31]

他舉老杜〈北征〉〈石壕吏〉〈羌村〉〈聞官軍收河南河北〉等為例，認為，「以用典見長之詩，決無可傳之價值」[32]。瞿髯師有一首〈感北省近事〉：

衰衣自合從高勛（遺山句），衮衮籌邊腹負君。
快意忍傳墮郈費，寒心豈但失燕雲。
未招朱喙歸千里，又見蒼頭哭一軍。
翻被藥師笑張珏，汴京此局昔無聞。

31 《胡適詩話》，頁一三五。
32 《胡適文集》第二卷，頁三。

我年輕時覺得是一首很好的諷刺詩，但《天風閣詩集》卻未收，僅見於附錄所引《石遺室詩話》中，陳衍以「用事精切，非精於史學者莫辨」譽之。我想，一定是瞿髯師也不以用事勝者為好詩。〈浪淘沙・過七里瀧〉[33]，我以為是瞿髯師最好的詞作：

萬象掛空明，秋欲三更，短篷搖夢過江城。可惜層樓無鐵笛，負我詩成。　　杯酒勸長庚，高詠誰聽？當頭河漢任縱橫。一雁不飛鐘未動，只有灘聲。

就未用一個典故。不是沒有典故可用，也不是典故無用武之地，詩人就是願意來一場「肉搏戰」，而使「境界全出」。——當然，我們也不必走向另一個極端：絕不用典。若非僻典，又能出新生色，為什麼就一定不能用！

10

胡適的詩歌創作由早期的唐宋體而白話新詩，軌跡分明，儘管「嘗試」時期難以完全擺脫舊體影響，「新」得並不純粹。早期的唐宋體追求「清順達意」，其實和他的白話新詩風格是一致的，只是前人的影響更為明顯罷了。如作於一九一一年的〈今日忽甚暖大有春意見街頭有推小車吹簫賣餳者占一絕記之〉：

33 《夏承燾詞集》，頁三，湖南人民出版社一九八一年版。

遙峰積雪已全消，洩漏春光到柳條。
最愛暖風斜照裡，一聲樓外賣餳簫。

一二兩句平平，三四兩句有點意思，但馬上讓人聯想起陸游的「小樓一夜聽春雨，深巷明朝賣杏花」。我們當然不可能起作者於地下而問之，但幾乎可以肯定的是，陸游的這名句早已在作者的潛意識裡，為他這首詩的發酵起了相當的作用。我們並不認為所有唐宋體作品全無新意，而是說由於前人的作品已爛熟於心，只要你一開口一下筆，就只能是那個腔調，更可怕的是你只能是那種眼光、那種思維。這是唐宋體強大生命力之所在，也是後人難以有所突破的困難之所在。在〈談新詩〉一文中，胡適說：「形式上的束縛使精神不能自由發展，使良好的內容不能充分表現。若想有一種新內容和新精神，不能不先打破那些束縛精神的枷鎖鐐銬。」[34] 這話自然是對的，曾被朱自清奉為「詩的創造和批評的金科玉律」；我想補充的是，唐宋體對人的束縛甚至使人逃避新內容和新精神，它從根本上閹割了人的創新能力，只能在如來佛的掌心裡上躥下跳、左衝右突。

一九三四年周作人寫了〈五十自壽詩〉，同年一月十七日胡適依韻作〈和苦茶先生打油詩〉：

先生在家像出家，雖然弗著倷袈裟。
能從古董尋人味，不慣拳頭打死蛇。
吃肉應防嚼朋友，打油莫待種芝麻。
想來愛惜紹興酒，邀客高齋吃苦茶。

34 《胡適詩話》，頁二〇九。

「吃肉應防嚼朋友」，來自周作人所說祖父的故事。他的祖父是一個翰林，一日，他談及一個忘恩的朋友，說他死後忽然夢中來見，身穿大毛的皮外套，對他說：「今生不能報答你了，只好來生再圖報答。」他接著談下去：「我自從那回夢中見他以後，每回吃肉，總有點疑心。」[35]

翌日胡適意猶未盡，又依舊韻和了一首五律：

老夫不出家，也不著袈裟。
人間專打鬼，臂上愛蟠蛇。
不敢充幽默，都緣怕肉麻。
能乾大碗酒，不品小盅茶。

（注：末句是《紅樓夢》裡的話，他說：「用典出在大觀園攏翠庵。」）[36] 其實不知末句出典也無關緊要。總之，周作人與胡適的這幾首詩稱之為後唐宋體的開山之作，可以說當之無愧！胡適另外還有兩首也頗出色。一是〈苦茶先生又寄打油詩來再疊韻答之〉：

肯為黎渦斥朱子，先生不可著袈裟。
笑他制欲如擒虎，那個閒情學弄蛇。

---

35 參見http://hi.baidu.com/bpzxlqc/blog/item/0121b025d13c716334a80f94.html《魯迅祖父的罵人、著作和姨太太》。
36 胡適的詩及注均引自http://10758268.blog.hexun.com/35018489_d.Html

絕代人才一丘貉，無多禪理幾斤麻。
誰人會得尋常意，請到寒家喝盞茶。

但他違背了自己定下的「不用典」的規矩。二是一九三五年〈和周豈明「二十五年賀年」打油詩〉：

可憐王小二，也要過新年，
開口都成罪，抬頭沒有天！
強梁還不死，委曲怎能全！
羨煞知堂老，蕭閒似散仙。

中間兩聯平易而深刻，尖銳不亞魯迅，歷時而彌新，自是後唐宋體的佳作。胡適雖不是個優秀的詩人，但他對我國詩歌的發展卻有著特殊的貢獻。

詩曰：

披荊斬棘勇嘗試，革故鼎新舉帥旗。
天火盜來燒腐朽，儼然普洛米修斯。

（二）魯迅

1

魯迅說他自己「其實是不喜歡做新詩的」，「但也不喜歡做古詩」。一生詩作不多，但影響極大，有些篇目凡讀書人幾乎人人耳熟能詳——這不能完全歸因於當年對魯迅的神化，他的舊體詩確乎達到了相當高的水平。

他的舊體詩多為唐宋體，也有和周作人、胡適一樣的後唐宋體的開先河之作。

2

魯迅早年的詩，有的只是習作，平平而已。但由於是魯迅寫的，就有論者似乎非從中讀出「偉大」不可。如〈惜花四律〉[37]：

鳥啼鈴語夢常縈，閑立花陰盼嫩晴。
怵目飛紅隨蝶舞，關心茸碧繞階生。

[37] 倪墨炎《魯迅舊詩探解》，上海書店出版社二〇〇二年版。本節所引魯迅詩出處均此。

天於絕代偏多妒，時至將離倍有情。
最是令人愁不解，四檐疏雨送秋聲。

劇憐常逐柳綿飄，金屋何時貯阿嬌？
微雨欲來勤插棘，薰風有意不鳴條。
莫教夕照催長笛，且踏春陽過板橋。
只恐新秋歸塞雁，蘭艭載酒櫓輕搖。

細雨輕寒二月時，不緣紅豆始相思。
墮裀印屐增惆悵，插竹編籬好護持。
慰我素心香襲袖，撩人藍尾酒盈卮。
奈何無賴春風至，深院荼䕷已滿枝。

繁英繞甸競呈妍，葉底閒看蛺蝶眠。
室外獨留滋卉地，年來幸得養花天。
文禽共惜春將去，秀野欣逢紅欲然。
戲仿唐宮護佳種，金鈴輕綰赤闌邊。

據知，這四首詩的著作權曾經發生問題，經歷了由「是」而「不是」而「是」的曲折。之所以有此曲折，各家自有各自的憑證；但我猜測，認為不是者中有的人心底裡「這四首詩並不偉大」可能是理由之一，只是沒有說出來而已——誅心之論，姑妄說說，不必當真。

主「是」者有的又把它往「偉大」靠；即使不很偉大，起碼也很深刻。如認為，「天於絕代偏多妒」，「這話裡流露出對婦女的無限同情」，「這裡明顯地在表達同情封建社會裡婦女的不幸遭遇」，「『墮裀印屐增惆悵』，這話的意思更明顯，是用花來比喻人的遭遇。在舊社會裡，有的人得意，像花的墮裀，有的人失意，像花的印屐。這不關人的德才有高下，只是由於封建社會中的封建關係，所以是使人惆悵的。」[38]我覺得這是過度解讀，與整首詩的內容、情調並不相符。如果此說能夠成立，拿它和林黛玉的〈葬花吟〉一比，豈不是要得出林黛玉的詩要比魯迅偉大、深刻的結論來了嗎？這樣一來，反而更不偉大了。用魯迅自己的話說，偉大的人孩提時的哭聲也並不別人偉大（大意如此）。對我們的漢字，魯迅讚美過，也詛咒過；我們只要實事求是就行。

不過，實事求是也難。〈別諸弟〉之「夾道萬株楊柳樹，望中都化斷腸花」一聯，有的論者又有解讀未能到位之嫌，因囿於劉希夷〈公子行〉「可憐楊柳傷心樹，可憐桃李斷腸花」，就說：「魯迅這一聯的意思是：在返校的路上，兩邊不是楊柳樹，就是斷腸花，這更激起我對親人們的思念。」[39]其實魯迅說的和劉希夷意思不同，魯迅所看到的實際上都是楊柳樹，但由於對弟弟的深切思念而不能一見，傷心欲絕，於是它們都變成了斷腸花。——在我看來，魯迅這兩句要比劉希夷的更富詩意。「化」字宜著眼，有如前人所說的「詩眼」。

---

38 周振甫《魯迅詩歌注》，頁二二，浙江人民出版社一九八〇年版。

39 倪墨炎《魯迅舊詩探解》，頁三。

3

魯迅後期的舊體詩，即使是唐宋體，大多都有較高的思想境界和藝術水準，如〈慣於長夜〉〈無題（大野多鈎棘）〉〈無題二首〉〈所聞〉〈無題（洞庭木落）〉〈贈畫師〉〈題《吶喊》〉〈題《徬徨》〉〈阻郁達夫移家杭州〉等等。這些詩作何以仍然把它們歸為唐宋體呢？它們和後唐宋體的區別何在呢？這是一個不容規避、必須回答的問題。

二〇一〇年六月八日《人民日報》發表顧驤〈從「文化人」到「知識分子」〉一文，文中引用權威研究指出，關於「知識分子」定義，一種是寬泛的解釋，「另一種是有確定性的界定，這就是知識分子應是具有獨立的人格而不依附權勢，為文不作媚時語，具有自由思想而不迷信傳統與權威，具有道德的勇氣和社會良知，心存社稷，對祖國和人民有著歷史責任感，面對現實，敢講真話，揭穿『瞞和騙』而無所忌憚。」這是後唐宋體詩人的前提條件，但他所寫出來的卻未必就是後唐宋體。後唐宋體具有不同於唐宋體的氣質與風貌，主要體現於一為典雅的文言，一為文言與白話的化合。而且須要特別強調的是，精神狀態與語言風貌是一個有機的統一體，而非兩張皮。以舊文言表現新精神，難免多有不合榫頭之病。例如〈自題小像〉「寄意寒星荃不察」之「荃」，因有屈原〈離騷〉「荃不察余之衷情兮」，大多數注家先注明字面是「君王」的意思，再說明「此處指在封建專制統治下的中國民眾」（張向天）。由於屈原的那兩句早已深入人心，「荃」的這個彎要轉過來，總覺得有點不順。但，魯迅只能這樣寫；不！是文言讓魯迅只能這樣寫。又如〈報載患腦炎戲作〉：

橫眉豈奪蛾眉冶，不料仍違眾女心。
詛咒而今翻新樣，無如臣腦故如冰。

「臣」在文言裡與「君」相對，而一二兩句本已設定君王後宮的情境，屈原〈離騷〉之「眾女」，王逸注「謂眾臣」。從字面看「我」就是眾臣之一。——當然誰也不會認為魯迅以「臣」自居，諧虐、嘲諷而已，況且本來就是「戲作」。但我總以為不貼，此非魯迅之過，實乃文言之侷限也。由此，我又聯想起瞿禪師作於一九四五年的〈放頑〉[40]：

浙大師生寫帖索還費鞏教授，予署名其間，戚友或為予危，作此示之。

一士頭顱索不還，千夫所指罪如山。
烏峰埋骨寧非幸，白簡臨門要放頑。

知識分子的人格、氣節感人至深，令我輩學生該放頑時而不做聲或竟順從而備感愧疚；但「白簡臨門」一語終覺沒有到位：「白簡」乃古時彈劾官員的奏章也，決非逮捕公民的文書；不過也只能湊合著用。這是以舊文言表現新現實、新精神的尷尬，兩者水乳交融其難矣哉。

於是，後唐宋體詩人試圖化入白話。無論有意與否，魯迅當年的嘗試無疑是十分成功的，如〈自嘲〉〈二十二年元旦〉等。〈自嘲〉云：

---

40 《天風閣詩集》，頁九六。

運交華蓋欲何求？未敢翻身已碰頭。
破帽遮顏過鬧市，漏船載酒泛中流。
橫眉冷對千夫指，俯首甘為孺子牛。
躲進小樓成一統，管他冬夏與春秋。

它既不是典雅的文言，也非純粹的白話，更不是文言與白話的雜拌、拼湊，兩者渾然天成。只要將它與傳統的唐宋體一比，就能充分地感到一股新的氣息撲面而來！但它的平仄、對仗、音韻又完全符合唐宋體的規範。後唐宋體是戴著唐宋體的格律鐐銬跳現代的舞蹈，我以為比唐宋體的寫作要難，而且難得多。〈贈鄔其山〉甚至比〈自嘲〉走得更遠：

廿年居上海，每日見中華。
有病不求藥，無聊才讀書。
一闊臉就變，所砍頭漸多。
忽而又下野，南無阿彌陀。

與唐宋體的五律相比，形、神俱變，的是後唐宋體的佳作。從格律看，第五句失粘；但古人有所謂「折腰體」，宋人魏慶之《詩人玉屑・詩體》：「折腰體，謂中失粘而意不斷。」此雖失粘，但與上句意脈未斷，我們似也不應以此詬病之。或曰，第五句「五連仄」，但所謂「五連仄」問題，一直多有爭議，似乎只要是仄腳句，也沒問題。此詩韻腳「華」與「多」「陀」相押雖失之勉強但也可不深究，而「書」則顯然出韻。——我並不是主張格律從嚴，恰恰相反，我堅定地主張從寬，而且希望由「從寬」開始，探求平仄、押韻認定標準的改革。「一闊臉就變，所砍頭漸多」堪稱經典名句，對仗工整，造句幽默，特別是其藝術概括力之強，猶如「阿Q相」，令人震撼。

當然，現代社會並不和古代社會完全斷裂，因此不應該也不可能排除運用文言表現現代生活、情境的可能性。我們發現，魯迅詩中純用文言者，它們的內容、情感與傳統多有交集。如〈所聞〉：

> 華燈照宴敞豪門，嬌女嚴妝侍玉樽。
> 忽憶情親焦土下，佯看羅襪掩啼痕。

古代當然也有「豪門」，也有侍女，因而也一定會有類似的現象。不得不承認的是，它更像古代的畫卷。〈悼楊銓〉：

> 豈有豪情似舊時，花開花落兩由之。
> 何期淚灑江南雨，又為斯民哭健兒！

寫的是對友人死難的悼念，正如許壽裳所說：「這首詩才氣縱橫，富於新意，無異龔自珍。」[41]其實，「淚灑洪濤」「淚飛雲天」「淚雨灑天」等等也是前人常用的意象，但魯迅先極寫「無情」，再

41 轉引自張恩和《魯迅舊詩集解》，頁二八五，天津人民出版社一九八一年版。

極寫有情，兩極之間形成尖銳對比，顯然就比前人高明。由於語淺意深，這首〈悼楊銓〉，還有〈慣於長夜〉〈無題（萬家墨面）〉等已經走到了後唐宋體的門檻上。

平心而論，最能代表魯迅詩歌風格和成就的還是他的後唐宋體作品。

4

魯迅有一幅字錄夏穗卿（曾佑）的詩句：

帝殺黑龍才士隱
書飛赤鳥太平遲

此夏穗卿先生詩也，故用僻典，令人難解，可惡之至。

確實「可惡之至」！這使我聯想起瞿禪師在一次上課時說的話：好詩，一讀就懂，百讀不厭；壞詩，百讀不懂，一懂就厭。

5

魯迅〈偶成〉：

文章如土欲何之，翹首東雲惹夢思。
所恨芳林寥落甚，春蘭秋菊不同時。

倪墨炎《魯迅舊詩探解》一書所附〈沈松泉談《偶成》〉說：

李商隱有一首七絕，題為〈代魏宮私贈〉，詩云：「來時西館阻佳期，去後漳河隔夢思，知有宓妃無限意，春松秋菊可同時。」先生詩第二句「惹夢思」和李商隱「隔夢思」，第四句「春蘭秋菊不同時」和李詩「春松秋菊可同時」有相似之處。舊體詩為詩韻所限，不同時代的詩人用同一個韻作詩，很可能用相類似的詞句押韻。例如「夢思」和「同時」這並不奇怪，不能一定說是先生的詩套用李商隱詩句。

其實，「套用」在舊體詩寫作中並不罕見，關鍵在於能否出新。沈說「不同時代的詩人用同一個韻作詩，很可能用相類似的詞句押韻」，似不確。這種情況只能說是「難免」，「很可能」就有點誇張了。我覺得魯迅這首詩並非認真之作，「偶成」而未及用心推敲、修改。

詩曰：

奉天承運夜如何？月色朦朧隕石多。
筆挾風雷沖鐵屋，新聲浩蕩怒山河。

（三）周作人

1

不知怎的，我於少時就形成了這樣的偏見：只要被認定為是所謂「壞人」，那人就一定是頭頂生瘡、腳底流膿，徹頭徹尾、徹裡徹外壞得一無是處；尤其是對「漢奸」，簡直又是壞人中之最壞者，必定每一條血管都流著漢奸的血，每一根神經都綳緊漢奸的弦，出世時就已長著漢奸的骨，到死全身也都還是漢奸的細胞。其實，這既不符合實際，也很不人道。漢奸犯了叛國罪，當然要繩之以法，實在沒有商量的餘地；但卻不可以為他一生所有言行就是「漢奸」二字的注解。當年日本鬼子打進來了，周作人下水了。對此，我們可有悲憫，卻不可以原諒。但我們也不應因其當年的下水而貶斥他的一生所有的活動，總之都要實事求是。從周作人舊體詩創作及有關見解來看，他實在是後唐宋體的開先河者，就是追認為鼻祖似也並非溢美。

王仲三《周作人詩全編箋注》[42]於〈惜花四律步湘州藏春園主人原韻〉所作的說明告訴我們：「這四首七律，曾一度均認為是魯迅的作品，包括周作人自己在內。」經過一番翔實的考證，頗具說服力地斷定「實為知堂作品，魯迅僅為之刪改而已」。這「一度」所跨幾為三十年，所謂「均」者，包括《魯迅全集》和幾種魯迅詩歌注釋本的編注者。這一事實實在是我當年偏見一個顛覆性的反證。

42 學林出版社一九九五年版。本節所引周作人詩及相關引文除另注明出處均此。

2

王仲三在《周作人詩全編箋注・前言》中說：「……在詩這一領域，他曾有過『自立門戶』的打算，這在《知堂雜詩抄・自序》中，曾作過夫子自道。也許他認為在未達到開宗立派的造詣之前，恥於冒領這頂詩人的桂冠，也未可知。但就其既設的『門戶』而論，他的雜詩確實具備獨特的風格。其特色之一是『雜』，用他自己的說法，即為『文字雜，思想雜』。對『雜』的含義，他在談雜文時作過具體的說明：『在於文章不必正宗，意思不必正統』，又說『思想雖雜而不亂，結果反能互相調和，使得更為豐富而且穩定』。（《立春以前・雜文的路》）這裡只要把『文章』改為『詩體』就可用來說明他的雜詩。其特色之二是寫實。他所作之詩，不論詩體新舊，不論抒情、述懷、說理、敘事，無不如此。」我認同這段話的意思，但需作點補充。

關於「自立門戶」，必是進入「門戶」之後的想法。進入誰的門戶？唐宋體也。周氏兄弟早期相互唱和之作，就是典型的唐宋體。學唐學宋，繼而入唐入宋，可以說是前人作詩的必由之路。魯迅作於一九〇〇年的〈別諸弟〉三首，翌年周作人和了三首，後來魯迅又和三首，這些作品，鄭子瑜在〈論周氏兄弟的雜事詩〉中說表現的是「舊式詩人的離情別緒」[43]。確實，兄弟離別，是唐宋體常見的題材，依依不捨、相互寬慰或勉勵是這類題材常見的意境，「夾道楊柳」「萬里長風」「連床話雨」「酒入愁腸」等等也是唐宋體常見的意象。需進一步追究的是，他後來打算「自立門戶」，是在唐宋體之內還是之外自立門戶？唐宋體內本已有「宗宋」「宗唐」「宗漢魏六朝」等門戶，其中「宗宋」門戶最大，「宗唐」次之，「宗漢魏六朝」者最小。但無論所宗為誰，其為唐宋體則一也。開始時，或許是想在唐

43 同上書，頁四六八。

宋體內自立門戶，但在創作實踐中，卻就有意無意地突破了唐宋體的藩籬，走出了一條新的路子。紀果庵在〈知堂老人南遊記事詩〉一文中有詩曰：「得讀『披裘』『賣餅』篇，非唐非宋是天然。」[44]當然不是說在唐宋體內他既不宗唐也不宗宋而宗漢魏六朝或別的什麼了，而是指他不走唐人宋人的路子，自出機杼，自立門戶，到達如同「天籟」的「自然」境界。此評或有過譽，但「非唐非宋」卻是實實在在的事實。

他在〈知堂雜詩抄序〉[45]中把自己的舊體詩創作分成兩個階段，前一階段是二十二歲以前所作，例如和魯迅〈別諸弟〉三首等；「雖然很是幼稚淺陋，但的確是當作詩去做的」，顯然屬於入門學習階段，走的還是前人的路子。倘若一直照此做下去，我們也就不會在這裡給他這麼大的篇幅。後一階段就是他五十歲以後所謂「自立門戶」的階段。所作之詩，他始稱之為「打油詩」，後改稱為「雜詩」。名稱為何要改？因為他認為「與普通開玩笑之遊戲作不同」。對於名稱，看來他是相當在意的，這也可看出他的創作態度是認真的。然則他又何以改稱「雜詩」而不稱別的什麼呢？他在〈老虎橋雜詩序〉中說：

> 古人有言，情動於中而形於言，言之不足，故嗟嘆之，嗟嘆之不足，故詠歌之，詠歌之不足，不知手之舞之，足之蹈之也。我哪裡有這種不知手之舞之足之蹈之的材料，要來那末苦心孤詣的來做成詩呢？也就只有一點散文的資料，偶爾想要發表罷了。拿了這種資料，卻用限字用韻的形式，寫了出來，結果是一種變樣的詩，這東西我以前稱之曰打油詩，現今改叫雜詩的便

44 同上書，頁四八七。

45 此文與下引〈前序〉均據王仲三《周作人詩全編箋注》。

是。稱曰打油詩，意思是說遊戲之作，表示不敢與正式的詩分庭抗禮，這當初是自謙，但同時也是一種自尊，有自立門戶的意思，稱作雜詩便心平氣和得多了。這裡包括內容和形式兩重，廣如題記中所說，有如散文中的那種雜文，彷彿是自成一家了。但這也是後加的說明，當初不過有點意思，心想用詩的形式記了下來，這內容雖然近於散文，可是既稱為詩，便與詩有一點相同的地方，便是這也需要一點感興。[46]

這段話很重要，也頗值得玩味。首先，這些詩是「變樣的詩」。「變樣」當然是相對於「正式」而言，「變樣」就是要和「正式的詩」「分庭抗禮」，「自成一家」，「有自立門戶的意思」。此所謂「正式的詩」，即一直以來人們所讀所寫所崇拜、舊體詩詩壇所流行的「唐宋體」。他寫這「變樣的詩」，實在需要大勇氣、大氣魄、大才能。這「變樣的詩」其實就是「後唐宋體」的濫觴。其次，這「變樣的詩」不是「打油詩」。〈苦茶庵打油詩〉小序指出：「名稱雖然是打油詩，內容卻並不是遊戲，文字似乎詼諧，意思原是正經」。既然不是，何以當年又「稱曰打油詩」呢？分明是為了和所謂「正式的詩」劃清界限，看似「自謙」——因為人們一般都看不上打油詩，但又是「自尊」——「我」要走出一條不同於「正式的詩」的新路來。不是打油，偏稱打油，實有負氣之意，「稱作雜詩便心平氣和得多了」。第三，所謂和「正式的詩」「分庭抗禮」，「自成一家」「自立門戶」者，「包括內容和形式兩重」。這一點尤其重要，倘若只新在內容，前人多了去了；沒有文體上創新的價值，就根本談不上什麼「自成一家」「自立門戶」等等。雜詩那「一點感興」，形式與內容都不同於所謂「正式的詩」，「分庭抗禮」之難，難在於此。因此，「雜詩」之「雜」就不能光從字面去看，如古人「田

46 周作人《老虎橋雜詩》，止庵校訂，河北教育出版社二〇〇二年版。

園雜興」之「雜」、「已亥雜詩」之「雜」等等。所謂「雜」者，乃退一步「自謙」的說法，實質是「新」，只不過從「正式的詩」的角度看來是「雜」而已。當然也並非篇篇全新或不「雜」。

至於「寫實」，可以列為特色之一，但並非最重要的，尤其不能和「雜」相提並論。

3

雜詩到底怎麼個「雜」法？還是聽他「夫子自道」吧：

我稱之曰雜詩，意思是與從前解說雜文時一樣，這種詩的特色是雜，文字雜，思想雜。第一它不是舊詩，而略有字數韻腳的拘束，第二也並非白話詩，而仍有隨意說話的自由，實在似乎是所謂「三腳貓」，所以沒有別的適當的名目。說到自由，自然無過於白話詩了，但是沒有了韻腳的限制，這便與散文很容易相混，至少也總相近，結果是形式說是詩，而效力仍等於散文。這是我個人的經驗，固然由於無能力之故，但總之白話詩之寫不好在自己是確實明白的了。白話詩的難做的地方，我無法去補救，回過來拿起舊詩，把它難做的地方給毀掉了，雖然有點近於削足適履，但是這還可以使用得，即是以前所謂打油詩，現在稱為雜詩的這物事。因為文字雜，用韻亦只照語音，上去亦不區分，用語也很隨便，只要在篇中相稱，什麼俚語都不妨事，反正這不是傳統的正宗舊詩，不能再用舊標準來加以批評；因為思想雜，並不一定照古來的幾種軌範，如忠愛，隱逸，風懷，牢騷那樣去做，要說什麼便什麼都可以說，但是憂生憫亂，中國詩人最古的那一路思想，卻還是其主流之一，在這裡極新的又與極舊碰在一起了。正如雜文比較的容易寫一樣，我覺得這種雜詩，比舊詩固不必說，就是比白話詩也更為好寫。有時候感到一種意思，想把它寫下去，可是用散文不相宜，因為事情太簡單，或者情意太顯露，寫在文章裡便一覽無餘，直截少味，白話詩呢又寫不好，如上文所說，末了大抵拿雜詩來應用，此只出於個人的方便……[47]

這可以看成是周作人關於「雜詩」的創作宣言。其要點是：一、它「不是傳統的正宗舊詩」，「也並非白話詩」，這是稱之為「雜詩」最主要的理由。二、在題材上，它突破了舊詩「如忠愛，隱逸，風懷，牢騷」等等古來的規範。三、在語言上，「用韻亦只照語音，上去亦不區分，用語也很隨便，只要在篇中相稱，什麼俚語都不妨事」。四、在形式上，「略有字數韻腳的拘束」。五、在內容上，只要「感到一種意思」，「要說什麼便什麼都可以說」。總之，它把舊詩「難做的地方給毀掉了」，但又還有舊體字數韻腳等的拘束，可以說是舊體的新詩。如果說胡適是新詩的倡導者，那麼周作人就是舊體詩的改革者。

4

與文字雜相並列的是思想雜。在上一節的引文中，他自己是把「如忠愛，隱逸，風懷，牢騷」等看成「思想」的規範的，我說成是題材；其實思想與題材難解難分，題材是經由詩人的思想情感選擇、揚棄、磋礪、孕育的結果，題材已經滲透思想，從一面看是題材，從另一面看又未嘗不是思想。其中「忠愛」似乎偏指思想，而「牢騷」等則偏指題材。

47 王仲三《周作人詩全編箋注・雜詩題記》，頁二七七。

所謂「思想雜」之「雜」也有兩重意思。一是如字面所說的「雜」。任何一個具體的活生生的人，可以說其思想無有不雜者，絕對不可能純。人作為歷史地現實的存在，思想必有傳統的因子，即使自稱徹底反傳統者也不例外。正如一位哲人所言，凡是人，他有不理解傳統的自由，卻沒有不生活在傳統之中的自由。而傳統本身也離不開一個雜字。同時，他又生活在當下，無法完全擺脫所處的複雜現實社會環境的種種影響，思想之雜是必然的。周作人在此所說的雜，是指表現在「雜詩」中的思想，自然要比他原本的思想要純一些，但也是相對而言。二是「新」的意思。所謂「文章不必正宗，意思不必正統」，對於「正宗」「正統」來說就是新。無此思想之新，文字之雜也就沒有什麼價值，甚而至於是讓人討厭的毛病。

「思想新」新在何處？又得做文抄公了。他在〈中國文學上的兩種思想〉一文中說：「關於政治道德，中國本來有兩種絕對不同的思想」：一種是「一切都為人民」，一種是「一切都為君主」。為君主的思想做不出好詩，「好詩多是憂生憫亂的，這就是為天下的思想的產物」[48]。這話我們聽起來簡直太熟悉了，但說說是一碼事，真的這樣去想去做，又是另一碼事了。鄭子瑜在〈論周氏兄弟的新詩〉一文中曾簡要梳理周作人思想發展演變的過程，指出：

……等到「五四」運動的高潮過去，他才宣布他的「個人主義」與「趣味主義」，從此貫穿下去，這就成了他的思想本質。他認為無論用什麼名義強迫人去侍奉社會，都不行。因此，在藝術見解上，他說：為藝術而藝術固然不很妥當，而為人生而藝術，以藝術附於人生，將藝術當作改造生活的工具而非終極的，也是把藝術與人生分開，也不對。他強調藝術有它自己的目

48 同上書，頁四三六；頁四四一。

的，那就是表現個人的情思。他說：「文藝以自己表現為主體，以感染他人為作用」，「有益社會並非著者的義務，只因為他是這樣想，要這樣說，這才是一切文藝存在的根據。」這種思想發展開去，在中國文壇上也曾引起了許多同調，後來他和林語堂等人合力提倡閒適的散文，也就成了一種以自我表現為中心的文藝觀。[49]

「他認為無論用什麼名義強迫人去侍奉社會，都不行」，於是「憂生憫亂」；這與他早期「企望於治病救人」、主張「為人生而藝術」實際上是相通的。這一思想就很新，用他自己的話來說是「極新」，但又「極舊」，因為和「中國詩人最古的那一路思想」，「碰在一起了」。雜詩思想之新即新於此。如〈修禊〉「述南京山東義民吃人臘往臨安，有兩句云：『猶幸製薰臘，咀嚼化正氣』」，僅僅十個字就把古之所謂「忠義」「正氣」等等的吃人本質揭露無餘，「義民」是何等愚昧！禮教又是何等血腥！但任憑我怎樣解說，都難以傳達它的意味，特別是「幸」「化」等字，深不可測，只是感到一股陰森森的冷氣撲面而來，讓人毛骨悚然；而其冷又緣熱極而生。思想不是標語口號，不是有口無心的小和尚念的經文，它深深植根於詩人的心田，燃燒著詩人的感情，燭照著歷史的（也就是現實的）幽深，彰顯了本然的真相！無怪乎他自己也情不自禁地說：「這可以算是打油詩中之最高境界，自己也覺得彷彿是神來之筆，如用別的韻語形式去寫，更不能有此力量，倘想以散文表出之，則又所萬萬不能者也。關於人臘的事我從前說及了幾回，可是沒有一次能這樣決絕明快，雜詩的本領，可以說即在這裡，即此也可以表明它之自有用處了。」[50]。「最高境界」「神來之筆」云云，決非自吹；其藝術效果之「決絕明

49 同上書，頁四六一。
50 同上書，頁二七八。

快」，散文確也難以表出；但說「用別的韻語形式去寫，更不能有此力量」，似嫌籠統，「別的韻語形式」如白話新詩，「更不能有此力量」當然可信，但這兩句豈一定非雜詩莫辦？我看則未必，就〈修禊〉整詩而言，本身就是一首古體詩，稱之為「五古」「古風」並無不當。當然題材、思想絕對是全新的，但只是題材、思想新卻並不一定有文體上創新的價值。因此之故，唐宋體在今天仍有存在的價值，發展的空間。我的意思是說〈修禊〉在文體方面尚不能稱之為「新」。

不過，雜詩之新必有思想之新作為基礎。——年輕時讀他的一些文字，非常討厭引文之多，這回就以其道還治其身，再來引上一段：「雜詩的形式雖然稍舊，但其思想應具有大部分新的分子，這才能夠得上說雜，而且要稍稍調理，走往向前的方向。有的舊分子，若是方向相背，則是紛亂而非雜，所以在雜的中間沒有位置，而是應當簡單的除外的，直截的說，凡是以三綱為基本的思想，在現今中國都須清算。寫詩的人就詩而言，在他的文字思想上，至少總不當再有這些痕跡，雖然清算並不限於文字之末，但有知識的人，總之應首先努力，在這一點上與舊詩人有最大的區別。中國古來帝王之專制，原是以家長的權威成為其基本（原夾注：家長在亞利安語義云主父，蓋含君父而一者也。），民為子女，臣則妾婦，不特佞幸之侍其君為妾婦之道，即殉節之義亦出於女人的單面道德。時至民國，此等思想本應早改革矣，但事實上則國猶是也，民亦猶是也，與四十年前固無以異，即並世賢達，能脫去三綱或男子中心思想者，又有幾人？」[51] 這段文字雖非「神來之筆」，確也「決絕明快」。不過，仍要拖一條尾巴：題材、思想之新雖是基礎，但也只是基礎而已，並非全部。

51 同上書，頁二七九—二八〇。

5

在周作人有關文學與詩的文字裡，多處出現「意思」這個詞，我以為頗有意思。上文中已經引用的，如：「有時候一種意思，想把它寫下去，可是用散文不相宜……白話詩呢又寫不好」，「末了大抵拿雜詩來應用」——這便是他關於「意思」的創作論。「文章不必正宗，意思不必正統」——這便是他關於「意思」的批評論。「意思」這個詞或者說概念，他並未對其內涵與外延作出明確的界定，用得相當隨便，現在我特地鄭重其事把它拈將出來，實在有點唐突和冒昧，但自以為並非完全無據。首先，這「意思」和詩相關，他在〈兒童雜事詩序〉中說：「我本不會做詩，但有時也借用這個形式，覺得這樣說法，別有一種味道，其本意則與用散文無殊，無非只是想表現出一點意思罷了。」[52]又說：「余所作本非詩，而亦復非散文，本意仿偈頌體為之，亦殊有風致，唯無韻以範圍之，覺得太無限制，且如意思淺少，漫然下筆，反為可笑，故不敢為耳。」[53]這點「意思」雖與散文相通，卻是散文所無，而為詩所有。〈丙戌丁亥雜詩・文字〉：「出入新潮中，意思終一貫」，說的當然不僅是詩，但可見出他對「意思」的重視。此處的「意思」，王仲三注曰「就是他自己所說的哪句話：『唯深信根據生物學的證據可以求得正當的人生觀及生活的軌則』。」[54]張中行也說：「雜，底裡有個一以貫之，是想瞭解『人』。」[55]，看來王仲三所說的是他瞭解的結果。這裡的「意思」已同「思想」，和我們所指作詩的「意思」有別，但相關相通相連。廢名曾有聯語贈周作人：「微言欣其知之為誨，道心惻於人不勝

52 《兒童雜事詩圖箋釋》中華書局一九九九版。
53 王仲三《周作人詩全編箋注》，頁一二五。
54 同上書，頁一一八。
55 轉引自上書，頁一一三。

天」，他說：「廢名所贊雖是過量，但他實在是知道我的意思之一人」（〈懷廢名〉）。天者，自然也，人欲也；人者，滅人欲之「天理」也。人焉能勝天？提倡者往往只是要別人滅人欲以遂其一己之人欲，如此而已。

我之所以拈出「意思」，首先是以為這是對自古以來「詩教」束縛的解放。從「思無邪」「興觀群怨」「溫柔敦厚」，到「致君堯舜上，再使風俗淳」「唯歌生民病，願得天子知」，幾乎是唐人宋人的一貫主張，到近代仍然有人如程潛（一八八一——一九六八）再次提出「發於性情，止於禮義」「感人心而厚風俗」[56]，實際上早已成為唐宋體的主流理念。周作人「意思不必正統」之「不必」，是委婉的說法，他從骨子裡反對三綱五常、忠孝節義等封建禮教；對於民族主義，他說：「我不相信因為是國家所以當愛，如那些宗教的愛國家所提倡，但為了個人的生存起見主張民族主義卻是正當，而且於更『高尚』也不相衝突。」[57]（一九二五年〈元旦試筆〉）說到詩，「我自己是不會做舊詩的，也反對別人的做舊詩；其理由是因為舊詩難做，不能自由的表現思想，又易於墮入窠臼。」要做，應「以不要像李杜蘇黃或任何人為條件」，而「這條件的限制看去似乎輕微，其實現在老小的舊詩人們有誰夠得上？」[58]這話雖然刻薄了些，卻也是實話。那點「意思」真要突破三綱五常、忠孝節義以及不是「為了個人的生存起見」而主張的民族主義等所謂「正統」，談何容易！翻出李杜蘇黃或任何其他前人的掌心，更是宜乎其難也！

同時，我以為「意思」也是對「意境」的解放。王國維的意境說，自然是對我國古典詩歌美學的一大貢獻，但其解釋力也是有限度的。當代青年詩人西渡曾對我說，偏於敘事的五古、七古，如〈古詩

56 錢仲聯《近代時鈔》，頁一九三六。
57 陳為民編選《周作人文選》，頁七八，華夏出版社二〇〇〇年版。
58 王仲三《周作人詩全編箋注》，頁四二六。

為焦仲卿妻作〉，怎麼講意境？可見其侷限性。但多少寫舊詩的人為了意境，「眾裡尋她千百度」，耗費了多少時間精力，卻始終沒有發現她之所在。倒是就在自己心裡的那點「意思」比較容易把握。自然這也不易，難易是相對而言的。

我特別欣賞他在〈兒童的書〉[59]一文中提出的「無意思之意思」：

> 向來中國教育重在所謂經濟，後來又中了實用主義的毒，對兒童講一句話，眨一眨都非含有意義不可，到了現在這種勢力依然存在，有許多人還把兒童故事當作法句譬喻看待，我們看那《伊索寓言》後面的格言，已經覺得多事，更何必去模仿他。其實藝術裡未嘗不可寓意，不過須得如做果汁冰酪一樣，要把果子味混透在酪裡，決不可只把一塊果子皮放在上面就算了事。但是這種作品在兒童文學裡，據我想來本來還不能算是最上乘，因為我覺得最有趣的是有那無意思之意思的作品。安徒生的〈醜小鴨〉，大家承認他是一篇佳作，但〈小伊達的花〉似乎更佳；這並不因為他講花的跳舞會，灌輸泛神的思想，實在只因他那非教訓的無意思，空靈的幻想與快活的嬉笑，比那些老成的文字更與兒童的世界接近了。我說無意思之意思，因為這無意思原自有他的作用，兒童空想正旺盛的時候，能夠得到他們的要求，讓他們愉快的活動，這便是最大的實益，至於其餘觀察記憶，言語練習等好處即使不說也罷。

說的雖是兒童文學，其實也適用於一般文學作品，包括詩歌在內。一直以來，我們總是過分熱衷於文學的政治思想與倫理道德教育功能，並且由此把所有的文學作品都看作是寓言，寫作是為寓意外加

[59] 高瑞泉編選《理性與人道--周作人文選》，頁一〇九—一一〇，上海遠東出版社一九九四年版。

包裝，閱讀則是拆卸包裝擭取寓意。如是詩歌，什麼詩情、詩意、詩味都無關緊要，甚至無情地加以閹割，只是一味執著追求其中的「思想」，以期達到「教化」的目的。《詩經・簡兮》末章：「山有榛，隰有苓。云誰之思？西方美人。彼美人兮，西方之人兮！」小序謂此詩「刺不賢也」，已屬沒有根據的臆測，而清初陳啟源《毛詩稽古編》則走得更遠，以為「美人」乃指釋迦摩尼，成為笑柄。「無意思之意思」正是一服對症的解藥。對於兒童來說，「空靈的幻想與快活的嬉笑」等「無意思之意思」，實在比我們大人自以為是的「意義」要珍貴得多，至於三綱五常、忠孝節義等等則只會戕害他們的天性。這一點，我們下文還將涉及。

6

從作品看，周作人真正的雜詩而為「後唐宋體」開先河者，是寫於一九三四年的所謂〈五十自壽詩〉：

其一：

前世出家今在家，不將袍子換袈裟。
街頭終日聽談鬼，窗下通年學畫蛇。
老去無端玩骨董，閑來隨分種胡麻。
旁人若問其中意，請到寒齋吃苦茶。

其二：

半是儒家半釋家，光頭更不著袈裟。
中年意趣窗前草，外道生涯洞裡蛇。
徒羡低頭咬大蒜，未妨拍桌拾芝麻。
談狐說鬼尋常事，只欠功夫吃講茶。

周作人自己說，「這是七言律詩」，從格律看，完全中規中矩；但卻和我們此前所看到的唐人宋人以及唐宋體的七律，「意思」、味道全不一樣；而且也不是作者所聲稱的「本來是打油詩」，雖近乎打油，卻真真不是打油。從內容看，林語堂說是「寄沉痛於悠閒」，魯迅說是「誠有諷世之意」；也有人「以為是亡國之音」，或斥之為「誤盡蒼生」。這些評價及其分歧，說明它對當時文壇衝擊之大，這也從一個側面最有力地證明了它不是打油詩。詩一發表，和者甚眾，且都是如沈尹默、蔡元培、胡適、林語堂、俞平伯、錢玄同、劉半農這樣的大家名人，同時也出現了一些諷刺責難之作，形成了一場轟動一時的「風波」。如果真是一首打油詩，哪有如此之大的能量！我認為這是舊體詩創作歷史上的一件不容小覷的大事，由於較之於唐宋體，從語言到內容，它具有幾乎全新的情調、格局、質地、氣象、韻味，可以說它標誌著「後唐宋體」這一種具有強大生命力和無限可能性的新的創作理念、新的風格流派的誕生，打開了舊詩創作嶄新的一頁。

文學，尤其是詩歌，它是語言的藝術。這兩首詩，以完全不同於唐宋體典雅的文言而相當貼近口語的調子，幾乎徹底拋棄了唐宋體所習用的題材、典故、意象，得心應手地成功表現了詩人獨特的思想情感。從中我們看不見李杜蘇陸的任何影子，但又確實是唐宋以來的「七律」，而且意蘊幽深而豐富、表現成熟而圓融。它可以而且已經登上大雅之堂，決非此前或此後僅僅打油而已的遊戲之作。它沒有自古以來所謂「詩教」所推崇的「意義」，卻自有它別樣的「意思」，值得反覆玩味。你可以不喜歡它，但卻不能輕視它或無視它的存在。真是「眾裡尋她千百度，驀然回首，那人卻在燈火闌珊處」，舊體詩終於在這裡找到了它在新的時代潮流裡立足、發展的空間，或者說是發現了舊體詩與現實生活對話新的平臺、門戶、方式、途徑。

7

一九三四年秋，胡適在北京大學一次講課時又在宣傳白話文的優點，有一位學生反駁道：「白話文語言不精練，打電報用字多，花錢多。」於是胡適解釋說：「不一定吧！前幾天行政院有位朋友給我打來電報，邀我去做行政院秘書，我不願從政，決定不去，為這件事我覆電拒絕。覆電是用白話寫的，也很省字。請學生們根據我這一意願，用文言文編寫一則覆電，看看究竟是白話文省字，還是文言文省字？」十五分鐘過後，胡適讓學生們自動舉手，報告用字數目，然後從中挑選一份用字最少的文言電稿。電文是這樣寫的：「才學疏淺，恐難勝任，不堪從命。」胡適說，這份寫得確實簡練，僅用了十二個字。但我的白話電報卻只用了五個字：「幹不了，謝謝。」我覺得，兩者的差異主要還不在字數的多少，更在其味道很不一樣：「幹不了，謝謝。」乾脆決絕；而「才學疏淺，恐難勝任，不堪從命」則不免拖泥帶水（一個「恐」字就似乎留下了商量的餘地），而且只從「才學」著眼，雖然謙遜，但與「不願從政，決定不去」的實際情況距離頗大；「幹不了」，雖然字面上說的是能力問題，卻充分流露出「不願幹」的意味；再說，「不願幹」也是「幹不了」的可能原因。文言與白話幾乎是兩個世界。兩份不同的電文和兩位作者不甚相同的精神世界似乎確實存在某種微妙的聯繫。蘇珊・朗格認為：「當一個詩人創造一首詩的時候，他創造出的詩句並不單純是為了告訴人們一件什麼事情，而是想用某種特殊的方式去談論這件事」。[60]我想，就談論方式而言，沒有什麼比文言與白話的差異更大的了。「後唐宋體」雖然不是白話詩，卻已經用了白話的詞彙甚至句法，比較接近白話，正從「另一種世界」向我們大步走來。

蘇東坡曾說過如下一件軼事：「吾嘗見僧惟真畫曾魯公，初不甚似，一日，往見公歸而甚喜曰，吾得之矣。乃於眉後加紋，隱約可見，作俯首仰視揚眉而蹙頞者，遂大似。」[61]從「不甚似」到「大似」，僅於眉後加隱約可見之紋而已，可見藝術之高下有時只差一點點而已。試比較〈最後一課〉中兩段不同的譯文[62]：

> 「法蘭西萬歲！」
>
> 他仍然留在那裡，頭倚著牆，不說話，用手向我們表示：「課上完了……去吧！」

> 「法蘭西萬歲！」
>
> 然後他呆在那裡，頭靠著牆壁，話也不說，只向我們做了一個手勢：「散學了，你們走吧。」

---

60 蘇珊・朗格《藝術問題》，頁一四〇，中國社會科學出版社一九八三年版。

61 《經進東坡文集事略》，頁八五九，文學古籍刊行社一九五七年版。

62 轉引自倪文錦，王榮生主編《人文・語感・對話——王尚文語文教育論集》，頁二六八—二六九，上海教育出版社二〇一〇年版。

我們決不能說前者的翻譯是不忠實的，就語言的指稱意義上說，兩段文章確實沒有什麼不同，「不說話」不也就是「話也不說」麼？表達似乎也只差一點點而已，但兩者的滋味、格調、風韻卻迥然有別；從中也可見出說話者心情、神態的不同。唐宋體和後唐宋體有時看上去只差一點點，但其神韻卻不一樣。這我們可以從周作人的詩與蔡元培等人和作的比較中見出一二。

蔡元培的和詩如下。

其一：

何分袍子與袈裟，天下原來是一家。
不管乘軒緣好鶴，休因惹草卻驚蛇。
捫心得失勤拈豆，入市婆娑懶績麻。（君已到廠甸數次矣。）
園地仍歸君自己，可能親掇雨前茶。（君曾著《自己的園地》）

其二：

廠甸攤頭賣餅家，（君在廠甸購戴子高論語注。）肯將儒服換袈裟。
賞音莫泥驪黃馬，佐鬥寧參內外蛇。
好祝南山壽維石，誰歌北虜如亂麻。
春秋自有太平世，且咬饃饃且品茶。

和周作人的原唱相比，蔡詩不過多用了幾個典故，語言離文言近了一點而與口語遠了一點，如此而已；但給人感覺就是不一樣，它（尤其是第二首）還走在向後唐宋體接近的路上，火候還欠幾分。相比之下，胡適和詩的味道就更接近周作人的原唱，甚至有過之而無不及，此上文已有論述。

8

不知何故，《知堂雜詩抄》將先寫的〈五十自壽詩〉排在後面，而將後寫的〈苦茶庵打油詩〉等排在前面。在我看來，〈五十自壽詩〉是「自立門戶」的里程碑，而〈苦茶庵打油詩〉等（除〈兒童雜事詩〉外）中許多所謂「雜詩」倒不那麼「雜」了，不少篇什往後「倒退」寫成唐宋體了。如〈苦茶庵打油詩〉其四：

禹跡寺前春草生，沈園遺跡欠分明。
偶然拄杖橋頭望，流水斜陽太有情。

實是唐宋體的佳作，作意看來也與陸游的〈沈園〉有點淵源。《老虎橋雜詩補遺》之〈騎驢〉：

倉卒騎驢出北平，新潮餘響久消沉。
憑君篋載登萊臘，西上巴山作義民。

「自注：騎驢係清朝狀元傅以漸事，此乃謂傅斯年也。南宋筆記載有登萊義民浮海至臨安，時山東大饑，人相食，行旅者持人肉臘為糧，抵臨安尚有餘剩云。」「巴山」，王注：「這裡當指當時的國統區重慶等地。」此詩作於一九四六年六月。按：傅斯年原在北平，「九一八事變」後，頻頻發表言論，鼓吹抗日。一九三六年春，移家南京；秋，主持中央研究院各研究所西遷事務，將歷史語言研究所遷至長沙。一九三八年春，遷歷史語言研究所至昆明；七月，兼任國民參政會參政員，赴漢口出席第一次大會；秋，移家昆明；十月，遷歷史語言研究所至昆明郊外，旋赴重慶出席國民參政會第二次大會。一九三九年二月及九月赴重慶出席國民參政會第三及第四次大會。一九四〇年四月，赴重慶出席國民參政會第五次大會；秋，兼任中央研究院總幹事；冬，遷歷史語言研究所至四川南溪縣李莊鎮。一九四一年三月，患高血壓症，在重慶歌樂中央醫院養病。冬，移家南溪李莊，後曾多次到重慶。一九四六年冬，隨歷史語言研究所由四川遷返南京。對照傅斯年的行跡，周作人此詩如此惡毒地誣衊他，已難寬貸；尤其是他編〈老虎橋雜詩補遺〉（即〈忠舍雜詩〉）時聲稱已經刪剃「比較尖刻者」，卻偏偏將它保留下來，實在難以理解。唯一可能的解釋是，他編詩時國民黨政府雖已從大陸敗退，而傅斯年卻還跟隨不舍，周作人試圖以此討好共產黨新政權。但不管他是否真的想借傅斯年的人頭獻媚，就詩論詩，只能認定這是一首漢奸詩！

一本《周作人詩全編》新舊兼有，良莠並呈，是另一種的「雜」。

9

周作人在〈兒童的書〉一文中說：「總之兒童的文學只是兒童本位的，此外更沒有什麼標準。中國還未曾發見了兒童，——其實連個人與女子也還未發見，所以真的為兒童的文學也自然沒有，雖市場上攤著不少的賣給兒童的書本。」[63]他的〈兒童雜事詩〉是「為兒童的文學」可喜的成就。

古代詩詞中有一些已經「看見」兒童，但「看見」未必就是「發見」，要之，是看是否以兒童為本位。且舉出幾首古人的作品。最有名的大概要數宋・辛棄疾的〈清平樂・村居〉：

茅檐低小，溪上青青草。醉裡吳音相媚好，白髮誰家翁媼？　大兒鋤豆溪東，中兒正織雞籠。最喜小兒亡賴，溪頭臥剝蓮蓬。

似乎是，看見了但尚未完全發見，因為非兒童本位也。其它如白居易〈池上〉：

小娃撐小艇，偷採白蓮回。
不解藏踪跡，浮萍一道開。

唐・成彥雄〈村行〉：

暧暧村煙暮，牧童出深塢。
騎牛不顧人，吹笛尋山去。

63 高瑞泉編選《理性與人道　周作人文選》，頁一一〇，上海遠東出版社一九九四年版。

唐・呂岩〈牧童〉：

草鋪橫野六七裡，笛弄晚風三四聲。
歸來飽飯黃昏後，不脫簑衣臥月明。

宋・范成大〈四時田園雜興〉中的：

雨後山家起較遲，天窗新色半熹微。
老翁欹枕聽鶯囀，童子開門放燕飛。

宋・朱繼芳〈溪村〉：

雨洗山光綠淨，波涵天影清空。
草際自浮鵝鴨，柳蔭分坐兒童。

宋・楊萬里〈桑茶坑道中〉：

晴明風日雨乾時，草滿花堤水滿溪。
童子柳陰眠正著，一牛吃過柳陰西。

宋．朱淑真〈夏螢〉：

熠耀迎宵上，林間點點光。初疑是星落，渾訝火螢煌。
著雨藏花塢，隨風入畫堂。兒童競追撲，照字集螢囊。

元．劉因〈山家〉：

馬蹄踏水亂明霞，醉袖迎風受落花。
怪見溪童出門望，鵲聲先我到山家。

明．徐渭〈風鳶圖詩〉：

柳條搓線絮搓綿，搓夠千尋放紙鳶。
消得春風多少力，帶將兒輩上青天。

不但看見了，甚至已以兒童為主角，但仍未以兒童為本位，特別明顯的是徐渭的詩，只是寄託了父親對兒輩的希望。

《全唐詩》還收了「七歲女童」的詩：

別路雲初起，離亭葉正飛。
所嗟人異雁，不作一行歸。

讀了，讓人感慨萬千。當然是好詩，當然是天才，但太「大人」，簡直老氣橫秋。我就十分懷疑，這樣的孩子會有真正的童年嗎？更可憐的是那些被逼著「希賢希聖」的孩子們，整個就是所謂「小大人」，他們的生機生趣全在扼殺之列，難怪魯迅要提出「救救孩子」。更可憐的是，早該過時的魯迅的話至今尚未過時！

〈兒童雜事詩〉王仲三的箋注引了清朝高鳳翰撰〈南阜山人詩集類稿〉中〈兒童詩效徐文長體〉四首，有序云：「在南州五六月，客況無聊，時與齋中小童嬉戲，作兒曹事，撫掌一笑，少破岑寂。一日余方苦吟，童子笑謂阿痴日日作詩，能以吾曹嬉戲事為韻語，且令人人可解乎？餘唯唯。援筆成四絕句，才一朗吟，而童子輩已嘩然競笑矣。」如其一：

閑撲黃蜂繞野籬，盡橫小扇覓蛛絲。
階前拾得青青竹，偷向花陰縛馬騎。

又〈小娃詩再效前體〉其四：

姊妹南園戲不歸，喁喁小語坐花圍。
平分一段芭蕉葉，剪碎春雲學製衣。

已開「兒童本位」的先河。

周作人的〈兒童雜事詩〉真正值得稱道的，就是不但以兒童為主角，而且以兒童為本位，寫出了兒童心中所有或可能有的那點「意思」，當然在大人看來也許是「無意思」的。但可貴處恰恰就在這裡。如：

甲之二——新年二

昨夜新收壓歲錢，板方一百壓枕邊。
大街玩具商量買，先買金魚三腳蟾。

甲之四——上元

上元設供蠟高燒，堂屋光明勝早朝。
買得雞燈無用處，廚房去看煮元宵。

甲之九——掃墓三

跳山掃墓比春游，歲歲乘肩不自由。
喜得居然稱長大，今年獨自坐山兜。

甲之十——書房一

書房小鬼忒頑皮，掃帚拖來當馬騎。
額角撞墻梅子大，揮鞭依舊笑嘻嘻。

甲之二十——蒼蠅

瓜皮滿地綠沉沉，桂樹中庭有午蔭。
躡足低頭忙奔走，捉來幾許活蒼蠅。

丙之二——花紙二

老鼠今朝也做親，燈籠火把鬧盈門。
新娘照例紅衣褲，翹起鬍鬚十許根。

丙之十八——鬼物二

目連大戲看連場，扮出強梁有五傷。
小鬼鬼王都看厭，賞心只有活無常。

由周作人的作品，我想起兒童詩往往會有時代性與地方性，如〈新年〉二、〈鬼物〉二。而〈蒼蠅〉、〈花紙〉二則有所超越，似乎價值更高。

我以為，後唐宋體中也應有兒童的地位，周作人已經開了一個好頭，功不可沒。

詩曰：

日戰沙場夜枕戈，崢嶸五四壯山河。
應圖南日圖閑適，飛燕可憐依賊窩。

（四）陳獨秀

1

近年來，曾經被歷史的髒水完全淹沒的陳獨秀，終於開始逐漸浮出水面。他不是完人，卻是一個永遠值得尊敬和懷念的偉大歷史人物。他不但是政治家、思想家、學問家，還是一位詩人。作為詩人，他既寫新詩，也作舊體。他的舊體，從數量看，似以唐宋體為多，其中佳作不少，如晚年寫的〈病中口占〉〈寒夜醉成〉〈致歐陽竟無詩柬〉等，均足以比肩大家而不遜色。〈病中口占〉[64]云：

日白雲黃欲暮天，更無多剩此殘年。
病如垣雪銷難盡，愁似池冰結愈堅。

斬愛力窮翻入夢，煉詩心豁猛通禪。
鄰家藏有中山釀，乞取深卮療不眠。

層層翻進，曲曲傳出，於痛苦絕望中而仍見崎嶔磊落，感人至深。〈致歐陽竟無詩柬〉云：

貫休如蜀惟瓶鉢，臥病山中生事微。
歲暮家家足豚鴨，老饞獨羨武榮碑。

英雄垂暮而深陷困頓，卻全無衰頹之氣，生趣盎然，親者可慰，知者可敬，仇者可妒。但我要強調的是他的〈金粉淚五十六首〉，直面現實，勇砭時弊，深刻而通俗，嚴肅而風趣，多以白話口語入詩，實為後唐宋體之濫觴。

64 安慶市陳獨秀學術研究會編注《陳獨秀詩存》，安徽教育出版社二〇〇六年版。本節所引陳詩均出此書。

這組詩是他在一九三四年於南京監獄中寫成，末署「所謂民國二十三年」。它們因時而作，雖時過境遷，有的頗感隔膜，但極大部分卻有不朽的價值。先看首尾兩首：

放棄燕雲戰馬豪，胡兒醉夢倚天驕。
此身猶未成衰骨，夢裡寒霜夜渡遼。

自來亡國多妖孽，一世興衰過眼明。
幸有艱難能煉骨，依然白髮老書生。

一序一跋，始於「此身猶未成衰骨」，結於「依然白髮老書生」，由夜夢渡遼而艱難煉骨，全不以個人進退恩怨安危為念，唯民族國家人民是憂，鐵骨錚錚，丹心熠熠，獨秀一峰，風光無限。中間五十四首，則如大炮機槍，如匕首利劍；或一針見血，或鏡現原形；情同火焰燭天，氣吞萬里如虎。如：

十四：

民智民權是禍胎，防微只有倒車開。
贏家萬世為皇帝，全仗愚民二字來。

二十七：

虎狼百萬晝橫行，興復農村氣象新。
吸盡苛捐三百種，貧民血肉有黃金。

三十三：

感恩黨國誠寬大，並未焚書只禁書。
民國也興文字獄，共和一命早嗚呼。

四十一：

一面親貴人稱羨，宋玉高唐結主歡。
幾見司農輕授受，乃知裙帶勝衣冠。

四十九：

觀瞻對外苦周旋，索命難延建設捐。
白髮翁媼雙跪泣，乞留敝絮過冬天。

均足使當時的專制統治者心驚肉跳，寢食難安。對於當時的專制統治者來說，他反骨依然，只是迫於國際國內輿論的壓力，最終不得不予釋放。

2

「黨外無黨，帝王思想；黨內無派，千奇百怪。」在「文革」期間廣為流行這四句經典，當時大家都以為是毛澤東的創作，原來其知識產權屬於陳獨秀。原作題為〈國民黨四字經〉：

黨外無黨，帝王思想；
黨內無派，千奇百怪。
以黨治國，放屁胡說；
黨化教育，專制餘毒。
三民主義，胡說道地；
五權憲法，夾七夾八。
建國大綱，官樣文章，
清黨反共，革命送終。
軍政時期，軍閥得意。
訓政時期，官僚運氣；
憲政時期，遙遙無期。

忠誠黨員，只要洋錢。
恭讀遺囑，阿彌陀佛。

發表於一九二七年十二月二十六日《上海工人》第四三期。一看，原來句句都是經典，我們不得不佩服陳獨秀目光如炬，大筆如椽。這首詩的政治穿透力和高度藝術性，一般的唐宋體詩萬難望其項背，恰恰是後唐宋體的典範之作。

3

〈寄沈尹默絕句四首〉之四云：

論詩氣韻推天寶，無那心情屬晚唐。
百藝窮通偕世變，非因才力薄蘇黃。

詩藝應「偕世變」，這也是後唐宋體的基本理念。如果將詩中「薄」的賓語改作「唐宋體」，起碼也部分地表達了我的心情。我始終對唐宋體詩和唐宋體詩人心懷敬意。

4

我最佩服的還是陳獨秀的自我反省、不斷超越的精神。在白話文運動中，爭論激烈，於此，胡適所持的態度是：「此事之是非，非一朝一夕所能定，亦非一二人所能定。甚願國中人士能平心靜氣與吾輩同力研究此問題。討論既熟，是非自明。吾輩已張革命之旗，雖不容退縮，然亦絕不敢以吾輩主張為必是而不容他人之匡正也。」[65] 而陳獨秀的立場則是「其是非甚明，必不容反對者有討論之餘地；必以吾輩之主張者為絕對之是，而不容他人之匡正也。」[66] 顯然陳獨秀的這種「不容討論」「不容匡正」「唯我獨尊」的主張是完全錯誤的，禍患無窮；但在歷盡坎坷之後，他終於認識到自己當年之不是、認同了胡適的觀點。而胡適也一直不以陳獨秀當年的反對為忤，前後多次營救陳獨秀於危難之中。

詩曰：

千秋青史說豐功，霜劍風刀道益隆。
晚歲能知難獨秀，詩人此處最英雄。

---

65 轉引自《中國新文學大系導言集》，頁四二，香港文學研究社一九六八年。

66 同上。

（五）陳寅恪

1

陳寅恪一生致力史學的研究，並取得了極高的成就，被譽為「教授的教授」。雖然他也重視自己的詩作，曾說「文章我自甘淪落，不覓封侯但覓詩」[67]，「名山金匱非吾事，留得詩篇自紀元」；雖無意於開創新的風格、流派，也沒有在詩歌創作上專門傾注心力，但卻有承前啟後之功。他意識到自己也是一個詩人，當靈感來拜訪時自然而然寫下了那些非常獨特的篇章。它們的獨特不在文體，而在於傳統藝術手段的創新運用，目的在於表達他那些顯然不合時宜的思想情感，從而頑皮地自得其樂。一方面他讚賞元白，有意無意地走著他們的路子，並未完全突破唐宋體的藩籬：此所謂「承前」也。另一方面，他為了獨特地表現自己獨特的感受、情志，總是在「獨特」中有著新的嘗試和創造。他作為唐宋體最後的大家之一，其不可替代的歷史貢獻就是為後唐宋體的興起作了鋪墊：此所謂啟後也。

何以言之？首先，也是最主要的，後唐宋體乃是基於現代的公民意識，基於詩人作為現代公民的社會責任感、歷史使命感，而陳寅恪所堅守的獨立之精神、自由之思想則是現代公民意識的核心，他最有價值的詩篇無不體現了他作為一個知識分子的社會責任感、歷史使命感。其次，陳寅恪作為歷史學

67 引自胡文輝著《陳寅恪詩箋釋》，廣東出版集團廣東人民出版社二〇〇八年版。下文所引陳詩及相關引文除另注明者，均出此書（簡稱「胡箋」）。

家，對社會現象的觀察、感受、思考常以歷史為坐標，具有歷史的穿透力，從而使他的詩作富於思想的深刻性和生命的滄桑感，而這也正是後唐宋體詩人們的追求。其三，元白體語言的淺白甚至俚俗常為唐宋體詩人所輕蔑所不屑，而以陳寅恪的名聲有意效法，無疑提高了它的身價，有利於後唐宋體詩人們在詩歌語言上的探索。

2

唐宋體大體上以元明為成形期，清代到民初為發展期，此後為衰落期。陳寅恪之父陳三立是發展期的大家之一，林庚白以為「雖囿於古人之藩籬，猶能屹然自成其一家之詩」。林氏此評其實也適用於唐宋體所有大家。寅恪之詩雖遜於乃父，有論者以為也不及乃兄衡恪、隆恪；然亦自具個性，詩風與其父有同有異。其父在被斥回鄉之後，有句云：「憑欄一片風雲氣，來作神州袖手人」，「一片風雲氣」似是憑欄所見，實則作自詩人胸中，但他只能袖手——他雖不想、不願，出於被迫，別無選擇。未被流放邊地，已是「皇恩浩蕩」，還能希冀收回「永不敘用」的成命嗎？在「袖手人」前「神州」二字不可輕易放過，他原以天下為己任，「百憂千哀在家國」，而今而後卻不得不「袖手」一旁：沒有消極，只有無奈；沒有超脫，只有憤激！與王維「晚年唯好靜，萬事不關心」完全不同。若這兩句中改「來」為「不」，也許更加貼合陳寅恪的心情；其實，只是字面相反而已，內裡的精神父子是完全一致的。

陳三立〈陸藹堂求題其遠祖放翁遺像〉：「歷劫天留團扇面，起扶名教與論詩。」以名教論詩，是唐宋體的主流，而名教強調的是綱常，陳寅恪珍惜的是獨立自由，因而別具一體，自成一格，遠遠高出於流俗之上。

3

「獨立之精神，自由之思想」，知既不易，行則更難。陳寅恪提出的這十個字，他以自己的全部生命為它作了極其精彩生動的注解。光是看他的〈對科學院的答覆〉，就可感覺到他那股「雖千萬人吾往矣」的決心、勇氣和力量。其言即其行（記得反右派時，針對右派只是「言者」、而言者無罪的所謂為右派辯護的言論，毛澤東曾說過類似意思的話）。確實，有時，說就是行動。陳寅恪評王國維謂其「脫心志於俗諦之桎梏」，談何容易？由於每個人的「知」都不可能沒有侷限，而俗諦又幾乎無孔不入，有時欺騙性極強，使人深陷其中而不知其為桎梏。「獨立之精神，自由之思想」，必須有識有膽，膽識兼備；識為膽魂，膽為識用。無識之膽，李逵也；有識而無膽，懦夫也。懦夫之懦，不僅表現在行動上，也往往表現在「知」「識」的裹足不前，不敢對俗諦之桎梏有任何的懷疑、背離與突破。

寫詩，古人有詩膽之說。唐詩：「酒腸寬似海，詩膽大於天。」敦誠謂曹雪芹「知君詩膽昔如鐵，堪與刀穎交寒光！」就詩膽而論，唐宋體作者群中似罕有能與陳寅恪比肩者。「作詩欠砍頭」，他寫的就是砍頭詩！其膽基於其識，陳寅恪之詩，主要價值在其膽識，藝術倒在其次。

4

陳寅恪一九五三年癸巳秋夜詩自注：「寅恪昔年撰〈王觀堂先生挽詞〉，述清代光宣以來事，論者比之於七字唱。」關於「七字唱」，陳寅恪有如下自白：

寅恪少喜讀小說，雖至鄙陋者亦取寓目。獨彈詞七字唱之體則略知其內容大意後，輒棄去不復觀覽，蓋厭惡其繁複冗長也。及長遊學四方，從師受天竺希臘之文，讀其史詩名著，始知所言宗教哲理，固有遠勝吾國彈詞七字唱者，然其構章遣詞，繁複冗長，實與彈詞七字唱無甚差異，絕不可以桐城古文義法及江西詩派句律繩之者，而少時厭惡此體小說之意，遂漸減損改易矣。又中歲以後，研治元白長慶體詩，窮其流變，廣涉唐五代俗講之文，於彈詞七字唱之體，益復有所心會。[68]

「論者比之於七字唱」，此論者對「七字唱」當有鄙薄之意，他自己早年也頗「厭惡」，後來卻改變了看法。其詩走元白的路，並受到彈詞的影響，他曾說「論詩我亦彈詞體」，如作於一九四三年的〈寄題樸園書藏〉：「滄海橫流無處安，藏書世守事尤難。樸園萬卷聞名久，應作神州國寶看。」無一典故，明白如話。以唐宋體正統的眼光看來，或有「不入流」的偏見，但我們「絕不可以桐城古文義法及江西詩派句律繩之」。後唐宋體在語言上比彈詞走得更遠，所化入者不僅限於近代白話，更有現當代的白話。後唐宋體的這一發展變化，陳寅恪的「七字唱」實起了橋梁作用。

〈王觀堂先生挽詞〉「宋元戲曲有陽秋」句自注云：「王先生於此時初草《宋元戲曲史》，後改稱《宋元大曲考》。先生嘗語余，戲曲史之名可笑，蓋嫌其名不雅，且範圍過廣不切合內容也。」嫌其不雅者，當指「戲曲」而非「史」。但在我輩看來，「戲曲」何不雅之有？雅俗標準固因人而異，更因時而變，料孔子當年，《詩》亦俗矣，而今又以為極雅。以白話入詩，當然會有人以為不雅。然文言有俗者，白話有雅者，可見雅俗不當以文言與白話區分，陳寅恪寫「七字唱」仍舊是陳寅恪。

68 陳寅恪〈論《再生緣》〉，見《寒柳堂集》，頁一，三聯書店二〇〇一年版。

5

「獨立之精神，自由之思想」，重在「獨立」「自由」，至於「精神」「思想」的具體內涵倒在其次。尤其重要的是，對於後者應有海納百川的氣度；舍此，「獨立」「自由」就極有可能成為一句空話。所謂「民主」，難在對異見的寬容、尊重和保護。「思想革命」革了一百多年，「我對你錯，或者『你說就是你錯』，錯就是反革命，必誅之滅之而後快」的觀念、心態早已深入人心。這是民主化進程可能遇到的最之大挑戰之一。毋庸諱言，陳寅恪早歲確有「遺少」心理，不協於現代公民「獨立、自由」之義。但世界上的事情，尤其是人的思想感情是極其複雜微妙的。在人人「咸與革命」之際，陳寅恪的懷舊也不能不說是「獨立自由」的表現；何況也並非全無道理：「改良」就一定不如「革命」嗎？「以暴易暴」就一定強於「漸進改良」嗎？

陳寅恪詩的主旋律無疑是痛苦、悲涼、怨憤，這只要聯繫他所處的時代環境，就不但會引起我們深深的同情，進而還會贏得我們由衷的崇敬，同時還為我們自己的愚昧和怯懦而無比羞愧。他是在專制之下葆獨立，在刺刀面前求自由，頂天立地，一往無前！他怎能不痛苦、悲涼、怨憤？

6

寫詩需用「暗碼」，往往是文化專制主義的副產品。陳寅恪最後二十年的詩多有暗碼，世所共知，而之前的作品卻似乎未必。如分別作於一九三五年、一九三六年的〈吳氏園海棠二首〉，吳宓謂：「寅恪此二詩，用海棠典故，如蘇東坡詩，而實感傷國事世局（〈其二〉即Edgar Show Red Star Over

China書之內容——『二萬五千里長征）』。初未詠題此園，或應酬吳氏也。」[69] 吳宓的提示有兩點很重要，一是「初未詠題此園」，可知詩人原是借題發揮，並非一般遊園賞花之作；二是所發揮的內容：「感傷國事世局」。但說〈其一〉寫的就是紅軍長征，可能求之過深。就詩說詩，扞格難通。

其一

此生遺恨塞乾坤，照眼西園更斷魂。
蜀道移根銷絳頰，吳妝流眄伴黃昏。
尋春只博來遲悔，望海難溫往夢痕。
欲折繁枝倍惆悵，天涯心賞幾人存。

（「望海難溫往夢痕」句下作者自注：「李德裕謂凡花木以海名者，皆從海外來，如海棠之類是也。」）

其二

無風無雨送殘春，一角園林獨愴神。
讀史早知今日事，看花猶是去年人。
夢回錦裡愁如海，酒醒黃州雪作塵。
聞道通明同換劫，綠章誰省淚沾巾。

69 《吳宓詩集》，頁三一八，商務印書館二〇〇四年版。

紅軍長征於三六年到達陝北，〈其一〉作於三五年，紅軍當時仍有被消滅的危險，陳寅恪難道在當時就已預知，不但長征能夠完成，而且最後奪得天下，自己並因此受困，以致「此生遺恨塞乾坤」？這實難令人置信！再者，「蜀道移根銷絳頰，吳妝流盼伴黃昏」，明顯是個淒美的意象。問題是「海棠」喻指的對象究竟為誰，是國民黨嗎？當然不是；是指共產黨？那就更離譜了。聯繫後面兩聯，尤其是尾聯「欲折繁枝倍惆悵，天涯心賞幾人存」，詩人無限惋惜之情更是躍然紙上，不要說和「二萬五千里長征」沒有什麼直接的甚至是任何間接的關聯，只能說兩者是風馬牛不相及的。

胡文輝《陳寅恪詩箋釋》將這兩首詩歸入「中國共產主義運動」主題，以為「吳宓謂此詩寫紅軍長征，恐怕不夠準確，應當理解為涉及共產黨的動態。……中共力量在國共合作北伐之際一時極盛，一九二七年蔣介石分共後，中共仍可以建立根據地獨占一方；而此時處在國民黨軍隊的追剿下，顯得前途艱難。故陳詩當是以海棠移植後紅色轉淡比喻共產主義赤潮的低落。」較吳氏之說退了一步，但我仍不敢苟同。這是一首完整的詩，一個有機的生命體，表現了一個極其鮮明、強烈的感情傾向：詩人對美好海棠的愛憐。眾所周知，陳氏素不以共產黨和共產主義為然，怎麼可能在其中硬生生塞進一個完全相反的東西呢？胡氏又謂：「海棠色紅，故比喻以紅色為標誌的共產黨。陳詩中多以紅色物像隱喻共產黨或與共產黨相關的人事……」接著舉了十一二個例證。這些例證除「一九三八年〈藍霞〉『天際藍霞總不收』之『霞』」外，全都是出自一九五〇年之後的作品，且多屬無褒貶色彩的中性詞，一般也不涉及作者主觀的感情態度。「海棠色紅，故比喻以紅色為標誌的共產黨」之「海棠色紅」已經轉了一個不小的彎，更無論海棠之美以及陳氏在詩中通篇的讚賞憐惜之情了。胡氏還說：「望海難溫往夢痕」，「當承三四句所指，仍喻共產黨事。當以海棠來自海外，比擬共產黨及共產主義思想來自域外；『難溫往夢痕』者，似指中國共產主義異於歐洲共產主義。因為西方共產主義以社會民主黨為主流，即所謂修正主義，其表現為城市工人運動，方式是漸進的改良；而此時中國共產主義運動則以蘇俄為榜樣，同時在國民黨政府的鎮壓下，實際上已淪為鄉村農民運動，方式則是暴力革命。故陳氏有橘化為枳之感。……」更有穿鑿附會之嫌。關於共產主義思想與運動的發展演變實為一個學術大課題，胡氏現今的這段描述我以為相當準確、概括，為一般浮泛瞭解者所不能道；我們難以確知陳氏在所謂「紅色的三十年代」是否已經達到如此深入、精到的程度。即便是已有這樣的認識，我也不認為這一詩句就是它的隱喻，我們不能見「赤」皆「共」（共產黨），如作於一九三九年的〈昆明翠湖書所見〉之「赤縣塵昏人換世」，若脫離全詩和寫作時間，孤立地看，理解為大陸政權更替似乎十分自然。〈吳氏園海棠二首‧其一〉第一句「此生遺恨塞乾坤」中的「遺恨」已為全詩定下了感情的基調，其它七句無不都是這一基調的變奏，「望海難溫往夢痕」也不例外。它寫的就是海棠，就是自己對海棠的處境、命運的慨嘆。從「難溫往夢痕」挖掘出中國和西方共產主義思想和運動的異同，並進一步臆想詩人對「橘」的肯定、對「枳」的遺憾，有些匪夷所思。

當然，「作詩必此詩，定知非詩人」（蘇軾），陳寅恪此詩是有所寄託的。要理解詩人的寄託，應從這首詩的整體出發，而不能從中摘出幾個詞語離開詩的整體作天馬行空式的想像。這首詩把「感傷」之情寫得淋漓盡致，從詩面看，他感傷的是海棠，但卻寄託著對「國事世局」的感傷，具體地說，就是對「中國及其傳統文化春事闌珊」的感傷——這後面括弧裡的話引自胡文輝解釋這兩首詩的結語，胡氏此語我以為更貼合〈其一〉。〈贈蔣秉南序〉「清光緒之季年，寅恪家居白下……朝野尚稱苟安，寅恪獨懷辛有、索靖之憂，果未及十稔，神州沸騰，寰宇紛擾。」[70]「神州沸騰，寰宇紛擾」就是當時詩人對「國事世局」的感受，而於傳統文化，陳氏更有漸趨淪喪的深憂。這樣一看，全詩就有了新的著

70 轉引自胡箋，頁一〇六—頁一〇七。

落。開頭之「此生」及以下既可指吳氏園海棠，也可以是詩人自指。第三句也寓自身的漂泊生涯，第四句和第五句均暗喻生不逢時，「難溫往夢痕」是訴說往日的夢想難以實現，不堪重溫。末聯則說文化「繁枝」不再，同志友朋如王國維等也早已雕零。海棠的處境和命運不也就是自己的處境和命運嗎？全詩意境渾成，表裡一體，正是所謂「言有盡而意無窮」的佳作。

從藝術上看，〈其二〉似更圓熟。不過，〈其二〉頷聯可圈可點，尾聯似指「天意」亦變，天上地下幾乎無人能知我心，只我一人「獨愴神」於舊園一角，能不淚下沾巾？

7

一九四五年所作之〈目疾未愈，擬先事休養，再求良醫。以五十六字述意，不是詩也〉：

鴻洞風塵八度春，蹉跎病廢五旬人。
少陵久負看花眼，東郭空留乞米身。
日食萬錢難下箸，月支雙俸尚憂貧。
張公高論非吾解，攝養巢仙語較真。

說「不是詩」，當有自謙之意，但似非全是。從傳統詩學眼光看，此詩固非上乘，然他看重的是「意」，於是也就在這「是」與「不是」路上走著。

這首當然是詩，而且我認為是好詩。試看「日食萬錢難下箸」，何等幽默！楊樹達曾說：「寅恪學人，而詩極富風趣。」[71] 此作當為典型之一。這是一般人很難達到的語言藝術境界。特別需要指出的是，利用一般讀者都耳熟能詳的成語、成句、典故，讓它們在新的語境中生出新意，這也是後唐宋體常用的藝術手段。如聶紺弩以「一片孤城萬仞山」來寫被打倒後胡風的處境和風骨，不能不讓人嘆服他舊詞（典）新用已經進入爐火純青的化境。上文曾提到陳寅恪詩承前啟後，這是啟「後」的有力證明。

8

對仗工妙是陳寅恪詩的一大亮點。對仗的上下兩聯，字數、詞性、結構等形式因素要「一致」，平仄則要「相反」，而其內容（一般地說就是兩個或兩組意象）又強調「差異」，如果沒有什麼差異，即所謂「合掌」，是對仗的大忌。不過強調差異的同時又必須強調兩者相關，共同為創造一個意境、表達一個主題服務。對聯藝術的奧秘就在於1加1大於2。1加1何以能夠大於2？首先是兩個1不同的質為其相加之和各自作出了不同的貢獻，好比兩種不同的顏色共同調出了一種新的顏色，原來的兩種顏色在這新的顏色裡既有原先的你，原先的我，但又不是原先的你或原先的我。不同之質的化合才能產生新質，常常是原先的質差異愈大，新質就愈新。此所以「無邊落木蕭蕭下，不盡長江滾滾來」之優於「兩個黃鸝鳴翠柳，一行白鷺上青天」者也。然而，原先的質差異愈大往往就愈難化合在一起形成新質。「青山」「綠水」其質當然不同，可以為對；但差異不大，平平而已。「青山」「白鐵」差異大矣，奈何難以化合。不過在特定的語境中也並非絕無可能，如「青山有幸埋忠骨，白鐵無辜鑄佞臣」。如果上文說的「一致」是「正」，「差異」是「反」，那麼在差異中生成新質就是「合」。

71 胡箋，頁一八七。

差異大乎尋常，化合又極自然，這就是陳寅恪詩對仗之魅力所在。一九四四年的〈憶故居〉中間兩聯：「一生負氣成今日，四海無人對夕陽。破碎山河迎勝利，殘餘歲月送凄涼。」「四海」與「一生」，其一致性無可置疑，而其差異性卻又大得出人意料。「負氣」與「無人」，「成今日」與「對夕陽」亦復如是。胡箋謂：「四海無人，似暗用蘇軾〈書丹元子所示李太白真跡〉『眼高四海空無人』句，自謂眼高耳。」上句似說「今日」之境況雖感遺憾卻無悔意，傲骨可見；下句「四海無人對夕陽」正是「今日」境況的具體狀態、真切滋味，這也是「一生負氣」的結果；因「四海無人」而獨「對夕陽」，悲涼之氣撲面而來，但傲骨依然，「今日」如此，「我」自泰然處之。十四字寫的是同一情懷。此聯就像來自兩個完全不同方向的力發生對撞而噴射出來的火花，分外炫目。作於一九六一年的〈辛丑七月，雨僧老友自重慶來廣州，承詢近況，賦此答之〉中「留命任教加白眼，著書唯剩頌紅妝」，也異曲而同工。

頸聯的特殊之處在於兩股尖銳對立的力不是來自上下兩聯，而是在上聯七字之中就碰撞起來了；「破碎山河」與「迎勝利」形式不「對」（「破碎」與「勝利」在形式上是相對的，一如下聯的「殘餘」「凄涼」相對）而內容相對，這樣的「勝利」又怎樣談得上是真正的勝利，雖然確實是「勝利」了——於是生出無窮的感慨甚至無盡的悲憤。下聯的「殘餘歲月送凄涼」實由上聯「破碎山河」生發出來，應該說是上聯的補充或延伸。上下兩聯當然也「對」，一寫國家，一寫個人；「迎勝利」與「送凄涼」不也對得十分工整嗎？但「迎」來的是似是而非的「勝利」，「送」到的卻是實實在在的「凄涼」——本句之中「殘餘」「凄涼」疊加，使凄涼倍增。上下聯可謂「合」得嚴絲密縫。上聯內部是內容之對，上下聯則是形式之對。邵燕祥的「紅包續得紅旗譜，白骨堆高白玉堂」與此異曲同工，上下兩聯各自內部因正反兩力直面相對而電閃雷鳴，兩聯之間則是相互平行而向同一方向的相互強化。

一九四五年〈乙酉七七日，聽人說《水滸新傳》，適有客述近事感賦〉：「妖亂豫幺同有罪，戰和飛檜兩無成。」上下兩聯內容其實並不相對，而只是相互平行（形式相對）而已，雖不以正、反、合的藝術見長，但其對歷史現實的深刻洞見與價值判斷，令人瞠目！不由得使人聯想起海明威在抗戰中（一九四一年春）來中國時關於戰後必是共產黨的天下這一預言。

以上說的是詩聯，他的一般聯語也多傑構。如〈戲贈雨僧〉：

新雨不來舊雨往
他生未卜此生休

作於吳宓先生離婚之後，就藝術而言，讓人拍案叫絕；然終覺嘲謔過甚，有傷厚道。其絕筆亦一聯語：

涕泣對牛衣，卌載都成斷腸史；
廢殘難豹隱，九泉稍待眼枯人。

正是：

十年浩劫，灑向人間都是怨；
一代巨人，熬乾血淚留此聯。

9

一九四五年〈乙酉九月三日，日本簽訂降約於江陵，感賦〉：

夢裡匆匆兩乙年，竟看東海變桑田。
燃萁煮豆萁先盡，縱火焚林火自延。
來日更憂新世局，眾生誰懺舊因緣。
石頭城上降幡出，回首春帆一慨然。

頷聯，胡箋曰：「燃箕煮豆，借用曹植七步詩『煮豆燃豆箕』；喻日本欲征服他國而反被征服。縱火焚林，喻日本發動戰爭而終陷泥潭，戰爭亦終至無法控制收拾。」如此理解，當然可通，然有合掌之嫌；陳詩往往惜墨如金，似存在進一步探討的空間。以「縱火焚林」喻日本侵略，甚確；而曹植七步詩「煮豆燃豆箕」原指「本是同根生」的兄弟，以喻中日關係，似乎未盡妥帖。我以為上聯或指國共兩黨在戰後力量的消長，兩黨既同屬一國，又曾兩次合作，尤其是第一次合作，實有「兄弟」之誼，此即所謂「舊因緣」也；戰後，國民黨由於在正面戰場與日軍周旋八年既久，又和八路軍、新四軍摩擦不斷，力量消耗殆「盡」；而八路軍、新四軍的實力卻有了長足發展，此即頸聯陳氏「來日更憂新世局」之緣由。換言之，詩人所「更憂」者，並非題目所示之「日本簽訂降約」，而是簽約之後即將開始的國共爭鬥的「新」局，而且勝負態勢似已洞若觀火。此解未敢自是，姑錄之，以待高明教正。

10

陳寅恪不同於許多唐宋體作者的一大特點是，他極其關注國家命運、社會政治，有所吟詠，往往自然流於筆端，少有不沾人間煙火氣的山水田園、風花雪月之作。這和後唐宋體是完全相通甚至相同的。陳寅恪這類題材的詩作，融入了自己的個人經驗，和他特殊的家世、閱歷、個性深刻相關緊密相連。這就使他有關時局、政治題材的詩作分外感人。對時局、政治的關注業已成為他精神生活的一個有機組成部分，而且是一個全面、深刻地滲透、影響他整個生命的部分。在這個意義上說，他簡直可以稱之為政治詩人。這和一般人關心時局、政治似乎有所區別，一般人往往是在它之外去關心它，而陳寅恪卻是在它之中體驗它；更與某些借詩表態、迎合、獻媚、謾罵等以圖自保、攀附等等者完全不同，決不可同日而語。如作於一九四六年在倫敦就醫時的〈南朝〉：

金粉南朝是舊遊，徐妃半面足風流。
蒼天已死三千歲，青骨成神二十秋。
去國欲枯雙目淚，浮家虛說五湖舟。
英倫燈火高樓夜，傷別傷春更白頭。

不但人在國外，心繫國事，而且國事和家事、和個人已是一個命運共同體。在這首詩裡，一個真正知識分子心目中當時的國家形勢，及其對一個真正知識分子命運的影響渾然一體地呈現了出來，成了一曲「悲愴」短章。它是國家的詩史，也是個人的心史。詩史心史寫都不易，而將兩者融為一體更是難上加難。此詩舉重若輕，化難為易，句句是史，字字是心，實非大手筆莫辦。

另一類可以劃為政治諷刺詩。可舉寫於一九五二年的〈男旦〉為代表：

改男造女態全新，鞠部精華舊絕倫。
太息風流衰歇後，傳薪翻是讀書人。

有論者將「讀書人」落實為「北京某著名史學家」，我以為不妥，因為這大大降低了這首詩的歷史價值和美學價值。當年被改被造者決非某一個人，而是一整個群體都從本「性」上被顛倒了，特別是這一現象以「男旦」意象加以藝術地概括，不能不令人拍案叫絕！當年躬逢其盛的知識分子，現在回頭想想，能不佩服詩人的深刻、尖銳？又能不為自己當年的表演感到屈辱羞恥？作者對「讀書人」期望太高了，因而失望也太深了！若當年是或出於無奈或出於愚昧，現如今則是出於高度的自覺，自己把自己給閹了。由此看來，這首詩至今也還有一定的現實意義。作者曾說「平生所學供埋骨，晚歲為詩欠砍頭」，這些「砍頭」詩，總算為中華民族偉大傳統即使在最嚴酷的歲月裡也始終未曾中斷提供了原本特別稀缺的佐證。

11

有論者以為陳寅恪政治眼光不行。確實，在「文革」中他曾為自己當年未能及時離開大陸而痛悔，甚至說：「死了以後，骨灰也要拋在大海裡，不留在大陸。」[72]這實在是很自然的事，像馬思聰當年還不惜冒著生命危險將「不留在大陸」付諸了行動。《鳳凰衛視‧我的中國心》在關於國學大師饒宗頤的專題報導中說饒先生「一九四九年離開大陸」定居香港，由此贏得了和平安定的學術生涯，從而取得了卓越的學術成就。但我以為，就陳寅恪個人而論，定居香港也許能有更大的學術貢獻，這幾乎是一定的。不過，事物都是有兩面性，他可能也將因此而失去了「獨立之精神，自由之思想」一個不能再生不可重複的輝煌注腳。他在大陸的最後二十年，是為實踐中華民族的偉大人格而活著，是為成就中華民族偉大的民族精神而活著。他個人之不幸卻是民族之大幸，由於「他個人之不幸卻是民族之大幸」，他個人之不幸只是小不幸，民族之大幸更是他個人之大幸：大小之間，不可不辨！當然他個人無此自覺的主觀意願，但他在這二十年裡的一舉一動一言一行無不在書寫一個大寫的「人」字，雖然艱難，甚至帶著血淚。由於有了在大陸的二十年，陳寅恪才是陳寅恪，「獨立之精神，自由之思想」才放射出了更加耀眼奪目的光輝！他讓我們為之驕傲，也讓我們因之羞愧。下面三首七律可作當代〈離騷〉讀。

〈甲辰五月十七日七十五歲初度感賦〉（一九六四年）

吾生七十愧蹉跎，況複今朝五歲過。
一局棋枰還未定，百年世事欲如何。

72 轉引自胡著，頁七二七。

炎方春盡花猶豔，瘴海雲騰雨更多。
越鳥南枝無限感，唾壺敲碎獨悲歌。

「蹉跎」一詞用於初度之詩可說是多了去了，在我輩看來，其他人可用而唯獨陳寅恪不可，他一生著作數量不可謂不豐，尤其是其分量、影響確為一般學者所難以望其項背，同時又有不少學生出其門下；他在中國思想史、學術史、教育史上的崇高地位，作為「教授的教授」，早已超越國界和意識形態為世人所共知。但這決非詩人矯情，因為只有他自己知道他已做的與他所能做想做的相去之遠，壯志未酬而已暮色沉沉，這是他個人的悲劇，也是時代的悲劇。如果光從學術層面來理解他說的「蹉跎」，未免失之片面和淺薄。他有他的社會理想，但現實狀況如何？「一局棋枰還未定，百年世事欲如何」！出句，胡著以為「當指國共仍對峙兩岸，中國政治的棋局未終」，似過於坐實；不妨籠統理解為國家並未走上發展的正軌，前途未卜。頷聯融情於景，雖然「春盡」但個人的心願依然像花一般濃豔，只是「風流總被雨打風吹去」，詩人已經多番風雨，而日後將會更多更猛，而且更毒！「越鳥南枝」之思也不必坐實為專指「故國」。「胡馬依北風，越鳥巢南枝」，《韓詩外傳》以為「皆不忘本之謂也」；陳氏之「本」當為其一心所繫之故國文明。「唾壺敲碎獨悲歌」之「獨」不應輕易放過，使我們想起「眾人皆醉我獨醒」的屈原，「抑鬱而無誰語」的司馬遷，想起「獨愴然而涕下」的陳子昂，「〈廣陵散〉於今絕矣！」的嵇康，「日暮猶獨飛」的陶淵明……他是孤獨者，木秀於林，相知原本就少，何況還有可怕的背叛。晚年他和黃萱的一番對話可見一斑。「文革」中，飽受驚嚇與折磨的陳先生，自知來日無多。對來探望他的黃萱說：「我治學之方法與經歷，汝熟之最稔，我死之後，望能為文，以告世人。」黃萱懇辭相對：「陳先生，真對不起，你的東西我實在沒學到手。」陳先生黯然：「沒學到，那就好了，免得中我的毒。」二十年後，黃萱不無感傷地說：「我的回話陳先生自是感到失望。但我做不到的東西又怎忍欺騙先生？先生的學識恐怕沒有人能學，我更不敢說懂得其中的一成。」[73]全詩由個人而國家，由回顧而前瞻，由現實而理想，有如黃河九曲，最終匯成「唾壺敲碎獨悲歌」一句，感人至深。

〈立秋前數日有陣雨，炎暑稍解，喜賦一詩〉：

周遭爐火鐵山圍，病體能支意轉迷。
韓偓偷生天莫問，范文祈死願偏違。
早知萬物皆芻狗，何怪殘軀似木雞。
拈出堯章詩亦好，秋前雨句可重題。

尾聯，胡著以為「兩句呼應詩題之意」。其實前人作詩最講究扣題，因題展開，句句關聯。題中有一「喜」字，全詩從字面看，似乎只有尾聯兩句與之呼應，前六句何喜之有？其實不然。它由「炎暑」著筆，隨即轉入「病體能支」之「喜」。「周遭爐火鐵山圍」，寫天氣，是所處的氣候環境，更是所處的社會環境，山圍火炙，「病體」似必死無疑，但居然能夠支撐過來，實是奇跡，當然可喜。不過，活著又能有何作為？詩人自己以為只是苟活「偷生」而已。於是頷聯承之而出。韓偓詩：「偷生亦似符天意」，這裡詩人卻是說不必過問我之偷生是否符合天意，或說是上天不必過問

73 舒婷《大美者無言》，《二〇〇七中國最佳散文》，頁二五二，遼寧人民出版社二〇〇八年版。

我之偷生是否符合你的意思，反正我還活著；然而苟活「偷生」並非我的本願，也是萬般無奈啊！「范文祈死願偏違」，「祈死」已是人生一大悲劇，但連這樣的願望也不能實現——如此活著，其痛苦比死更甚，這真是悲劇之中的悲劇！由喜而悲，忽然拐彎，似是離題甚至「反題」，然而不然，「木雞」般地所謂活著，無怪於我，頸聯實際上是更進一層：這是天地的事，聖人的事，與我（「殘軀」）無關！胡著注「木雞」曰：「原喻鎮定之態；後借指呆笨之狀」，極確。此處兩義兼而有之，看似呆笨，實則鎮定。既已活著，那就一如既往地活下去吧，而且在內心，精神上一定要活得「自在」——姜夔（堯章）有句云：「人生難得秋前雨，乞我虛堂自在眠。」而在「周遭爐火鐵山圍」中，活得自在，也未嘗不是對於以萬物為芻狗的天地、聖人的反抗與勝利！如此，安得不喜？詩人似為秋前之雨而喜，更為自己能在「周遭爐火鐵山圍」中葆有「獨立之精神，自由之思想」活得心靈自在而喜。五十六個字，卻煙波浩渺，波浪迭起，將自己複雜微妙的精神世界曲曲傳出，亦悲亦喜，悲中有喜，喜中有悲，悲喜交加，情何以堪！——胡著說，詩人死於「文革」大難來臨之後，「『願偏違』云云竟成語讖」，悲夫！

〈乙巳元夕，次東坡韻〉：

斷續東風冷暖天，花枝憔悴減春妍。
月明烏鵲難栖樹，潮起魚龍欲撼船。
直覺此身臨末日，已忘今夕是何年。
姮娥不共人間老，碧海青天自紀元。

從起承轉合的角度看，如果說上一首轉在第二句，這一首就在尾聯兩句。前六句，一層進一層地寫一九六五年「文革」前夕山雨欲來的嚴酷形勢，頸聯達到高潮，若再順勢續寫，可能就只得走下坡路了，整首詩也就並不值得特別推薦。而末尾一轉，另闢新境，頓時「起死回生」，可謂神來之筆。況且它又沒有離題，寫的是元夕之月；轉得也很自然，第六句引「今夕是何年」，正是蘇東坡寫月的名句。胡著以為尾聯出句「似反用李賀〈金銅仙人辭漢歌〉『天若有情天亦老』句」，對句「碧海青天，泛指天上（「上」或當作「人」？）相隔」，我不以為然：它寫的其實是詩人心目之所嚮往，或說理想境界。「碧海青天」，自是「表裡俱澄澈」，與當時人間現實形成了鮮明對照，是短暫與永恆的分野，是污濁與澄明的映襯。詩人「人還在，心不死」，在精神上並沒有消沉絕望，萬念俱灰，而仍然是堅守「獨立之精神，自由之思想」的高地，傲然屹立，「自」為紀年！這最後兩句，猶如一道閃電，撕裂了如鐵的黑暗；又如一聲霹靂，召喚著未來的希望！這首詩正是詩人不屈靈魂的真實寫照。

12

據知，陳夫人當初曾力主赴港，是他堅持留在大陸。若果真如此，下面這首詩就別有意味了：〈觀桂劇《桃花扇》，劇中以香君沉江死為結局，感賦二絕〉（之二）：

殉國堅貞出酒家，玉顏同盡更堪嗟。
可憐濁世佳公子，不及辛夷況李花。

其中或許就蘊含了對夫人的愧負之情。

至於政治眼光，也不能就此一概而論。他不是政治預言家，他在他的詩作裡所寫有關時局的預言，失誤就不止一處。這並不奇怪，讓我們為之驚訝的倒是他對一些政治現象的深刻洞見。如作於一九五〇年的〈經史〉：

虛經腐史意如何？溪刻陰森慘不舒。
競作魯論開卷語，說瓜千古笑秦儒。

雖為當時的所謂「學習」「改造」而發，卻也是一九五七年「陽謀」的準確預言。

13

一九六二年詩人有七律〈辛丑除夕作〉：

元旦驚聞警日躔，迎春除夕更茫然。
裁紅暈碧今何世，合壁聯珠別有天。
虎歲倘能逃佛劫，羊城猶自夢堯年。
病魔窮鬼相依慣，一笑無須設餞筵。

這首詩在陳寅恪的詩集裡實為平平之作，胡著指明「前四句當是套用錢詩」：

裁紅暈碧記往年，春盤春日事茫然。
澗瀍雒下今何地，鄠杜城南舊有天。

陳寅恪於錢謙益詩特別熟悉，句式、用語偶受影響，實屬自然；但兩詩意自不同。我要說的是，唐宋體詩中，後人套用前人的語句相當普遍，甚至於意也相仿者亦不少見。——陳寅恪尚且難免，更何況其他作者。這就無怪唐宋體路越走越窄了。

14

舊體詩詞植根於極其深厚的傳統文化土壤，作者、讀者必須具有與之匹配的前理解才能讀才能寫。隨著時代的發展、社會的變化，傳統文化的精神當然仍會薪火相傳、生生不息，但一般人的傳統文化修養水平從整體看總是一代不如一代，這幾乎可以說是一種必然現象。對此，我們不必胸懷杞憂為之悲觀絕望痛哭流涕，而當鼓勵對傳統文化有特殊愛好甚至為之痴迷者努力前行。像我，就是讀著「來來來，來上學。去去去，去遊戲。」長大的，上個世紀五十年代中期雖上了大學中文系，而且也還算用功，但於陳寅恪的詩仍是霧裡看花。就以上引〈南朝〉前四句來說：「金粉南朝是舊遊，徐妃半面足風流。蒼天已死三千歲，青骨成神二十秋。」「蒼天已死三千歲」一句只是隱約覺得和黃巾起義、張角有關；至於「徐妃」「青骨」卻非看注釋或查資料不可，否則就不知天南地北。但在作者，只是信手拈來而已；不但陳寅恪如此，老一輩的作詩者想來也都如此。而像我這樣於許多典故（包括詞語）懵懂無知的讀者想必也會越來越多，這幾乎就決定了正統唐宋體的作者讀者會愈來愈少，作者創作的路子會越來越窄，讀者閱讀的興趣會越來越淡。陳寅恪先生在〈王觀堂先生輓詞序〉中說：「凡一種文化衰落之時，為此文化所化之人，必感苦痛，其表現此文化之程量愈宏，則其所受之苦痛亦愈甚；迨既達極深之度，殆非出於自殺無以求一己之心安而義盡也。」正統的唐宋體正趨衰落，這是一個我們不能不面對的事實。可能有的人會為此感到痛苦，但未必有人會去自殺。我堅信，哪怕一萬年之後還一定會有熱衷於唐宋體創作閱讀的人群，它的魅力萬古不磨，永存人間。不過，我同樣認為，它不但不會成為主流，而且不可避免地日益邊緣化。目前，這一趨勢已經十分明顯，雖然作者讀者尚眾，但所作所讀多數（決非全部）往往徒有其表（五言七言，四句八句，大體押韻），沒有多少甚至沒有一點詩情詩味，其與正宗唐宋體相去又何止十萬八千里！這就為後唐宋體的崛起提供了巨大的空間。

15

陳寅恪於一九五六年有〈聽讀夏瞿禪新著《姜白石合肥本事詞》，即依見贈詩原韻酬之〉：

紅樓隔雨幾回望，衣狗浮雲變白蒼。
天寶時妝嗤老大，洛陽格義墮微茫。
詞中梅影招魂遠，嶺外鶯聲引興長。
肥水東流無限恨，不徒兒女與年光。

但單行本《天風閣詩集》與《夏承燾集．天風閣學詞日記》均未提及「贈詩」之事，亦未錄贈詩，令人費解。兩書倒是都收了他的〈廣州別寅恪翁〉：

數書湖海久相望，握手天南鬢已霜。
萬卷惟憑胸了了，九州共惜視茫茫。
黄鶯曲裡春聲好，紅豆燈邊夜課長。
老學放翁能返老，會看牛背射神光。

只是未提詩係和韻。再，夏詩韻字僅「霜」未與陳作之「蒼」同，我想夏老要用「蒼」字協韻，也非難事，儘管他是第二次用這套韻腳寫詩，何以獨獨留此「瑕疵」？也頗費解。

兩詩比較，夏詩僅寫兩人個人交往、情誼與對方之學術成就、聲望，而陳詩少了應酬，卻多了政治。可見兩老個性、志趣之差異。僅僅就詩而言，夏詩似乎更勝一籌，難怪陳寅恪「甚愛」此詩，「囑寫一直幅付裝璜」[74]。

16

從唐宋體詩統眼光看，陳寅恪與其兄弟衡恪、隆恪、方恪正有「正」「變」之分，衡恪、隆恪、方恪，正也；寅恪，變也。以「正」視之，寅恪大不如衡恪、隆恪、方恪；以「變」視之，則衡恪、隆

74 《夏承燾集》第七冊，頁五八四，浙江古籍出版社、浙江教育出版社一九九七年版。

恪、方恪則不免仍在唐宋體堂廡，不及陳寅恪有創新啟後之功。

茲以寅恪、隆恪獲悉抗戰勝利消息的同題之作進行比較。

寅恪〈乙酉八月十一日晨起聞日本乞降喜賦〉：

降書夕到醒方知，何幸今生見此時。
聞訊杜陵歡至泣，還家賀監鬢彌衰。
國仇已雪南遷恥，家祭難忘北定詩。
念往憂來無限感，喜心題句又成悲。

隆恪〈八月十日聞日本乞降喜賦〉[75]：

爆竹驚蘇廡下魂，乞降飛訊破黃昏。
沾裳涕淚懸家祭，避地形骸負國恩。
三戶亡秦陵谷變，八年思漢子遺尊。
枯楊休忘生稊日，元氣長蟠萬古根。

同胞兄弟畢竟同具乃父的精神基因，竟不約而同地想到「家祭」，用了杜詩。兩詩相比，隆恪由喜而愧並對國家前途充滿信心，而寅恪則由喜而「念往憂來」，因之「成悲」，顯然深了一層；深淺之

75 錢仲聯《近代詩鈔》，頁二〇八九。

間，似不可同日而語。寅恪詩多用熟典，曉暢淋漓；而隆恪頸聯用典雖不生僻，但以「秦」比日本侵略者，以「三戶」喻中華民國終覺不甚貼切；若「孑遺尊」之「孑遺」所指為戰後人民，又何「尊」之有？尾聯亦略嫌空泛，似有敷衍成篇之感。從整體看，寅恪實為國民、國士之詩，隆恪則有「臣民」「子民」之氣。

寅恪此詩並非變格的典型。如作於一九五三年的〈詠黃藤手杖〉：

陳君有短策，日夕不可少。
登床始釋手，重把已天曉。
晴和體差健，拄步庭院繞。
歲久汗痕斑，染淚似湘筱。
憶昔走滇南，黃虬助非小。
時方遭國難，神瘁形愈槁。
攜持偶登臨，聊復豁懷抱。
摩挲勁節間，煩憂為一掃。
無何目失明，更視若至寶。
擿埴便冥行，幸免一邊倒。
殘廢十年身，崎嶇萬里道。
長物皆棄捐，唯此尚完好。
支撐衰病軀，不作蒜頭搗。

羞比杖鄉人，鄉關愁浩渺。
家中三女兒，誰得扶吾老。
獨倚一枝藤，茫茫任蒼昊。

又如〈文章〉（作於一九五一年）：

八股文章試帖詩，宗朱頌聖有成規。
白頭宮女哈哈笑，眉樣如今又入時。

這類他自嘲為「彈詞體」的作品，恐為其他三格所不願為也；「幸免一邊倒」「不作蒜頭搗」云云，又恐所不敢甚或不能為也。

若無論「正」「變」，三格各有佳作。衡格如〈書憤〉[76]：

蒼茫顧盼國無人，狐兔縱橫駭戰塵。
九死敢誇螳臂力，萬方爭鬩犬牙鄰。
然眉自肇蕭墻禍，爛額誰思曲突薪。
四野元黃成浩劫，低徊靈瑣涕沾巾。

76 錢仲聯《近代詩鈔》，頁一七九四。

隆恪如〈丙戌除夕〉[77]：

萬籟寒無縫，殘霄醉有鄉。
流光爭白髮，幽趣養饑腸。
燭影扶人倦，山風引思長。
然犀憐百態，不敢問苞桑。

方恪如〈庚辰除夕〉[78]：

荒城日腳下平蕪，對掩衡門一事無。
萬難偷生仍此夕，百年過半待何圖。
椒盤冷落童眠早，霜柝迢遙旅思孤。
回首乾坤逦深阻，故應底處著寒儒。

他們的作品足令後來的唐宋體詩人汗顏。

詩曰：

77 錢仲聯《近代詩鈔》，頁二〇九〇。

78 潘益民輯注《陳方恪詩詞集》，頁八五，江西人民出版社二〇〇七年版。

天狂地醉海揚塵，盲叟可憐未失明。
獨柱天南憑正氣，詠懷論事總傷神。

（六）老舍

1

老舍是著名小說家、劇作家，也寫過不少舊體詩；但我以為，他的《月牙兒》《駱駝祥子》《茶館》所氤氳的詩意遠富於他的詩。他自己也說：「文驚俗子千銖貴，詩寫幽情半日新。」[79]他有自知之明。一九四三年他在〈舊詩與貧血〉一文中寫道：「去夏我作了十幾首，有相當好的，也有完全要不得的。今年夏天，又作了十幾首，差不多沒有一首像樣兒的。」[80]通讀老舍的舊體詩，我們可以發現，少年習作階段，寫的自然是唐宋體；後來很快就有所突破，有意無意進入後唐宋體的探索；可是到了一九四九年之後，寫的又幾乎都是唐宋體，「一片愚誠唱赤旌」（一九六六年〈和杜

79 《村居》（一九四二），引自張桂興編注《老舍舊體詩輯注》，中國國際廣播出版社二〇〇〇年版，本節所引其詩均此。
80 《老舍生活與創作自述》，頁三七一，人民文學出版社一九八二年。

宣〉所附「杜宣致老舍」詩中語）。平心而論，從整體看，「相當好的」確實不多，但都是後唐宋體；「完全要不得的」卻有不少，尤其是一九四九年後的可取的幾乎沒有。不過，他為我們已經貢獻了那麼多優秀的小說、散文、劇本，苛求他的詩也要又好又多，這不合情理！四九年後雖然「差不多沒有一首像樣兒的」，卻也沒有一首歌頌反右鬥爭落井下石的，這也不容易。

2

老舍在抗戰時期，寫了雖然為數不多卻幾乎全是後唐宋體的好詩。如作於一九四二年的〈村居〉之四：

歷世於今五九年，願嚐死味懶修仙。
一張苦臉唾猶笑，半老白痴醉且眠。
每到艱危詩入蜀，略知離亂命由天。
若應啼淚須加罪，敢盼來生代杜鵑。

一般唐宋體詩人儘管可以嘲笑他的數百首舊體詩尚未真正入流，但未必能夠寫出像這樣一空依傍的出新之作。「願嚐死味懶修仙」，慢說一般唐宋體作者，就是李杜蘇陸又何曾有此「瓊思玉想」（龔自珍語）？整首詩的語言、意境、情感、思想幾乎全是新的，起碼「一張苦臉唾猶笑」就是一千多年來的全新表情。「每到艱危詩入蜀」又比前人「自古詩人皆入蜀」等進了一步，杜甫如此，陸游如此，現在抗戰亦復如此，其中蘊涵著多少歷史的內涵，深沉的感嘆！尾聯堅定決絕，讓人動容。辛棄疾〈西江月・遣興〉（其二）已有「夜鶯且代杜鵑鳴」之句，不知老舍的「代杜鵑」是否據此而來；如果可以商量的話，我想建議將「代」改為「作」，因夜鶯亦鳥，並以善鳴稱，其代杜鵑而鳴，事在情理之中；而詩人來生「代」杜鵑，究竟是投生為人而「代」杜鵑呢，還是直接投生為杜鵑呢？似費猜疑；若直接投生為杜鵑，也就無「代」之必要了。不如用「作」乾脆明瞭，且整句音調更顯抑揚頓挫之美——未知作者以為如何？但不管是「代」是「作」，我們似乎有理由設想，他投水自盡前徘徊於太平湖畔時，一定重新考慮過這個問題。

再如作於一九三四年的〈《論語》兩歲〉：

（一）

共誰揮淚傾甘苦？慘笑唯君堪語愁！
半月雞蟲明冷暖，兩年蛇鼠悟春秋。
衣冠到處尊禽獸，利祿無方輸馬牛。
萬物靜觀咸自得，蒼天默默鬼啾啾。

（二）

國事難言家事累，雞年爭似狗年何？
相逢笑臉無餘淚，細數傷心剩短歌！

拱手江山易漢幟，折腰酒米祝番魔。
聰明盡在糊塗裡，冷眼如君話勿多。

此詩揭露當時政府賣國、官場腐敗、社會黑暗，比之魯迅的匕首投槍毫不遜色。讓我們感到特別驚奇的是，詩作並沒有被屏蔽，作者也沒有因此而受到迫害。不過，我著重要說的是，它的語言確實是文言與白話的有機化合，天衣無縫，與唐宋體風格迥異，有如清風撲面。它直白而不膚淺，通俗而又深刻。「萬物靜觀咸自得」，顯然「抄」自程顥的〈秋日偶成〉：「閒來無事不從容，睡覺東窗日已紅；萬物靜觀皆自得，四時佳興與人同。」但卻「抄」出了新意，這正是常人難以達到的境界。類似的例子還有一九三八年的〈自勵〉：「奇師指日收河北，七步詩成戰鼓催。」陳典活用，我想曹杜、王翰兩位都會向他伸出大拇指的。

3

一九四七年的〈贈吳組緗〉在集子裡是一首很特別的詩。說「特別」，是它牽涉到當時一場關於老舍所謂「原子談話」的風波，且引吳永平〈老舍「原子談話」疑案新解〉一文部分內容如下：

現在，解讀老舍「原子談話」疑案便有了四則史料，按照「發生」時序排列，則是：
一九四六年十月一日《文潮月刊》的《文壇一月訊》。
一九四六年十一月六日葉聖陶的日記。

一九四六年十二月九日《文匯報》的「消息」。

一九八三年十一月記者訪問曹禺的「口述實錄」。

再細讀如上史料，當可發現：一、老舍本人始終否認曾作「原子談話」，葉聖陶等所見美國媒體刊載的老舍講話內容大意為「美國應保持原子彈秘密，以與蘇聯折衝」云云，而曹禺只認定老舍說過前半句；二、老舍獲知國內關於「原子談話」的謠傳後，曾兩次致信國內，第一次是寫給《文潮月刊》，友人隨即以「編者」名義在《文壇一月訊》發布短消息代為闢謠。第二次是寫給「文協」葉、梅、鄭諸人，他們卻因顧慮「欲求彌補，轉落痕跡」，而未及時採取補救措施；三、一九四六年十一月前後老舍在紐約見到陪同馮玉祥來美國「考察水利」的老友吳組緗，獲知國內「文協」中人也曾誤信謠言而撰文批評，「大恚」之下便給葉、梅、鄭諸人去信，言辭中甚至有割席斷交之意；四、吳組緗得知「原子談話」的真相後，當即給《文匯報》去信，友人遂化名「一葉」在該報上發布「消息」，再次進行闢謠。

值得注意的是，老舍一再否認的是「絕未……講演」（《文潮月刊》）、「未……演說」（葉聖陶日記）、「豈有……發表談話的道理」（《文匯報》），其著重點在否認「講演」、「演說」及「發表談話」，並未涉及是否曾在會議上「答」過某人的「問」（曹禺訪談錄）。

關於老舍「原子談話」真相的考索，也許只能到此為止了。但老舍當年「反對擴散原子武器屠殺和平人民」的原則立場，卻是毋庸否認的。這裡另有兩個有力的佐證：第一個證據是史承鈞先生提供給筆者的，他在老舍當年正在創作的《四世同堂》第三部〈饑荒〉中發現了一句議論：「科學突飛猛進，發明瞭原子彈。發現原子能而首先應用於戰爭，這是人類的最大恥辱。」第二個佐證見於張桂興編《老舍舊體詩輯注》，書中收進了老舍當年題贈吳組緗的一首詩。詩曰：

自南自北自西東，
大地山河火獄中。
各禱神明屠手足，
齊拋肝腦決雌雄。
晴雷一瞬青天死，
彈雨經宵碧草空。
若許桃源今尚在，
也應鐵馬踏秋風。

詩中「晴雷」一句描繪的就是將原子彈「應用於戰爭」的慘狀。老舍反對「擴散原子武器」，其立足的基點是人道主義和民本主義，與當年戴著政治有色眼鏡的「親美」、「親蘇」人士似無共同之處。

附帶提一句，曹禺提前於一九四七年一月返國，老舍延期至一九四九年十月離美。傅光明在〈口述歷史下的老舍之死〉中曾「推測」這件疑案對老舍後來行為的影響，他說：「如果老舍在從美國回國前有什麼猶豫的話，這或許也是一個理由？」此說可備一格。[81]

現在回過頭來看看這場風波，真是讓人啼笑皆非，頂多不就是說了一句大意為「美國應保持原子彈秘密，以與蘇聯折衝」的話麼？何至引起一場不大不小的風波，而且有關者還都那麼認真！「如果老

81 《中國新聞網》二〇〇九年五月十四日 19:06，來源：中華讀書報。

舍在從美國回國前有什麼猶豫的話，這或許也是一個理由？」「或許」看來只是委婉之詞，事實上大概是一定的了。由此我們或許就可以理解老舍四九年以後的所有詩作何以都是頌聖歌德的原因了。細讀此詩，老舍當時又何止「親美」，還「反共」呢。「各禱神明屠手足，齊拋肝腦決雌雄」，這不是明擺著國、共兩黨各打五十大板嗎？對此，我願意引用吳永平的話指出「其立足的基點是人道主義和民本主義」，並進而肯定這是一首體現了一個現代知識分子「獨立之精神，自由之思想」的好詩。

4

一九三九年老舍寫過一首打油詩〈拋錨之後〉：

一去二三里，拋錨四五回，
下車六七次，八九十人推。

一望而知，是從邵雍那裡活剝而得，幽默風趣，發人一笑。我想拿它做個比喻：不少唐宋體作品就如同這首〈拋錨之後〉；甚至還遠遠不如，因為老舍是貌似而神異，而不少唐宋體作品則是貌、神兩似，幾乎毫無新意。

詩曰：

駱駝祥子月牙兒，茶館滄桑真史詩。
餘事短歌能擁鼻，風流蘊藉亦偏師。

（七）沈祖棻

1

沈祖棻是當代著名學者和詩人。作為詩人，她馳騁於舊體詩詞和新詩兩個領域，新詩不俗，舊體詩詞成就更高，尤其是詞，有「明清以來無人可匹」的美譽，雖有誇張，但可見影響之大。朱光潛〈千帆寄示子苾夫人詩詞遺著二卷，忙中急展讀，不忍釋手，因題寄千帆致敬。時年八十有二，已龍鍾昏瞶，不計工拙，情不自禁也〉[82]：

易安而後見斯人，骨秀神清自不群。
身經離亂多憂患，古今一例以詩鳴。

82 程千帆箋注《沈祖棻詩詞集》，江蘇古籍出版社一九九六年版，「諸家題詠」二。本節所引陳舊體詩均出此書。

獨愛長篇題早早，深衷淺語見童心。
誰說舊瓶忌新酒，此論未公吾不憑。

以「深衷淺語見童心」概括〈早早詩〉的藝術成就，甚為確切（雖難免也有敗筆）。所可商者是「誰說舊瓶忌新酒，此論未公吾不憑」兩句。「舊瓶忌新酒」，若不作比喻來看，只要是瓶必能裝酒，無論瓶與酒之新與舊，「此論」誠「未公」也。但若用以比喻舊的形式與新的內容之間關係，我以為則不公之至——如果我對詩多少有所理解領悟，除了自己讀過一點作品之外，在理論上主要就是受到朱光潛的啟發。現在我不避入室操戈之嫌，就引用他有關理論來看一看「此論」究竟「公」否。

言語作品無不都是內容和形式的統一體，言語內容生成於言語形式，一定的言語形式實現一定的言語內容，兩者絕不可能相互游離開來。因此，他曾在〈思想就是使用語言〉一文中明確指出：「表達總是獨一無二的，一種思想只能用一種方式精確地表達出來。」說，思想A，表達a，b，A＝a和A＝b就構成了矛盾，是不可能的。[83] 也就是說，A這酒必須裝在a這瓶裡，不可能裝在b這瓶裡。他又曾在《詩論》一書中以《詩經》的四句詩與其現代漢語譯文進行對比：

昔我往矣，楊柳依依；今我來思，雨雪霏霏。
從前我走的時候，楊柳還在春風中搖曳；現在我回來，天已經下起大雪了。

83 北京：《哲學研究》一九八九年第一期。

他說，譯文比之原詩，「意義雖大致還在，它的情致就不知去向了。」[84]可見詩的情致只能依托於它的形式、韻律，而不是它的內容——事實、思想。也就是說，原詩的情致——情致者，詩之靈魂也——根本沒有可能裝在現代漢語的瓶子裡，硬要裝進去，酒就徹底變味了。所以，他又說：「那一句話只有那一個說法，稍加增減更動，便不是那麼一回事……」[85]詩人西渡一次曾對我說：「一字之易，可以拯救一首壞詩，也可以毀滅一首好詩。因此，好詩與壞詩的距離單位是以字來計算的。」既然連一字之差都可能造成好詩與壞詩的巨大差別，新酒——新的內容、新的思想感情又怎麼可能裝在舊瓶——舊的言語形式裡呢？在我看來，新酒必忌舊瓶！

或曰，朱先生在這裡說的是我國古已有之的舊體詩詞之形式不忌新時代新的內容、新的思想感情，簡言之，舊體詩可以表現新題材、新詩意。這，難道就不可以嗎？現代許多舊體詩所表現的難道都不是新題材、新內容，而且還出現了不少膾炙人口的佳作嗎？且慢，這裡用得上一句至理名言：具體問題要作具體分析，不能一概而論。首先，應當承認，舊詩體（即舊體詩體裁或說是格律）和新題材、新內容並非完全不相容，正如文言也可表現新的思想、新的生活一樣；但其相容度是十分有限的。詩歌，和其它文學體裁一樣，都是語言的藝術，語言是文學的本體。而語言則是隨著時代的演進、社會的發展而不斷變化的，我國的書面語由文言而白話就是一次劃時代的躍進。這是歷史發展的必然，因為舊文言已經難以跟上時代的步伐，不能完全適應社會進步的需要。舊詩體是和文言相匹配的，白話就難以順順當當完全適應舊詩體的格律。就拿沈祖棻這首〈早早詩〉來說，「毛澤東思想，指路路不迷」，還好「毛澤東思想」恰恰是五個字，如果是「馬列主義」呢？那就無法可想了，高手也會無所措手足的。在

84 《詩論》，頁一一二，三聯書店一九八四年版。

85 《朱光潛全集》第四卷，頁二二六，安徽教育出版社一九九七年版。

中國近代，就有一些知識分子致力於介紹西方文化、西方思想。他們的外文相當精通，但是有一條巨大的鴻溝橫在他們的面前，這就是外文與文言很難準確到位地轉換。基於文言的舊詩體與現代生活、人們當今的思想感情難以匹配的情況也基本相同，於是出現了新詩。宜於以新詩表現的思想感情，舊體詩往往束手無策。當然現代人有些題材，比如說這首描寫外婆與外孫之間感情的〈早早詩〉，由於詩人高超的駕馭語言的能力，也由於題材本身的特殊性——題材與文言的相容性，被寫得惟妙惟肖，情趣盎然，成為一首難得的傑作。但這個別例子的成功，卻並不能推翻舊瓶難裝新酒的一般規律。有必要特別加以說明的是，這首〈早早詩〉實際上已融入許多白話的成分。如：「雞雞不洗腳，上床胡亂搞。狗狗不睡覺，半夜大聲吵。我是最乖兒，家家好寶寶」「鄰人來相問，家中有阿誰？爸爸在廠裡，媽媽值班期。爺爺放牛去，家家是老師。」其中除了「阿誰」等個別詞語，幾乎全是大白話。「胡亂搞」的「搞」是典型的白話詞彙，要想一個準確的文言詞來替代，還真不容易。而「值班期」，則顯然出於押韻的需要，多少有那麼一點點兒彆扭。

試再舉沈祖棻的新詩為例說明之。〈五長年〉[86]中有一段是：

四萬萬鋼鐵的決心，
凝成同一雄壯的節拍；
「起來，不願做奴隸的人們！」
現在是我們登高一呼的時候。

86 陸耀東編《沈祖棻程千帆新詩集》，頁五，武漢大學出版社一九九二年版。

試問，這「新酒」怎麼裝進舊詩體的「舊瓶」？如果一、二、四這三句可以勉強碰碰運氣的話，那第三句就是真有愚公移山的精神也是無可奈何的。而「起來，不願做奴隸的人們！」卻正是我們時代精神的最強音！「五四」至今，總有一些人低估了白話的表現力，我願意請他們讀一讀沈祖棻〈夜警〉[87]中的詩句：

整個的城市發出淒慘的光亮，
四濺的血花和著迸裂的火星。
紅！紅！紅！紅！紅！

這最後一行恐怕只有白話能夠勝任，文言是無能為力的；當然還要歸功於與白話文同生的新式標點符號。而有一首〈來〉以「你來，輕輕地來」為開頭，就這一句的詩情意趣，舊詩體又如何表現？我看，不容易！〈憂鬱〉[88]有句云：

你是在為了我整天的憂鬱著，
但我卻為了你的憂鬱而憂鬱。

和「你來，輕輕地來」異曲而同工，其「工」也為舊詩體所望塵莫及。

---

87 《沈祖棻程千帆新詩集》，頁十八。
88 《沈祖棻程千帆新詩集》，頁二六。

徐仲年在《微波辭・序》中指出：「〈空軍頌〉中常用『乃』『則』『遂』『亦』等轉彎詞，無形中削弱了筆力。要知〈空軍頌〉一類題目，句調須急促，而『乃』『則』『遂』『亦』皆非能達到此項目的的字眼。」[89]如：

誰說空間的遼闊是無限的，
轉折乃覺四海之逼仄。
想像古代飛龍馳騁的神姿，
乃失笑於高秋鷹隼之迅疾。

讀這幾行，即可知徐氏所言不虛。——別說整個舊瓶，就連舊瓶的碎片也會損害表達的藝術效果：事實難道不正是這樣明擺著嗎？

關於〈早早詩〉，朱光潛所說的「深衷淺語見童心」，確為不刊之論。我要補充的僅僅是，所謂「淺語」者，當然包括文言之淺近者，主要就是白話。「淺語」能夠表達「深衷」，〈早早詩〉的語言實際上是白話與文言的化合，已非一般唐宋體所可範圍。而白話與文言的化合，正是後唐宋體之區別於唐宋體的語言表徵。沈祖棻在這方面的探索與嘗試，為後唐宋體的崛起作了鋪墊，功不可沒。

89 《沈祖棻程千帆新詩集》，頁四七。

2

龔自珍詩云：「我論文章恕中晚，略工感慨是名家。」唐宋體到了二十世紀，已開始走向下坡；如果前半世紀是「中」，那麼此後就是「晚」了。「中晚」時期，當然「略工感慨是名家」了。讀這時期唐宋體詩人的詩，絕不能因其集中有與前人相仿、相似、相類、相因之作而失望——這幾乎是難以避免的必然現象，而要集中注意力去尋找、發掘多少有點詩意、新意（包括內容和形式兩個方面）的作品。這樣，就常常會有「柳暗花明又一村」的欣喜。

還是接著說沈祖棻。

白話融入文言，似乎敘事性的古體詩較為便利，而近體詩則難度更大。《涉江詩稿》極大部分作品是近體，還是基於文言的唐宋體，當然是現代唐宋體作品中的上乘。因其為唐宋體，又是上乘之作，置於唐宋名家集中足可亂真。錢仲聯謂「涉江詩稿，近體多絕代銷魂之作」。[90]她在與友人的書信中談到自己晚年的舊體詩創作：「大抵棻少年中年專致力於詞，詩則少作，未知門徑，遑論堂奧；老來久不作詞，即興為詩，亦懶再刻苦費心，故所作便不佳，偶有尚可者，則吳諺所謂『碰著法』也。作詩本無功夫，又加之隨便吟成，懶於用心及多改，故往往太『水』。」[91]十分低調，誠老一輩知識分子平實謙虛之楷模。然則「即興為詩」，實是為詩不二法門。無興而僅僅出於人際交往的需要而勉強為之，「往往太『水』」，必無好詩，但此類作品在唐宋體後期卻在不少數。所謂「碰著」即神來之筆也。

---

90 《沈祖棻詩詞集》「諸家題詠」七。

91 轉引自王芳、付曉燕〈論沈祖棻創作的文體嬗變〉，《岱宗學刊》二〇〇三年六月（第七卷第二期）。轉引時，刪去「故所作隨便不佳」一句中之「隨」字，特此說明。

她和程千帆的感情，可以說是《涉江詩稿》的主線，我特別傾倒於她在程千帆蒙冤落難之後所寫的作品，誠不負「絕代銷魂」之譽也。如〈寄千帆二首〉：

門外東湖水，秋風起碧波。
傷心家似客，附骨病成魔。
同室期應遠，移居愁更多。
幽窗人不寐，漫問夜如何。

清秋明月夜，相望隔重城。
多病思良伴，長離負舊盟。
有情惜往日，無意卜他生。
還待烏頭白，歸來共短檠。

第一首頷聯頸聯，可謂「窮而後工」者，非有意為工，情使之然也。而尾聯之「夜」義含雙關，作者未必有心，而讀者讀時自然生成此意。第二首後半篇更是可圈可點。「無意卜他生」，實是詩人對「此生」的憤懣與絕望，不應淺看。末尾兩句，一寫「歸來」之無望，一寫「歸來」之美好，兩者尖銳對立，不可調和，然則詩人的無奈與怨恨已溢出與字裡行間矣。

〈千帆沙洋來書，有四十年文章知己患難夫妻，未能共度晚年之嘆，感賦〉：

合沓蒼黃值亂離，經筵轉徙際明時。
廿年分受流人謗，八口曾為巧婦炊。
歷盡新婚垂老別，未成白首碧山期。
文章知己雖堪許，患難夫妻自可悲。

箋曰：自余以非罪獲譴。全家生活遂由祖棻一人負擔。時先君先繼母健在，余夫婦及三妹一女，共八口人，故第四句非泛下也。

中間兩聯，一空依傍，自出機杼，看似怨而不怒；而首聯出句之「明時」一詞，因有下面緊接的六句，卻有反諷之效，已經出離「溫柔敦厚」。〈近事寄友二首〉之二：

黃卷青氈舊業荒，閑居逸興豈能長？
奔洪暴雨侵茅屋，朗月清風隔粉墻。
未許衰年怯幽獨，但餘孤詠立蒼茫。
故人莫問新來病，那有當歸入藥方。

箋曰：余時牧牛沙洋。一九七二年春為牛所踏，折其距骨，因返武昌治療，越二年，仍去謫所，故詩有當歸之詠也。

頸聯為流水對，在她的全部作品中，是一個嶄新的境界，可謂奇峰突起。作者已不是一個多愁善感的弱女人，更像是頂天立地的大男子。在那嚴酷的環境裡，「怯」而心灰甚至趴下、跪下者真不知凡幾，但她卻仍然屹立一旁，在一片蒼茫中獨自歌唱！使人想起李清照筆下那位寧死也「不肯過江東」的人杰。——「立」指孤詠之人，此處也可指所詠之詩，詩因人而立，人借詩而立。唐宋體中有不少是跪著的詩，後唐宋體則是立者之詩。

〈余與千帆同獲休致，而小聚復別，賦此寄之〉四首之二：

偕老人空羡，何時共一椽？
浮生消幾別，忍死待多年。
孤獨巴山雨，行躔郢樹煙。
誰知歸隱日，依舊隔雲天。

此詩中「忍死」字不可輕易放過，她要堅強地活著，她要執著地繼續等待下去，為了他們的愛情，為了她心中的信念。從表面上看，是迫害者勝利了，但真正的勝利者卻是詩人。「浮生消幾別，忍死待多年」，幾欲催人淚下。

限於篇幅，不能全錄。讀著這些詩篇，我想起了自願追隨十二月黨人的丈夫流放西伯利亞的俄羅斯女性，她和她們一樣偉大！上引朱光潛以「骨秀神清」舉她詩詞的風格，看來並不全面。我以為她的作品可以一九五七年「反右」界分為前後兩個時期，於前期，「清秀」可謂的評；於後期，我想起了

「沉鬱瑰麗」四字。沉鬱，是就思想情感而言；瑰麗，是就謀篇造句而言，未知確否。從形式看，她寫的還是唐宋體，從後期作品的內容看，她已昂頭走進後唐宋體。她的編年詩，可以看出舊體詩由唐宋體嬗變為後唐宋體的軌跡。

3

舊體詩的創作，往往難免落入前人的窠臼，出新不易，就是名家大家也不例外。沈祖棻〈寄敬言二首〉之二「何日西窗一尊酒，秋燈夜雨話蘇州？」顯然就是從李商隱的名句脫胎而來。〈得印唐書，卻寄十首〉之四「何當夜話巴山雨，剪盡西窗燭萬條」則向前邁出了一步。別小看這一步，其實也不容易。〈得介眉塞外書，奉寄十首〉之十「惟把來書幾回讀，詩函欲寄更開封」似也自唐人張籍「復恐匆匆說不盡，行人臨發又開封」演化而出。至於其二之「秦淮春水綠迢迢」則與清人曹偉謨〈秦淮竹枝詞〉相重[92]——無論是巧合還是下意識地出現於筆下，都說明出新之難。

唐宋體之寫作亦易亦難，易在有海量的前人之作可供借鑒，難在背著前人海量作品的包袱而步履維艱。正是成也蕭何敗也蕭何。

92 見陳友琴選注《千首清人絕句》，頁三二五，浙江古籍出版社一九八八年版。

4

組詩〈歲暮懷人〉懷凌敬言一首云：「傅厚崗前血濺塵，沈沈冤魄恨奔輪。霓裳舊拍飄零盡，誰記當年顧曲人。」凌敬言，箋曰：敬言精於詞曲之學，尤喜崑劇。一九五九年，在其南京傅厚崗寓所前為三輪車所撞，不幸逝世。

前兩句，用錢仲聯的話來說是，「豈知珞珈山，後人又以此吊祖棻乎！」[93]——詩讖之說，頗為神秘。有耶無耶，其誰知之！

詩曰：

滄海橫流嘆此身，巴山忍死見真情。
涉江詩詞如星月，長憶當年折桂人。

93 《沈祖棻詩詞集》「諸家題詠」之「附錄」。

四

「後唐宋體」舉要

後唐宋體，前輩在漫長的探索過程中播下的種子，終於在聶紺弩等人的筆下開出了絢麗的花朵，結出了豐碩的果實，莊嚴地登上了現代文學的舞臺，前景未可限量。自改革開放以來，有越來越多的作者不約而同、自然而然地從事後唐宋體的創作，我所搜集的資料極為有限，只能舉其要者而略述其成就。

（一）聶紺弩

1.1

詩救了他，他救了現代的舊體詩。

人生的苦難無助，往往非親歷者所不能真知。一切都是荒唐、殘酷、恐怖，黑暗、冰冷、死寂，看不見任何光亮和希望；只有生的痛苦，因而只有死的渴望。活的願望太弱太弱了，因為死的理由太多太多了。活下去，是奇跡！活下來，更是奇跡！正是詩，使他活下去——他超越了功利，為詩而詩，生死以之；由於他活下去，才有了活下來的機會。詩，不但使他活下去，而且活得如此輝煌燦爛。他，詩裡求生，以詩為生，他把自己的一切，包括生命、理想、幸福都交給了詩，他和詩已融為一體，他就是詩。正是在這個意義上，我說他是詩之聖者，是我國現代詩史第一人。

詩，救了他；詩——舊體詩也借他之身之魂之詩獲得了新的生命，用香港學者高旅的話來說，「一滌近代舊體徒尚空言、誅求字屑之衰疲」[1]，打開了新的篇章。他救贖了舊體詩，挽狂瀾於既倒，或者更準確地說，是讓奄奄一息的舊體詩奇跡般地重獲青春。唐宋體，垂垂老矣；他，聶紺弩，借「詩」還魂，創造了後唐宋體。論者早已因他新穎獨特的詩風命之為「聶體」，極有見地；我把他放在舊體詩的歷史背景中，稱之為「後唐宋體」。沒有他，後唐宋體難以成體。他是後唐宋體的靈魂，旗幟。

在我國詩史上，致力於變革者可謂多矣，有的，成功了，推動了詩歌的發展；有的，卻失敗了，或客觀條件尚未成熟，或心力才能難以勝任。由唐宋體而後唐宋體，是根本性的大變革，是飛躍性的大進步，聶紺弩勇敢地承擔起了這一歷史使命，是歷史機遇與個人才力的巧遇，實為詩史之幸，亦為聶紺弩個人之幸。

天將降大任於斯人也，就詩歌領域而言，必先簸其命運，新其人格，苦其心靈，變其感覺。在監獄裡，又遇上了大躍進，「政府」——勞改犯對管勞改犯的幹部的尊稱——命令他寫「詩」，他就真的「遵命」寫起詩來了。他不可能寫學術著作，不可能寫小說散文，也不可能寫新詩——「政府」不一定接受這種詩體，是吧？常言道，魔鬼就在細節裡，歷史就這麼神奇地給他提供了從事一個驚天動地事業的機會。短小易成，傳統的律詩絕句給了他發揮自己才能的平臺，終於使他得以成為魯迅所說的齊天大聖孫悟空，並且跳出了如來佛的掌心，在唐宋體之外，篳路藍縷，開天闢地，創造了後唐宋體。後唐宋體，在周作人、胡適、魯迅多半只是偶爾為之的遊戲之作，只是到了聶紺弩的筆下才真正形成氣候。

---

1 侯井天《聶紺弩舊體詩全編》（以下簡稱「侯注本」），頁八，山西人民出版社二〇〇九年版。本節所聶詩及相關引文除另注明者均出此書。

作為孫悟空，他首先造了自己的反。他少年時代就追隨革命，憂國憂民，立己立人，數十年來從未間斷過自己的探索、思考，在磨難中，出於自己的天真、誠懇、純樸、堅韌，終於一步一步衝破了極「左」教條的束縛，掙脫天羅地網，「化而為鳥」，「怒而飛，其翼若垂天之雲」，自由翱翔於詩歌的天地。同時他也造了唐宋體的反，幾乎顛覆了近千年來唐宋體的觀念系統、題材系統、意象系統、語言系統，使我國詩歌的優秀傳統得以在新的時代發揚光大。而廣大讀者也得以在他作品裡看到被唐宋體所疏離起碼是被模糊了的現實生活，感受到了新的時代氣息，感受到了古老漢語新的魅力。

他一九三四年入黨，一九七六年以「原國民黨縣團以上黨政軍特人員」的身份走出大牢。「據說鄧小平聽說此事後，大笑著說：『他算什麼軍警特！』」[2]由此，我對「荒誕」有了新的認識，大詩人是可以從荒誕中走出來的。聶紺弩晚年一直「躬」在床上寫詩，走時「身體彎得像一張弓」，他以這樣的姿勢去見陶淵明、李白、杜甫、蘇東坡，不知他們作何感想。我由此對「躬」這個字有了新的領會與體驗，難道這個字是專門為他而造的嗎？他為詩而鞠躬盡瘁，「躬」而更顯示出他的正直，他的堅韌，他的偉大。

1.2

侯井天編注《聶紺弩舊體詩全編》[3]，不但收了各家對聶詩具體篇目、章句的研究成果，也收了

---

2 劉保昌《聶紺弩傳》，頁三一七，崇文書局二〇〇八年版。

3 山西出版集團山西人民出版社二〇〇九年版。以下簡稱「侯注本」。

共約二二〇家的一般性評論。我驚喜地發現聶紺弩的舊體詩不但已經引起了人們的廣泛重視，而且得到了高度評價，研究已經相當細緻、深入、全面。我不能拾人牙慧，更不願掠人之美，只能「接著說」一點自己的讀後感想。先從《散宜生詩》的胡喬木序[4]說起。胡喬木對聶詩的讚美是由衷之言，「它的特色也許是過去、現在、將來的詩史上獨一無二的」。——這話說得好，聶紺弩確實是不可重複的；但作為一種詩歌的特色，別人可以學，可以從各個不同的角度、不同的層面加以延伸甚至豐富，使之更為鮮明、深厚。即使不是有意地學，特色也可以有交集、重合，因此其特色可能並不僅僅屬於聶紺弩一個人，而有可能是一群人。事實上，已經存在以聶紺弩為代表的具有相近甚至相同詩風的詩人群體，而且似乎有理由預期這個群體可能會越來越大。後唐宋體因聶紺弩的創作實踐和輝煌成就而得以確立，也必將因這一群體詩人的努力而傲然屹立於我國的詩史。

「作者雖然生活在難以想像的苦境中，卻從未表現頹唐悲觀，對生活始終保有樂趣甚至詼諧感，對革命前途始終抱有信心。這確實是極其難能可貴的。」胡喬木也許正是因此而當面表揚聶紺弩「思想改造可得一百分」。其實，倘若聶紺弩真的「思想改造可得一百分」，他就不是聶紺弩了，我們也就沒有《散宜生詩》了。王蒙奎說，「我對他序言裡所說的聶詩『對生活始終保有樂趣甚至詼諧感，對革命前途始終抱有信心』持不同看法，認為那是逆境中的辛酸、無奈和強顏歡笑。」[5]他的不同看法自有有理的一面，而且似乎還比胡喬木深了一層，但也不全對。試看集中〈武漢大橋〉十首等作，胡喬木難道說錯了嗎？況且即使是寫「逆境中的辛酸、無奈和強顏歡笑」的篇什，也並不是「辛酸、無奈和強顏歡笑」所可完全概括的。胡、王所見之異，實在是一個沉重、敏感的話題。平心而論，以胡喬木所謂「思

4　侯注本，頁三。
5　侯注本，頁五。

想改造」的標準來看，聶紺弩顯然是不及格的；但今天看來，他也是顯然被改造過的人。這兩個側面都在他的詩裡得到了反映，當然是以前者為主。

再看聶紺弩對胡喬木的態度。一九八二年六月八日他致信胡喬木：「綸音霄降，非想所及，人情所榮，我何能外？惡詩臆造，不堪寓目，竟遭青賞，自是異數。至云欲覓暇下顧，聞之甚駭，豈中有非所宜言，欲加面戒乎？然近來腦力大減，不奈思索，知所止矣。」[6]「我何能外？」他和歌德一樣，也有不能免俗的一面，這我們完全能夠理解；我要多說一句的是，這樣的信似乎不可能出自陳寅恪的筆下。但，他雖不是陳寅恪，卻還是聶紺弩。胡「下顧」時，提出要為其詩集作序，他「居然也是木訥訥的，無所表示」。何以故？「他悠悠地說：『我怕貴人多忘事，耽誤我詩集出版的時間啊！』」[7]好一個「悠悠地」！真讓人高興與欽佩：詩始終是他的「命」——存在的意義與價值之所在，這就是聶紺弩之為聶紺弩的真實面目。

2.1

《散宜生詩》包括《北荒草》《贈答草》《南山草》《第四草》四個部分。《北荒草》是《散宜生詩》的精華。它是聶紺弩的代表作，更是聶紺弩體——後唐宋體的標誌性「建築」，其藝術高度一時可能很難被人超越。它是詩中之詩，美中之美；它是舊體詩詩史上一座突然聳起的高峰，若有幸登臨其上，往後看約八百年，是「一覽眾山小」，對於不少唐宋體作品，只能說它們「好得很平庸」（借用一位諾

6 侯注本，頁四。

7 侯注本，頁五。

貝爾文學獎得主評論某些外國文學作品的話）；往前看呢，「齊魯青未了」。沒有《北荒草》，就沒有詩人聶紺弩；沒有《北荒草》，後唐宋體就還只能處於學步階段。據友人見告，有的人於我對唐宋體的批評非常憤慨，我完全理解他們的心情；但我由衷懇請他們花點時間讀一讀《北荒草》（《散宜生詩》全本一九八二年版共九十九頁，《北荒草》只有二十三頁），也許就會重新思考我關於唐宋體和後唐宋體的言論。

《北荒草》極大部分都是以日常勞動為題材的，於其主旨，僅僅根據侯本提供的相關資料，可謂眾說紛紜。略加梳理，大體上似乎可以歸為如下三種見解：一是「歌頌勞動生活」[8]，「右派到北大荒改造，事情本來是強迫的，而在那原始而粗獷的勞動中所湧起的詩情，卻是自由而美好的。……他確實下到邊遠的地方勞動；但不料這些最基本的勞動形式，又反過來激動了詩人本身。作者採取了謳歌這些勞動的態度。」[9] 一篇題為〈憶叔叔聶紺弩〉的文章說：「他寫出了北大荒人特有的豪邁精神」，「他寫出了北大荒的風情特色」，「他寫出了北大荒的生活情趣」。他「熱情地謳歌生活，嚮往未來，幹勁十足，《北荒草》是有力的證言」[10]。還有的論者甚至認為有的作品是「向『政治』硬貼……以媚態邀寵」[11]。二是「歌頌是複雜的，複雜到包括了『滑稽亦自偉』以至於阿Q氣」，「有時是『勉強歌頌』」[12]；有的論者認為，「人們驚嘆他那種與命運抗爭的亦莊亦諧亦冷亦熱的情懷，卻也感到有一

8 侯注本，頁二十。
9 侯注本，頁九二三。
10 侯注本，頁九二三。
11 侯注本，頁二七。
12 侯注本，頁二七。

種『阿Q氣』」[13]；有的則說「這些詩充滿著樂觀而又苦澀、豪邁而又辛酸、悠閒而又沉重的生活情趣」[14]。三是，舒蕪認為它們「是寫窮苦的絕唱，寫出那樣人所不堪的環境中的一個不失人的尊嚴的人」[15]；黨沛家說：「《北荒草》是戰勝自我的勝利之花，它向你展現出血與淚的風采。《北荒草》是一枚豔麗的苦果，它讓你賞心悅目，也讓你品嚐它的苦澀。」[16]

《北荒草》和古今中外所有偉大的文學作品一樣，是一個鮮活、複雜、豐富、深邃的生命體，不同的讀者自然可以從中讀出不同的內涵，產生不同的感受。也誠如陸游所說，「明窗數編在，長與物華新」，它總是讓讀者常讀常新，永遠讀不盡、說不完。上引除了「邀寵」一說我完全不能同意外——其實此說也不能認為全是臆造或歪曲，而很有可能出自所謂「恨鐵不成鋼」的動機，其它各說都有一定的道理，尤其是第三種，於我心有戚戚焉！

不過，一，也不是百分之百地相同；二，即使結論基本相同，各自也很可能有不盡相同甚至很不相同的解讀。我覺得《北荒草》作為抒情詩，和一般的抒情詩不一樣，它其實有兩個抒情主體，一個是從少年時代就憂國憂民、真誠追隨革命的革命者，面對極左路線給我們國家和人民帶來嚴重後果的社會現實，面對由於對黨的無限信任響應黨的號召而誠懇建言卻遭受無情打擊的個人命運，因而痛苦、悲憤、無奈的真正的人；一個是身處勞改農場而要繼續求生、不得不妥協甚至馴服的普通平凡的人。相對於後者，前者是一個大寫的人，而正是這個大寫的人始終處於主導地位，但卻不能不受到後者的掣肘——但其作用也並不完全消極，因為它經常具有類似「安全閥」的功能。在北大荒，時時面臨所謂「清

13 侯注本，頁九二二。
14 侯注本，頁九二三。
15 侯注本，頁九二五。
16 侯注本，頁九二六。

查」的威脅。當年的監獄幹部回憶說：「『文革』時監獄經常搞清查，七二年清查時，他所在中隊幹部對聶用各種紙片、筆記本寫的東西，審查不清。我去過他們中隊，但有些我也弄不明白，和中隊幹部商量後，決定直接向聶詢問。……」[17]。即使從北大荒回到北京後，他想要出版他的詩集，也得接受出版社的審查，面對一個曾經是右派的人，尤其是事關政治，審查一般都特別嚴格。這是誰都知道的常識。就在他回到北京之後，連胡喬木要來看他，他也有驚恐之感，「聞之甚駭」，擔心詩「中有非所宜言」。聶紺弩，作為一個詩人，激情像火山的岩漿在噴發，他說，「詩有時自己形成，不用我做」；當然也「希望得到讚賞」，「並印成油印小冊送人」[18]。詩，情不自禁地要寫；而且又要給人看，還想出版：在他身上的兩個人即兩個「我」就免不了一場又一場的博弈。既是博弈，就免不了有進退、有妥協。他的詩，往往是這種博弈的結果。我們從詩作本身和修改過程都隱隱約約可以看見這種博弈的痕跡。令我們感到無比欣慰和敬佩的是，那個大寫的人總是占據主導地位，因此，他的詩作是大寫的人偉大的篇章，他的詩歌藝術是兩個「我」成功博弈的藝術。

2.2

關於聶紺弩，章詒和曾有如下見解：「聶紺弩敢想、敢怒、敢罵、敢笑、敢哭……聶紺弩種種特立獨行的做派和一貫到底的反叛精神，使得自己的大半輩子在批判、撤職、監督、察看、戴帽、勞改、關押、冤屈、喪親、疾病中度過。人生若以幸福快樂為標準去衡量，他是徹底的敗者。」[19] 我以為，聶

17 侯注本，頁二四。
18 侯注本，頁十。
19 轉引自劉保昌《聶紺弩傳》，頁三三七，崇文書局二〇〇八年版。

紺弩之想、怒、罵、笑、哭，其可欽可佩者，不僅僅在一個「敢」字，甚至主要不在「敢」字，而在想得深刻，怒得有理，罵得到位，笑得開懷、哭得傷心；更在其想、怒、罵、笑、哭均出之以詩：這才是聶紺弩作為詩人真正偉大之處。就「敢」字而言，他並非一味大膽、毫無顧忌；恰恰相反，他是有節制的，而且非常講究藝術效果。聶紺弩也是有幸福快樂的，特別是寫出了得意的作品時，其幸福快樂實難以言語形容，上文已經提到他是以詩為命的人。從經受批判、撤職、監督、察看、戴帽、勞改、關押、冤屈、喪親、疾病的命運看，他確實是個「敗者」，然而並不「徹底」。譚嗣同被慈禧給殺了，難道他就一定是敗者、慈禧就一定是勝者？譚嗣同死得那麼從容，在我看來，他才是真正的勝者。聶紺弩一生雖然飽受迫害，歷盡磨難，但卻留下了不朽的詩篇，歷史地看，他是光榮的勝者。

〈搓草繩〉是《北荒草》的第一首，也是《散宜生詩》的第一首。正如黨沛家所說，是《北荒草》的代表作，也是詩人的得意之作：

> 冷水浸盆搗杵歌，掌心膝上正翻搓。
> 一雙兩好纏綿久，萬轉千迴繾綣多。
> 縛得蒼龍歸北面，綰教紅日莫西矬。
> 能將此草繩搓緊，泥裡機車定可拖。

此詩，陳明強的評論最為精當：「此詩妙在想像奇特。由搓繩的普通活展現三種想像：戀境、壯境、實境，虛實並舉，剛柔交錯，創出完整的美好的勞動境界，表現了歡快的心情。」[20] 但黨沛家認

20 侯注本，頁十六。

為「也有『遵命文學』的味道」[21]。於此，我要接著說的是，我認同兩家的解讀；但這首詩也是兩個「我」博弈的結果，而且乍看起來是「小我」占了上風。它確實有「『遵命文學』的味道」，而且也確實「表現了歡快的心情」；但不能到此為止。我從小接受了「勞動創造世界」「勞動無上光榮」的教育，並由衷認同；後來慢慢知道勞動還有懲罰性的一類，即所謂「勞動改造」「勞動教養」，聶紺弩當年所從事的勞動即屬此類。這種勞動也是「歡快」的嗎？未必！於是有「遵命」之說，有阿Q精神之說，更離譜的是以為「以媚態邀寵」。但實際上「大我」並未完全敗退。理由是，被懲罰者在勞動中享受歡快決非懲罰者的初衷或動機，在實際上懲罰者和所有的人一樣，認定懲罰性勞動（還應當包括為謀生的勞動）是痛苦的，正因為是痛苦的所以才是懲罰性的，否則就達不到懲罰的目的。因此，在懲罰性的勞動中「歡快」恰恰不是懲罰者所樂意看到的，其標準表情應是俯首低眉狀，或是無可奈何狀，從一般邏輯想，這一這類表情才能使懲罰者感到「歡快」，起碼是「放心」。聶紺弩心靈深處的「大我」偏偏要「對著幹」，不但不是俯首低眉狀、無可奈何狀，而且還寫出這樣「歡快」的詩歌！——我認為，這是一種更深層次或說是更高意義的抗爭，而且又是相當安全的抗爭——我這不正是「遵命」而寫嗎！這是「遵命」，更是抗爭！這是「歡快」，更是傲岸！李白自訴「一生傲岸苦不諧」，這不也正是聶紺弩命運的寫照嗎？

那麼，這種「歡快」「傲岸」和阿Q精神又有何區別呢？我以為只是表面上有點像而已。確實有點像。我年輕時，曾對文學中典型人物、典型性格問題有點興趣，突發奇想認為，凡作家筆下典型人物的典型性格和作家自身的性格肯定有相似、相通甚至相同之處，其哲學基礎便是人人喊打的人性論。我當然不敢說出我持論的哲學基礎，但卻天真地認為我只要找出魯迅與阿Q之間的相似、相通最好是相同

21 同上注。

之處，我就勝利了，當時人們對魯迅是多麼的崇拜喲！——說實在的，我至今還有點崇拜。——於是我就一股勁兒在魯迅的集子裡找，老天有眼，終於讓我在《兩地書》裡找到了：他在一封給許廣平的信裡寫道，他有時也「硬唱凱歌」，白紙黑字！「硬唱凱歌」，不就是阿Q精神最精確、最簡明的注釋嗎？這段往事不多說了，就此打住說回來：是有點像吧？但兩者畢竟有本質不同，阿Q精神是奴性發作而受挫時精神上的的自我補償，而〈搓草繩〉的歡快，是作者身上「大我」這個抒情主體隱在詩的深處的勝利的笑，「偉大的心胸，應該表現出這樣的氣概——用笑臉來迎接悲慘的厄運，用百倍的勇氣來應付一切的不幸。」（塞萬提斯語）這和當時所謂勞動（實質上是抽象的勞動）光榮、歡快的笑在表情上並無二致。勞動者在民歌裡的笑是真正的笑，聶紺弩的笑卻是含淚的笑。況且，不但「一雙兩好纏綿久，萬轉千回繾綣多」原是詩人所嚮往的，「縛得蒼龍歸北面，綰教紅日莫西矬」，更是作者長期以來的精神追求，只不過是借「搓繩」之題發揮罷了，單就這兩聯看，「大我」已經沖向了前臺。我想聶紺弩之「得意」應在於此。如果完全無辜的人接受完全無理的懲罰還真誠地感到「歡快」，那就是無藥可救、萬劫不復的奴才了。聶紺弩決不是這樣的人！

《北荒草》中和〈搓草繩〉相類的作品還有不少，如〈拾穗同祖光二首〉：

一

不用鐮鋤鏟钁鍬，無須掘割捆抬挑。
一丘田有幾遺穗，五合米需千折腰。
俯仰雍容君逸少，屈伸艱拙僕曹交。
才因拾得抬身起，忽見身邊又一條。

二

亂風吹草草蕭蕭，捲起溝邊穗幾條。
如笑一雙天下士，都無十五女兒腰。
鞠躬金殿三呼起，仰首名山百拜朝。
寄語完山尹彌勒，爾來休當婦人描。

艱辛之極——千萬倍於陶淵明，而又得意之極：「俯仰雍容」，如大臣「鞠躬金殿」，如名士「拜朝」「名山」。難能可貴的是他沒有得意忘形，自有自己的堅守：「都無十五女兒腰」「爾來休當婦人描」。在困境能詩，是真詩人；在困境中能寫如此之詩，是大詩人。還有〈東周婆〉〈脫坯同林義〉等等，真可謂豪氣不減當年。

2.3

欣賞、評價聶紺弩的作品，和所有的作品一樣，不能脫離這些作品所由產生的現實環境。《北荒草・麥垛》：

麥垛千堆又萬堆，長城迤邐復迂迴。
散兵線上黃金滿，金字塔邊赤日輝。

> 天下人民無凍餒，吾儕手足任胼胝。
> 明朝不雨當酣戰，新到最新脫粒機。

前四句自是頌體，聯想到長城、金字塔，氣勢宏大；尾聯確實「幹勁十足」：「小我」進而「大我」退。然而詩人仍然有所堅守，關鍵在頸聯。此聯原作「手足吾儕有胼胝，人民天下無饉饑」[22]。據知，此詩作於「自然災害」時期（當指所謂「三年困難時期」）。一經比較，就可看出：原句是當作已然的事實來寫的，兩句顯然是因果關係，出句之「有」與對句之「無」相對，而且因「有」而「無」，形成因果關係，這種因果關係因句序而得以確立。句序一改，兩者的因果關係就變成了條件關係：只要「天下人民無凍餒」，「吾儕手足任胼胝」也是心甘情願、完全值得的。可惜「天下人民無凍餒」只是詩人的美好願望而已，為了這個美好願望，「吾儕手足任胼胝」，更體現了詩人的博大胸襟、高尚精神，與杜甫的「安得廣廈千萬間，大庇天下寒士俱歡顏」，「吾廬獨破受凍死亦足」，前後相映成輝。由於頸聯的轉折作用，也就在啟示讀者對前四句的描寫重新思考。但若讀時浮光掠影，就很容易被其字面的燦爛輝煌蒙混過去，那才真是辜負了作者創作過程中博弈的苦心孤詣。

再說，「任胼胝」三字也不能僅從字面就認定詩人所說的就是體力勞動，甚至就是作者在勞改農場的體力勞動，這樣就把它給看死了。我覺得，應當看得活一點，不但指體力勞動，也指腦力勞動，總之是「各盡所能」「人盡其才」，因為只有這樣，才能真正做到人民生活不斷提高，實現詩人的美好理想。而聶紺弩之所長，顯然並非伐木、農耕之類，而是文學創作、文學研究、文學編輯。這樣一看，詩作的言下、言外之意也許就會更加豐富、深邃一些。

22 侯注本，頁九十九。

2.4

「大我」「小我」博弈藝術的最高境界是兩者親密無間，或者說是在「小我」的保護下，「大我」作了淋漓盡致的表演。如〈挑水〉：

> 這頭高便那頭低，片木能平桶面漪。
> 一擔乾坤肩上下，雙懸日月臂東西。
> 汲前古鏡人留影，行後征鴻爪印泥。
> 任重途修坡又陡，鷓鴣偏向井邊啼。

首聯鑿定寫的是「挑水」，但只是「小我」的狡獪，為「大我」排闥而出開了一扇門，門雖然很小，但走出來的卻是一個頂天立地、以天下為己任的大丈夫。巧妙的是這個大丈夫、偉男子雖然確實是在挑水，但實際上卻是「一擔乾坤」「雙懸日月」；或者說他挑的是「一擔乾坤」，「雙懸日月」，僅作「挑水」狀而已，而且像模像樣。「汲前古鏡人留影，行後征鴻爪印泥」，看來，他是走在中華民族數千年來的歷史道路上，當然感到「任重途修坡又陡」，在這條慢慢長路上，有多少人或無比壯烈地或默默無聞地倒了下去，但前僕後繼，總有來者繼續向前，他，聶紺弩，只是其中的一個；然而只要能夠繼續走下去，他將無怨無悔——怎麼走著走著，就走到了這個幾乎荒無人煙的勞什子地方來了呢？「鷓鴣偏向井邊啼」，「行不得也哥哥」！這是個人的大悲劇，更是歷史的大悲劇。有人說，「鷓鴣啼」

「這三字表示行走不利索的意思。這裡聶用來代表此刻心煩意焦聽到不入耳的聲音的無限煩惱。」[23]我以為過於落實，「行不得也」既是個人處境的如實描述，也未嘗不是歷史對我們整個民族的警告——還好接下來是「三自一包」等等的糾偏措施；否則，「行不得也哥哥」。「井邊」是「小我」又在提醒人們「我」在挑水，「我」寫的是「挑水」。最後一句，與前面七句出現了巨大的落差，形成了巨大的張力，給讀者留下了廣闊的思考空間。

有人譏諷聶體「打油」。我謂，非「打油」也，乃「墮淚」也，「啼血」也。

以小寓大，以小寫大，當然非始於聶紺弩。我小時候就聽說了有關明朝少年解縉的民間故事。傳說他家以賣豆腐為生，母親終日推磨磨豆腐，父親挑著豆腐沿街叫賣。有人就問他是誰家的孩子，父母做什麼營生。解縉笑盈盈地說出一副對聯：

父親肩挑日月；
母親手轉乾坤。

讀聶紺弩的〈挑水〉，我想起了解縉的這副對聯。

2.5

說到推磨，《北荒草》真的有一首〈推磨〉：

23 侯注本，頁二一一。

百事輸人我老牛，惟餘轉磨稍風流。
春雷隱隱全中國，玉雪霏霏一小樓。
把壞心思磨粉碎，到新天地作環遊。
連朝齊步三千里，不在雷池更外頭。

關於這首詩的評價，曾經引起激烈的爭議。好在侯本在注釋中搜集相當齊全，篇幅竟長達5頁之多，留下的空間很小，我只是略作補充而已。一位論者認為：「五六兩句向『政治』上硬貼，顯得牽強附會；而結尾兩句，以媚態邀寵，完全破壞了前面造成的境界。」[24]於此批評已多，我要說的是如下兩點。一，聶詩確實向政治貼了，但一點也不生硬：第五句明明點出「磨」字，磨本來就是要把磨的東西磨得「粉碎」；第六句「環遊」不正是推磨總是原地打圈的藝術表達嗎？哪裡「牽強附會」了？二，稍稍複雜一點，必須多說幾句。在我看來，全詩都是「正」話反說，不但絲毫沒有「以媚態邀寵」的意思，簡直就是「惡」意挑釁，主動買禍，自討苦吃，如果作者當時給我看了，我會為他捏一把冷汗的。此話怎說？又如果我是當時當地的勞改幹部，我就會問：「百事輸人我老牛，惟餘轉磨稍風流」，聶紺弩，你真的以為推磨是「風流」之事嗎？你確實以為你「百事輸人」僅僅只有你會推磨這一點強過別人嗎？你他媽的黃埔二期，三四年入黨，四九年後中南區文教委員會委員，人民文學出版社副總編輯兼古典部主任，中國文字改革委員會委員，光明日報社編委，你的同夥吹捧你的雜文可以媲美魯迅……這是你的心裡話嗎？黨和政府把你弄到這裡來改造，叫你推磨，你明擺著是不服氣，這就罷了，還寫這反詩發牢騷，居然狗膽包天嘲諷我們的大躍進總是在原地踏步，你不想活了?!聶紺弩：我沒有「嘲諷我們

24 侯注本，頁二六—二七。

的大躍進總是在原地踏步」。我：你別以為我們都是傻瓜，看不懂你的反詩。推磨「環遊」，即使走了「三千里」，哪怕就是三萬里，不也還在原地轉圈，「不在雷池更外頭」嗎？白紙黑字，你還狡辯什麼?!你當我們無產階級專政是吃素的嗎?!——我以為這位「政府」決非無中生有，強詞奪理，深文周納。「春雷隱隱全中國，玉雪霏霏一小樓」，表面上看起來是歌頌大躍進，讚美推磨勞動；「把壞心思磨粉碎，到新天地作環游」，好像很有改造自己的決心，而且決心很大，大得不得了；但這「歌頌」也好「決心」也罷，只是巧布煙幕而已，實際上全都被最後兩句「磨粉碎」了。詩寫得確實「風流」，正因為它把不風流寫得看起來風流實則一點也不風流，只有嘲諷、揶揄，甚至只有憤慨、眼淚。

不能不說，「小我」在這首詩的創作中沒有起到什麼作用。難怪胡喬木「下顧」，聶紺弩會「聞之甚駭」，擔心詩「中有非所宜言」。我想，這首詩應該也是他擔心的作品之一。

不過，此詩前後出現兩個「雷」字，從舊詩律看是個瑕疵。

2.6

〈削土豆種傷手〉：

豆上無坑不有芽，手忙刀快眼昏花。
兩三點血紅誰見？六十歲人白自誇。
欲把相思栽北國，難憑赤手建中華。
狂言在口終羞說，以此微紅獻國家。

蘇東坡詩云：「作詩必此詩，定知非詩人。」講究作詩要有所寄託，如「橫看成嶺側成峰，遠近高低各不同。不識廬山真面目，只緣身在此山中」，寫的是此，所寄託者為彼，整首詩就是一個隱喻，彼此關係是明確的。我以為，在詩歌中，更多的是，呈現在你面前的是「此」，而「彼」卻不像上舉蘇詩那麼明確；特別是「彼」所指者為何也不確定，它不是一個比喻的本體，只是在等待敏感的讀者去「開採」；也就是說彼此關係是模糊的不確定的。前者，彼在整首詩的語言之外；而後者，彼此交融在一起，若有若無，似無還有，若即若離，質言之，彼在此中。前者的語言幾乎是透明的，後者則有如「莊生曉夢迷蝴蝶」，「藍田日暖玉生煙」：周乎？蝶乎？惘然！其煙，有耶？無耶？惘然！語言的意義，前者是一維的，像聶紺弩此詩首聯：「豆上無坑不有芽，手忙刀快眼昏花」，它說的就是這個意思，再也沒有別的了；後者是多維的，就像此詩的後面六句。

先從尾聯說起。「狂言在口終羞說，以此微紅獻國家」，侯井天和侯本所收集的多位注家，都以為「和魯迅『我以我血薦軒轅』的赤子之心是一脈相承的」。[25]就信念而言，兩人當然一致；但細味注文，似乎是說「以此微紅獻國家」和「我以我血薦軒轅」是一個意思。若果真如此，我深不以為然。是的，從字面看，確是十分相近；但實際意義，可謂天差地別。魯迅要說的就是詩句字面所說的，所謂直陳其志是也；而聶紺弩呢，他真正要表達的是悲憤——他，一個作家，一個學者，為什麼只能「以此微紅獻國家」呢？「此微紅」者，毫無疑義指的就是「削土豆種傷手」所流的「兩三點血」，獻出來又有何用？但他現在只能如此，別無它途。以此報國，是無奈！是荒誕！是悲劇！魯迅所說的「血」具有象徵意味，而聶紺弩卻實實在在指的就是這「兩三點血」；而且這是削土豆時「手忙刀快眼昏花」所致。作家、學者的手不是不能去削土豆，但作家、學者的手僅僅只能去削土豆來報

25 侯注本，頁二一三。

效國家，無論對於國家還是對於個人來說都是可悲的，就好比讓貝多芬去耕田，齊白石去打柴，結果是一個跌傷了腿，一個砍傷了手，他們不是出自幽默而是一本正經地宣稱：我們的音樂、繪畫根本一無所值，就以此傷痕、血跡報效人民吧！——這難道不是天大的笑話嗎？我們不能把笑話當做正經的話來聽。我認同雍文華的結論：這是「自嘲和譏諷」[26]——但他說的理由是「幾滴指血能與『建中華』相比嗎？」，又覺沒有到位。——即所謂言在此而意在彼也，不過彼此之間非比喻關係，因為彼就在此之中；特別需要點明的是「自嘲和譏諷」是一種態度、情感，而非語言本身的意義，彼非言之所指，卻就在立體的言中。

中間兩聯看似明白如話，但也頗有嚼頭。「兩三點血紅誰見？六十歲人白自誇」：「點」，至小也；「兩三」，至少也，以至微的待「罪」之身，其對國家、人民的一片熱愛之心又有誰會看見、重視、珍惜呢？「兩三點血紅誰見？」似在望「紅」興嘆，顧影自憐——光是這樣，就不是聶紺弩了；它和出句是一個整體，「六十歲人白自誇」以自嘲口吻出之，別有意味在。已有注家指出：「白」與「紅」相對，「則是去取其表層顏色的字面意思」，「此種俏皮的對仗，聶老慣用」[27]。我要補充的是，「紅」可能也指「三面紅旗」（大躍進，總路線，人民公社）之「紅」，「拔白旗，插紅旗」之「紅」，與之相對的「白」則可能是指此老心底與之相反的想法、觀點。這樣一看，「白」除了徒然的表層意思，則可能還有更深層次的意思；它不僅是「自誇」的狀語，還可能是「自誇」的賓語，和出句的「紅」是「誰見」的賓語一樣。而且此「白」來自一個革命者六十年來的經歷和思考，也可指清白、潔白之「白」，和「六十歲人」的關聯也都十分自然。

26 侯注本，頁二五。
27 侯注本，頁二三。

關於頸聯，從出句看，此詩很可能是詩人從北大荒放還後「補作」的。我著重要說的是對句。「難憑赤手建中華」，這不是人盡皆知的常識嗎？為何詩人還要堂而皇之寫進詩裡？而且又有誰讓你「憑赤手建中華」了？令人百思不得其解，該不是為了硬湊成八句的需要吧？我想，一方面這是與上下文相接，表明自己作為中華民族一員的赤子之心；另一方面更重要的是對當時決策者的勸告。它沒有主語，看樣子是他自己，但也有可能是指別一主體。當時提出大躍進，總路線，人民公社等等，願望或不可謂不好，但實際效果卻完全相反；儘管如此，提出者還是沒有聽取諸多批評，仍然固執地堅持一己之見，以為單憑「我」一個人的主意就能「建中華」。「難憑」句是否隱含對當時決策者誠摯的勸誡？——這才真正稱得上是「狂言」。此見，我不敢自是，姑且提出來聊備一說吧。我的意思是，讀詩，尤其是讀聶紺弩的詩，又特別是讀聶紺弩當時既希望審查通得過又能說說心裡話的寫於特殊年代的詩，絕對不能死扣字面的意思。

2.7

古人有「詩膽」之說，但似無具體界定。據我體會，可能有下面三層意思。一是語言能夠大膽突破常規而特別富有詩意，如杜甫的「叢菊兩開他日淚，孤舟一繫故園心」。這是語言的冒險。二是想像之奇特大大出乎人們意料而倍感驚奇，如李白的「黃河之水天上來」，李賀的「羲和敲日玻璃聲」。三是基於自身的信念甘於付出一切代價挑戰邪惡堅守真實真理，這最困難也最珍貴，也許就是詩膽的核心。唐人劉義自稱「酒腸寬似海，詩膽大於天」。其代表作之一〈偶書〉云：

日出扶桑一丈高，人間萬事細如毛。
野夫怒見不平處，磨損胸中萬古刀。

但比起聶紺弩來可就差得遠了，小巫見大巫也。在他寫舊體詩的不正常年代，以言賈禍者所在多是。有一則民間故事當時流傳頗廣：一個普通百姓在洗衣時隨口說了一句「這衣服就數領頭袖口最髒」，結果就被冠以惡毒攻擊偉大領袖罪抓了起來。聶紺弩，一個正在服刑的右派分子，居然在詩中寫道：

蘇武牧羊牛我放，共憐芳草各天涯。（〈放牛〉其一）
一鞭在手矜天下，萬眾歸心吻地皮。（〈放牛〉其二）

「牧羊」句猶可自辯，最多就是不服「戴帽」；而「一鞭」句說是寫自己放牛就不能自圓了：「矜天下」真的是說你自己嗎？「萬眾歸心」真的是寫你所牧的牛嗎？難怪舒蕪解曰「『一鞭在手』『萬眾歸心』，都是說我這個老牛倌，如今居然也有一鞭在手，萬眾歸心了，都是通過貌似自嘲，而有所諷刺。……形式上的主語是『我』，實際上這個『我』另有所指」[28]。〈周婆來探後回京〉：「行李一肩強自挑，日光如水水如刀。」有注家認為對句「如異峰突起」，「是描寫北大荒特有的警句」[29]。說得好，只是尚未說盡，因為由「日光如水水如刀」可以理解為「日光」「如刀」。

28 侯注本，頁三九。
29 侯注本，頁五一。

〈割草贈莫言〉「莫言料恐言多敗，草為金人縛嘴皮。」楊九如認為「恐『金』為『今』的諧音」[30]，信然！毛澤東〈詠青蛙〉詩云：

獨坐池塘如虎踞，綠蔭樹下養精神。
春來我不先開口，哪個蟲兒敢作聲。

其實，即使先開了口，又有哪個敢發出不同的聲音！〈伐木贈尊棋〉：「四手同心同一鋸，你拉我扯去還來。」怎一個慘字了得！〈懷張惟〉：「英雄巨像千尊少，皇帝新衣半件多。」簡直就是赤膊上陣！

2.8

已有注家指出，「月光如水」是舊體詩詞常見意象。我由此想到聶紺弩的詩歌語言藝術。他將「月光如水」改為「日光如水」，寫的是北大荒冰天雪地陽光無力，人在陽光下仍覺寒冷有如水中一般，真實貼切。「風冷如刀」「水寒如刀」的說法也並不罕見。聶紺弩的高超語言藝術的過人之處在於，對習見語的創造性改變和創造性組接。日月同光，由「月光如水」而「日光如水」，或者是詩人苦心經營的結果，但並不顯得特別生澀突兀，或第一感覺是生澀突兀，繼而就會拍案叫絕；特別是它和「水如刀」組接在一起，既寫了「日光」和「水」兩個對象，又似乎一貫而下，都寫「日光」，

30 侯注本，頁六八。

只是中間通過「水」這一轉折，自然而然到達「如刀」這個終點。比方說甲像乙、乙像丙就等於是說甲像丙一樣，但由於乙的介入，降低了「甲像丙」的衝擊力；或許他原本真正要說的就是「甲像丙」。

《北荒草》的語言藝術，最大的成就在於白話和文言的有機化合，它非文非白，亦文亦白，文中帶白，白裡透文，是一種具有新的生命力的詩歌藝術語言。也就是說，它不是典雅的文言，也非純正的白話；更不是文言之半通不通者為了賣弄自己的文言修養而在白話中硬生生地加進一點文言詞語、句式，不是寫慣了文言僅僅為了追求時髦學著白話的腔調，像後來放了的小腳。他為了自由地表達他獨特的詩情，在唐宋體格律、語言的基礎上，將白話與文言像和麵一樣，像烹調一樣，創造出了一種新的詩歌語言，這就是「後唐宋體」語言。聶紺弩本是白話作家，又有深厚的文言根底，他不用典雅的文言來寫，卻讓人感到他作品後面的文言修養；他不用純正的白話來寫，卻讓人感到他作品字裡行間的現代氣息。這是聶紺弩對我國古典詩歌的當代發展所作出的最了不起的偉大貢獻。

上文曾提到的〈東周婆〉，詩為：

龍江打水虎林樵，龍虎風雲一擔挑。
邈矣雙飛樑上燕，蒼然一樹雪中蕉。
大風背草穿荒徑，細雨推車上小橋。
老始風流君莫笑，好詩端在夕陽鍬。

此詩，陳明強有極高的評價：「自古以來寄內詩大多訴旅愁離恨，哀思纏綿，何曾見過這等雄奇之作。比較起來，寫『何時依虛幌，雙照淚痕乾』的杜工部也要遜他一籌。」[31]

我所要說的是，它的語言自成一格，是一個統一的完美的生命體，最恰當的字擺在最恰當的位置上，自然而然，毫無生硬、拼湊的感覺。雖然用了諸如「樵」「邈矣」「蒼然」等文言詞，卻沒有破壞整首詩語言的和諧，也掩飾不住一個當代知識分子從事艱苦體力勞動時的豪情壯志，當然還有無奈的自嘲。「龍江」「虎林」當然是指當時作者所在的黑龍江虎林縣，但給人的感覺是有龍的江、有虎的林，一個不畏龍虎的英雄就此上場。「龍虎」承出句「龍江」「虎林」而來，整句既往前走了一步，又向上提升了一層，他不僅不畏龍虎，而且胸有龍虎之氣，世間風雲盡在囊中，豪放之氣頓時撲面而來。遣詞造句，當得起「如盤走珠」四字。頷聯「邈矣」之「邈」，為上聲字，有婉轉回環之致，恰與「蒼然」之「蒼」的平直高昂相互輝映，一柔一剛相得益彰。「邈矣」與「雙飛樑上燕」搭配，天衣無縫；而以「蒼然」形容「一樹雪中蕉」，也可謂天造地設。「蒼然」之「蒼」意義太豐富複雜了，其基本字義是深青色，深綠色或灰白色，由此可以有多種多樣的組合，如～翠，～松，～天，～穹，～白，～茫，～老，～勁等等，我們似乎大可不必庸人自擾，求其甚解，就讓它在各種意義之間來回游動，還它一個豐富複雜的原貌。這七個字有三種對比鮮明的顏色，相互襯托，樸素得非常豔麗，「我」的形象因之更加耀眼。頸聯，「大風」也是「穿」的賓語，「荒徑」之「荒」更加重了「背草」的艱難；「橋」因「小」因「雨」而使並不嫻熟的「推車」者隨時有跌落河中的可能。尾聯出句「老始風流」的「風流」幾乎將上文所有的風流一筆抹去，「君莫笑」又加濃了「風流」的反諷意味。更妙的是，對句寫得更加「風流」，高高舉起的「鍬」在「夕陽」中的反光，使讀者如親臨

31 侯注本，頁五〇。

其境，結得壯美有力。全詩在虛實、今昔、君我之間，特別是在「風流」與無奈之間往復，讓讀者真正走進了詩人的心靈世界。

2.9

〈草宿同黨沛家〉：「清晨哨響猶貪睡，伸出頭來雪滿山。」侯注引李商隱詩「爐煙銷盡寒燈晦，童子開門雪滿松。」正是兩重天地，兩種境界，而且看來還難以對話。「哨」聲，在舊體詩詞裡很有可能是第一次響起，而「爐煙」則早已「銷盡」。

〈贈徐介城〉「切土全身盡上鍬」，當是古今律絕中最早出現的全新姿態。有人說聶詩「開七律未有之境」[32]，此其所以為後唐宋體也。

2.10

聶詩風格大致可以分為幽默冷峻和清雄奇崛兩類。上文詩例以幽默冷峻為多，其實他也有不少清雄奇崛的傑作，如〈聞某詩人他調〉：

地耕伊尹耕前地，天補女媧補後天。
不荷犁鋤到東北，誰知冰雪是山川？

---

32 侯注本，頁七一。

刀頭獵色人寒膽，虎口談兵鬼聳肩。
此後哦詩休近水，宵深處處有龍眠。

我所謂「清雄奇崛」者，是詩人一種氣質——獨特的精神個性、精神狀態、精神力量的詩意表現。他由於閱歷豐富、思深見遠，對人生、社會、事物往往能夠見人所未見，想人之所未想，在平常、平淡、平凡中發現奇特、奇妙、奇美，並用淺白、樸素的語言鑄造清晰、鮮明的意象呈現於讀者的面前。「地耕伊尹耕前地」，說的不就是墾荒耕地麼，他這種獨特的語言表達來自他獨特的個性，造就了「清雄奇崛」的風格。《孟子》只是說「伊尹耕於有莘之野」而已，並沒有說所耕乃人所從未耕作之地，但由於對句「天補女媧補後天」有意無意的暗示，就自然而然地產生了這種效果。於是目下的墾荒耕地就具有了全新的意味，「清雄奇崛」就這樣開始被釀造出來。《紅樓夢》第一回詩云：「無才可去補蒼天，枉入紅塵若許年」，曹雪芹原想「補天」，補天未成，於是寫作，而對他來說，寫作也就是補天事業的繼續與延伸。在聶紺弩眼裡，某詩人所從事的也是「補天」，但所補已是「女媧補後天」——所補已是殘破的天，或竟是說連女媧也沒有補就的天。僅僅十四個字，贈詩者和被贈者的地位、使命、處境等等就都顯示出來了，語句「清雄」，想像「奇崛」，確實當之無愧。「不荷犁鋤到東北，誰知冰雪是山川？」這兩句看似平淡，卻是外淡中腴，言此意彼——墾荒補天之艱辛實非未親歷者所能知，為下文提醒對方警惕環境之險惡作了鋪墊。「刀頭獵色人寒膽，虎口談兵鬼聳肩」更是平中見奇顯崛，尤其是對句完全出自虛擬，把一般難以覺察的險惡給形象化了，清而見雄，雄在清中。結聯，我覺得除了注家所說意在提醒之外，還有稱讚對方的意思，如筆力雄健、格高氣壯等等，否則哪會驚動「龍眠」呢？

清雄奇崛，是一種詩意的發現，同時也是一種語言的藝術。

2.11

作為語言藝術，聶紺弩的對仗也充分體現了清雄奇崛的風格特色。如：

〈過刈後向日葵地〉：田橫五百人何在？曼倩三千牘似留。

〈輓畢高士〉：丈夫白死花崗石，天下蒼生風馬牛。

〈脫坯同林義〉：看我一匡天下土，與君九合塞邊泥。

當然也有幽默冷峻的，如：

〈球鞋〉：山徑羊腸平似砥，掌心雞眼軟如綿。

〈懷張惟〉：開會百回批掉了，發言一句可聽麼？

〈送王覺往東方紅農場〉：廢書焚去烹牛肉，秋水汲來灌馬蹄。

〈排水贈姚法規〉：荒原百戰鹿誰手，大喝一聲豹子頭。

〈放牛〉其二：江山雨過牛鳴賞，人物風流笛奏誇。

等等，不勝枚舉。

3.1

《北荒草》之所以篇篇都是後唐宋體的傑作，其題材全新不能不說也是因素之一；而《贈答草》之贈答卻是唐宋體的熟門熟路，要走出新路，較之《北荒草》就增加了難度，對詩人是嚴峻的考驗。可喜的是聶紺弩以極其優異的成績通過了這場考試。

應當承認，《贈答草》中確有少量篇目未能完全擺脫唐宋體的陰影，如〈呂劍索詩〉：

落日燕山吊子之，河山信美奈人痴。
千年苦戍千山雪，萬古梅花萬首詩。
月滿中庭春睡早，星輝北斗酒醒遲。
思憑電話詢君夢，才撥三江忘四支。

他自己也坦言：「我與呂公向無交往，不知其任何行事，只好空而不靈。」[33] 末句自是謙詞，意思是只好走「空靈」一路，實際上也就是憑才學為之，這就不符合後唐宋體的基本宗旨。「子之」「千年苦戍」云云，不甚貼切，「吊」好像也要轉個彎兒；但我們不得不佩服詩人的才情，用唐宋體的眼光看，的確當得起「絕妙」二字，不過詩人是有自知之明的，他說「絕妙者非好詞也」[34]。

33 侯注本，頁二五五。
34 侯注本，頁二五五。

胡適曾在他的《嘗試集・自序》[35]中說：「我先前不做律詩，因為我少時不曾學做對子，心裡總覺得律詩難做。後來偶然做了一些律詩，覺得律詩原來是最容易做的玩意兒，用來做應酬朋友的詩，再方便沒有了。」「應酬」二字對於唐宋體贈答類詩可謂一針見血。因此可以批量生產，林黛玉還報過她可能的日產量呢。後唐宋體之贈答，不是應酬，而是伽達默爾、巴赫金所說的對話。

3.2

〈解晉途中與包於軌同銬，戲贈〉可以說是《贈答草》的壓卷之作，也是後唐宋體贈答類作品的典範。其詩云：

牛鬼蛇神第幾車，屢同回首望京華。
曾經滄海難為淚，但到長城豈是家。
上有天知公道否，下無人溺死灰耶。
相依相靠相狼狽，掣肘偕行一笑哈。

這首詩體現了我們社會裡一種非常難得的人與人之間的平等意識。在「文革」期間，我有一個原是幹部子弟的學生向我發牢騷說，「他們竟然把我爸爸和小偷、扒手、暗娼等等押在一輛車上遊街」。似乎遊街可忍；一個官員「和小偷、扒手、暗娼等等押在一輛車上遊街」，是可忍，孰不可忍？關於此

35 《胡適文集》第九卷，頁七十，北京大學出版社一九九八年版。

詩中「一笑哈」之「充滿諧趣」，就有論者認為來自把一個老共產黨員和一個「有歷史問題」的人銬在一起的「滑稽」。這很有可能是一種曲解。我想詩人此時決無因同銬者是一個歷史反革命而感到什麼委屈，他具有根深蒂固的「人的意識」——把人當人，人是目的，不是工具，對人只有尊重、關愛、悲憫，任你是誰全都一樣。這一點，整本《散宜生詩》可以作證。有趣的是，集外所收作於一九三五年的〈枕頭〉其二云：

> 天下人民本九流，時遷盜宅又燒樓。
> 如何革命家田漢，羞與偷兒共枕頭。

記得年輕時讀陶淵明〈乞食〉（「饑來驅我去，不知竟何之；行行至斯裡，叩門拙言辭。主人解余意，遺贈副虛期。談諧終日夕，觴至輒傾杯。情欣新知歡，言詠遂賦詩。感於漂母惠，愧我非韓才。銜戢知何謝，冥報以相貽。」），末句有言重了的感覺。後來才慢慢體會到人與人之間超功利超等級的平等、關愛，在封建社會裡是何等稀缺，對陶淵明當時的感情算是有了稍深一點的體貼。龔自珍說「陶潛磊落性情溫，冥報因他一飯恩。」我以為雖然對，但卻未說到點子上。林語堂認為蘇東坡有現代人的意識，開始也不很理解，後來發現他「上可陪玉皇大帝，下可以陪卑田院乞兒。眼前見天下無一個不好人」的自覺態度，不就已經十分接近現代的人的意識了嗎？鄭板橋在家書中一再叮囑家人善待傭工，說他們「亦人之子也」，也很了不起。回到聶紺弩，一個最有說服力的例證是他對舒蕪的態度。舒蕪交出胡風信件一事，非常複雜，他雖非猶大，錯大概總是有的吧。然而，聶紺弩有一首寫給舒蕪的詩這樣寫道（此詩《散宜生詩》未收）：

媚骨生成豈我儕，與時無忤有何哉。
錯從耶弟方猶大，何不紂庭咒惡來。
驢背尋驢尋到死，夢中說夢說成灰。
世人難與談今古，跳入黃河濯酒杯。[36]

他是徹底地諒解。他自己也因人告密而坐牢十年，而他出獄後從不去追查告密者。——這裡，容我岔開說幾句。我認為就是惡來，也不能詛咒了事，我們當然要清算他的罪行；但同時也要考慮到，惡來之所以成為惡來，還有不以他自己的意志為轉移的歷史的、社會的原因。即使是紂也一樣。對他們，我們也要有悲憫之心，要化憎惡、仇恨為悲憫。我很欣賞南非曼德拉「真相與和解」的主張，為和解而查清真相，查清真相是為了和解。

把人分成三六九等是封建專制的需要，是封建專制得以存在的基礎，當時的語言系統也深深地打上了等級制度的烙印。封建文人非常習慣於這種等級制度，等級觀念自小就已深入骨髓，寫起詩來難免自然流露於筆下，這也是唐宋體在思想觀念上的侷限之一。當然，憐憫是有的，而且也有講仁義重豪俠的另一面；但畢竟有別於現代的人的意識，君君臣臣父父子子是千萬不能逾越的。尊老和反對「沒大沒小」有交集的一面，也有本質區別的一面。尊重人，人中也可能有所謂「上級」「領導」，當然也在尊重之列，但這和「唯上」是不同的兩碼事。

奴才、奴氣、媚骨、媚態是等級制度、等級觀念的必然產物。〈解晉途中與包於軌同銬，戲贈〉最感人的就是在那險惡、屈辱的處境裡，保持著並表現出作為一個人的尊嚴、骨氣，在對環境、前途具

36 侯注本，頁七二六。

有清醒認識的基礎上，堅定，堅強、樂觀，盡一己之所能進行毫不含糊的抗爭。「戲」是「題眼」，「哈」是詩眼。全詩起筆便不同凡響，可以說是繼屈原〈天問〉之後的又一問。唐・杜牧〈李賀詩序〉：「牛鬼蛇神，不足為其虛荒誕幻也。」人間本無牛鬼蛇神，說某某人是牛鬼蛇神，猶如中世紀的宗教裁判所說某某人是魔鬼一樣，完全是不同於人間邏輯的地獄邏輯。因此自認是「牛鬼蛇神」，就是一種抗爭——這與說你是小偷就自認是小偷完全不同，倒是和紅衛兵高叫「打倒侯寶林！」侯寶林就真的躺倒在地作被打倒狀有異曲同工之妙。「屢同回首望京華」，為什麼望？為什麼「屢」望、「同」望？當然其中有對還在北京的親友的牽掛，但絕對不可能全是。「夔府孤城落日斜，每依北斗望京華」，杜甫所望當然不是北京，而是當時的首都，繫念的是社稷、朝廷；我想聶紺弩之望「京華」，也一定有對國家前途命運的思考、憂慮。頷聯寫自己的心情。他沒有眼淚，因為他已經經歷了夠多苦難的滄海、屈辱的滄海；況且在哪兒也都已經找不到自己的家，此之謂「長城」者，古代極邊之地也，相當於今之國界。但真正使他絕望的還是頸聯之所寫，本來已無公道可言，即使再有機會給你「脫帽」，還不是隨時可以給你戴上嗎？——這是作者自身經歷的真實寫照，右派脫帽還沒幾年，又成了「牛鬼蛇神」了。怎麼辦？幸虧還有一個同伴，「一笑」而「哈」——侯注引魯迅〈狂人日記〉「自己曉得這笑聲裡面，有的是義勇和正氣」，可謂一語道破。三「相」一「笑」，何等詼諧——何等氣魄，何等勇敢！他的手被銬，但他的心卻在天地之間自由翱翔。銬而能詩，這本身就是詩，只有聶紺弩寫得出來的詩，可以比肩李白杜甫的詩。「詩」「人」合一，是對唐宋體的超越，是對我國古典詩歌優秀傳統在更高層面上的繼承與弘揚。

3.3

陳寅恪〈論韓愈〉一文，說韓愈「以文為詩」，其詩「既有詩之優美，復具文之流暢，韻散同體，詩文合一」。「以文為詩」的典型樣態應當是古風歌行，至於律詩絕句，則主要是運用文的章法、句法，尤其是句法。舒蕪稱讚聶紺弩「以雜文為詩，創造了雜文的詩，或詩體的雜文，並開前人未有之境」。他自己則說「以雜感入詩，目前尚未臻此，假我五年，八十學詩，或可得其一二乎！」[37] 一說「雜文」，一說「雜感」，兩者本可通用，但細究起來，似乎仍有細微區別，前者偏於文體，後者偏於內容。以文為詩，古已有之；以文之章法、句法入詩，亦不罕見；以「雜感」入詩也非自聶紺弩始；「以雜感入詩」，「並開前人未有之境」則非聶紺弩莫屬。

「雜感」之所以能成氣候，應歸功於魯迅。瞿秋白在《魯迅雜感選集》序言中指出：「魯迅的雜感其實是一種『社會論文』——戰鬥的『阜利通』（feuilleton）。」又說：「雜感這種文體，將要因為魯迅而變成文藝性的論文（阜利通——feuilleton）的代名詞。自然，這不能夠代替創作，然而它的特點是更直接的更迅速的反應社會上的日常事變。」[38] 也就是說，雜感具有社會性。唐宋體詩人，關注社會民生者歷來不乏其人，但唐宋體卻更多是在象牙塔——大觀園裡轉悠。後唐宋體所謂以雜感入詩，就是強調詩歌的社會性。「世界日日改變，我們的作家取下假面，真誠地，深入地，大膽地看取人生並且寫出他的血和肉來的時候早到了；早就應該有一片嶄新的文場，早就應該有幾個凶猛的闖將！」[39] 舊體詩自不能也不應置身其外，但唐宋體實難擔此使命，於是後唐宋體應運而生，它安身立命的根本就是「取

37 侯注本，頁一七六。

38 瞿秋白編錄并序《魯迅雜感選集》，頁二，上海文藝出版社一九八〇年版。

39 《魯迅全集》第一卷，頁二四一，人民文學出版社一九八一年版。

下假面，真誠地，深入地，大膽地看取人生並且寫出他的血和肉來」，這就是它區別於唐宋體的「嶄新」之處。「取下假面，真誠地，深入地，大膽地看取人生」已屬不易，至於「寫出他的血和肉來」，尤其是用詩來寫——寫出來的是詩而非押韻的標語口號新聞導語，那就難上加難了。要寫出真正的後唐宋體，必須是現代公民的社會責任感、對社會人生體驗認識的真切性深刻性、舊體詩創作的可能性三者的自然巧遇。而唐宋體則一般只需要舊體詩寫作的技藝加上一點才學就幾乎可以在任何場合寫出「過得去」的作品來。

3.4

有人把典故比成士兵的武器，似易引起用典多多益善的誤會。其實最好的詩往往不用典，如李白〈靜夜思〉、金昌緒〈春怨〉。好詩而用典者亦復多有，但決沒有僅因用典而成為好詩者。往細裡說，用典有很多講究，光是分類，我現在在所謂明典、暗典、翻典，古典、今典，熟典、僻典等等而外，加一個公典、私典的名堂——人們一般都知曉者是為公典，僅僅來自作者個人經歷者謂之私典。私典或在題目說明，或在詩後加注，否則誰也不懂。當然，名人的私典有可能變為公典。我因學識淺薄，讀前人的詩集，往往喜歡注本，遇到疑難可省翻檢之勞，讀好的注本的注釋，如錢鍾書的《宋詩選注》，簡直就是一種享受；最怕的是有的注本人人皆知者說個沒完沒了，至於疑難處則不聞不問。一般地說，我不喜歡如不加注別人就不懂的作品，尤其討厭加了注才知並不高明甚至不通的作品。《隨園詩話》云：「用僻典如請生客入座，必須問名探姓，令人生厭。……詩人當以為戒」。私典就是生僻到只有作者一人能懂的所謂「典故」。

《散宜生詩》用典不少，大多用得非常藝術，有的讓人驚嘆不已。「曾經滄海難為淚，但到長城豈是家。」出句改「水」為「淚」，雖一字之差，已使原句脫胎換骨。像聶公這樣的人，在如此情境之中，不流淚而淚自流的「條件」「理由」可謂多矣：離妻別女，一也；六四高齡，二也；前途茫茫幾近絕望，三也；眼前遭遇前所未有的屈辱與痛苦，四也；國家遭此動亂、浩劫，五也；回首一生經歷，想到自己曾經為之獻身的理想和事業，更是心受煎熬，淚流難禁——但，聶紺弩已經沒有眼淚，此時此際的眼淚是弱者的眼淚，是迫害者希望的眼淚，是讓同鋳、同行者更加難受的眼淚。數十年的曲曲折折、起起落落，數十年的閱歷磨練、見聞思考，使他沒有眼淚，只有堅定、堅強、堅韌！我想，當年遭遇如聶紺弩者，何止千千萬；心態如聶紺弩一般者，當也大有人在；而能讓感情用如此富有詩意的語言噴發出來的，也許只有聶紺弩。當然他也得感謝古人語言藝術的鋪墊，正因為前有元微之之「曾經滄海難為水」，才有聶紺弩的「曾經滄海難為淚」；倘若沒有「曾經滄海難為水」，即使有「曾經滄海難為淚」，讀者也未必認同；但由「水」而「淚」，想得起，改得出，也了不起！我猜，想得起，是否會是由元微之的「貶」的觸發，在被「解」途中想起古今中外的貶官該是很自然的吧；至於改得出，則恐怕詩人自己也難說清緣由與過程了，這也許就是詩人難得、好詩珍貴的原因了。我又猜，定是先有上聯，再對下聯；有了上聯，詩人在得意之餘，肯定在為下聯苦惱；或許竟是從「滄海」開始……好，不再作胡編亂猜的冒險了。侯注引了「不到長城非好漢」，極是。由京解晉，是由北向南，足見不能把「長城」看死，就是天涯海角的意思吧。我想，寫「但到長城豈是家」時，詩人肯定想到了「不到長城非好漢」；這一下聯由於有這「不到長城非好漢」的語言背景而別具意味，絕對不能只看字面。試問是什麼意味？答曰：難言也。我隱隱約約卻也真真切切地感到了一種詩人有意無意與「不到長城非好漢」強項而爭鳴的意味。一是肯定句，一是反問句；一是「不到」就如何如何，一是「但到」又如何如何；不過，冒昧下此斷語，意在請教讀者。從用典方式看，上聯是明典，下聯是暗典；從用典內容看，兩者所用都為成辭，即前人已有之語句。妙用成辭可以說是聶紺弩的特長、優勢，如〈悠然五十八（四首）〉之一：「可憐邦有道，貧賤亦悠然」，堪稱經典。〈代周婆答（三首）〉之二有句云：「日之夕兮歸何處，天有頭乎想什麼。」「日之夕兮」直用《詩經》，「天有頭乎」來自《三國演義》，都用得極好，尤其是下聯，由成辭之「頭」引申出「想」，「想什麼」問得自然，特別是何以有此一問，發人深思，是繼屈原〈天問〉之後的又一問。

我以為這些都是天造地設的絕對，更是用典生新的典範。不過詩人用典偶爾也難免有飣餖獺祭之病，如〈以拙集《雜文選》贈重禹繫以一詩〉：

> 鬼谷先生立我前，鄉人賣藥免開言。
> 文盲局長翻身穩，萬里長城笑死錢。
> 自比烏鴉曹氏子，騙人階級傅斯年。
> 何來一炬阿房火，燒到乾媽義養乾。

幾乎都是典故，而且都是來自作者自己所寫的雜文，即我所謂的私典，是《贈答草》中少數不太成功的作品之一。

必須提及的是，聶紺弩自己嚮往不用典的境界。他說「最自喜的」「是什麼典故都沒有用的」作品。又說：「沒有人讀了我的詩而想學做詩的吧！如果有，我勸他學我不用典的方面，不用一典也可成詩。這對於舊詩將起推動作用，使它向空口白話方面發展。」[40]

3.5

〈邇冬七十病胃〉詩如下：

松風水月唐三藏，綠臉紅須竇二墩。
早有文章驚海內，晚憑胃血浣乾坤。
一灑九天霞萬點，幾瓶幾鉢幾瓦盆？
八旬久病吾未死，君才七十初恙耳。
相將同向無盡行，濯纓濯足延河水。
人也延，水也延，延它幾百幾千年。
一書捧獻世人前，世人望子如神仙。
我借佛光作普賢。

侯注本認為是一首，另有本子作兩首。不管是一首還是兩首，「人也延，水也延，延它幾百幾千年。」這幾句，我總覺有打油味，在一定程度上破壞了這首詩的整體美感。

40 侯注本，頁四三〇。

前人集中題目冠以「調」「嘲」字樣者，往往有打趣、調侃、幽默的成分，但它們還是詩，就因為全詩並非遊戲，如有名的韓愈〈調張籍〉其實就很嚴肅。聶紺弩也寫過〈嘲胡考並贈宋國英〉：

撲火荒原十里程，中宵歸隊月朧明。
先生五柳風前裊，力士黃巾背上輕。
匍匐救災麞鹿走，恫瘝在抱鷓鴣鳴。
踉蹌狼狽當時景，畫伯雙雙畫不成。

詩前有序云：「君初到生產隊是撲火憊極，被同伴背回」。據知宋國英還為此受到批評。——雖「嘲」亦無打油味，骨子裡是正經、嚴肅，甚至是悲劇。

幽默可以說是後唐宋體的最大特色之一，但它拒絕打油。聶紺弩詩，正如他自己所說，「人或以為滑稽，自視則十分嚴肅」[41]。以「十分嚴肅」為「滑稽」，詩人「淚倩封神三眼流」，難道我們以為「三眼」還不夠嗎？

4.1

如果說《贈答草》是詩人與別人——「他者」的對話，那麼《南山草》主要就是他和自我的對話，如〈六十〉〈六十贈周婆〉〈自遣〉〈七十〉〈對鏡〉〈八十〉等；即使是其它題材，仍舊可以見出他自己的心跡身影，如〈水滸人物・林沖〉等。如「自述」「自壽」之類的詩，一般最能顯露作者的真

41 侯注本，頁十一。

實面容；這固然是由於它說什麼的內容，更是它怎麼說的形式特別是態度，往往在不經意間透露出更多的真實信息。如林紓的〈八十自壽〉，一連寫了二十首，最後自己也覺得「近於搴簾自炫」，《畏廬詩存》摒去不錄。又如茅盾的〈八十自述〉說：「俯仰愧平生，虛名不副實。」實際上似乎自得多於愧疚。聶紺弩這些與自我對話的詩作，說得真實，寫得真誠，最能看出他的那個自我。上文曾說唐宋體大半是「臣之詩」，後唐宋體則是「人之詩」，聶紺弩的〈六十〉〈七十〉〈對鏡〉〈八十〉讓我們真切地感受到了他作為人所達到的高度。

我想，應當交代一下反右的一些有關情況，否則年輕讀者難免隔了一層。反右最突出的一點也許就是對右派分子內心精神支柱的顛覆，對他們的自信、自尊的毀滅性打擊。右派前面有一個定語：反黨反社會主義。其實他們原來並沒有反黨反社會主義，但經過七批八鬥（據我所見，全是文的沒有武的，只是真的要觸及靈魂），他們只得承認他們的言行在客觀上是反黨反社會主義的；這當然通不過，於是又經過七批八鬥，特別是自己的親人、好友、老師、學生的揭發批判，痛心疾首，義憤填膺；在被鬥得七葷八素之際，極大部分就都承認了，反正也已經明白不承認是不行的，別無選擇；而且這極大部分中的一部分還可能真的以為自己確實是反黨反社會主義的，真的成了反黨反社會主義的罪人、敵人、壞蛋，他們在精神上垮了。經此煉獄，他們自己把自己從「人籍」上開除了。後來，即使給你「脫帽」，也只是「脫帽」而已，你實質上還是一個反黨反社會主義分子，更何況帽子並沒有燒掉，只是拿在「群眾」手裡，隨時隨地都可以給你戴回去的。最慘的是，有的自己把自己從「人籍」上開除以後就真變得不太像人了——右派在一起改造時，有的就相互撕咬，爭取立功以圖早日脫帽。當然有的硬漢就是死活不認罪，有的覺悟反而更高了，變得更清醒了。至於受到普遍歧視、眾叛親離、嚴厲處罰等等這些外部看得見的遭遇，比起心靈扭曲來，又簡直只是小菜一碟了。瞭解了這一背景，再讀《散宜生詩》，我們也許會有不一樣的感受。煉獄反而使聶紺弩成為了詩人，首先是他不但沒有從「人籍」上開除自己，反而變得更加高大，更加純粹。先看〈六十〉四首：

一

六十一生有幾回，自將祝酒瀉深杯。
詩揮亂夢破牆出，老踢中年排闥來。
盛世頭顱羞白髮，天涯肝膽藐雄才。
藏書萬卷無人管，輸與燕兒玉鏡臺。

二

緣何除夕作生日，定為迎春來世間。
渴飲中蘇千里雪，飽看南北兩朝山。
西風瘦馬追前夢，明月梅花憶故寒。
此六十年無限事，最難詩要自家刪。

三

阿婆三五少年時，西抹東塗酒一卮。
囊底但教錐尚在，世間誰復肚常饑。

行年六十垂垂老，所謂文章處處疵。
已省名山無我分，月光如水又吟詩。

四

不贊一詞比夏遊，敬觀夫子著春秋。
空中邈矣天鵝肉，鏡裡蔫然蘿蔔頭。
生事逼人何咄咄，牢騷發我但偷偷。
行將六十千行晚，禿筆支離仍此樓。

你看，他瀟灑自得，銳氣不減，執著理想，奮鬥不息！此詩，侯注已經吸取了各家解讀的精華，我只能接著略作補充。「自將祝酒瀉深杯」，六十大壽有誰來為你祝壽？看來沒有，但他悠然「自」得，一往情「深」；「掙」，可見作詩之難，靈感之多。「踢」，健壯之狀可掬，「排闥」與之呼應，他堂堂正正走進煉獄，又堂堂正正從中出來，老驥伏櫪壯心不已。一「羞」一「藐」，一虛一實，所「羞」者非右派也，「白髮」也；應「羞」者，「盛世」也，非我也。我雖在京城，與廟堂之遠宛若「天涯」，但我之「肝膽」卻足以「藐」視所謂的「雄才」。「無人管」者，豈只「萬卷」，實乃「藏書」之人，胸有「萬卷」之人；還好，我還有一個女兒在陪伴著我。——遣詞造句，絕不僅僅是語言技藝技巧問題，而是如何做人的問題；煉字煉句，也是自我對話——自我激勵、自我磨礪、自我提升。

一個對象、一種現象的存在，離不開主體對它的觀察、體驗，因此世間有千千萬萬個哈姆萊特。詩，就是對人當下存在的超越。不就是生在除夕嘛，不！「我」為「迎春」而來，也就是我為創造春天而來——回首往日，我並沒有辜負時代賦予我的使命，此由「渴」「飽」可見。你驕傲，是的，「我」至今為此自豪！但沒有就此止步，雖在「西風瘦馬」的殘年，前夢不但不悔，還要繼續追趕，猶如夸父逐日。回想過去苦難的經歷，「我」沒有半點頹喪，「我」的人格、「我」的作為，恰如「明月梅花」，堅貞而美好。對過往的一切，知者不多，解人更少，「在這樣一個偉大運動中，當然沒有人來看我的這可憐的幾首歪詩」[42]，這對「我」來說才是最最難受的。而最最為難的，卻是自家刪詩。有人喻自家書之出版猶如嫁女，然則刪自家的詩無異槍斃。我以為除了這層意思，可能還帶有自家的詩既多且好的自得自豪之情。

第三首，「阿婆三五少年時，西抹東塗酒一卮」，朱正引《唐摭言》薛逢典最為準確，需補充一句的是詩人是刻意用這個典故來呼應第一首的「盛世頭顱羞白髮，天涯肝膽藐雄才」。中間兩聯順流而下，痛加發揮，可謂淋漓盡致。尾聯出句作一小結，似乎跌至谷底，對句卻又奇峰突起。他是不會讓人失望的。

第四首，首聯難有確解。我的理解說的是時局：（毛）「夫子」著「春秋」，「我」且看你的手筆，反正「我」「不贊一詞」，「敬觀」而已。「我」決心已定，仍在「此樓」中寫我的詩。尾聯使我們聯想起魯迅的「躲進小樓成一統，管它冬夏與春秋。」

四首都寫到詩，可謂始之以詩，結之以詩，貫穿以詩。對生命及其苦難，他迎之以詩，出之以詩，超越以詩。儘管在《散宜生詩》的序和後記裡，他關於自己的詩說了不少自謙的話，實際上由於他

---

42 侯注本，頁四二九。

在詩的創作過程中重新找回了自己的尊嚴和價值，已經逐漸將自己的生命與詩融為一體，他已經建立起了對自己詩作的信心。記得蘇東坡臨終時說過「我生不惡，死必不墜」。我願意相信，從北大荒歸來，聶紺弩已有這樣的自信：我詩不惡，必有價值。此後，再也沒有什麼力量能夠將他和詩分離開來。〈年初自嘲〉（之一）：「老想題詩遍天下，微嫌得句解人稀。」[43]〈七十〉（二首）之一云：「死來不可復燃乎？戲把前程問火爐。敗絮登窗邀雪舞，殘冬戀號待詩除。」以及〈歲暮焚所作〉〈除夜題所作〉等均可作為注腳。

一九八二年聶紺弩作〈八十〉三首，其二云：「小園枯樹悲風勁，下里巴人楚客工」，以一「工」字自許。其三末聯曰：「五台師範花和尚，狗肉噴香誘戒刀。」年屆耄耋，他仍然不能也不忍拒絕作詩的誘惑。

4.2

他作詩是「自嚼吾心」，詩作是「深宵爝火」（〈歲暮焚所作〉）。他說：「文章報國談何易，思想憂天老或曾。」（〈花城〉以「迎春」為題索詩〉）他這決不是紙上談兵，說說而已；他，聶紺弩，真的寫起「砍頭詩」來了。〈沒字碑〉：

天后陵前沒字碑，蕩婦妄題一句詩：

「暗照則天而則之。」

43 《聶紺弩全集》第五卷，頁二二〇：「微嫌得句解人稀」作「無如開口世人非」，武漢出版社二〇〇四年版。

東施效顰人盡嗤，豈汝稱孤道寡時？
騎虎難下終需下，君問歸期未有期。

萬枚子指出：「詩揭江青醜態，當時敢寫反詩者，三草一人而已！」[44]方印中說：「現在讀者們重讀〈沒字碑〉，仍然會為詩人的膽識而震撼——這首詩是中國詩史前無古人的一頁！」[45]其膽可嘉，其識更可佩，在當時的歷史條件下，他對江青下場的預言如此之準確，實屬難得。所謂「深宵爝火」者，決非空言大話。可有的舊體詩作者往往以詩為「詩」，講究的是典雅，遵從的是「詩教」，溫柔敦厚思無邪，充其量也就是躲在安全的角落裡憂國憂民，似乎慷慨激昂熱血沸騰，一有危險，立刻變蔫，避之唯恐不及。他們缺乏一個現代公民的歷史使命感和社會責任感，對於國家、人民沒有真正的擔當，作為人和詩人並沒有多少交集，詩只是自娛、炫耀、應酬、進身的工具或階梯。以聶紺弩為代表的後唐宋體詩人，「自嚼吾心」，以人為詩，以詩做人，其人即詩，其詩即人，人和詩一切回歸到了本真狀態，掀開了詩史新的一頁。

4.3

從其詩看，聶紺弩並非只是憤世嫉俗，他是一個光明的人，他真誠嚮往光明、熱烈追求光明、盡情擁抱光明。《散宜生詩》是「爝火」，是充滿亮色的光明的詩；當然不是、也不可能是、不應該只是

44 侯注本，頁三一四。
45 侯注本，頁三一三。

一片光明，沒有黑暗何來光明？光明就是暴露、鞭撻黑暗，使黑暗恐懼、戰栗，最終退逃。「爝火」也讓我們欣賞光明的美好，最典型的莫過於組詩〈武漢大橋〉十首。其中寫得最好的，我以為是〈橋夜〉二首：

一

尤物江東大小喬，為誰風露立中宵。
空中車馬驚馳走，水底星燈眩動搖。
兩兩花開橋堡月，雙雙人到月宮橋。
天街夜肅華清暖，旖旎雲屏各自嬌。

二

單衣涼露夜吹簫，橋劃水天兩把瓢。
星爛月空銀噴嚏，月泅星海玉身腰。
平生光景誰今夕，美死狂奴定此橋。
只恨長江非止水，流將星月許多嬌。

八百年前，蘇東坡把西湖比成西子，膾炙人口；八百年後，聶紺弩把長江大橋與相連的漢水大橋比成大喬與小喬，又借前人成句發此一問：「為誰風露立中宵？」詩人的深情頓時化為兩橋的深情，令人驚嘆！詩人的童心、痴心於是躍然紙上。頷聯寫橋高、橋燈，過往車馬因高而驚，兩行橋燈因水而眩，天水相映，虛實相間，創造出了一個童話世界。頸聯、尾聯再加濃墨重彩，展開具體描繪，回答了首聯提出的問題。在這個童話世界裡，花、月、橋、人，「兩兩」「雙雙」，在「天街」在「華清」，風光旖旎，讓人陶醉。

詩歌對現實的超越主要通過想像。第一首寫月如花開，就是美好的想像；第二首寫月打噴嚏使得滿天星光燦爛，月渡星海而裸露出了美麗的腰身——古今中外誰想到過，誰道得出？只有聶紺弩！他不只是與風車作戰的唐吉呵德，也不只是追問「天有頭乎想什麼」的思想家，他還是一個天真的孩子！結聯「只恨」先是讓人吃了一驚，而後哈哈大笑；不過可以告訴詩人：莫恨長江非止水，流將美景到天河。

4.4

《南山草》中有幾副對子是非展示一下不可的：

〈壽橋〉：「昔日三分今一統，大江東去我南來。」

〈頤和園〉：「吾民易有觀音土，太后難無萬壽山。」

〈六鵠〉：「誰知苦我天何補？說不贏君見豈非？」

〈釣台〉：「昔時朋友今時帝，你占朝廷我占山。」

〈林沖〉：「男兒臉刻黃金印，一笑心輕白虎堂。」

〈董超薛霸〉：「誰家旅店無開水？何處山林不野猪？」

我們既要看到對對子對人的思維的侷限性，同時也要看到它幾乎是無限的可能性。對仗，是我們漢語特有的言說方式，具有特殊的魅力。讀到上面這些對子，我們要感謝漢語，更要感謝詩人對漢語之美的發現與創造。二、六兩聯，說的雖是歷史，但也未始不是隱喻，意味無窮！

5.1

《第四草》，在《散宜生詩》中從藝術上看，顯然是較弱的部分。《散宜生詩》不能沒有前三草，但若刪去《第四草》，似乎影響並不太大。當然其中有好詩警句，對我們讀者來說，我想是沒有人會同意刪去的。

唐宋體與後唐宋體最大的區別之一，也許就是在語言上唐宋體堅持運用典雅的文言寫作，而後唐宋體則不但容許而且提倡滲透白話，追求白話與文言的有機化合。聶紺弩在這個方面進行了艱難的探索，取得了巨大的成功。如〈挽雪峰〉：「文章信口雌黃易，思想錐心坦白難」，贈胡風的律詩「留爾頭顱為活鬼，虧他面目似靈官」都是典型的例子，它們基本上就是大白話，但完全符合平仄格律，對仗更是堪稱絕妙。這樣的語句，唐宋體詩人也許不屑為之，而且容我冒昧地說一句：也不一定寫得出來，因為「典雅的文言」從根本上堵死了這條路。再說這樣的句子在全詩中並不顯得突兀，讀來還是和諧的。〈挽雪峰〉全詩如下：

狂熱浩歌中中寒，復於天上見深淵。
文章信口雌黃易，思想錐心坦白難。

一夕尊前婪尾酒，千年局外爛柯山。
從今不買筒筒菜，免憶朝歌老比干。

如果說〈挽雪峰〉等是只有個別句子用了白話，又因為它特別精彩而不予深責的話，那麼〈挽柏山〉（二首）可以說就是以白話為主的了：

一

山外青山樓外樓，人生禁得幾拳頭。
崖邊報導蘇區景，想是反蘇錯報仇。

二

馮唐易老老彭難，何似當初美孔顏。
八百歲時一回馬，再活八百亦等閒。

尤其是第一首，加上構思奇特巧妙，大家也許都會有這樣個感覺：只有這樣的語言才能與之匹配，也才有這樣的味道。第二首稍有點問題，它在彭柏山的姓上做文章，第二句「美孔顏」之「美」是動詞——「孔顏」作為賓語，還是形容詞——「孔顏」的定語？還真難以把握。

白話與文言的有機化合是個艱難的課題，是條漫長的道路。在這條路上跋涉者的勇敢探索，無論如何都是值得敬重的。

5.2

《第四草》中有關於魯迅的一組詩，值得關注，〈題《魯迅全集》〉：

晚薰馬列翻天地，早乳豺狼噬祖先。
有字皆從人著想，無時不與戰為緣。
鬥牛光焰宵深冷，魑魅影形鼎上孱。
我手曾攤三百日，人書定壽五千年。

首聯內容與表達似有欠準確，尾聯出句表達沒有到位，讀者或不知所云。關於小說的幾首，〈阿Q〉與其它幾首重在復述內容者不同，有所發揮，當為最佳：

白盔白甲白旌旗，牙床抬到土穀祠。
手執鋼鞭將你打，假洋鬼子復何為。
此雖幻想與妄語，倘真得意料如斯。
將以天下為桎梏，人君倘尚不恣睢。
大權操在老子手，整錯雜種敢何詞。
古今上下多阿Q，人的覺醒知者誰。
文藝復興重來此其時。

〈改〈野草〉七題為七律〉，涉及原作的解讀，體裁、語言的差異，實在是個大難題，非大手筆莫辦，聶紺弩敢作敢為，勇氣可嘉；能夠寫到如此水平，已屬不易。如〈墓碣文〉「待我成塵時，你將見我的微笑！」，聶紺弩轉換成「我到成塵定微笑」，詩意不下原作。而〈題辭〉「當我沉默著的時候，我覺得充實；我將開口，同時感到空虛。」，改為「實時沉默空開口」，我以為則是一個不太成功的例子。「實時」何意？雖有下文對舉之「空」的提示，仍難確解；「空開口」之「空」與「空虛」尤其與「感到空虛」頗有距離：總之，微有削足適履之嫌。

6.1

在《散宜生詩》之外，侯本還搜集了起碼兩百餘首聶作舊體詩，有的當是作者編集時失記遺佚的，有的可能是有意擯棄的，有的是集中之作的不同版本甚至是草稿。其中佳作不少，有琳琅滿目之感。如作於一九五五年的〈反省時作〉六首，不但是後唐宋體的經典，具有很高的審美價值，而且其史料價值也不容輕視。詩曰：

一

十姨愛嫁伍髭須，千古荒唐萬首詩。
庭戶機聲羅漢豆，海天月色美人魚。
敲詩白日從君永，止酒桃花笑我迂。
一石未含精衛老，此生誤盡閉門車。

二

只道生盧五十載，誰知咎犯百千椿。
伸長八尺靈官殿，大喝一聲白虎堂。
天若有頭砍當怕，地雖無底揭也慌。
何人萬縷青絲發，不為昭關一夜霜。

三

昨日相逢酒一卮，今朝舌騁萬雄師。
地無裂縫天無路，你是何人我是誰。
千百萬年歸正果，三十六路伐西岐。
夕陽款款來非暮，及見花前雨後枝。

四

末座叨陪百之五，會場只俟再而三。
先生遺行寧無有，少日閒情已不堪。
勇奮輩儕千臂膊，熱煎衰朽寸心肝。
隔窗忽見檐前月，徒倚匡床暗自貪。

五

朝朝雨雨又風風，夢斷巫山十二峰。
望美人兮長頸鹿，思君子也細腰蜂。
盤盤棋打鴛鴦劫，出出戲裝宇宙瘋。
四顧茫茫餘一我，不知南北與西東。

六

多情故作無情樣，沒齒難忘切齒聲。
落日大旗何莽蕩，小園枯樹太淒清。
經風止水蛾眉皺，隔霧流星鬼眼瞪。
鐵盡九州成錯後，始知無用是書生。

邵燕祥曾說聶詩是「痛詩」，這六首可以說是「痛詩」的壓卷之作。從內容看，是對「反省」的反省，而反省則是超越的開始。別說現在的年輕人，就是像我這樣的古稀者，對當時的「反省」也已隔膜，只是偶爾從前輩口中零零碎碎地聽到一點。讀此六首，震撼之餘，感慨萬千。這不僅僅是作者個人之痛，也是一代知識分子之痛，更是國家、社會、民族之痛。當然還要追溯到「延安整風運動」，一九五五年的「反省」、一九五七年的「反右」及所謂「文革」都只不過是它的再版、擴大版、深化版。被「反省」的知識分子付出了怎樣的代價？韋君宜的《思痛錄》已經作出了回答。我們的國家要真正崛起，知識分子必先崛起，找回自己的脊梁，學習並實踐「獨立之精神，自由之思想」，百家爭鳴，百花齊放。

有關史料只能記錄一些事實、情況，而聶紺弩的詩卻能使我們感受到運動的氣勢、氛圍，被「反省」者的心境、情緒。所謂「反省」的奧秘就是千方百計地生成你的原罪感：「先生遺行寧無有，少日閑情已不堪」，任誰都有，「天若有頭砍當怕，地雖無底揭也慌」，在「三十六路伐西岐」的情境中，尤其是所謂知情好友的揭發批判（「昨日相逢酒一卮，今朝舌騁萬雄師，地無裂縫天無路，你是何人我是誰」），終於自知「咎犯百千樁」，「四顧茫茫餘一我，不知南北與西東」。這是一種恐懼，不是日本鬼子就要來了的恐懼，而是意識到自己將要是或已經是比日本鬼子還要壞的人的恐懼。於是龍虎鯤鵬都自覺自願地從內心馴化成了有罪的迷途羔羊，唯「我」是敵，唯鞭是從。特別是第二首可謂字字珠璣，是傑作中的傑作。第五首「望美人兮長頸鹿，思君子也細腰蜂」，不管「美人」「君子」何指，時有不切實際的願望、幻想，自然在所難免，此後或在現實中破滅，或成為接受進一步教育的基礎。

另有一首〈冰輪〉，作於一九六六年：

> 冰輪冉冉向西流，流過巴州又益州。
> 便到蘆山亦華夏，何須錦水始中秋。
> 騷人見月詩當酒，杞客觀天夢也愁。
> 愁大盜來驚月好，連仁帶義廣寒偷。

也是一首難得的寓言詩珍品，任何的引申與說明都是多餘的，讀者自然心會。

6.2

集外有兩首談詩的詩，非常值得關注。〈答鍾書〉：

五十便死誰高適，七十行吟亦及時。
氣質與詩競粗獷，遭逢於我未離奇。
老懷一刻如能遣，生面六經匪所思。
我以我詩行我法，不為人弟不為師。

關於自己的詩，詩人在別的場合說了許多自謙的話；實際上他是很自信甚至很自負的，像酒後吐真言，他在這首詩裡說了個痛快。首聯是流水對，是說自己作詩雖晚，但成就卻不下「高適」，雖已年將古稀，仍是詩思泉湧。高適當然是指唐代那位「年過五十始留意詩什」終以詩名世的高適，同時也作為一個偏正結構的詞語，與下句「及時」對，一指空間，一指時間。頷聯進一步說自己的詩富有鮮明的僅僅屬於自己個人的性格特徵，遭逢雖然極為離奇——極為坎坷，但對我而言又算什麼，正好作為我的詩料而已。如果說上半首是描述，下半篇便是說明，說明自己作詩的主張。「生面六經匪所思」是關鍵句之一，侯注眾說不一，有的將「生面」與「六經」分開來，似乎「遵從六部儒家的經典」也是選擇之一；有的說是「答鍾書所評的自謙語」；有的說「遣懷之作是意到筆隨。連一般聶詩評論者所說的別開生面，都不放在心裡，更不用說規行矩步的寫詩條條框框了。」[46] 陳明強的解讀是「我老年時的情懷如

46 侯注本，頁五三〇—五三一。

能稍稍排遣，便不顧儒家經典的規範，（而如你所說）『別開生面』這種超常行為，不是一般人所能理解的。」我的理解與陳比較接近：「生面六經」顯然來自王夫之「六經責我開生面」，王是強調對六經要在繼承的基礎上有所創新，用現在的話來說就是不搞本本主義、原教旨主義，對六經還是尊重的；聶紺弩則說，此匪我所思也，這並不是我所追求的，也就是說他要超越六經所代表的封建思想意識，「不為人弟」，獨立特行，走出一條新路來；當然也不強求別人學習。我認為，「生面六經匪所思」是聶紺弩超越唐宋體的思想基礎，「不為人弟不為師」是要走區別於前人、旁人的新路，則是他創造「聶體」我所說的區別於唐宋體的後唐宋體的「獨立」宣言！

另一首是，題《宋詩選注》並贈作者錢鍾書：

詩史詩箋豈易分，奇思妙喻玉繽紛。
倒翻陸海潘江水，淹死一窮二白文。
真陌真阡真道路，不衫不履不頭巾。
吾詩未選知何故，晚近千年非宋人。

前四句是對《宋詩選注》的評價，頸聯仍是宣稱自己作詩的理念——對句侯注引《太平廣記・虬髯客傳》「不衫不履，裼裘而來，神氣揚揚，貌與常異」極為恰當，兩句意思是說，我所走的就是人家認為是阡陌小道的詩歌創作「真道路」，風格完全異於常人特別是異於儒家的傳統，「神氣揚揚」，一點也不「溫柔敦厚」；和「生面六經匪所思」是同一意思。五六兩句是尾聯「吾詩」的注解，如此新奇之詩你為什麼不選呢？哈哈哈，這只是由於我不是你所選之宋人的緣故啊！何等口氣！在知詩的朋友面前，他就真的不客氣了。

這兩首詩不由得使我們聯想起《南山草》中的〈人境廬詩〉：

主題當日粗詩史，思想千年舊士夫。
堅敵人民難卒讀，所憂家國未全虛。
鏡花緣裡真天地，奴樂島中好畫圖。
最是侈言詩改革，浪拋書卷懾群迂。

對黃遵憲的詩，聶紺弩有褒有貶，尚較持平，我要說的是如下兩點。首先是詩人對「千年舊士夫」思想的唾棄，這和上面提到的「生面六經匪所思」「不衫不履不頭巾」等詩歌創作主張一以貫之，可謂一「編」之中三致意焉！其次是「堅敵人民難卒讀」可商榷。該句有自注云：「人境廬詩反太平天國處，不下金和」。怎麼「反太平天國」就是「堅敵人民」呢？我年輕時對此也堅信不疑，隨著歷史學家的努力，有越來越多的史料證明：這一論斷是站不住腳的。太平天國的神權統治絕不可能好於滿清皇朝的封建政權，極有可能更落後、更腐敗、更反動，人民的日子將會更痛苦、更悲慘。當然，這是一個有爭議的學術課題，可以而且應該本著百家爭鳴的精神繼續爭論，相信真理愈辯愈明。這裡我要強調的是，我們需要常識，真正的常識；而已有的所謂常識則需要重新審視。聶紺弩的有關常識帶有明顯的歷史侷限。聶詩由人境廬詩說到黃遵憲倡導的詩界改革，「浪拋書卷懾群迂」說對了一部分，完全抹殺它的歷史作用是不公平的。比起後唐宋體，黃遵憲的改革自然很不徹底，他寫的依舊是唐宋體，但畢竟已經開始認識到唐宋體已經難以跟上時代的步伐。

6.3

聶紺弩創造「聶體」——後唐宋體，決非緣於他寫不出唐宋體，寫不好唐宋體；他有足夠的才學寫出比一般唐宋體詩人更好的唐宋體作品來。侯注本在《散宜生詩》集外一連收集了以「台、來、柴、才、埃」為韻腳的七律共二十七首之多，而且首首可讀，這在舊體詩詩史上也許要嘆為觀止的了。如倒數第四首〈無題柴韻詩八首〉之五：

> 詩是先生逼上臺，幾曾韻許我拈來。
> 本欽人棒書尤棒，未意詩柴韻也柴。
> 詞賦愈工愈小技，英雄越老越喬才。
> 批莊注杜吾何敢，自有周村與杜埃。

詩贈黃苗子，已經寫了二十餘首了，仍然如行雲流水，毫無刻意拼湊的痕跡，只要沒有偏見，我想任何人都會嘖嘖稱賞的。

6.4

聶體是否合舊體詩的格律？胡喬木——眾所周知，他也是一個寫作舊體詩詞的大才子，在為《散宜生詩》所寫的序中許之以「格律完整」。即有拗句，亦必循規施救。冷陽春曾經舉過一個典型的例子：「『吾舌尚存老將至，人心不死花自妍。』乃拗句。其出句第三字應平，而用仄聲字『尚』，第五字應平用了仄聲字『老』，故只好在本句第六字改仄為平的『將』字來補救，此乃自拗自救法。對句第五字應仄而用了平聲，也有救出句第五句應平而仄之意。全聯為『平仄仄平仄平仄，平平仄仄平仄平。』平仄對仗工整，可見聶老創作技巧之熟練與高明。」[47] 當然偶爾也可能會有不協之處，但不應也不必苛求；就算白璧微瑕，又有何不可？雖有黑子，太陽還是太陽。陳聲聰說他「基本上符合要求」。[48]

曹雪芹曾借林黛玉之口說：「奇句不拘平仄，虛實不對都使得」。後唐宋體在格律上和唐宋體一致，但更寬容一些；而且堅定鼓勵進行新的探索。

〈鷓鴣天〉詞曰：

詩史千年日影斜，斯人天降到中華。肩挑日月收黟霧，口吐虹霓布彩霞。
和血淚，走龍蛇。新開天地栽新花。高拱唐宋群峰外，看低同光無大家。

47 侯注本，頁五六一
48 侯注本，頁八八三

（二）胡風

1

胡風也是詩人。影響較大的是他的新詩，但舊體詩也寫得不少。其哲嗣曉風所編《胡風的詩》[49]，所收舊體遠非全豹。牛漢、綠原編的《胡風詩全編》[50]收得較全，但也只是他所作的一部分而已，可見數量之夥；而且極大部分作於縲紲之中，後來憑記憶保留了一些。這也不能不是個奇跡了。

他的舊體詩開始走的還是唐宋體的路子，後來有所突破，他的努力我們也不應該忘記。關於舊的格律詩，他說：「它限制嚴，早已僵化了，很難反映現實生活」，「這是一種特殊環境下的產物，絕對不宜學的」，「無已，只好打破了它，加進『連環對』這個要素。舊格律限定每首詩內不能重複字或詞，這就一開始使它自己僵化了。我打破了這一條。不但重複，而且是有意重複，這就大大擴大了它的表現力。但重複也有規則，即成對地重複。上句重複一字或一字以上，下句也就和它成對地重複。這就如同把字或詞當作音符，除意義之外，還表現出一種感情的旋律。」例如〈短笛音——對口四夜歌〉之四：

49 中國文聯出版公司一九八七年版。

50 浙江文藝出版社一九九二年版。本節所引胡風的詩及相關引文除另注明均出此書。

大地因何綠？太陽為啥溫？
有光方有命，無色即無生。
美色因何槁？真光為啥昏？
色愁冰雪冷，光怕霧雲深。
美色招青眼，真光照赤心。
赤心求色美，青眼願光真。
敢笑皆空夢，能懷不老春。

開始引入口語，但，雖然打破了「舊格律限定每首詩內不能重複字或詞」的限制（其實這也並不絕對），而所加進的「連環對」實際上比舊格律還要嚴苛：「美色招青眼，真光照赤心。赤心求色美，青眼願光真。」簡直近乎文字遊戲。倒是沒有所謂「連環對」的作品，有真正的突破，如〈記往事（五）——追悼魯迅先生〉：

恥笑玲瓏通八面，敢拈糾結理千端；
園中有土能栽豆，朝裡無人莫做官；
立地蒼松千載勁，漫天白雪萬家寒；
難熬長夜聽狐鼠，且煮烏金鑄莫干。

又如〈記往事（十二）——回重慶後。並藉以悼念整個抗戰期間，一同對國民黨作鬥爭、「文革」屈死了的老舍先生〉：

贊成腐敗皆同志，反對專橫即異端；
昨日葫蘆今日畫，人為奴隸狗為官；
敢忘國亂家難穩，不怕唇亡齒定寒。
勇破堅冰深一尺，羞眠白日上三竿。

已儼然是後唐宋體了。〈記往事〉共二十四首七律全用魯迅〈亥年殘秋偶作〉原韻，也真是難為他了。

胡風的詩有的失之生澀、生硬，如〈小鼓音——三章，酒歌〉

一

來路如花路，惜青似惜香。
程程旗色麗，站站汗顏康。
舉足皆深土，抬頭盡大光。
朝辭鋼電市，暮宿稻棉鄉。

開篇雖然平了一點，但總過得去；「程程旗色麗」就覺彆扭，意思是明白的，「汗顏康」，我猜它是說流著汗水的臉，臉色是健康的，但「汗顏」通常的意義一般總會跳出來進行干擾。如果「舉足皆深土」有點勉強的話，「大光」就簡直不知所云了。「鋼電市」怎麼看都嫌生硬。此舉其一。生澀、生硬之病在不少篇目中都不同程度地存在著。

2

〈一九五六年春某日〉之三：

愁思結阱捕狼時，錯把陳麻當鐵絲。
慣向清泉求活水，敢將敝帚當征旗；
曾經滄海曾經火，只為香花只為詩。
十載痴情成噩夢，春光蕩漾上囚衣。

後半篇著實不錯，敢情對他來說，「時間」才真的「開始了」。「窮而後工」，信然！詩歌創作的這條規律（如果能算規律的話），也真讓人感慨不已。他有思想，有才華，是個難得的人才。前期從正面對革命作出了貢獻，後期他其實是變成了一把刀子，讓執刀者用以隨心所欲地整人甚至砍人，這難道是從反面對革命作出的也許是更大的貢獻嗎？「十載痴情成噩夢」，十年後他真的從噩夢中驚醒了嗎？我深深陷入了沉思。

詩曰：

追隨魯迅著先鞭，更譜長歌頌堯天。
「寄意寒星荃不察」，萬千感慨獄中篇。

注：胡風於一九四九年底至一九五〇年初創作了歌頌毛澤東、歌頌共產黨的長篇抒情詩〈時間開始了〉。

（三）啟功

在我的心目裡，啟功就是古道熱腸、從容灑脫、幽默風趣的化身，在出身門第、名利地位、挫折災難、紛紜世事面前，取得了真正的自由，以畢生的經歷、成就書寫了一個大寫的「人」字。他的舊體詩詞[51]，量雖不大，質卻甚高，所謂「以我少少許，勝人多多許」者也。他的詩，又以唐宋體居多，但篇數不多的後唐宋體詩卻為後唐宋體贏得了廣大讀者的青睞，貢獻可謂大矣。

其〈論詩絕句二十五首〉之二云：

> 唐以前詩次第長，三唐氣壯脫口嚷。
> 宋人句句出深思，元明以下全憑仿。

古今論詩之詩，車載鬥量，他這二十八字總結了自「唐以前」至「元明以下」數千年的中華詩史，分別以「長」「嚷」「思」「仿」概括之，獨到而準確。「仿」往往難有出息，基本上基於「仿」的唐宋體路也愈走愈窄，於是後唐宋體「創」出了新路，就其前景而言，足以與「長」者「嚷」者「思」者一較短長。

51 集為《啟功韻語》，北京師範大學出版社一九八九年版。本節所引啟功詩均出此書。

文學是語言的藝術，其中文以詩為最。啟功以典雅的文言寫了不少唐宋體詩，平心而論，它們雖好，但不能說比同時代的唐宋體詩最高水平超出多少，最多是打了個平手，質言之，別人也能寫得出，甚至更好一點也難說；然而，他自覺化入白話、口語的後唐宋體作品，卻無可爭議是一流的，甚至是最棒的，它們的獨特性、創造性在當代罕有出其右者。在「總說」部分曾舉他的〈自撰墓誌銘〉為例加以說明，這裡再抄幾首。〈次韻黃苗子兄題聶紺弩三草集〉：

「口裡淡出鳥」，昂然萬劫身。
飛來天外句，鏟卻世間文。
眼比冰川冷，心逾炭火春。
媧皇造才氣，可妒不平均。

惺惺相惜，雖不以自況亦自況也。〈次韻聶君紺弩一首，紺翁曾被四人幫刑禁多年〉結句云：「學詩曾讀群賢集，如此新聲世所稀。」亦類似也。〈徹夜失眠口占二首〉其一：

垂老無家別，居然德不孤。
紛紛登鬼錄，滾滾見吾徒。
「凡」下休題「鳥」，「乎」前可坐「烏」。
何須求睡穩，一塌本糊塗。

典故多了一點，卻不覺其多。原因有二，一是所用幾乎人人耳熟能詳；二是用得活、用得巧，如首句「垂老無家別」，似乎沒用典故。五字，感慨無盡，淒涼已極，但充其量只是啟功的一半，「居然德不孤」，十個字合在一起，才是完整的啟功。〈失眠其二〉：

「十年人海小滄桑」，萬幻全從坐後忘。
身似沐猴冠愈醜，心同枯蝶死前亡。
蛇來筆下爬成字，油入詩中打作腔。
自愧才庸無善惡，兢兢豈為計流芳。

「如此新聲世所稀」，詩人誠不吾欺也。

詩曰：

風雨陰晴任自然，拈花微笑詩百篇。
酒邊《韻語》方吟罷，翁在雲端拍我肩。

（四）黃苗子

1

我曾對一起學詩的年輕朋友說，李銳詩可學，然其人格高度、精神深度難到；黃苗子詩不可學，因其藝術基因不能移植也。這倒不是說黃苗子人格高度、精神深度不高、不深，讀其〈詠史六首〉等作，能不肅然起敬！其藝術之高超難學，正在若即若離、似是似非、指桑指槐之間，熱血噴湧、激情燃燒而有所節制，雖有所節制而又能言其所欲言，分寸拿捏，毫釐計較，行於所當行，止於所當至，非大手筆莫辦。最能說明其不可學之處，則是如〈題《笨龜不壽圖》〉[52]：

> 曹詩昔日詠神龜，黃畫於今作反題。
> 日薄西山嗟一息，愚商合格智商低。

結句的「愚商」誰能想得出來？唯黃苗子也。又如「鼠亦呼為老，何況我為牛。」（〈水調歌頭・八十自嘲〉），令人噴飯，亦令人嘆服。別以為這是小聰明、小花頭，實可見其與人不一般處。再看〈訪胡希老廣州〉：

52 如水編《三家詩・無腔集》，廣東教育出版社一九九六年版。本節所引黃詩均出此書。

思到無邪合打油，二流無奈遜三流。
白雲珠海虞翻宅，化日光天統戰樓。
暫卻深杯威士忌，自成正傳阿Q羞。
年年南訪年年健，更有區區善解憂。

起筆便耐人尋味。子曰：「《詩》三百，一言以蔽之，曰『思無邪』。」怎麼「思到無邪合打油」呢？「合」者，適合也。此處「打油」，我以為是將某些人所謂正經的詩與真正的詩對舉，由於某些人所謂正經的詩，其用不在詩，而在宣傳、教育，等而下之，專在歌頌、批判，這已足以使詩誤入歧途；更有甚者，以之為求名、得利、進身的工具或階梯；於是以詩為詩者在這特殊的環境中，只得出之以幽默，只得「用含著眼淚的笑，用輕蔑和嘲諷的態度來深刻留下這個時代的剪影」[53]，這才真正符合「思無邪」的本義，也才是真正的詩，以之為求名、得利、進身的工具或階梯等等，皆有邪也。碰巧的是，當年我讀《三家詩》後寫了一首絕句，其中有句云「三家詩逼詩三百」，亦近此意。對句因受訪者筆名為「三流」而巧妙地稱讚他的作品是一流的，用了「無奈」二字突出了「一流」確係貨真價實，想不承認也不行，風趣盎然。頷聯寫受訪者的德才與處境。虞翻是三國吳國大臣，文武全才，頗多建樹，因「性不協俗」而被貶，最終得赦。可能受訪者也有類似的經歷，不過作者用此典主要還不在其經歷，而在其性格、修養、學問、品德，虞翻是歷來受人尊敬的人物，說受訪者住在「虞翻宅」，是稱讚他是像虞翻那樣的人物，「白雲珠海」用以襯托人物的精神狀態。對句看似突兀，實則可能暗示他並未得到重用，只是一個統戰對象而已，而這樣的事居然發生在「化日光天」（不說「光天化日」，僅為變平平

53 黃苗子評聶紺弩語，引自《三家詩》，頁六—七，廣東教育出版社一九九六年版。

仄仄為仄仄平平）之下，似有打抱不平之意。頸聯就更黃苗子了，詩後作者注云對方「方擬自傳」；且或「暫」時止酒。「阿Q羞」對「威士忌」，看似不對，實際上字面對得非常工整，尤其是以「羞」對「忌」，讓人拍案叫絕！黃苗子之難學處在此。尾聯為祝頌語，作者注云「區區，為希老嬌女」。希老見到此聯，肯定特別高興。

說到贈人之作，不能不提到他關於聶紺弩的幾首詩。其中〈吊紺弩六首〉格調高古，感人至深。茲舉三首如下：

慟悼胡風作，青蠅句尚新。
世間吊人者，人亦吊其人。

三草煎心草，七哀噴血哀。
世人皆欲殺，吾意獨憐才。

赤心熾於火，鍛成千首詩。
詩成薦軒轅，魑魅乃享之。

第一首化用民間諺語「試看剃頭者，人亦剃其頭」，頗富創造性。前一「吊」字，當是「形影相吊」之吊，後一吊字，則兼有「吊唁」之義。第二首後半直抄前人詩句，用得其所，倒也恰切。其實曹操〈短歌行〉已開先例，我以為「明搶」可以，「暗奪」則要小心。第三首「薦軒轅」出自魯迅；末句似不太好懂，我的理解是說聶紺弩詩雖已成而人卻去了陰間，魑魅乃得享之，倍見沉痛。

2

詩人寫自己的人生感悟，極為常見；黃苗子之妙之絕在於用日常語而能深能透，一針見血，發人深省。〈題葉聖老舊作刊本〉結尾出句「掏出此心紅似火」，似乎太平常太一般化了，對句「不教人世冷於冰」一出，好像平仄拗救，立刻把用爛了的口頭禪提升為醒世警言。〈雞年元日寄絲韋兄四首〉之三「黑貓白貓都不論，公雞母雞只要肥。」〈加納（黃金海岸）四首〉之一「錙銖淘盡黃金屑，化為秦王手上沙。」均異曲而同工。〈韓羽畫戲，漫題一絕〉云：

> 看戲何曾解戲文，眼花只見人打人。
> 打到難分難解處，可曾真見是非分。

「自以為是」，這個詞語原本是對某些「自以為是」的人的批評，在我看來，它其實是對人性普遍弱點的真實描述，幾乎無人不犯此病。不管是看舞臺上的戲，還是看現實生活中的戲；也無論自己有否參加演出，「可曾真見是非分」？可怕的是未曾「真見」卻以為自己已經「真見」，因此有必要時時、處處、事事提醒自己是否「真見」真相、是非等等。〈和韻贈先一三首〉之三：

詩到無邪且莫思，更休落拓舉杯遲。
何當捉將官中去，始愛頭顱在頸時。

係化用宋人楊樸詩，末句寓警策於風趣之中，可笑，可愛，耐嚼，耐思。

3

黃苗子，是否要寫，我在下筆之前曾有猶豫，但還是很快堅定地在電腦上打下了他的名字，乾乾脆脆地開始了。何以猶豫？蓋有所謂「告密案」的困擾也。詩、人合一，人是目的，不是工具；詩是目的，不是工具，這是後唐宋體的基本理念之一。但，我是否已經「真見」真相？難言也。最初揭發者，是我很敬重的作家，後來又披露了有關檔案，我不能不信，要想不信，似乎也難說服自己。這於我是一件很痛苦的很令人沮喪的事。但讀了他的詩，特別是他有關聶紺弩的詩，我是多麼願意相信事情是假的。他的《無腔集》（即《三家詩》之一家）中有一首〈口袋歌〉，痛斥「匿名遞書信，咬耳肆陷害」等現象，最後呼籲「清汰」檔案袋，要求「公之於本人，公平定好壞」。如果事情是真的，他似乎比他所痛斥的對象還要無恥、可怕。無論如何，起碼也該聽聽他本人的意見吧。佘祥林、趙作海事件的警示作用是永遠不能忘記的。

下面的討論，前提是他確實是所謂告密者。我想說的是，他應當勇敢地站出來，認錯認罪，反省懺悔。我更想說的是，我們必須追究他何以會成為一個告密者，他是在怎樣的社會條件下在怎樣的具體環境中成為告密者的；對於像告密者這樣的人，我們也應該有悲憫情懷，不能以「真見」真相為其定罪為終極目的，更重要的是從中吸取教訓，推動社會進步。我最想說的是，基於人性的複雜和變化，我們對人只有更寬容，別無選擇。所謂更寬容，是指不以一點、一事、一段概括全人。「慷慨歌燕市，從容做楚囚；引刀成一快，不負少年頭。」是不是好詩？我以為是，不能因汪精衛後來落水做了漢奸就加否定。當然也不應由於他早年為國為民的一腔熱血而淡化他後來的罪行。至於詩人和詩，我們堅持詩、人合一的同時，也要看到人、人性的複雜，不是簡單劃一的；人是生活在一定的社會環境中的人，是社會網絡中的一個節點，不可能離群索居，不食人間煙火；而且人性多變，有時連自己本人也難預料。面對具體問題我們要作具體分析，不能泛泛而談，一概而論。《無腔集》所收作品始於一九七六年，那時很有可能他早就洗手不幹了，任何人都有的醜的一面已經不占主導地位。否則他唐宋體還可以勉強混混，後唐宋體是一首也寫不出來的。

詩曰：

江上青峰夢未涼，亦詩亦畫亦飛觴。
天生一個黃苗子，偏有萬千紅紫香。

注：其集中有「江上青峰夢已凉」之句。

（五）楊憲益

1

關於詩的創作，袁枚有詩云：「但肯尋詩便有詩，靈犀一點是吾師。夕陽芳草尋常物，解用多為絕妙詞。」既有道理，也有侷限，楊憲益的舊體詩《銀翹集》[54]是最好的例證。只要有詩的眼睛、詩的心靈，到處都有作詩的材料，什麼都可以寫成詩；但在袁枚的視野裡，「夕陽芳草」算是最「尋常」的了——事實似乎也確實如此，翻開任何一位唐宋體詩人的詩集，沒有「夕陽芳草」的可能一本也找不出來；至於是否「絕妙」，袁枚認為那就看你是否「解用」了。後唐宋體詩人的眼界要開闊得多，題材要廣泛得多。你看，「昨天下班時盼大雨未至」可以感而有詩，「早起翻書看不清」，就來了詩的靈感，「待客不至」，「香港大學寄來授予文學博士典禮所穿衣帽」，「體檢」，等等等等，無不可以作詩，真的是已經到了「但肯尋詩便有詩」的境界。詩源於「靈犀一點」，但不同的詩人這「一點」的具體內涵是不一樣的。杜甫是「一飯未嘗忘君」，楊憲益呢？他的〈自勉〉詩說：

百年恩怨須臾盡，做個堂堂正正人。

54 福建教育出版社二〇〇七年版。本節所引楊詩均出此書。

「做個堂堂正正人」，不僅僅是楊憲益，也是後唐宋體詩人「詩心」的概括，也是區別於近千年以來唐宋體的實質所在。人，是向「人」生成的過程。「人」本來應該是堂堂正正的，只有堂堂正正才是真正的人。但在實際上有太多的內外因素使得「堂堂正正」只能成為一種理想，在現實生活中追求「堂堂正正」往往就要付出代價，甚至是生命的代價。「堂堂正正」的追求與現實生活常常發生碰撞，碰撞出來的火花就是詩。所以，哲人說，「憤怒出詩人」。楊憲益的《彩虹集》（《三家詩》之一家）就是由這樣的朵朵火花編織起來的一道彩虹。二〇〇七年福建教育出版社出版的楊憲益詩集名為《銀翹集》，他解釋說：「我的打油詩多是火氣發作時寫的，用銀翹解毒丸來散火最合適。」火到處撕裂黑暗，永遠不願意被遮蔽，俗云「紙包不住火」，自身最為透明。這樣的詩任何解釋都是多餘的。這裡且舉兩首，以見一斑。一是〈有感〉（一九九二年作）：

居然死水起波瀾，賠盡長安體未安。
自古貪污皆大款，而今調控靠宏觀。
早知肉腐蟲先在，誰道唇亡齒便寒。
總是自家妻女事，雷聲雖猛早收關。

一是〈青海〉：

青海千村付濁流，官家只管蓋高樓。
江山今日歸屠狗，冠帶當朝笑沐猴。

舉世盡從愁裡老，此生合在醉中休。
兒童不識民心苦，卻道天涼好個秋。

原注：青海有水庫決堤。「舉世」為唐杜荀鶴句。

我於是想起他曾為抗美援朝捐獻飛機，又一直是那樣虔誠地要求入黨。他學識淵博、經歷豐富，特別是由於思想深刻，因而對人對事對世界具有異常的洞察力。在〈無題（早起）〉中，他自信地說：「此身久被烘爐煉，火眼金睛是老孫。」他的詩有時簡直就是預言，如〈懷苗子郁風〉：

世事如今盡倒顛，羨君海外獲桃源。
迎來亞運強充胖，一見華僑便要錢。
人血饅頭難續命，狗皮膏藥豈延年。
會看三峽功成日，一片汪洋浪接天。

此詩作於一九九〇年，他雖然不是水利專家，卻有像黃萬里那樣的識力。有關預言，今天看來正在得到驗證。又如〈自嘲〉：

南遊四日太匆匆，港大嘉儀似夢中。
相鼠有皮真鬧劇，沐猴而冠好威風。

西天聖母心腸善，菲島夫人意態雄。
回國正逢迎奧運，惟憂歡喜一場空。

此詩作於一九九三年三月四日。果然，奧運那次投票（是年九月二十三日）由於差了一票而未獲成功。

人們一直以來都咒罵和嘲笑「螳臂當車」，於此他有與眾不同的見地，〈螳螂〉云：

勇鬥車輪不顧身，當仁不讓性情真。
填波精衛雄心在，斷首刑天猛志存。
敢舍微軀膏社稷，要留正氣滿乾坤。
捕蟬本是圖清淨，黃雀何須助惡人。

很有可能他這不是來自觀察，而是來自自身體驗與深刻思考。其實這也是他自己的一幅肖像，或者說是他自身人格的投影。蟬，俗稱「知了」，在前人詩作中多是同情、歌頌的對象，如「居高聲自遠，非是籍秋風」（虞世南〈蟬〉）；「本以高難飽，徒勞恨費聲」（李商隱〈詠蟬〉）；「露重飛難進，風多響易沉」（駱賓王〈在獄詠蟬〉）；「飲露身何潔，吟風韻更長」（戴叔倫〈畫蟬〉）「高蟬多遠韻，茂樹有餘音」（朱熹〈南安道中〉），等等。偶爾也有鄙薄之者，但都不如楊憲益的〈知了〉：

知了誰言不像官，平生絕技是宣傳。
自吹成就聲名震，假冒清高風露餐。
暑熱攀高栖碧樹，秋涼走穴覓黃泉。
暗中吸盡民膏血，腰滿腸肥便掛冠。

你說像也不像？只是「腰滿腸肥便掛冠」還有不少差距，詩人還是把他們想得太好了一點，「身後有餘忘縮手」，此輩那裡有知足的時候！

上文提到杜甫是「一飯未嘗忘君」，而楊憲益則是一飯未嘗忘百姓。〈歲末雜詠七首〉之五：

迎春舞會又時興，一盞扎啤值百金。
門外可憐流浪漢，腹中無食正悲呻。

〈視察青海雜詠七首・席中偶感〉：

駝掌殊珍供老饕，無鱗魚伴嫩羊羔。
主人盛意情難卻，忽憶江南有餓殍。

那時那刻那場景，誰會想到門外流浪漢、江南有餓殍？一個堂堂正正人也。

2

集中兩次說到周揚，一是〈全國第五次文代會〉：

周郎霸業已成灰，沈老蕭翁去不回。
好漢最長窩裡鬥，老夫不吃眼前虧。
十年風雨摧喬木，一統江山剩黨魁。
告別文壇少開會，閑來無事且乾杯。

另一首是〈無題〉：

蹉跎歲月近黃昏，恃欲輕言無一能。
吶喊早成強弩末，離群猶念故人恩。
殘軀難見山河改，大廈將傾狐兔奔。
起應晚年餘涕淚，天涯尚有未招魂。

有批判，有同情，並不意氣用事，以偏概全，是亦不易也。

3

〈狂言〉：

興來縱酒發狂言，歷盡風霜鍔未殘。
大躍進中易翹尾，桃花源裡可耕田？
老夫不怕重回獄，諸子何憂再變天。
好乘東風策群力，匪幫餘孽要全殲。

頷聯對句完全直抄毛澤東寫於一九五九年七月1日的〈登廬山〉，包括句末那個問號。此詩發表時，我還在學校念書，分明記得郭沫若跟著發表了一篇權威的闡釋文章，題目就是「桃花源裡可耕田」，郭沫若就毛澤東詩裡的這個問句，回答說：「桃花源裡可耕田！」現在楊憲益又把它換回問號；但我以為，毛澤東是真問或明知故問，而楊憲益則是反問、責問。我們漢語奧妙無窮，同一句話同一個標點可以表達完全不同甚至相反的內容、語氣。「典雅的文言」沒有標點，唐宋體的寫作比起後唐宋體少了一樣火力強大的武器，誠懇建議當代的唐宋體詩人能夠從「典雅的文言」勇敢地跨出一步，用上現代漢語的標點符號，起碼無害，往往有益。

4

集中有一首詩值得我們特別關注，這就是〈一九六八年四月下旬某夜遭逮捕口占一律〉：

低頭手銬出重圍，屏息登車路向西。
開國應興文字獄，坑儒方顯帝王威。
官稱犯罪當從罪，君問歸期未有期。
同席囚徒早酣睡，屈身擠臥醉如泥。

由詩題我立刻就想起了約九百年前蘇東坡在湖州任上被捕的事。蘇東坡，無論怎麼說都是唐音宋調的傑出代表之一，而且至今還是許許多多讀書人的精神偶像，我也是他千千萬萬「粉絲」中的一個。我讀他的作品，總有一種讀其他詩人所少有甚至沒有的親切感，可以完全敞開心扉和他進行對話。他活得很實在，很瀟灑，也很富有詩意；但偶爾也有不瀟灑、不詩意的時候，例如在湖州被捕時，雖然早一步得到了消息，但當逮捕他的朝廷官員到來時，他還是極為驚恐，不知所措；蘇東坡畢竟還是蘇東坡，臨走時他的妻子不禁放聲而哭，他居然回頭一笑說道：「別哭了，你能不能像楊處士的妻子那樣作首詩送我？」——隱士楊樸由於詩寫得挺好，宋真宗召他進京；楊樸未從，結果被硬押進了京城。其妻送詩一首道：「更休落魄耽杯酒，且莫猖狂愛吟詩。今日捉將宮裡去，這回斷送老頭皮。」——王闓之不由破涕為笑。蘇東坡在被押解進京的路上，曾幾次試圖自殺。獄中有一次得了一個錯誤信息，以為命將不保，於是賦詩兩首與弟弟訣別，其一是：

聖主如天萬物春，小臣愚暗自亡身。
百年未滿先償債，十口無歸更累人。
是處青山可埋骨，他年夜雨獨傷神。
與君世世為兄弟，更結來生未了因。

一開頭就是「天子聖明兮臣罪當誅」的調子，偉大如蘇東坡者也難以擺脫封建時代意識形態的束縛；但楊憲益卻跳出了他當時社會意識形態的網羅，作為一個現代知識分子，手上雖然帶著鐐銬，頭腦仍然是清醒的，始終葆有「獨立之精神，自由之思想」，因而鎮定如山，居然「口占一律」；也不存任何幻想，「君問歸期未有期」，果然牢房一蹲就是四年，而烏台詩案蘇東坡被拘禁也才九十幾天。後來他又在〈悼乃迭〉一詩裡重提此事，說，「陷身囹圄死生輕」！正由於此，所以能泰山崩於前不但不變色，而且還能從容吟詩！

上舉蘇東坡、楊憲益兩首詩的對比，正好典型地說明了唐宋體與後唐宋體完全不同的境界。一者為臣之詩，一者為人之詩。我無意於比較前後兩位詩人誰偉大，再說寫出「富貴不能淫，貧賤不能移，威武不能屈」的精神的唐宋體詩也頗不少，但即使如此，也仍然是「臣之詩」，而且即使沒有所謂「君」了，也仍然有不少人腦子裡的那副鐐銬還是沒能打開，正如辜鴻銘所說，「我」後腦勺上的辮子「咔嚓」一下就剪掉了，你們腦子裡面的那條辮子呢？——我自己呢？

5

上面既已提到〈悼乃迭〉，就忍不住要再說幾句。詩如下：

早期比翼赴幽冥，不料中途失健翎。
結髮糟糠貧賤慣，陷身囹圄死生輕。
青春作伴多成鬼，白首同歸我負卿。
天若有情天亦老，從來銀漢隔雙星。

悼亡詩自古至今多了去了，這首詩的獨特之處在於，它不僅僅在悼亡，同時也在悼友、悼時，是三個「主題」的「交響」，這就加深、加寬了詩的深度和厚度。從這首詩，我們看到詩人「金剛怒目」以外溫柔婉約的另一面。「天若有情天亦老」，別的詩人也用過，但似乎都沒有用在這裡貼切，能讓原句散發出無窮的意蘊。

難道這樣的詩也算打油嗎？阿彌陀佛！

6

以白話、口語入詩，在後唐宋體詩人群中，楊憲益走得最遠，也是用得最好的詩人之一。上引詩作篇篇都可作證。打油詩往往以口語為之，於是就有人將後唐宋體體也看作打油詩，後唐宋體詩人出於自謙，也說自己的詩是打油，楊憲益就是其中之一。我多處加以辨析，決不贊同把它們混淆起來。楊憲益說自己「學成半瓶醋，詩打一缸油」，若楊憲益是半瓶醋，海內還有誰能是一瓶醋？這顯然是自謙之辭，認不得真的。

可能有的讀者會因其詩語言的淺白自然而誤認為創作的率性隨意，其實楊憲益的創作態度是極其認真嚴肅的，他曾說：「半生早悔事雕蟲，旬月踟躕語未工。」為求工而不惜「旬月踟躕」。我們在欣賞花朵美麗的同時，往往難得想到由種子而開花的過程之漫長艱辛，以為靈感一來，絕妙好辭會自動奔湧筆下，若有神助；可是「神」只助那些不辭勞苦「旬月踟躕」的人們。如〈讀報〉結尾「卻道葡萄那個酸」，可謂生動形象之極，風趣諧謔之極。「寒士每邀威士忌，老人常得美人憐。」以「美人憐」對「威士忌」；「莫念鹿回頭老伴，何須狗不理湯包」，以「狗不理」對地名「鹿回頭」，都堪稱絕妙。〈旅澳途中獲悉北京召開紺弩同志誕辰九十周年座談會，口號一律〉「不求安樂死，自號散宜生。」〈賀亦代宗英再婚之喜〉「天若有情天不老，月如無恨月常圓。」〈苗子郁風即將南行愴然有感〉「去日苦多來日少，別時容易見時難。」另外還有「三徑就荒甘寂寞，一生難是得糊塗」，好像信手拈來毫不費力，其實是「成如容易卻艱辛」。

天下沒有絕對的好事，由於他的詩「多是火氣發作時寫的」，因而飽含激情，但其中有的也往往因此而失之直露，好比爆竹，一著火時響聲震天，終究缺乏餘味。

「老夫不怕重回獄」，讀楊憲益的詩，讓我常常想起大鬧野猪林的魯智深「大喝一聲」，痛快！但也不得不為他捏一把汗。現在你走了，願你在另一個世界裡，有酒有煙，和老伴愛子一起過幾天舒心日子。

詩曰：

真憂國者自憂民，一飯難忘不是君。
譯作等身詩亦好，劇憐口語更精神。

（六）李銳

1

李銳生於一九一七年，至今仍活躍於詩壇。由於他特殊的經歷和他「學操董筆」的追求，他的詩就成為了真正的詩史。其實，他的人生道路就是一部長詩，不但起承轉合引人入勝，更因他的個性、信念與時代環境的互動、碰撞，本身就噴射出了詩意的光輝。他的詩作，無非就是這種詩意的語言結晶。他的詩不但具有審美價值，而且具有史料價值，這是李銳詩的一大特色。他的詩集名為《龍膽紫集》[55]：這是一段動人的故事，這是一個生動的歷史細節，這是一種不屈不撓的精神，它本身既是史，又是詩。由此，我想「龍膽紫」一詞，在漢語中將會被賦予新的含義、新的色彩。趙樸初曾為《龍膽紫集》題〈臨江仙〉詞一闋[56]：

55 澳門學人出版社二〇〇五年版。本節所引李詩均出此書。

56 《龍膽紫集》扉頁，湖南人民出版社一九八一年版。

不識廬山真面目，幾多幽谷晴峰。只緣身在此山中。峰頭剛一唱，谷底墜千重！
度盡劫波才不滅，詩心鐵壁能通。莫將此道比雕蟲。血凝龍膽紫，花發象牙紅。

下闋結尾以「象牙紅」對「龍膽紫」，堪稱工妙。

2

李銳〈五十自壽〉寫於一九六七年四月：

依然一個舊靈魂，風雨雖曾幾度經。
延水洪波千壑動，廬山飛瀑九天驚。
偏憐白面書生氣，也覺朱門烙印黥。
五十知非尤未晚，骨頭如故作銅聲。

據知獄中看守人員稱人入獄為「入此」。「入此」猶能作詩，這就是詩！而所作之詩，則是詩中之詩。趙樸初說得好，「莫將此道比雕蟲」，「詩心鐵壁能通」。開頭的「依然」與結尾的「如故」相互呼應，定下主調，從九重天到十八層地獄，詩人寵辱不驚，從容淡定，傲骨依然，仍在細心推敲字句，琢磨對仗，當腦海裡跳出以「朱門」對「白面」時，我猜想他臉上必定會浮現出一抹笑容，只是從「監視孔」裡難以覺察罷了。由「骨頭如故作銅聲」，我想起李賀的〈馬詩〉：

龍脊貼連錢，銀蹄白踏煙。無人織錦韂，誰為鑄金鞭。（其一）
此馬非凡馬，房星本是星。向前敲瘦骨，猶自帶銅聲。（其四）
大漠沙如雪，燕山月似鈎。何當金絡腦，快走踏清秋。（其五）
催榜渡烏江，神騅泣向風。君王今解劍，何處逐英雄？（其十）
內馬賜宮人，銀韉刺麒麟。午時鹽阪上，蹭蹬溘風塵。（其十一）
武帝愛神仙，燒金得紫煙。廄中皆肉馬，不解上青天。（其二十三）

我總覺得前後兩李的思想感情或有某些相通之處。從他的詩看，李銳確實是愈老愈年輕，精神境界不斷更上層樓，並非「依然」「如故」。他的〈六十自壽〉〈七十自壽〉〈七五自壽〉〈八十自壽〉〈八十進八自壽〉〈八八自壽〉，其踪跡分明清晰可見。茲舉〈八十自壽〉六首之一：

精神獨立自由難，八十行吟氣浩然。
曾探驪珠淪厄運，仍騎虎背進諍言。
早知世事多波折，堪慰平生未左偏。
欲喚人間歸正道，學操董筆度餘年。

雖已八十，猶知難而進，「放膽高歌」（同題之五語）。他已脫離了佛家所說的「無明」，成為真正看明白、想明白、活明白了的大智大勇者，無怪有人驚嘆：「大哉李銳！」

樸素，是李銳詩的基本風格。它的樸素，不是枯淡，更不是寒磣；往往後味無窮，很耐咀嚼。如上舉自壽之四首聯：「六不怕唯頭尚在，三餐飯後嘴難張。」出句飽含除殺頭之外全部懲罰所帶來的痛苦，包括妻離子散；「頭尚在」與「嘴難張」之間的張力，則更耐人尋味——人，是會思想的蘆葦，頭既尚在，就要思考，這是幸福，也是痛苦，因為這顆頭顱從來以天下為己任；而人活著就要吃飯，但嘴的功能又不僅僅在吃，還要說，因為人是會說話的動物，只吃不說，能思考而不能說話，才真正是苦不堪言。這一聯，看來平平淡淡，其實極其厚重深沉，厚重深沉而又出之以平淡，這應該說是樸素的最高境界。又如「獄中吟」〈靜與閒〉「問卜前程唯影對，緬懷先烈漸心安」，「前程」當不單指個人前程，更是國家、人民的前程，何以知之？因有對句「先烈」的返照，「問卜前程」時自然會「緬懷先烈」，「緬懷先烈」時「問卜前程」之前程，自然不只是個人前程。我們漢語的對偶往往有這種相互映照、相互豐富、相互提示的特殊功能。而「緬懷先烈漸心安」則隱藏著一種深刻的矛盾：人們常說天下是先烈的頭顱鮮血換來的，怎麼會遭此浩劫？這樣說來，「緬懷先烈心不安」才對；但，先烈是為追求真理而犧牲的，現在的「我」也是由於堅持真理而「入此」的，而頭卻尚在，還有機會繼續奮鬥，於是心漸安矣。可見它的樸素，不是單薄，更不是膚淺。〈徐恰時老同事八十大壽〉「自古吹牛易，從來創業難。」可以說這十個字的背後，積壓著多少慘痛的故事，甚至多少生命的代價！詩雖平淡，但卻道出了人民大眾的心聲，決不應等閒視之的。

3

當然，李銳詩的風格是多樣的，如〈老地質師〉「手錘敲醒九州天」之清雄；〈湑河〉「水迷心竅訪能源」之詼諧；「獄中吟」〈斜陽〉「日賜斜輝一小方」之幽默；〈天生橋〉「緣在窮山惡水間」

之風趣；〈悼陳其五〉「身骨成灰風骨在」之剛健，等等，可謂多姿多彩。

4

口語化是李銳詩的另一大特色。最典型的例子莫過於〈七五自壽〉：

有客來時一碗茶，紛紜世事扯麻紗。
亂談仍是老毛病，聽說還當夾尾巴。
風雨途中未辱身，何時做個自由人？
又聞蒂固根深語，自幸平生遠左門。

一如與客人拉家常聊閑天，平易親切，十分自然，決不故作高深，故弄玄虛，或附庸「典雅」。但這並不說明詩人不重視語言的錘煉。如〈驚秋〉「樹約西風又一秋」之「約」，〈劉少奇故居留言〉「少小離家北取經，沉沉井下掘光明」之「掘」，該都是詩人反覆推敲、再三琢磨的結晶。不過，別的不露痕跡者應該更多，這些看上去自然而然未經雕琢的語句，作者所費的心力也許更大更多。自然而然，如「大江東去」，「不盡長江滾滾來」，「床前明月光」，「明月照積雪」等等，才是更高的境界。

集中也有一小部分信口而占、信筆而寫的作品，自然又當別論。在特定的場合，實在是在所難免，尤其是像李銳這樣德高望重、平易近人的名人，更是如此，不應苛求。

5

作者寫於一九九四年的「再版序言」中說：「這裡還有一點要說明，由於特殊的環境，當時自己的思想認識水平，集中有關人和事及學術理論的評說，或不盡恰當，一律不加改動，維持原貌。這對自己的『與時俱進』也是一種紀念吧。」我以為這是一種真誠、謙遜的態度。與時俱進，因時之進一刻不停，有關人、事之理及學術之進亦無有竟時，我們不能只看評論的內容，而更要關注評論者所秉持的信念、態度，就此而論，詩人始終是我們學習的典範。

詩曰：

一枝紅杏出宮墻，枷禁依然求索忙。
回首平生交響樂，晚霞四海任飛揚。

（七）何滿子

1

何滿子著有《一統樓打油詩鈔》[57]。所收果打油詩乎？非也，只是自謙而已。編者周翼南於〈後記〉中說：「他謙稱為『打油詩』，到底如何，我相信讀者自有明鑒。」集中〈和聶公自壽依原韻〉詩後作者自注引「聶得詩曰：『打油得法，吾道南矣。』」聶紺弩的意思是引何滿子為同道，作詩走的是同一路數。聶紺弩說「打油」確為自謙，字面不能較真。

我以為倒是何滿子似乎「謙」得實在有點過了。集中收有〈聶紺弩誄詞〉，自古至今未聞以打油作誄者，一並打油，並不合適；雖然實際上不是打油。

2

近代以來的學詩者，幾乎無不從唐宋體入，後唐宋體詩人也難例外，只是他們沒有死於其下，而能出乎其外，進入一個新的境界。何滿子就是典型的一例。集中前三首作於年輕時期，都是唐宋體；第四首〈出獄戲效杜樊川體〉就有後唐宋體的味道了：

57 湖北美術出版社二〇〇一年版。本節所引何詩均出此書。

浪跡江湖慣獨行，也知才短此身輕。
十年一覺文壇夢，贏得胡風分子名。

題中所謂「戲效杜樊川體」，實際上只是仿杜牧〈遣懷〉而作的意思。杜牧原作是：「落魄江湖載酒行，楚腰纖細掌中輕。十年一覺揚州夢，贏得青樓薄幸名。」看似輕鬆，實則沉重；看似詼諧，實則無奈。在這一點上，何滿子此詩與杜樊川一致。由於〈遣懷〉早已膾炙人口，後兩句何滿子只改數字，現代味就撲面而來，極其通俗易懂。詩人「出獄」的同時也就從唐宋體「出」來了，這僅僅是巧合嗎？發人深思。

其後何滿子也寫過一些唐宋體詩，如〈重遊新都〉：

四十年前折柳地，重來風物尚依稀。
升庵祠外傾樽處，煙水湖邊鶯亂飛。

其中不少是為應酬的需要。——或問：你憑何判定其為唐宋體？答曰：凡覺得混入唐宋元明清人集中足可亂真者，往往而準，所謂多一首不多、少一首不少者是也。

3

最值得珍視的還是他的後唐宋體作品。他直面現實，詩膽如天，充分體現了一個現代知識分子高度的歷史使命感和社會責任感，令人欽敬。如作於一九六五年的〈除夜〉：

一九六五年除夕，單身住集體宿舍，沽酒自醉，作此詩。時姚文元批判〈海瑞罷官〉之鴻文發表，頸聯指此。

拋書對酒當除夜，憔悴斯人獨送窮。
不免輸身迎冷暖，何如放眼看雞蟲。
文章得售賢陽五，孺子成名憾嗣宗。
堅白紛紛那有定，由他智叟笑愚公。

這在當時顯然是「砍頭詩」。詩後作者注曰：當時「革命小將紛紛搜求我的罪證，此詩我寫後置於寫字臺玻璃下，而竟不問」；作者引魯迅語譏之為「呆鳥」云。記得有人說過，有知識者整知識分子其殘酷歹毒遠勝過所謂「呆鳥」也，信然。詩人對一些歷史人物、歷史事件有異常深刻的獨到見地，出之以詩，發人深省。如〈董卓歌〉：

董卓施暴虐，殘民以為樂。
縱兵入洛陽，百姓任剽掠。
頭顱可報功，得意無愧怍。
都民復何辜，非殺即被縛。

狼虎舔血餘，齊上凌煙閣。
群魔慶功成，國命安所托？
瓦釜正雷鳴，黃鐘聲寂寞。
嗟彼希特勒，僅誅猶太族。
奈何大漢兵，喜噬同胞肉。
翻遍廿四史，此事最可愕。

字字可圈可點，句句電閃雷鳴，和〈與S詩人《有寄》〉〈依韻答L《偶成》〉等都是當代詩史罕見的篇什。〈三國人物兩首〉說張飛「雍容」，曹操「嫵媚」，見人所未見，道人所未道，且又都在情理之中。作者還有多首以戲曲為題材的，實際上是針對現實的諷刺詩，如關於〈蘇三起解〉的〈題易難《父女圖》〉：

王法叱為屁法同，權歸誰手便誰凶。
戴枷脫鎖由咱定，一語驚人公道崇。

說的是歷史，指的是現實裡的一些醜惡現象。詩人在〈小引〉裡說：「委婉蘊藉，非我所知；大抵青筋暴露」。其實「委婉蘊藉」者非詩人不能為，如〈揚子瘦西湖口占〉等就頗婉約；但面對邪惡，「青筋暴露」實乃正義感使然。集中更有不少直接針砭時弊者，如〈一九八九年歲朝開筆〉等，史狐直筆，殊為難得。

4

上文提到的〈和聶公自壽依原韻〉，其二有句云「孔夫子語真奇句」，指的是聶紺弩自壽中「子曰學而時習之」，自然符合仄平腳七律聲韻規範，但直接移用，恐怕聶紺弩是第一人。何滿子的和詩也用了一句「從來民可使由之」。何滿子其實也是「拿來主義」的高手。「民可使由不使知」，「良辰美景奈何天」，「脈脈無聲勝有聲」，「不怨為人作嫁衣」，「人之大患在斯身」，「畫眉深淺入時無」，「阿彌陀佛頌南無」，都曾在他的詩裡出現，但都獲得了新的靈魂。如〈揚子瘦西湖口占〉：

嶙峋瘦骨一西湖，西子西來病未除。
應是減肥風尚女，畫眉深淺入時無？

新意來自新的語境，成句用得如此靈活自然，也是一種創新。他風趣地說：「凡詩做不出時，我就偷，倘有人以偷詩賊責我，我只得服罪。」若以「偷詩賊」論之，他是偷之神者，即神偷也。

5

何滿子還有一項絕活，就是語言的表達並不總是與節律陳式合拍，往往根據需要進行適當的調整。如〈四十初度〉：

千載羨韓非競馬，十年早伯玉知非。

〈題《馬恩通信集》〉：

緬想披荊斬棘業，難平仰止景行情。

〈謝紺弩贈《三草》〉：

如柴霍甫笑含淚，勝阮嗣宗酒避愁。

尤其是〈詠《最後的晚餐》〉：

剩有遮羞布可買，那堪恥辱柱難逃。

確實入骨三分，足以讓無恥者難受一輩子的。但詩人諷刺的「他」是否真是無恥者，尚有爭議，似以慎重為好。「祖宗不足法」，在格律允許的範圍之內，只要「表情表得好，達意達得妙」，有何不可！這也許是後唐宋體的家法之一。

詩曰：

言志緣情字字妍，良辰美景奈何天。
一聲霹靂何滿子，珠玉幾多落照邊。

（八）邵燕祥

1

我國古代向有所謂「四大奇書」的說法，如果要評選我國當代第一奇書，又如果我們老百姓也可以投票，那麼我會毫不猶豫地把票投給邵燕祥的《人生敗筆——一個滅頂者的掙扎實錄》：奇就奇在作者以第一手資料真實地自暴其人生敗筆，歷來似乎只有自我粉飾者、自我辯護者，哪有自曝其醜者？光憑這一點，就足以讓人嘖嘖稱奇的了。而且，他絕對不是自虐狂；他是本著一個現代知識分子的良知，反省、痛悔、控訴，這需要多麼巨大的道德勇氣，多麼堅定的社會擔當！眾所周知，他是一位著名的詩人、雜文家。他在《邵燕祥詩抄・打油詩》[58]一書的自序中開頭就說：「曾有人說，我的雜文比新詩好，我的舊體詩又比雜文好。」我沒有認真研讀他的全部著作，對此很難發表意見；我所能說的是，在他的舊體詩裡，後唐宋體作品要比唐宋體好；好就好在前者比後者更

[58] 廣西師大出版社二〇〇五年版。本節所引邵詩均出此書。

加接近〈人生敗筆〉中體現的人格高度和精神深度，其中或有個別藝術上的瑕疵，但在人生信念、態度上決無敗筆。

2

一九八五年〈戲為長歌答呂劍〉一詩云：

人言沉默勝黃金，黑白當前敢緘默？
莫談國是非吾徒，人微未忘匹夫責。
萬物唯有人能言，非真不語人之則。
無怖於生無懼死，兩間但求無愧怍。

可以看成是他詩歌創作的宣言。一九八六年又有〈題鑄鐘廠〉云：「願鑄詩情如鑄鐘，一身血肉一爐紅。」令人動容。古今中外以詩明志、相勉者，時時而見，激昂慷慨，感天動地，臨事挺身而出者固不乏其人，自食其言者亦往往有之。邵燕祥在關鍵時刻並沒有讓大家失望：〈從今〉：

從今誰復補蒼天？夢裡星芒墜百千。
文字焚餘呈嫵媚，笙歌劫後變疑嫌。

恥同魑魅爭光焰，甘以錙銖點俸錢。
天若有情天亦老，茴香豆饗李龜年。

〈書憤〉：

干戚如今舞亦難，獨來獨往困刑天。
頭顱已斫何須好，肝膽猶存未忍捐。
垂垂老矣吳剛斧，西緒弗斯上下山。
上帝已死諸神渴，滄海橫流剩一灣。

兩詩字字句句均擲地有聲，即古人所謂「吾戴吾頭來矣」！詩因人而作，人以詩言志，兩者本來難解難分，然其言行是否一致，一時或尚難驗證；但此時此刻，所言即其所為，詩即人，人即詩，以詩見人，其詩即其人也。其詩可圈可點，其人可欽可敬。這就是後唐宋體追求的境界。

詩集中此類詩琳琅滿目。如〈讀《點燈集》〉〈贈王澈〉〈八月九日關於胡風會上作〉〈人生〉〈不問〉〈筵席二首〉〈七夕有感〉〈賀韋君宜八秩大壽病中〉〈戲詠五次文代會〉〈驚聞胡膽遇難，口占一絕以慰胡征〉〈奉和苗子《詠酒呈憲益》〉等等，美不勝收，如〈讀苗子先生和詩有作〉：

又到天涼好個秋，幾多小鬼鬧神州。
也曾揮淚屠功狗，是處貪官跳沐猴。
焦大忠誠輸賴大，紅樓金粉勝樊樓。
者番不預曹家事，誰道先生只竊鈎？

聯想跌宕騰挪，取譬自然熨帖，字字鋒利，句句入骨。又如〈整人五絕〉：

其一

整人之樂樂陶然，永遠保留批判權。
算賬人稱常有理，你們拉套我揚鞭。

其二

整人之樂樂無窮，作浪興風變色龍。
露尾藏頭緣底事？翻雲覆雨且折騰。

其三

整人之樂樂泱泱，取義由來靠斷章。
嗤點眾山皆右派，一峰獨左好風光。

其四

整人之樂亦快哉，搗蛋調皮有後臺。
帽子扣人時要大，明朝再送小鞋來。

其五

整人之樂樂何如，蘭不當門也要鋤。
有權堪用直需用，不聞逝者如斯夫！

一唱五嘆，曲盡整人之樂、之妙、之毒、之醜，其無恥、邪惡，無處藏身，所謂力透紙背者也。

3

它山之石，可以攻玉。〈八月九日關於胡風會上作〉一詩尾聯「人價豈能攀物價，臉長三尺枉凝眉」，將《紅樓夢》中「枉凝眉」借用至此，頓時生色不少。

詩人說「吾愛定盦破戒詩」，詩中活用之處多處可見。除已注明的「月怒明」，如〈歲暮〉「妝台獨依望黃河」，當從《已亥雜詩》「風雲材略已消磨，甘隸妝台侍眼波。為恐劉郎英氣盡，捲簾梳洗望黃河」脫胎而來。〈祝許老七秩大壽〉「蘭不當門也被鋤」以及前文所引《整人五絕》（其四）「蘭不當門也要鋤」，當是《已亥雜詩》「香蘭自判前因誤，生不當門也被鋤」的緊縮。〈自溫舊稿〉「為有平生未報恩」也與《已亥雜詩》「鶴背天風墮片言，能蘇萬古落花魂。征衫不漬尋常淚，此是平生未報恩」相關。龔自珍《已亥雜詩》中〈詠史．金粉東南十五州〉有句：「避席畏聞文字獄，著書都為稻粱謀」，意在諷刺那些無節文人，卑躬屈膝歌功頌德。邵燕祥〈安順道上贈舒展〉「避席難逃文字獄」，改「畏聞」為「難逃」，描述了舒展和自己等作家的險惡處境；而「亦狂亦俠亦情深」亦出自《已亥雜詩》「亦狂亦俠亦溫文」。〈四月二十三夜偶成慰吳祖光〉「幾分梁甫幾分騷」則出自〈已亥雜詩〉「二分〈梁甫〉一分〈騷〉」，似比原句更為空靈。

當然邵燕祥不是只取龔自珍一家，而能「轉益多師」。如〈清明〉「東風不放柳條青」，出李白〈勞勞亭〉「春風知別苦，不遣柳條青」；〈答常德曹菁先生留別〉「惆悵無為在歧路」，出王勃〈送杜少府之任蜀川〉「無為在歧路，兒女共沾巾」；〈書法〉「才從飯顆山前見，又向蘭亭會上逢」，出李白〈清平調〉「若非群玉山頭見，會向瑤台月下逢」；〈題《賣藝黃家》〉其二「笑看長安似弈棋」，出杜甫〈秋興〉「聞道長安似弈棋，百年世事不勝悲」；〈謁翠亨村中山故居〉「革命先行者，棲棲一代中」，出唐玄宗〈經鄒魯祭孔子而嘆之〉「夫子何為者，棲棲一代中」；〈讀「夕陽何懼近黃昏」句再柬小如〉「一天好景君知否」，出蘇軾〈贈劉景文〉「一年好景君須記，最是橙黃橘綠時」；〈生日打油四絕句〉「白眼雞蟲小」，則出魯迅〈哀范君三首〉之一：「華顛萎寥落，白眼看雞蟲」。此外，還有取自其他詩人及《世說新語》等書甚至佛典者，限於篇幅，茲不一一列舉。更有用前人之構思者，如〈不要沐猴要孫猴〉：

閨中少婦不知愁，春日凝妝上翠樓。
忽見陌頭猴把戲，恥教夫婿覓封侯。

只是改了四個字，就賦予了它新的靈魂。〈公僕生涯〉也有異曲同工之妙：

葡萄美酒夜光杯，欲飲奧迪門外催。
醉臥官場君莫笑，青雲有路幾人回。

還有的是兩個典故的有機整合，如〈頂峰〉：

蝸牛兩角亦崢嶸，蠻觸分庭誇頂峰。
忽報南柯隨夢折，槐安國破蟻群空。

〈暴發戶〉則是前人名句和民間諺語的有機整合：

家事昨誇無產者，今朝騎鶴下揚州。
國庫無銀三百兩，對門阿二不曾偷。

詩人像個語言的烹調藝術家，能用前人的現成材料烹調出色香味俱新俱佳的美味。

4

詩人十分重視字句錘煉，取得了很好的藝術效果。前引〈戲為長歌答呂劍〉「黑白當前敢緘默？」一句中，「敢」也可用「能」，但「敢」更有深意：此「敢」乃不敢之意。為何不敢？因對自己的信念有敬畏之心；在「敢」面前，「能」就顯得軟弱無能了。〈題《賣藝黃家》〉其一頷聯：「才學三一律今古，藝能十五貫中西。」句法為詩人的獨特創造：「律」「貫」連上分別為名詞「三一律」「十五貫」，連下又是動詞，分別帶賓語「今古」「中西」，可謂妙絕古今。

詩中好的對仗也是錘煉的結果，如〈韋君宜八秩大壽病中〉「已經痛定猶思痛，曾是身危不顧身」；〈七夕有感〉「當時流血兼流汗，今日捐班算接班」；〈挽蕭軍〉「一生儘是盤陀路，八月曾經生死場」等等，不勝枚舉。〈祝許老七秩大壽〉：「魚能入海猶相憶，蘭不當門也被鋤。」語淺意深，出句基於《莊子》「相濡以沫，不如相忘於江湖」，「猶」字才有著落，也才有力量；對句因有古人之「蘭不當門，不鋤何害，鋤之何益」，方可見出整人者之殘暴冷酷。

詩人〈贈藍翎〉頷聯云：「一樣文章歸老辣，幾番爐冶羨純青。」用於邵燕祥自身，也甚為貼切。但由於種種原因，有少數詩作如〈時事〉或個別語句失之晦澀。平心而論，有時候是難怪詩人自己的。當然也有的似可商量。如〈馬克思之憤〉：

千古風流馬克思，但開思路不為師。
求神拜佛成何事？念念口中尚有詞。

這是一首配畫詩。畫的是一群人在馬克思著作封面的馬克思像前焚香膜拜。此詩第三句（即所謂起承轉合的「轉」句）用「求神拜佛」，與上文、與畫作似乎都連得不緊，好像另起一頭似的，愚意不如改為「拜如神佛」。〈修正〉：

為官之道在韜光，難得糊塗難得裝。
修正板橋誰執斧？曾呼皇帝儉衣裳。

「誰」「曾呼」？該是〈皇帝的新裝〉結尾處那個男孩吧？果是，則他驚「呼」的是：「他什麼都沒穿啊！」顯然和「儉衣裳」完全是兩碼子事，表達似乎沒有到位。〈五十九歲現象〉：

待要交班悔已遲，黃昏將近夕陽時。
有權堪用直需用，莫待無花空折枝。

「莫待無花空折枝」，古人成句，用在此處，別有諧趣。可商者唯「待要交班悔已遲」，我身邊好幾位讀者都理解為所「悔」者是沒有找好接班的卻就要「交班」了，因而可能貽誤工作，此其所以「悔」也。此乃讀者未聯繫全詩之誤；但此句本身似亦可兩解，為避免歧義，「待要交班」能否改為「班待交時」；「交班」「交時」都是兩平，卻突出了「時」，或可不致引起誤讀。

5

集中收有近六十首配畫詩，詩、畫相互發明，珠聯璧合，誠為一大特色。詩人說是「命題作文，詩為我所寫，意從畫而來」。考詩和畫的關係，大體上可分如下三類：依畫照說；延伸發展；借「畫」發揮。看來依畫照說較為容易，其實要「說」好也難。不過後兩種畢竟價值更高。〈皇家產品〉，畫家所寫的說明是：「帶皇家標記的東西是『顛撲不破』的，但卻易從內部腐敗。」詩人的配畫詩是：

曾聞池淺王八多，太液池深起浩波。
氣數桓靈存一線，景升豚犬奈天何。

畫作著眼於物——「東西」，詩作由「物」延伸至「人」，可謂層樓更上。〈困〉，畫家所寫的說明是：「人類有史以來不斷拋出各種治世理論，想當救世主，但仍不能根治貧困。」邵燕祥詩曰：

飽漢怎知餓漢饑，如星唾沫滿天飛。
討錢半為填空腹，半為諸公樹像碑。

「想當救世主」的理論家未必是壞人，從動機看往往是好人。詩作卻借題發揮，諷刺了那些為了錢財充當特殊利益集團代言人而有意瞞騙大眾的所謂學者專家，入木三分。〈唯唯學派〉異曲同工：

指向東來不向西，你哈哈則我嘻嘻。
爭栖鳥宿衙前樹，不羨林間自在啼。

不過，也有個別作品，詩、畫並不相配。〈瞻仰〉畫的是兩座雕塑，一騎駿馬作奔騰狀，一騎蝸牛，騎者右手指向前方，兩者都是同一方向。詩曰：

堪笑八仙張果老，顛顛簸簸倒騎驢。
向前看乃朝後看，卻云座下是良駒。

詩確實寫得很好，只是與畫似乎不甚相關。吹求之見，不敢自是。

6

初看《邵燕祥詩抄・打油詩》的書名，我還以為書中包含「邵燕祥詩抄」「邵燕祥打油詩」兩個部分，馬上就發現我錯了。照書名，理應還有一種解讀：這本「打油詩」是「邵燕祥詩抄」中的一個部分，顯然也不對。細讀詩集的目錄，有的直接標明是「打油」，有的則沒有，似乎是將打油詩與非打油詩混編在一起。再看封面勒口上的內容簡介，方知「打油詩」是作者自謙。關於打油詩，作者自序所言頗富見地，也有值得商榷之處。

「自序」引打油詩鼻祖張打油的首句為「江上一籠統」的開山之作，說，「看來，它的特點主要是以口語入詩」。我以為打油詩並不是真正的詩，若認同此說，所謂「以口語入詩」就站不住腳了，只能說是以口語為之。從這首著名的打油詩看，形式上根本不講聲韻格律，內容只是今天所說的搞笑而已，不具任何詩的意義、意味。但「以口語入詩」卻道出了後唐宋體的一大特點。打油詩不是詩，何以許多詩人甚至是大詩人卻「偏偏都把自己的作品稱為打油詩」呢？此無它，自謙也，沒有別的更多的理由。邵燕祥找出來的理由，似乎都並不充分，如說它具有「在市井和草野間行吟」的「自由色彩」，「必定屬於民間」，就未必完全符合實際，「廟堂和貴族」有時也興打油，如薛蟠「閨房鑽出大馬猴」之類。詩人們為了自謙，把真正的詩說成打油詩，原可體諒；我們讀者若認起真來跟著也稱他們的詩是打油，就有點讓人啼笑皆非了。「自序」還說：「有一位老先生就指問說，你這裡還有悼詩，怎麼能叫『打油詩』？當時我心裡想，怎麼，張打油就不許寫悼詩嗎？」顯然，「我」是偷換了概念：這位老先生說的是悼詩不能打油，把悼詩寫成打油詩是極不合適的；而「我」說的卻是許不許張打油這個人寫悼詩的問題。換句話說，兩位說的不是同一個命題。

說到「以口語入詩」，我以為是大解放，大進步，需要大才能。記得《三家詩》出版不久，我在廣州開會，發現朋友手中有此書，借來一讀，愛不釋手。於是就厚著臉皮向責編姚莎莎女士討要，她說已經沒了。我沒有就此收兵，軟磨硬泡，後來她終於偷偷塞給我一本，還讓我不要聲張。整本詩讀下來，當時讓我笑得前仰後合、至今沒有忘記的就是一首詩的一句口語：「大會開得很好嘛！」。這首詩的作者就是邵燕祥，〈戲詠五次文代會〉全詩如下：

憲益先生賞酒並以五次文代會上詩見示。今秋作江南游未得躬逢其盛，打油湊趣。

儘是作家藝術家，出恭入定靜無嘩。
不愁百萬成虛擲，安得金人似傻瓜。
已驗幾回詩作讖，可知何日筆生花？
掌聲拍報平安夜，大會開得很好嘛！

結尾一句確實是神來之筆，好像把一條活潑潑的魚放入一個池塘，把整個池塘也都攪得活潑潑的了。此乃後唐宋體之所以勝過唐宋體的主要法門之一。我們為什麼一定要死死守住「典雅的文言」這道門檻不可呢？為什麼一定不許利用當代口語這一無限豐富、寶貴的資源呢？我實在百思不得其解。——當然聲韻格律還是要講的，以口語入詩，首先是努力使其就「範」，其次是實在不能如「大會開得很好嘛」者就網開一面。如果我是編輯，有開稿費的權利，這最後七個字，稿費十倍與之！

7

手頭邵燕祥這本詩集，作品收至二〇〇一年，其實二〇〇一年後，他也寫了許多後唐宋體的好作品，遺憾的是我沒有認真搜集。二〇〇八年三月友人吳非兄以邵燕祥的一首新作〈感事（山西黑窰場）〉見示：

誰云多難便興邦？邑有流民嘆小康。
遍野盡哀高玉寶，豈因一個世仁黃。

紅包續得紅旗譜，白骨堆高白玉堂。
五十八年誇解放，黑窰奴在黑窰場。

我以為頸聯勝過杜甫的「朱門酒肉臭，路有凍死骨」遠矣。讚嘆之餘，不揣淺陋，奉和一首：

特色鮮明真大邦，問心無愧享安康。
山西個別磚窰黑，天下半條揚子黃。
虎照為真言鑿鑿，功臣殉酒事堂堂。
病生一指誠難免，不廢翩翩歌舞場。

詩曰：

白玉堂通白虎堂，黑磚窰現黑心腸。
滔滔不盡源頭水，七字十年魂夢香。

（九）柏楊

1

柏楊，曾於上世紀六、七十年代因一幅「大力水手漫畫」而身陷囹圄。在獄中於石灰墻上以指甲刻詩，「甲盡血出，和灰成字」。詩作獲美國鳳凰城國際桂冠詩人聯合協會一九九一年度國際桂冠詩人獎，頒獎理由是：「一個天賦作家根據真實經驗的監獄文學，其中充滿堅定的指控和歷史研究。」[59] 讀完《柏楊詩抄》，我想誰都會認同這頒獎理由，它絕無過譽之處，決非溢美之詞。詩集雖薄，分量卻重；而且讓人不勝唏噓的是它至今並未過時，雖然我們是多麼虔誠地希望它只是歷史。

由於是根據自身的「真實經驗」，指控就特別富於說服力、衝擊力，如〈小院〉：「男子剝衣坐冰塊　女兒裸體跨麻繩」；〈除夕〉：「毒言詈語能挫骨　坐冰壓趾兩相忘」；〈囚房〉：「天低降火類爐灶　板浮積水似蒸湯」，「身如殘尸爬黃蟻　人同蛆肉聚蟑螂」；〈家書〉：「人逢苦刑際　方知一死難」。它不單是事實的陳述，更是人類文明與正義對野蠻與邪惡的鞭笞，也是對於人性的美好和堅韌的贊頌，因而它就是詩，是穿透監獄——其實又何嘗不是專制黑暗的隱喻——黑暗、比之更加強大的心靈之光。請看〈聞判十二年〉：

59　轉引自曉鋼〈生命的光芒——讀《柏楊詩抄》〉，《柏楊詩抄》，頁一，作家出版社一九九三年版，本節所引柏楊之詩之語均出此書。

刀筆如削氣如虹　群官肅然坐公庭
昔日曾經鹿為馬　至今忽地白成紅
兀臲有權制怨獄　書生無力挽強弓
可憐一紙十二年　迎窗冷冷笑薰風

對地獄「群官」形象的刻畫入木三分，尤其頷聯的藝術概括適用於天下所有專制政權。它並非哀求告，不是呻吟，不是眼淚；而是對審判的審判，對審判者的判詞，是堂堂正正的人對魔鬼的勝利！確實是人之詩非臣之詩奴之詩也。

2

曉鋼說：「按照舊體詩的嚴格界定，這些詩作在格律、韻律方面，均有不合規範處；而若以新體詩來要求，以自由的現代詩風貌來衡量，這些詩作『句式的過於齊整』，『韻律的單一』，『表現方法上對於古典詩歌的因襲』」，因此稱之為「『舊詩新作』體」。[60] 在我看來，此體就是「後唐宋體」。它在格律上確有瑕疵，如〈除夕〉「憐我固然太懦弱　看他豈是真剛強」一聯，對句「真剛強」三平；但如此好句，三平又有何妨！由於它與出句「太懦弱」三仄相對，我還要為它喝彩！正如詩人在《柏楊詩抄・後記》中所說：「當哀呼時，只是一種哀呼，忘我的哀呼，沒有人還管那哀呼合不合韻律。發之於詩，也是如此。」似不應多所苛求。而且其中多半屬於技術層面的問題。如〈懷孫觀漢〉：

60 曉鋼〈生命的光芒——讀《柏楊詩抄》〉，《柏楊詩抄》，頁十一。

萬籟都從耳底收　孤鳥長啼山更幽
東風吹合離離草　殘日會逢晚晚秋
漂泊地涯驚淚眼　仃伶海外托歸舟
天生我輩人間世　一點赤心證白頭

格律上的兩個問題，只要作者稍稍一「管」就可解決。一是首聯對句失對，因此又與頷聯出句失粘，若改成「長啼孤鳥眾山幽」就都可避免，改句雖損失了「更」的意味，但鳥啼與山幽的因果關係依然存在，畢竟前人的「鳥鳴山更幽」早已膾炙人口；而且「眾」也更加突出了「孤鳥」之「孤」。一是尾聯對句孤平，只要以「丹」替代「赤」即可。倒是在無暇去「管那哀呼合不合韻律」的情況下，此詩之基本合律讓人嘖嘖稱奇，漢字之平仄，漢詩之韻律殆天籟乎！

3

柏楊的「『舊詩新作』體」另一特點是長篇多勝過短章。試讀他的〈鄰室有女〉：

調查局監獄，位於臺北三張犁，各房間密密相連，卻互相隔離，不通音訊。稍後頻聞女子語聲，有感。

憶君初來時　屋角正斜陽

忽聽鶯聲囀　驀地起彷徨
翌日尚聞語　云購廣柑嚐
之後便寂然　唯有門鎖響
初響是提訊　細步過走廊
再響是歸來　泣聲動心房
君似患喉疾　咳嗽日夜揚
日嗽還可忍　夜嗽最凄涼
暗室幽魂靜　一嗽一斷腸
我本不識君　今後亦不望
唯曾睹君背　亦曾鱉君裳①
同病應相憐　人海兩渺茫
我來因弄筆　君來緣何殃
君或未曾嫁　眼淚遺爺娘
君或已成婚　兒女哭母床
今日君黑髮　來日恐變蒼
欲寄祝福意　咫尺似高墻
君應多保重　第一是安康
願君出獄日　依然舊容光

原注：①調查局獄囚禁後期，每天有十分鐘散步，某日散步時，曬衣架上一件女衣被風吹落地面，柏楊代為揀起，重繫繩端。

它以真切的想像、細緻的描述到達他人所處的情境，叩問對方的心靈，讀來迴腸蕩氣，感人至深。其它如〈出獄前夕寄女佳佳〉〈出獄前夕寄陳麗真〉〈囑女〉等都幾欲催人淚下；〈怨氣歌〉形式受到〈正氣歌〉的啟發，但精神卻是全新的；〈讀史〉歷數史冊冤獄，觸目驚心，可見詩人史學功底，但又並不滿足於史實的展示，始終「以主待賓」（王夫之《薑齋詩話》語），最後結以「中華好兒女幾人有善終　不如懵懂人　扶搖到公卿　此中緣何故　欲言又無從」，翻進一層，發人深省。柏楊「十年小說、十年坐牢、十年雜文、十年著史」，其實他一生都在寫「詩」。

詩曰：

泥犁苦鬥惡魔時，和血寫成新體詩。
慢說非唐亦非宋，基因已變逞雄姿。

後記

一九六〇年我畢業於杭州大學中文系，此後長期在中師、中學任教；業餘愛好古典文學，私心希望從事蘇東坡研究。教學工作自問還是認真的，負擔也不輕，讀書時間實在不多；後來就是十年文革。文革後期，有這樣一個問題時時糾纏著我，揮之不去：為什麼我們這些好端端的學生會在一夜之間喪失人性，殘酷無情地去迫害教師，甚至把教師、校長活活打死？我想，不能把責任往「四人幫」、「五人幫」身上一推了事，教育本身難道沒有值得反思的地方嗎？經過幾年的掙扎、醞釀，我終於決心專注於語文教育的探索，於是把有關蘇東坡的書籍和相關讀書卡片、筆記和文章初稿全部捆扎起來，於一天夜裡舉行了一個簡單的告別儀式：我在蘇東坡像前擺了幾碟水果、一杯水酒，默默向他告別。當我想起蘇東坡遠貶海南時，在極其艱難的條件下仍然致力於普及文化教育，我覺得我並沒有遠離東坡，而是真正走近了他，不禁流下了眼淚。

一九八八年，我調入浙江師範大學任教語文教學法，此後，孜孜矻矻，心無旁騖，所有時間精力一付於此，直到二〇〇八年滿七十時徹底退休。退休之初，原想休整一些日子，然後繼續做點語文教育方面的事。

大學讀書期間及畢業以後，夏瞿禪老師、馬驊老師、吳熊和老師、蔡義江老師等一直很關心我，雖然聯繫不多，但我深感有負於他們的期望。數十年來，我總覺得還欠他們一份應交的作業。本來時隱時現的愧負之情，不想竟在此時淹沒了我。現在不補這份作業，更待何時？於是開始醞釀這份作業的具體內容，終於決定鑽研現在這個題目。我深知於此道自己已荒疏多年，困難是顯而易見的。但興趣一被重新點燃，一股莫名奇妙的勇氣（其實是傻氣）竟不斷推動我不顧老邁奮力向前。其間，不可能不受我老本行的「干擾」。例如，二〇〇九年四月，浙江省教研室與浙江師範大學教育學院、人文學院聯合舉辦關於我的語文教育思想研討會，會上朋友們提議編輯《王尚文語文教育論集》、《王尚文語文教育研究》兩本書；倪文錦教授、王榮生教授和李海林教授欣然分別擔任兩書的主編。我不好辜負大家的一片熱情，起碼得提供著兩本書的相關材料，為此花了不少時間。後來又應高教出版社之約，參與教材《中學語文教學研究》的修訂，由於我原是主編，實難推辭。此外，受年輕同行之託，閱讀他們的論著、寫點讀書心得等也是常有的事。總之，本書的寫作時間並不充裕。我本來古典文學底子就薄（上大學期間各種「運動」不斷），前期準備工作也幾乎是一片空白，整個寫作過程相當倉促，因而錯謬肯定不少，我由衷期待方家和讀者的批評指教。

感謝夏瞿禪、馬驊、吳熊和、蔡義江諸位老師，有緣成為他們的學生，是我一生的幸運，自然就該交這份作業。雖說失之東隅，收之桑榆，但夏老師已去世多年，沒能見到我這份遲交的作業，是我永遠的遺憾。

感謝我的學生和朋友西渡，本書從選題至寫作，全程都得到了他的鼓勵、指點和幫助。許多重要章節，他都曾認真修改。說他是本書的合作者，也不過分。他為本書寫序，我感到無限欣慰！他在讀高中三年級時，我曾教過他一年語文，對他或有滴水之助，他竟湧泉以報，讓我感動不已。

感謝黃靈庚兄、陳玉蘭兄對本書寫作的熱情鼓勵，他們審讀了書稿的部分內容，所作的補充、修正，顯然提高了書稿的質量。

感謝傅國湧、韓煥昌、王棟生（吳非）、黃玉峰、周林東、郭初陽等朋友，他們的鼓勵和幫助對我來說不可缺失。因棟生兄介紹，邵燕祥先生看了書稿中關於他的部分，他的謙遜給我留下了極為深刻的印象。也因為棟生兄的介紹，莫礪鋒教授、張宏生教授對書稿提出了許多寶貴意見，在此一並向他們致以謝意和敬意。

感謝楊更生、董汀豐、董文明、余小平、黃瓊、何方、鄭飛藝、周文葉、傅寒晴、夏菁菁等同學，他們或與我商量切磋，或提供相關資料，或查考引文出處、校對文字；楊更生出力尤多，他認真通讀全稿，校正了書稿中許多疏漏，並提出了不少好的意見。

感謝顏煉軍向《名作欣賞》推薦書稿，感謝《名作欣賞》主編續小強先生的鼓勵並刊發書稿的部分內容。

感謝李銳先生，他先後為我自編自印的《玉元小草》和這本小書題寫書名，我深感榮幸！

感謝敬文東教授向臺灣秀威出版社推薦書稿；感謝秀威出版社的蔡登山先生和本書責編孫偉迪先生為本書付出的辛勞。我和蔡、孫兩位無一面之雅，他們的深情厚意，我分外珍惜！

最後我還要感謝本書所引用論著的作者們，沒有他們的啟發、幫助，本書就不可能順利寫成。

這是我一本最個人的書，為此我感到從未有過的興奮，同時也為它的淺薄而深感慚愧。若天假以年，我將繼續讀書、思考，以期有所長進。

王尚文

二〇一〇年十月三日

語言文學類　PG0518

後唐宋體詩話

作　　者 / 王尚文
主　　編 / 蔡登山
責任編輯 / 孫偉迪
圖文排版 / 鄭佳雯
封面設計 / 蕭玉蘋

發 行 人 / 宋政坤
法律顧問 / 毛國樑　律師
印製出版 / 秀威資訊科技股份有限公司
114台北市內湖區瑞光路76巷65號1樓
電話：+886-2-2796-3638　傳真：+886-2-2796-1377
http://www.showwe.com.tw
劃撥帳號 / 19563868　戶名：秀威資訊科技股份有限公司
讀者服務信箱：service@showwe.com.tw
展售門市 / 國家書店（松江門市）
104台北市中山區松江路209號1樓
電話：+886-2-2518-0207　傳真：+886-2-2518-0778
網路訂購 / 秀威網路書店：http://www.bodbooks.com.tw
國家網路書店：http://www.govbooks.com.tw
圖書經銷 / 紅螞蟻圖書有限公司
114台北市內湖區舊宗路二段121巷28、32號4樓
電話：+886-2-2795-3656　傳真：+886-2-2795-4100

2011年5月BOD一版
定價：450元

國家圖書館出版品預行編目

後唐宋體詩話 / 王尚文著. -- 一版. -- 臺北市 : 秀威資訊
科技, 2011.05
面； 公分. -- (語言文學類 ; PG0518)
BOD版
ISBN 978-986-221-710-8(平裝)

1. 中國詩 2. 詩評 3. 詩話

820.9108 100001815

讀者回函卡

感謝您購買本書，為提升服務品質，請填妥以下資料，將讀者回函卡直接寄回或傳真本公司，收到您的寶貴意見後，我們會收藏記錄及檢討，謝謝！
如您需要了解本公司最新出版書目、購書優惠或企劃活動，歡迎您上網查詢或下載相關資料：http:// www.showwe.com.tw

您購買的書名：________________________________

出生日期：________年________月________日

學歷：□高中（含）以下　□大專　□研究所（含）以上

職業：□製造業　□金融業　□資訊業　□軍警　□傳播業　□自由業
　　　□服務業　□公務員　□教職　□學生　□家管　□其它_____

購書地點：□網路書店　□實體書店　□書展　□郵購　□贈閱　□其他

您從何得知本書的消息？
　□網路書店　□實體書店　□網路搜尋　□電子報　□書訊　□雜誌
　□傳播媒體　□親友推薦　□網站推薦　□部落格　□其他__________

您對本書的評價：（請填代號　1.非常滿意　2.滿意　3.尚可　4.再改進）
　封面設計____　版面編排____　內容____　文／譯筆____　價格____

讀完書後您覺得：
　□很有收穫　□有收穫　□收穫不多　□沒收穫

對我們的建議：________________________________

____

____

____

請貼
郵票

11466
台北市內湖區瑞光路 76 巷 65 號 1 樓
秀威資訊科技股份有限公司 收
BOD 數位出版事業部

（請沿線對折寄回，謝謝！）

姓　名：＿＿＿＿＿＿＿＿ 年齡：＿＿＿＿ 性別：□女 □男

郵遞區號：□□□□□

地　址：＿＿＿＿＿＿＿＿＿＿＿＿＿＿＿＿

聯絡電話：(日) ＿＿＿＿＿＿＿＿ (夜) ＿＿＿＿＿＿＿＿

E-mail：＿＿＿＿＿＿＿＿＿＿＿＿＿＿＿＿